Diogenes Taschenbuch 23155

de
te
be

Gwendoline Butler

Doppelter Boden

Ein Fall
für John Coffin

Roman
Aus dem Englischen von
Michaela Link

Diogenes

Titel der 1996 bei
HarperCollins, London,
erschienenen Originalausgabe:
›A Double Coffin‹

Umschlagfoto:
Copyright © Christian Heeb/
LOOK, München

Deutsche Erstausgabe

120/00/52/1
ISBN 3 257 23155 5

Im April 1988 hörte ich mir eines Abends in der Toynbee Hall im Londoner Eastend, in der Nähe der Docklands, den Barnett-Memorial-Vortrag von Dr. David Owen (jetzt Lord Owen) an. Er schlug vor, ein zweites London zu gründen, das sich von der jetzigen Stadt ausdehnen sollte, um die Docklands wirtschaftlich und sozial neu zu beleben.

Diese Vorstellung faszinierte mich. Ich griff sie auf und schuf für Chief Commander John Coffin eine neue Welt, in der er für Ruhe und Ordnung sorgen sollte.

Gwendoline Butler

I

John Coffin, Chief Commander von London II, saß an dem sonnenbeschienenen Schreibtisch in seinem Büro und gestattete sich einen Anflug von Überraschung, als ihn die Nachricht erreichte. »Ein Mr. Bradshaw möchte mich sprechen? Dringend?«

Er hatte Mozart gehört, *Die Hochzeit des Figaro*, und eine Reisebroschüre gelesen, während zu seinen Füßen der neue Familienhund lag, ein weißer Pekinese mit Namen Augustus. Sein früherer Hund war eingegangen; sein hohes Alter und ein ereignisreiches Leben hatten sein Herz erschöpft. Der Kassettenrecorder im Büro und Augustus' Anwesenheit ebendort waren den Bemühungen seiner Frau zu verdanken, die meinte, daß seine Arbeitsstätte einen etwas menschlicheren Anstrich erhalten müsse. Und was konnte menschlicher sein als Mozart (verabreicht mindestens einmal täglich) und ein Pekinese von untadeliger Herkunft, wenn auch unberechenbarem Temperament.

Er war sehr zufrieden gewesen an diesem sonnigen Oktobertag. Doch damit war es nun vorbei.

»Richard Lavender möchte mich sprechen? Dick Lavender?«

Sein Besucher nickte; er war ein hochgewachsener, dünner Mann mit krausem Haarschopf, in dem sich die ersten grauen Strähnen zeigten. Seine Augenfarbe war eine seltsame Mischung aus Grün und Blau; attraktiv, fand Coffin.

»So ist es. Möglichst bald, wenn es Ihnen recht ist. Vielleicht gleich heute morgen?«

Jack Albert Bradshaw war mit einer Empfehlung des Innenministers in der Tasche erschienen und hatte, kaum daß er eingetreten war, seine Karte auf den Tisch gelegt. Dr. J. A. Bradshaw. Es sei kein medizinischer Doktortitel, hatte er sofort erklärt – Politikwissenschaft, Edinburgh. Coffin hatte den Eindruck, daß er mit dieser Information seinen Status verdeutlichen wollte. »Ich bin selbst eine wichtige Persönlichkeit«, sagte Dr. Bradshaw.

Was ihm da von dem großen alten Mann ins Haus geflattert kam, war gleichbedeutend mit einem königlichen Befehl. Es war interessant, ja sogar faszinierend, aber Coffin wollte Zeit gewinnen.

»Ich habe im Augenblick ziemlich viel um die Ohren, und ich hatte eigentlich vor, in Urlaub zu fahren.« Coffin machte nicht oft Urlaub, viel zu selten, sagte seine Frau Stella, und sie würden diese paar Tage an den italienischen Seen verbringen. Oder vielleicht doch nicht? Würde er überhaupt wegkommen?

»Sie werden schon wegkommen, keine Bange. Darauf nimmt er schon Rücksicht. Er fährt selbst manchmal weg. Er hat ein Cottage in Fife.«

Unvermittelt kam ihm ein Zitat in den Sinn: »Der Than von Fife hatte ein Weib: Wo ist sie nun?« – Wie komme ich plötzlich darauf? Woher dieses jähe Aufflackern einer bösen Ahnung? Und warum muß ich an seine Frau denken? Zum Teufel mit Macbeth. Überall stolpert man über

Shakespeare und Macbeth. Laut sagte er: »Ich wußte gar nicht, daß er noch lebt.«

Das trug ihm einen Tadel ein. »Und ob Sie das wissen.«

»Tja, ja...« Natürlich wußte er es; es war seine Aufgabe zu wissen, ob die berühmten und bedeutenden Bewohner von London II lebten oder tot waren. Er war schließlich für ihre Sicherheit verantwortlich.

Das gehörte zu seinem Job. Er hatte vor einigen Jahren die polizeiliche Kontrolle über London II übernommen, und seine Arbeit war von Erfolg gekrönt. Er hatte die brodelnden, kriminellen Distrikte Swinehouse, East Hythe und Spinnergate miteinander verschmolzen, allesamt Bezirke mit einer Vergangenheit voll von Gewalttaten, die in die Zeiten vor Wilhelm dem Eroberer zurückreichte. Er hatte den Menschen dort geholfen, nicht nur miteinander zu leben, sondern auch mit den neuen, aufstrebenden Gebieten wie Evelyn Fields und Tower Hills zurechtzukommen. Er hatte die in ihn gesetzten Hoffnungen erfüllt und die entsprechende Anerkennung erhalten. Er führte eine glückliche Ehe mit einer bekannten Schauspielerin und hatte einer schweren Krankheit Paroli geboten. Aber die Natur hatte ihm auf die Schulter geklopft und auf ihre ebenso hinterhältige wie vertraute Art gesagt: »Also schön, du hast überlebt, aber beim nächsten Mal ziehst du den Kopf vielleicht nicht so leicht aus der Schlinge.«

Es ging ganz schön rauh zu in der Welt da draußen, deren Bewohner zu ihrer Zeit erst den Römern das Leben schwergemacht hatten, dann den Normannen und später sämtlichen Herrschern, angefangen von den Plantagenets bis hin zu den Söhnen und Töchtern des Hauses Hannover.

»Sie haben vollkommen recht, ich wußte es tatsächlich… Aber ich hätte nie gedacht, daß ich ihn einmal kennenlernen würde. Und er möchte mich sprechen?« Das war in der Tat eine Überraschung. Er hatte in seinen Jahren als Chief Commander einige gute Freunde gewonnen und sich auch ein paar Feinde gemacht. Zu welcher Sorte gehörte der alte Mann? Sie waren sich nie begegnet, aber Coffin wußte, daß man sich Feinde machen konnte, auch ohne sie zu kennen.

»Es ist ihm ungemein wichtig.«

Er hörte sich fragen: »Ist er verheiratet?«

»Verwitwet. Er hatte zwei Frauen und ist zweimal Witwer geworden.«

Coffin stand auf und trat ans Fenster. »Ich habe ihn übrigens doch einmal gesehen. Ich war noch ein Kind damals, und er kam durch Greenwich… es war am Wahlabend. Bei der letzten großen Wahl, die er mitgemacht hat. War er damals Abgeordneter? Ich war zu jung, um solche Dinge zu wissen. Ausgesehen hat er jedenfalls wie ein Filmstar.«

Sein Besucher nickte. »Ich kann mich auch noch daran erinnern.«

»Also, worum geht es?«

Sein Besucher erhob sich. »Das wird er Ihnen selber sagen. Wollen wir gehen?«

Coffin stand auf. Sein Hund ebenfalls. »Darf er mitkommen?« Er warf Augustus einen zweifelnden Blick zu. »Er ist gut erzogen und wird keinen Ärger machen.« Das stimmte nicht, aber er und seine Frau Stella hatten sich auf diese Lüge geeinigt.

Sein Besucher hatte einen Wagen draußen stehen. Er hielt Coffin und Augustus die Tür auf. Der Wagen war eine Antiquität, ein Rolls-Royce-Modell, das seit vielen Jahrzehnten nicht mehr gebaut wurde. Das Auto mit den riesigen Rädern und den großen Fenstern war so steif und wuchtig, daß Coffin das Gefühl hatte, in einen Leichenwagen zu steigen. Die Sitze waren mit einem dunkelgrauen Brokatstoff bezogen, und zu beiden Seiten waren kleine silberne Blumenvasen angebracht. Blumen gab es allerdings keine. Ein kaum merklicher Duft von Lavendel und Staub lag in der Luft.

Coffin nahm Platz, schob Augustus von dem Sitz herunter, den der Hund mit Beschlag belegt hatte, und warf einen Blick auf die gläserne Barriere, die ihn von seinem Begleiter trennte. Dr. Bradshaw würde fahren. Der Wagen sprang, so alt er war, ohne jede Schwierigkeit an und glitt mit einer Mühelosigkeit dahin, die beredtes Zeugnis für das Talent seiner Erbauer ablegte.

Als Passagier mußte man sich, wie Coffin bald feststellte, erst einmal auf die schaukelnde Bewegung einstellen, mit der das majestätische Gefährt durch die Straßen rollte. Das Gefühl ähnelte ein wenig einer Fahrt mit einem großen Dampfer. Man konnte seekrank werden. Außerdem mußte Coffin gegen den starken Impuls ankämpfen, den Fußgängern auf der Straße zuzuwinken. Er ertappte sich dabei, wie er unwillkürlich in der Taille einknickte. Da machte er doch wahrhaftig eine Verbeugung!

Es war ein seltsam archaisches Gefühl, so als sei er plötzlich in die Vergangenheit eingetreten. Lebte der alte Mann in der Vergangenheit? Immerhin habe ich mich gefragt, ob er tot sei, dachte Coffin – also gehört er vielleicht wirklich dem Gestern an.

Aber zu seiner Zeit war er durchaus ein Mann der Tat und mit allen Wassern gewaschen gewesen – zumindest hieß es so in verschiedenen politischen Memoiren. Und viele hatten ihn gefürchtet, diesen großartigen, schillernden Mann. Er war ein großer Trinker und – wenn das, was man hörte, der Wahrheit entsprach – auch anderen Freuden des Lebens nicht abgeneigt gewesen.

Jetzt war er zwar nur noch Erinnerung, aber er lebte noch. Er lebte und hatte noch genug Einfluß im Land, um Leute wie John Coffin zu sich zu rufen, wenn er Hilfe brauchte.

Der Wagen trug ihn durch einen der angenehmeren Bezirke von London II zum Flußufer hinunter, wo ein bescheidener Wohnblock mit Blick auf die Themse stand. Er hatte bisher nur ein einziges Mal an dieser Stelle gestanden, daher war die Aussicht neu für ihn. Er konnte übers Wasser zu einem Grundstück blicken, auf dem hinter Bäumen das Dach eines großen Gebäudes zu sehen war. Auch dieses Bild erkannte er nicht wieder, kam aber zu dem Schluß, daß es sich um einen öffentlichen Park mit einem städtischen Gebäude darin handeln müsse, einem Museum vielleicht, einer Bildergalerie oder einer der neuen Universitäten. Nach einem Industriebetrieb sah es nicht aus, obwohl tatsächlich viele kommerzielle Unternehmen ihre Betriebe aus dem Stadtkern Londons auslagerten, um sich dann ein neues Domizil zu suchen, das einem gediegenen Landsitz so ähnlich war, wie sie es sich leisten konnten.

Der Wagen blieb stehen, und Coffin stieg aus. Trotz des Sonnenscheins war es kühl. Er deutete mit dem Kopf auf die andere Seite des Flusses. »Wissen Sie, was für ein Gebäude das ist?«

»Die Zentralbank von Arabien«, sagte sein Begleiter knapp. »Ein schöner Bau. Steht aber natürlich leer, seit die Bank Pleite gemacht hat.«

Ein Zeichen der Zeit, dachte Coffin, daß Banken sich wunderschöne Bauten hinstellten, dann die Rechnungen nicht zahlen konnten und ihre Tore schließen mußten.

»Ursprünglich war es übrigens ein Gefängnis. 1850 von viktorianischen Reformern erbaut. Hundert Jahre später wurde es nicht mehr als Gefängnis genutzt, und damals hat die Bank es gekauft.« Ohne ein Lächeln fügte er hinzu: »Er selbst liebt die Aussicht, aber ich bin mir nie ganz sicher, ob er sich auch daran erinnert, daß es kein Gefängnis mehr ist.«

Also kein besonders gutes Gedächtnis, dachte Coffin. »Erinnert er sich denn, wer er selbst ist?« Besser, man klärte diese Frage von vornherein.

»Er erinnert sich daran, wer er *war*«, erwiderte sein Begleiter kurz angebunden.

»Ein alter Premierminister.«

»Ein ehemaliger Premierminister«, korrigierte Dr. Bradshaw ihn spitz.

Ein bedeutender Unterschied, dachte Coffin, als er sich dem Eingang des hohen Hauses näherte. Man weist mich in meine Schranken.

»Ich werde den Hund im Wagen lassen müssen... Platz, Augustus.« Der Hund sah ihn nachdenklich an; er schien es ganz zufrieden zu sein, in dem großen Wagen bleiben zu dürfen.

Ganz in der Nähe stand ein kleiner weißer Lieferwagen geparkt. »Der gehört der Nichte des alten Herrn«, sagte Jack Bradshaw. »Sie benutzt ihn für Einkäufe und manchmal auch, um ihren Onkel in seinem Rollstuhl damit herumzukutschieren.«

Als er in die Eingangshalle trat, fiel Coffin wieder ein, was er über den Ursprung dieses Wohnblocks wußte: Eine Wohnungsgenossenschaft hatte ihn gebaut, um Pensionären ein angenehmes Zuhause mittlerer Preisklasse anbieten zu können. Die Mieten waren nicht hoch und sollten es auch nicht sein.

Die Eingangshalle entsprach mit ihrer schlichten Aufmachung, den steinfarbenen Mauern und dem gekachelten Fußboden genau dem, was man von dieser Politik erwarten konnte. In einer Ecke befand sich ein Aufzug.

Ehemalige Premierminister könnten sich doch gewiß etwas Besseres leisten? Immerhin gab es so etwas wie eine Pension, nicht wahr?

»Finanziell nicht gerade auf Rosen gebettet?« fragte Coffin. Wenn man auf die Neunzig zuging (oder, was wahrscheinlicher war, die Neunzig bereits hinter sich gelassen hatte), konnte das Geld schon mal knapp werden. Das hatte Geld so an sich – manchmal schien es geradezu ein organisches Wesen zu sein, eine Pflanze, die auf rätselhafte und beinahe bösartige Weise auszutrocknen vermochte. Coffin hatte das in jüngeren Jahren am eigenen Leib erfahren, und er wußte, daß es wieder passieren konnte. Man mußte sein Geld gut im Auge behalten und es mit Zuneigung bewässern.

»Nein – das ist ein Thema, das mich nichts angeht. Ich habe nichts mit seinen finanziellen Angelegenheiten zu tun, aber ich würde sagen, daß er da keine Probleme hat. Nein, er wohnt hier, weil es ihm gefällt. Er ist hier geboren worden. Bevor im letzten Krieg alles zerbombt wurde, standen hier Wohnhäuser, und in einem davon ist er zur Welt gekommen. Als der älteste Sohn von Edward und Ada Lavender…«

»Ja, was das betrifft, weiß ich Bescheid – Dick Lavender«, sagte Coffin. »Man kann es überall nachlesen. Aber daß er auch hier geboren wurde, ist mir neu.« Er fragte sich, ob das wirklich stimmte. Selbst alte Premierminister, pardon, ehemalige Premierminister, konnten sich etwas einbilden. Oder sogar lügen. »Mit dem Aufzug oder zu Fuß?«

»Mit dem Aufzug. Er wohnt im obersten Stock… Das war das einzige, worum er gebeten hat. Keine anderen Vergünstigungen, er nahm, was man ihm anbot.«

Er nahm, was man ihm anbot, aber er nahm das Beste; im obersten Stockwerk mußte die Aussicht auf den Fluß atemberaubend sein.

Der Aufzug brachte sie in eine schlichte Halle, die der Halle im Erdgeschoß glich wie ein Ei dem anderen. Es gab zwei Wohnungstüren.

»Dann wohnt also noch jemand hier oben?«

»Ja«, sagte Jack Bradshaw mit seiner gewohnten Kürze. »Eine ziemlich lästige Person.« Bei dieser Bemerkung ließ er es bewenden.

Er drückte auf die Klingel der ersten Tür, und sie warteten.

»Er lebt allein, ja?«

»Nein, mit einer Nichte. Sie kümmert sich um den Haushalt.«

»Moment mal«, sagte Coffin. »Geben Sie mir wenigstens einen Anhaltspunkt, warum er mit mir sprechen will. Sie wissen es doch, oder?«

»Ja, ich weiß es«, bekannte Bradshaw steif. »Er will Sie sprechen, weil Sie über die nötigen Mittel verfügen; es handelt sich um einen Fall für die Polizei. Die Abteilung für Staatssicherheit hat natürlich auch immer ein Auge auf ihn, aber das ist kein Job für die.«

»Das dachte ich mir schon. Irgendeine Verbindung zu dem lästigen Nachbarn?«

»Nein.« Bradshaw klang überrascht. »Keine.«

»Aber die Sache ist ernst?«

»Ziemlich ernst«, sagte Bradshaw, als die Tür geöffnet wurde. »Das ist der Tod immer.«

Die Tür wurde von einer relativ kleinen, dicken Frau mit wirrem, weißem, kurzgeschnittenem Haar geöffnet. Sie trug einen leuchtendroten Lippenstift, eine Brille mit blauem Rand und vermittelte insgesamt einen lebhaften, fröhlichen Eindruck. »Oh, hallo, Jack, Sie sind aber fix wieder da, so früh hatte ich Sie gar nicht erwartet. Mein Onkel ist noch nicht fertig... Guten Morgen, Sir.« Sie wandte sich an Coffin. »Ich heiße Janet Neptune... Blödsinniger Name, ich weiß, aber mein eigener. Wenn Sie wollen, erzähle ich Ihnen eines Tages, was dazu... Er zieht sich noch an, aber ist schon seit einiger Zeit auf.«

Sie wußte ebenfalls, warum er gerufen worden war, davon war Coffin überzeugt. Sie wußte, daß es um den Tod ging, war aber nicht bereit, sich davon in die Knie zwingen zu lassen. »Miss Neptune oder Mrs.?« fragte er höflich.

»Miss. Ich bin nicht verheiratet. Ich habe ein oder zwei Anträge bekommen, aber abgelehnt. Nicht jedermanns Sache, Sie wissen schon. Kann man auch nicht erwarten, oder? Ich meine, die Natur kennt so viele verschiedene Erscheinungsformen.«

»Ich stelle fest, daß wir beide so ziemlich die gleiche Vorstellung von der Natur haben«, sagte Coffin.

»Eine Frage der Vernunft, nicht wahr? Aber kommen Sie doch beide mit ins Eßzimmer, und trinken Sie etwas, während mein Onkel sich fertig macht. Wir wollen ihn nicht hetzen, Sir, nicht in seinem Alter... Jack, er hat schon wieder einen dicken Stapel Briefe aus irgendeiner Schublade gezogen. Wenn das so weitergeht, wirst du diese Biographie nie fertig kriegen.«

»Also das ist Ihre Aufgabe hier?« Coffin war interessiert. »Sie schreiben seine Biographie?«

»Ich bin der Ghostwriter«, sagte Bradshaw mit beinahe ausdrucksloser Stimme. »Sie wird unter seinem Namen erscheinen. Wer außer ihm selbst könnte seine Biographie schreiben?«

Eine rhetorische Frage, die keiner Antwort bedurfte.

»Es ist nicht mein einziger Job; ich habe noch mehr zu tun.«

Der Raum, in den man Coffin geführt hatte, war ein Schritt in die Vergangenheit. Er fühlte sich in die Zeit vor hundert Jahren zurückversetzt. Es war ein kleines Zimmer, das durch wuchtige Möbel, wie sie die Kaufmannsklassen des viktorianischen England bevorzugten, noch kleiner erschien. An der Wand gegenüber der Tür hing in einem Rahmen aus vergoldetem Holz ein großer quadratischer Spiegel mit kleinen Zierregalen zu beiden Seiten, auf denen Porzellan, Töpfe und Fotografien standen. Das Staubwischen hier mußte die Hölle sein. Eine andere Wand verschwand hinter einem dunklen, hölzernen Ungetüm mit einem weiteren Spiegel, der inmitten einer Heerschar von Regalen und Schubladen thronte. Aus den Tiefen seiner Erinnerung förderte Coffin das Wort ›chiffonière‹ zutage. Der ganze Raum wurde von einem ovalen Mahagonitisch beherrscht, um den herum in Reih und Glied Stühle mit roten Plüschsitzen standen. Auf dem Boden lag ein dunkler Orientteppich.

Als Janet Neptune mit den Kaffeetassen hereinkam, bemerkte sie, daß Coffin sich gründlich umsah. »Er hat die Möbel für seine Mutter gekauft, als er anfing, gut zu verdienen. Nach ihrem Geschmack. Damit sie sich wie eine Dame fühlen konnte, sagte er immer. Ich glaube, sie gefallen ihm auch, denn er hat die Sachen nie abgestoßen.«

»Was ist mit seinen Ehefrauen? Wie haben die beiden das ausgehalten?«

»Oh, ich glaube nicht, daß es ihnen gefallen hat, aber die Möbel sind noch da und sie nicht.«

Sie reichte den Kaffee herum, der stark und gut war.

Janet Neptune sagte: »Ich höre Geräusche, das heißt, er ist bereit, seinen Besuch zu empfangen. Ich kenne dieses spezielle Husten.«

Mehrere Generationen von Parlamentsabgeordneten hatten dieses Hüsteln ebenfalls gekannt – seinerzeit im Unterhaus, vor einer wichtigen Rede.

»In Ordnung.« Coffin stand auf.

Sie wandte ihm den Kopf zu und sagte mit vertraulicher Miene: »Noch eins vorweg. Ich nehme an, Sie werden ihn wieder besuchen: Lassen Sie sich von ihm nichts zu essen oder zu trinken geben.«

Nach einem Augenblick verblüfften Schweigens sagte Coffin: »Er wird mich doch nicht vergiften?«

Sie legte den Kopf schräg. »Vergiften nicht, nein, wir lassen nicht zu, daß er etwas wirklich Gefährliches in die Finger bekommt. Er nimmt einige Medikamente, aber die halten wir unter Verschluß. Nein, er macht sich manchmal einen Spaß daraus, einen Drink mit einem Abführmittel oder etwas in der Art zu würzen. Einmal hat er dem guten Jack einen Gin mit Wasserstoffsuperoxyd gegeben, nicht wahr, Jack?«

»Wenn du es sagst.«

»Hat gar nicht so besonders gesprudelt, aber natürlich schauderhaft geschmeckt.«

»Nicht schlechter als manch anderer Drink«, sagte Bradshaw.

»Ein beliebter Scherz auf Hauspartys. Sehr edwardianisch.« Janets Gesicht kam Coffin sehr nahe. »Sie verstehen schon... War natürlich nicht seine Welt, aber einige der Damen, mit denen er später verkehrte...« Sie zuckte die Achseln. »Oberklasse... Lady Sowieso und Gräfin Was-weiß-ich... Sie fanden ihn attraktiv; er war ja auch ein attraktiver Mann. Und er hat eben einige ihrer Gepflogenheiten angenommen.«

»Ja, das habe ich gehört.«

»Wir gehen jetzt besser hinein.« Bradshaw erhob sich.

»Ja«, nickte Janet. »Trinken Sie Ihren Kaffee aus, Sir, dann gehen wir zu ihm. Er wird sicher langsam ungeduldig. Wenn man nicht mehr viele Jahre vor sich hat, erledigt man die Dinge gern zügig.«

Sie ging aus dem Speisezimmer in den Flur und zog die Tür, nachdem die beiden Männer ihr gefolgt waren, hinter sich zu. Auf der gegenüberliegenden Seite des Korridors stand die Tür zu einem anderen Zimmer halb offen.

Ohne genauer hinsehen zu müssen, wußte Coffin, daß dieser mit schweren, dunklen, kunstvollen Möbeln zugestellte Raum ein Museumsstück war. Über die ganze Länge einer Wand erstreckte sich ein großer Schrank voller ledergebundener Bücher, denen man ansah, daß sie weder gelesen noch geliebt wurden. In diesem Raum hatte die Vergangenheit das Sagen.

Der alte Mann saß in einem großen Lehnsessel. Sehr aufrecht und eindrucksvoll. Sein Kopf mit der Kokarde weißen Haares wurde von Kissen gestützt. Er trug eine weiche Kaschmirjacke und hatte sich eine Schottendecke über die Beine gelegt. Alt, elegant und gebieterisch. Dieser Mann war noch immer Herr seiner Sinne, das spürte man sofort. Er wurde vielleicht schnell müde – wahrscheinlich sogar –, aber solange er präsent war, würde er es mit der ganzen Schärfe seines Verstandes sein.

Coffin war überrascht, wie gut er sich an dieses Gesicht erinnern konnte. Dasselbe galt für den vollen Haarschopf, an dem die Zeit so spurlos vorübergegangen zu sein schien, daß Coffin sich zynisch fragte, ob es eine Perücke war. Aber das schien unwahrscheinlich, denn die Parole des alten Mannes war immer »Ehrlichkeit und Integrität«

gewesen, obwohl man sich fragen mochte, was genau diese Begriffe in politischen Kreisen bedeuteten.

Außerdem trugen ja viele eine Perücke. Seine eigene Frau besaß mehrere, was, wie sie sagte, in ihrem Beruf unabdingbar sei.

Jetzt richtete der alte Herr seine blauen Augen mit befehlsgewohntem Blick auf Coffin. »Nett, daß Sie gekommen sind, Sir. Bei all Ihren Pflichten kann das nicht ganz einfach gewesen sein. Ich weiß Ihre Freundlichkeit zu schätzen.« Es war eine volle, tiefe Stimme, aber das Alter hatte hellere Töne hineingewoben.

»Sie wissen, wer ich bin?«

»Ich halte mich auf dem laufenden, Sir.«

Das glaube ich sofort, dachte Coffin, dem ein kleiner Fernsehapparat auf einem Tisch neben dem Sessel aufgefallen war. In den Regalen unter dem Tisch stapelten sich moderne Bücher und Zeitschriften. Die Gegenwart blieb also nicht unbeachtet.

Janet stürzte auf ihn zu und zupfte seine Decke zurecht. »Natürlich bist du auf dem laufenden, Onkel.«

Er ignorierte sie. »Mit Hilfe meines guten Freundes Bradshaw.«

»Dafür werde ich bezahlt, Sir«, sagte Bradshaw ein wenig säuerlich.

»Nicht hoch genug.«

»Wahrscheinlich nicht, aber ich ertrage es.«

Der alte Mann lachte leise in sich hinein. »Andere Dinge machen es erträglich, wie? Die Zusammenarbeit mit mir macht Ihnen Spaß, und wir werden beide an meiner Autobiographie verdienen.«

»Sie hoffen es jedenfalls.«

Dieses Geplänkel ist ein Spiel für die beiden, sie mögen einander, dachte Coffin. Aber selbst in dieser Hinsicht konnte er sich irren; man durfte nicht vergessen, daß zumindest einer der beiden Politiker war und daran gewöhnt, der Welt ein falsches Lächeln zu zeigen, sich zu verstellen. Zu lügen, um es mit einem Wort zu sagen.

»Sie haben da eine schöne Bibliothek, Sir. Dickens und eine vollständige Ausgabe von Thackery.« Nicht viele Häuser in Spinnergate hätten da mithalten können, vermutete er.

»Meine Mutter sagte mir, ich solle sie mir anschaffen. Ich müsse so etwas haben. Aber ich habe nie auch nur einen Band aufgeschlagen. Ich selbst war immer mehr für Shaw und Gissing. Sie hat sie übrigens auch nicht gelesen, war nicht ihr Geschmack. Ethel M. Dell und Ruby M. Ayres, ja, das waren ihre Göttinnen. Ich glaube nicht, daß diese Bücher jemals irgend jemand zur Hand genommen hat. Aber sie machen sich gut, was? Schöne Einbände.«

»Sehr schön.«

»Und Sie machen jetzt nur schöne Worte, mein Junge«, sagte der alte Mann und wechselte jäh von der Rolle des in Erinnerung schwelgenden Sohns in die des alten Schulmeisters, der mit einem ehemaligen Zögling sprach.

Was für ein Politiker er gewesen sein muß, dachte Coffin, mit dieser Fähigkeit, jede Pose einzunehmen, die ihm gerade zupaß kommt. »Ich habe mich gefragt, was Sie von mir wollen.«

»Und wann ich zur Sache kommen würde?« Er sah Janet an, die zwei Stühle für Coffin und Bradshaw zurechtrückte und sich dann leise aus dem Raum entfernte. »Und du kannst die Tür hinter dir zumachen, Janet«, rief er ihr nach. »Sie lauscht nämlich gern«, sagte er an Coffin gewandt und nicht gerade leise. »Ich weiß, daß du da draußen rumlungerst, Janet, ich spüre es.«

Bradshaw schnalzte mit der Zunge. »Sie sind ungerecht gegen Janet; es würde Ihnen schwerfallen, jemanden zu finden, der tun würde, was sie tut.«

»Sie kann mich nicht leiden.«

»Wollen Sie, daß ich ebenfalls gehe?« fragte Jack Bradshaw mit geheuchelter Verärgerung.

»Sie können bleiben.« Der alte Mann blickte auf seine Hände hinab. »Ich bin in gewisser Weise bereits tot, tot für viele Leute. Sie haben wahrscheinlich auch geglaubt, ich sei tot, weil ich schon so lange von der Bildfläche verschwunden bin. Ein Kapitel alter Geschichte«, sagte er zu Coffin.

»Englischer Geschichte, Sir.«

»Und das will ich auch bleiben. Ich möchte, daß man mich um dieser Dinge willen in Erinnerung behält, um der guten Dinge willen, die ich für die englische Gesellschaft getan habe, für all das, was ich möglich gemacht habe, für das, womit ich aufgeräumt habe.«

»So wird es auch sein«, antwortete Coffin und war gespannt, was als nächstes kommen würde.

»Ich wurde hier in der Gegend geboren… war eine ganz andere Welt damals noch.«

»Ich bin selbst nicht weit von hier geboren, Sir.«

»Aber viel später. Sie sind jünger. Trotzdem, es war eine andere Welt, selbst damals.« Er stand auf und ging langsam zum Fenster hinüber. »Hat sich alles verändert da draußen. Neue Häuser und ein leerer Fluß. Ein anderer Menschenschlag, der jetzt hier lebt. In meiner Kindheit stand hier ein Wohnblock mit Dutzenden von Familien in überfüllten Räumen. Eine einzige Toilette für alle und eine Pumpe draußen im Hof. Den Gestank werde ich nie vergessen.«

»Wir alle haben solche Erinnerungen, Sir. Ich weiß noch, wie große Schiffe und Kähne über den Fluß hier fuhren.«

»Die Männer vor den Toren der Werften kämpften um Arbeit, und die Bosse kamen heraus und konnten sich aussuchen, wen sie haben wollten... Auch daran kann ich mich erinnern... Ich habe mitgeholfen, daß das aufhörte. Es war ein Anfang.«

Ohne sich vom Fenster abzuwenden, fuhr er fort: »Nachts brennen überall Lichter. Sie leuchten bis zu uns rüber. Kann manchmal nicht schlafen deswegen.« Er drehte sich um: »Damals hatten wir Gaslampen an den gepflasterten Wegen, und überhaupt gab's nirgendwo viel Licht... Unter den Lampen Lichtkegel und dahinter nur schwarze Finsternis. Eine dunkle Welt. Ich möchte, daß Sie das im Gedächtnis behalten.«

»Ich kann es mir vorstellen.« Coffin fühlte sich langsam wie Alice, die durch den Spiegel trat. Nicht in eine andere Welt, sondern einen Schritt zurück in der Zeit. Er sah Jack Bradshaw an, der ihm mit dem Anflug eines mitleidigen Lächelns antwortete. So ergeht es ihm ständig, dachte Coffin, ein Wanderer zwischen Vergangenheit und Gegenwart.

»Auch die Straßen selbst waren anders, nicht nur

schlechter beleuchtet, sondern auch schmaler. Es gab nicht so viel Verkehr, und ein Großteil davon wurde von Pferden bewältigt. Innenhöfe mit kleinen Häusern drum herum. Zerbrochene Fensterscheiben, in die man alte Kleider stopfte, damit es nicht zog. Unverschlossene Türen – bei so vielen Menschen unter einem Dach, ganzen Familien, die in einem einzigen Zimmer zusammengepfercht waren, konnte man die Haustür nicht oft verschließen. Ein Paradies für Diebe und Schlimmeres …«

Bradshaw fing Coffins Blick auf und nickte leicht. Er wird jetzt bald zur Sache kommen, sagte das Nicken. Er muß sich langsam herantasten.

»In dem Jahr, als ich dreizehn war, hatten wir einen sehr heißen Sommer«, fuhr Lavender fort, »dem ein schlimmer, nebliger Winter folgte. Ich erinnere mich noch, wie der Nebel über der Straße hing, in der wir lebten, und wie er hinterhältig in jeden Winkel des kleinen Hauses hineinzukriechen schien. Meine Schule war gleich um die Ecke, und ich habe dort soviel Zeit verbracht wie möglich. Es gehörte eine kleine Bibliothek dazu, da konnte ich hineinschlüpfen und lesen. Es war wärmer als zu Hause. Und auch ruhiger. Meine Mutter wusch für andere die schmutzige Wäsche – das war damals gang und gäbe, um etwas dazuzuverdienen; man sammelte die Wäsche ein und nahm sie zum Waschen mit nach Hause. Die Sachen wurden auf einem Waschbrett gerieben. Wir hatten einen Boiler in der Küche mit einem Kohlenfeuer darunter. Ich habe meiner Mutter geholfen, die saubere Wäsche auszuliefern … in einem alten Kinderwagen … ich hatte einen jüngeren Bruder, aber der ist gestorben …«

»Ich habe als Kind auch kleinere Arbeiten erledigt, Briefe überbracht, Einkäufe gemacht, mir eben ein bißchen Taschengeld verdient«, sagte Coffin, in dessen Erinnerung lange vergessene Bilder aufstiegen. Hatte er den Gedanken laut ausgesprochen? Wenn ja, beachtete der alte Mann seinen Einwurf nicht, sondern fuhr fort:

»Also war ich zu allen möglichen Tageszeiten draußen auf der Straße, manchmal frühmorgens, manchmal spät am Abend. Ich habe alles gesehen... Ich wußte so ziemlich alles darüber, was Männer und Frauen taten und was Männer mit Frauen taten. Ist mir übrigens gut zustatten gekommen, später, als ich in die Welt hinausging, das kann ich Ihnen sagen... aber dennoch...« Er hielt inne. »In jenem Winter gab es auf den Straßen viel Gewalt... Durch den Nebel, der damals besonders schlimm war, konnten die Übeltäter sich wahrscheinlich leichter davonmachen. In jenem Winter und im Frühling darauf wurden in Spinnergate und East Hythe vier Frauen getötet.«

»Das wissen Sie so genau?«

»Ich weiß es; es gab viel Gerede damals, und Jungen spitzen die Ohren, wenn von so etwas gesprochen wird... Eine Frau wurde in einem Rinnstein tot aufgefunden, eine andere in einem Park, wieder eine in einer Gasse. Und ich habe allen Grund, mich daran zu erinnern.«

»Vier, sagten Sie?«

»Ja, alle erwürgt, und alle Opfer des gleichen Mörders. Was wir heute einen Serienmörder nennen. ›Ungeheuer‹ nannte man sie damals, in jenem letzten Winter vor dem Ersten Weltkrieg.«

Lavender brach ab, das Sprechen hatte ihn angestrengt.

»Sie könnten einen Drink vertragen«, sagte Bradshaw und stand auf. »Sie hätten es mir überlassen sollen, das alles zu erzählen.« Er ging zur Tür. »Janet, bring uns ein Glas Wasser.«

Janet mußte gleich hinter der Tür gestanden haben, denn sie war im Handumdrehen mit einem Glas Wasser wieder zurück. »Bitte schön. Ich habe einen Tropfen Whisky hineingegeben.«

Einen ziemlich großen Tropfen, dachte Coffin, dem die Farbe der Flüssigkeit aufgefallen war. Aber Janet kannte den alten Mann und wußte, was er vertragen konnte.

Dick Lavender nahm einen Schluck. »Eines Tages kam ich in dichtem Nebel nach Hause. Ich hatte einem Pub in der Nähe Wäsche geliefert: Dem Rock of Gibraltar... Gib nannten wir es.«

»Existiert heute noch«, sagte Coffin.

»Ich weiß... Als ich nach Hause kam, rief meine Mutter mich in die Küche... Ich wollte mich eigentlich nach oben schleichen, um zu lesen, ich war gerade mitten in einem guten Buch... Meine Mutter zitterte am ganzen Leib, und sie hatte Blut auf ihrer Schürze... Sie war eine ziemlich kleine Frau, und sie war nicht betrunken, sie trank nicht. Sie holte mich in die Küche und erzählte mir, daß mein Vater der Serienmörder sei und daß er wieder eine Frau getötet habe. Der Leichnam liege jetzt in unserem Hinterhof.«

Die Worte fielen wie Messer in den Raum, scharf und schwer. Sind Sie sich da wirklich sicher, hätte Coffin gern gefragt. Ist das keine Kinderphantasie, sondern eine reale Erinnerung? Aber er sagte es nicht.

Es drängte sich ihm nur eine einzige Frage auf, und die stellte Coffin: »Wo war Ihr Vater?«

»Weg.«

Dann sagte Coffin es doch; er mußte es sagen: »Sind Sie sich sicher, daß Sie sich das nicht nur eingebildet haben?« Später würde er vielleicht Bradshaw beiseite nehmen und fragen: »Ist der alte Mann verrückt?«

»Oh, ich bin mir sicher. Meine Mutter bat mich, sie zu begleiten, um die Tote zu begraben... Ich half ihr, die Frau in den Kinderwagen zu heben, und ich habe ihn durch die Straßen geschoben. Dann habe ich Mutter geholfen, sie zu begraben.«

Janet kam mit der Whiskyflasche herein und verteilte Drinks an alle, wobei sie auch sich selbst nicht vergaß. Dann zog sie sich wieder zurück, zweifellos, um abermals an der Tür zu lauschen.

Coffin nahm seinen Whisky dankbar entgegen und leerte das Glas mit einem einzigen langen Schluck. Danach konnte er den Dingen wieder etwas gefaßter entgegensehen.

»Und was habe ich damit zu tun?«

Dick Lavender antwortete ernst: »Diese Sache von damals lastet schon lange auf meinem Gewissen.«

Hat es Ihrer Mutter zu schaffen gemacht? hätte Coffin gern gefragt, aber er spürte, daß die Antwort nein sein würde. Sie war glücklich und zufrieden gestorben.

»Ich möchte, daß Sie die Namen der ermordeten Frauen herausfinden. Sie müßten in den Polizeiakten vermerkt sein. Ich kann Ihnen die Jahreszahlen nennen.«

»Es ist lange her, Sir«, sagte Coffin begütigend. »Warum belassen wir es nicht dabei?«

Lavender sprach weiter, als hätte Coffin kein Wort gesagt: »Sämtliche Todesfälle haben sich in Spinnergate oder East Hythe ereignet, das müßte Ihnen eigentlich helfen. Die Polizei ist mit ihren Nachforschungen nicht weitergekommen. Ich erinnere mich, daß meine Mutter sich Sorgen machte, aber es verstrich eine Woche um die andere, und nichts geschah.«

»Sie meinen, Ihr Vater wurde nie damit in Verbindung gebracht?« Coffin redete nicht um den heißen Brei herum.

Auch diese Frage blieb unbeachtet. »Wenn Sie die Namen herausfinden könnten und wenn es noch lebende Verwandte der toten Frauen gibt, dann würde ich gern etwas zur Wiedergutmachung unternehmen. Anonym natürlich.«

Ich hatte recht, ich werde ebenfalls ein Wanderer zwischen den Zeiten sein, dachte Coffin mit einem Gefühl der Benommenheit. Eine Wanderung durch die Vergangenheit... Wenn ich nicht aufpasse, komme ich da nie wieder raus.

»Und ich möchte, daß die Frau, die meine Mutter und ich unter die Erde gebracht haben, wieder ausgegraben wird und eine anständige Beerdigung bekommt.«

Coffin schwieg. »Lassen Sie mich kurz nachdenken, Sir. Ich sehe da einige Schwierigkeiten auf uns zukommen.« Sie mußten das Grab finden, die Leiche ausbuddeln, es würde eine gerichtliche Untersuchung geben... Und die Presse würde sich wie ein Schwarm Geier auf die Schlagzeile stürzen.

»Ich kann Ihnen sagen, wo wir sie begraben haben. Ich erinnere mich ganz deutlich.« Dick Lavender nickte Bradshaw zu. »Holen Sie uns die Karte, Jack.«

»Er weiß Bescheid?« Coffin sah Bradshaw nach.

»Natürlich. Ich vertraue ihm. Er schreibt meine Biographie, aber er wird nur das aufnehmen, was ich ihm sage.«

Wenn Sie sich da nur nicht irren, dachte Coffin.

»Und Janet?« Janet, die an Türen horcht.

»Sie bekommt keinen Penny von ihrer Erbschaft, wenn sie nicht diskret war.«

»Und mir vertrauen Sie auch?«

Dick Lavender schenkte ihm sein berühmtes Lächeln, dieses Lächeln, das vor langer Zeit die Herzen vieler schöner Frauen gebrochen hatte. »Jawohl.« Er neigte den Kopf, eine Geste huldvoller Noblesse.

Oh, du Charmeur, dachte Coffin. Aber was steckt eigentlich wirklich hinter der Sache? Er hatte das deutliche Gefühl, in ein Labyrinth geführt zu werden.

»Ich kann Ihnen weder Erfolg noch absolute Verschwiegenheit garantieren. Das ist einfach nicht möglich, Sir.«

Bradshaw kehrte mit einer Karte des Bezirks zurück, die er seinem Arbeitgeber reichte.

»Sie erinnern sich vielleicht, wo Sie und Ihre Mutter vor all diesen Jahren den Leichnam begraben haben, aber inzwischen hatten wir einen Krieg, es ist überall neu gebaut worden… Möglich, daß an der betreffenden Stelle heute ein Hochhaus oder eine Fabrik steht.«

»Wir glauben, daß das nicht der Fall ist«, schaltete sich Bradshaw ein. »Es war damals eine freie Fläche und ist es noch immer.«

»Es handelt sich um den alten Friedhof, der schon zu jener Zeit nicht mehr benutzt wurde, gleich bei der Kirche

St. Luke.« Dick Lavender lächelte wieder. »Die kennen Sie ja.«

»O ja, ja, die kenne ich.« Das Mosaik fügte sich nach und nach zusammen. Er war nicht nur Chief Commander von London II und daher der geeignetste Mann, um eine lange zurückliegende Serie von Morden zu untersuchen – selbst wenn die Untersuchung erfolglos bleiben sollte –, nein, er lebte auch noch in dem Turm der alten Kirche St. Luke. Der ehemaligen Kirche, verbesserte er sich im Geiste. »Das Gelände ist heute ein kleiner öffentlicher Park auf der anderen Straßenseite.« Die Straße, so vermutete er, war relativ neu, wenn auch vor seiner Zeit angelegt.

»Ich habe Ihre Gattin auf der Bühne gesehen«, sagte Dick Lavender. »Natürlich nicht mehr in jüngster Zeit. Ich gehe nicht mehr aus. Eine schöne Frau.«

»Das finde ich auch...« Coffin riß sich zusammen. »Sir, wie ich bereits sagte, das alles liegt lange zurück... warum lassen Sie die Sache nicht ruhen?«

Dick Lavender sah Bradshaw an und nickte ihm kaum merklich zu.

Jack seufzte. »Eine junge Frau ist hiergewesen und hat Fragen gestellt, eine freie Journalistin... Möglich, daß sie etwas ausgegraben hat... Wenn ja, wird sie es sicher an die Öffentlichkeit bringen.«

»Ich muß ihr zuvorkommen«, sagte Dick Lavender. »Mein guter Ruf bedeutet mir viel.« Er deutete Coffins Gesichtsausdruck richtig. »Aber vor allem sind es Gewissensgründe. Ich habe in meinem Leben schon genug Dinge zu bedauern. Was dieses spezielle Verbrechen betrifft, möchte ich mir Erleichterung verschaffen.«

»Ihr Vater und Ihre Mutter sind tot… Sie waren die Schuldigen. Sie selbst waren jung, und es kann Sie kein Vorwurf treffen.«

»Ich mache mir aber Vorwürfe«, sagte der alte Mann schlicht. »Wenn man alt wird, wächst die Schuld; sie breitet sich aus wie ein Schimmelpilz. Das werden Sie eines Tages selbst erleben. Ich möchte nicht unter Schimmel erstickt sterben.«

Coffin stand auf. »Ich werde darüber nachdenken, Sir, und wiederkommen, wenn ich mich entschieden habe.«

Dick Lavender neigte abermals den Kopf, eine Geste würdevoller Zustimmung diesmal. »Bitte lassen Sie mich Ihre Entscheidung wissen.« Dann lehnte er sich in seinem wuchtigen Sessel zurück und schloß die Augen. »Jack, begleiten Sie den Chief Commander hinaus… Ich danke Ihnen für Ihren Besuch.«

Bradshaw führte Coffin zur Tür, wobei er Janet, die sich auf dem Flur herumdrückte, sorgsam aus dem Weg ging. Dann stieg er mit ihm zusammen in den Aufzug.

Kaum daß die Türen sich hinter ihnen geschlossen hatten, sagte Coffin: »Ist das wirklich alles ernst zu nehmen?«

»Sie wissen, daß es so ist.«

Coffin schwieg, bis sie das Erdgeschoß erreichten und die Aufzugtür sich öffnete. Er trat hinaus in die frische Luft und holte tief Atem. »Ich weiß es nicht. Nein, ich weiß es nicht.«

Er drehte sich zu Bradshaw um. »Ist er verrückt oder senil?«

»Nein, nicht verrückt...« Er lächelte schwach. »Er würde nie vergessen, daß er mal Premier war, aber manchmal habe ich den Verdacht, er glaube, er sei Mr. Gladstone, der auszog, um gefallene Frauen zu retten... Die Geschichte, die er Ihnen erzählt hat, muß wohl einiges damit zu tun haben. Und einmal hat er sich so aufgeführt, als sei er Pitt der Jüngere, der Napoleon Bonaparte den Fehdehandschuh hinwirft.«

Coffin verdaute diese Bemerkung, die halb satirisch gemeint und deshalb um so interessanter war. »Diese junge Journalistin... die gibt es wirklich?«

»Die gibt es. Sie ist keine Erfindung.«

»Dann teilen Sie mir ihren Namen und ihre Adresse mit, wenn Sie die haben.«

Bradshaw nickte. »Ich schicke Ihnen aufs Revier, was ich weiß. Viel ist es allerdings nicht. Marjorie Wardy war der Name, den sie benutzte, als sie bei uns war. Das kann aber ein Pseudonym sein.«

»Geben Sie mir, was Sie haben. Ich lasse Sie meine Entscheidung dann wissen.«

Jack Bradshaw zögerte. »Da wäre noch etwas... Dem alten Mann geht es bestimmt im Kopf herum, und vielleicht war das auch der Grund, warum er Sie hinzugezogen hat. Er hat zwei Drohbriefe bekommen...«

Coffin warf ihm einen schnellen Blick zu.

»Er wußte, daß ich es Ihnen erzählen würde«, sagte Jack Bradshaw. »Er wollte, daß ich es tue. Es macht ihn nervös. Er glaubt, es könnte etwas mit seiner Vergangenheit zu tun haben.«

Wieder beschlich Coffin dieses Gefühl, in einem Labyrinth gefangen zu sein. Jedesmal, wenn er glaubte, festen Boden unter den Füßen zu haben, bewegte sich der Boden.

»Schicken Sie mir alle Informationen, die Sie haben, einschließlich der Briefe, und ich werde Ihnen sagen, wie es weitergeht.«

2

Coffin ging nach Hause zu seiner Frau Stella, die der Länge nach auf dem Bett lag. Sie trug einen Hosenanzug aus Satin und lackierte sich gerade die Fingernägel in einem sehr zarten Pinkton. Er sah sie gern in Rot, aber es machte ihn immer etwas nervös. Es war ein Zeichen dafür, daß sie eine ihrer flatterhaften Anwandlungen hatte, wie er diese Stimmung für sich nannte. Es war eine Stimmung, die er gleichzeitig liebte und fürchtete, denn man konnte nie wissen, wie sich dieser Zustand auf sie auswirkte.

»Liebling«, sagte er. »Wie froh ich bin, daß ich dich geheiratet habe.«

Stella setzte sich hin. »Ganz meinerseits, mein Schatz. Es ist auch für mich sehr angenehm.« Sie klang leicht überrascht, aber sie war eine großzügige Frau, die gern ein Kompliment mit einem anderen vergalt – selbst wenn es nicht hundertprozentig der Wahrheit entsprach. Denn Stella hatte ihre Höhen und Tiefen und konnte nicht leugnen, daß sie ihren Mann bisweilen ermüdend fand. Das war eine der Obliegenheiten eines Ehemannes, vielleicht sogar eine notwendige.

»Ich liebe dich.« Sie streckte die Arme nach ihm aus, um sich küssen zu lassen.

Sie hatten ihre ehelichen Unterredungen bis dato auf eine Weise geführt, die sie den ›Noel-Coward-Stil‹ nannte. Mit anderen Worten, entspannt, amüsiert und mit einer gewissen Distanz. Einzige Ausnahme waren ihre Kräche, bei denen mit harten Bandagen gekämpft wurde. Stella genoß diese Auseinandersetzungen. Sie sagte, sie gäben ihr Raum. Und als dramatische Schauspielerin brauchte sie Raum.

Einen Augenblick lang war sie versucht zu sagen: Paß auf meinen Nagellack auf, aber das wäre ebenso unfreundlich gewesen wie schlecht erzogen, daher genoß sie die Umarmung und ließ nur einen schnellen Blick über ihre Nägel gleiten, als er sie wieder freigab. Alles in Ordnung, nichts verschmiert.

»Was ist los?«

»Warum sollte etwas los sein?«

Wie drückte man so etwas taktvoll aus? »Das war eine Art Verzweiflungskuß.«

»Du hast wirklich den Bogen raus, wie man einen Burschen in seine Schranken verweist«, bemerkte Coffin und stützte sich mit den Ellbogen aufs Bett. Aber er war eher belustigt als ärgerlich. »Und es war nicht Verzweiflung, nur Verwirrung.«

»Das sieht dir gar nicht ähnlich.« Stella rettete das Nagellackfläschchen und stellte es ordentlich in einen Schminkkoffer. Sie hatte nicht übertrieben, ihr Mann war für gewöhnlich Herr seiner selbst wie auch der Situation: manchmal wütend, manchmal niedergeschlagen, aber immer davon überzeugt zu wissen, wo er stand. Zumindest entsprach das dem Bild, das sie von ihm hatte.

»Ich habe gerade eine höchst ungewöhnliche Geschichte gehört, und ich weiß nicht, ob ich sie glauben soll oder nicht.« Er stand auf und trat ans Fenster. Von dort aus konnte man gerade eben noch den alten Friedhof sehen. Eine Frau ging mit einem Kinderwagen dort entlang, und zwei Hunde taten, was Hunde eben tun. Ein alter Mann saß scheinbar schlafend auf einer Bank. Es würde nicht leicht werden, dort etwas auszugraben. Falls er sich dazu durchrang.

»Ich nehme an, es ist einer von diesen Fällen, über die du nicht reden kannst«, sagte die erfahrene Ehefrau.

»Ich werde darüber reden. Mit dir.«

»Oh, vielen Dank.« Stella wußte das Kompliment zu schätzen.

»Du bist vernünftig.«

Ah, das Kompliment schrumpfte ein wenig zusammen.

»Das bin ich«, sagte sie, richtete sich auf und zog die Seidenjacke – die von der herzlichen Umarmung ein wenig verrutscht war – fester um sich. »Was siehst du dir da draußen an?«

»Den alten Friedhof.«

Wir sind also wieder beim Thema Tod, dachte sie. Der Tod ist in unserem Leben immer gegenwärtig. Die Karriere meines Mannes gründet sich überwiegend auf den Tod von Männern, Frauen und Kindern.

»Er spielt eine Rolle bei dem, worum man mich gebeten hat: Ich soll einem Serienmörder nachspüren, der seine Taten vor über achtzig Jahren begangen hat (nur daß man diese Leute damals nicht Serienmörder nannte, sondern Ungeheuer), und ich soll das Grab eines der Opfer finden.«

»Ist das ein Witz?«

Coffin schüttelte den Kopf. »Nein. Es wäre nicht mal komisch, wenn es einer wäre, und es ist keiner.«

»Du kannst die Sache ignorieren, behaupten, du hättest zu viel zu tun, um Todesfälle zu untersuchen, die so lange zurückliegen.«

»Ich habe in der Tat zuviel zu tun«, erwiderte Coffin düster.

»Wer bittet dich darum, so etwas zu tun?«

Coffin holte tief Atem. »Richard Lavender, ehemaliger Premierminister.«

»Ich dachte, der wäre tot. Nein, das stimmt nicht, ich habe überhaupt nicht an ihn gedacht. Vergangenheit, Geschichte.«

»Nur zu«, sagte Coffin mit unverminderter Düsternis. »Du machst mir nicht gerade Mut, aber genau das habe ich auch gedacht. Er ist nicht tot, nur sehr alt, aber lebendig und bei klarem Verstand. Und wie es scheint, will er sein Gewissen beruhigen.«

»Die Morde gehen doch nicht auf sein Konto, oder? Erzähl mir nicht, daß er der Serienmörder war! Was für ein Stück das abgeben würde.«

»Der Stoff würde eines Shakespeare bedürfen... aber nein, er sagte, es sei sein Vater, der die Morde begangen habe. Er und seine Mutter hätten das Begraben besorgt. Das heißt, wenn wir ihm glauben können.«

Sie hörte den Zweifel aus seiner Stimme heraus. »Du glaubst ihm nicht?«

»Ich weiß nicht. Ich weiß es einfach nicht. Na komm schon, was denkst du? Ich will die Meinung eines Außenstehenden hören. Was hältst du von dem Ganzen?«

»Du meinst, ich soll vernünftig sein.« Stella setzte sich an ihre Frisierkommode und betrachtete ihr Gesicht. Sie zog die Mundwinkel herunter und nahm einen Ausdruck an, der sie älter, aber auch vernünftiger erscheinen ließ. »Nun, warum sollte er lügen?«

»Das ist es. Welche Motive hat er? Ich komme einfach nicht dahinter. Er sagt, er möchte mit gutem Gewissen sterben können.«

»Das wünschen wir uns wahrscheinlich alle, aber bisher haben ihm die Ereignisse von damals nicht allzuviel Kopfzerbrechen bereitet.« Plötzlich kam ihr ein Gedanke. »Er muß sehr jung gewesen sein, und einem Kind kann man keinen Vorwurf machen.«

»So jung war er auch nicht mehr. Außerdem war er ein kluger Kopf. Und dann all die Jahre der Macht, Jahre, in denen er in London das Sagen hatte. Warum hat er damals nichts unternommen?«

»Glaubt er es denn selbst?«

»Hm, hm. Ich denke schon... aber ich habe das Gefühl, daß er vielleicht unter dem Einfluß der Menschen steht, die mit ihm zusammenleben... einem Mann namens Jack Bradshaw.«

»Oh, der«, sagte Stella.

»Du kennst ihn?«

»Er geht oft ins Theater, gehört dem Theaterclub an, schreibt gelegentlich sogar Kritiken für die Lokalzeitung. Ja, ich kenne ihn.«

»Was hältst du von ihm?«

»Ich mag ihn. Ich glaube, er hat einen guten Sinn für Humor.«

»Vielleicht ist dies sein Witz«, sagte Coffin, dessen Miene sich abermals verdüsterte.

»Er ist vielleicht kein netter Mensch«, fügte sie nachdenklich hinzu. »Ich glaube, ich würde mich nicht darauf verlassen, daß er immer nett ist. Wenn er einen Witz macht, ist es vielleicht kein netter Witz.«

»Kann ich mir vorstellen – aber warum sollte er so etwas inszenieren? Wem würde er damit Schwierigkeiten machen? Abgesehen von mir natürlich. Er müßte den alten Mann schon sehr hassen, um ihn auf diese Weise zu manipulieren. Die Möglichkeit dazu hätte er wahrscheinlich; er schreibt seine Biographie. Vielleicht ist der alte Lavender senil geworden.«

»Macht er auf dich diesen Eindruck?«

»Nein, aber dazu müßte man vielleicht ein erfahrenerer Beobachter sein.«

»Bist du denn keiner?«

»In gewisser Weise schon, ja... Das bringt uns alles nicht weiter. Gib mir ein neues Stichwort.«

»Lebt er allein? Gibt es da sonst noch jemanden?«

»Ich weiß nicht, ob er einen größeren Bekanntenkreis hat, aber das kann ich herausfinden. Außerdem ist da noch die Nichte. Großnichte, aber die kümmert sich nur um den Haushalt.«

Stella schüttelte den Kopf. Frauen kümmern sich niemals nur um den Haushalt. Insgeheim verfolgen sie eigene Pläne, leben in einer anderen Welt, wie jeder Mensch das tut. Wahrscheinlich taten es sogar Tiere, auf ihre Weise. Katzen taten es bestimmt, dachte sie und blickte auf ihre eigene Katze hinab. Ehemals entlaufene Katze, Exkriegerin der Straßen, jetzt in die Jahre gekommenes häusliches Faktotum in Mädchengestalt.

»Glaubst du, er ist verrückt?«

»Wäre möglich. Die Art Wahnsinn, die manchmal mit extrem hohem Alter in Verbindung steht... nicht wirklich Wahnsinn, du verstehst schon, einfach zu viele Erinnerungen, zu viele Träume, die man nicht vergessen kann.«

»Das Problem scheint bei den Erinnerungen zu liegen.«

Coffin trat ans Fenster, um noch einmal auf die ehemalige Kirche hinabzublicken, die jetzt zum Theaterkomplex St. Luke gehörte. Dahinter lag das Grundstück, das der alte Friedhof gewesen war mit den verblichenen Grabsteinen, die wie tote Zähne aus ihm aufragten.

Die Kirche war ein solider, viktorianischer Bau, der zwei Weltkriege und viele Bombardierungen überstanden hatte, nur um dem abflauenden Interesse der Kirchgänger zum Opfer zu fallen. Die Kirche war säkularisiert worden; im Turm hatte man Wohnungen eingerichtet, von denen Coffin eine bewohnte. Das Kirchenschiff war in ein Theater mitsamt Theaterwerkstatt und experimentellem Theater verwandelt worden.

»Das war damals eine andere Welt hier, als er noch ein Junge war. Das London seiner Kindheit war in so vieler Hinsicht rauher und abstoßender und ärmer. Dunkle Straßen und überfüllte, enge Wohnräume.«

»Nun mach mal halblang. Dickens war schon tot, wie du vielleicht weißt.«

Aber Coffin ließ sich nicht bremsen. »Als Junge muß er alles über die ermordeten Frauen gehört haben. Er hat in den Zeitungen davon gelesen und mit anderen darüber gesprochen. Vielleicht hat er die Ereignisse in den Jahren, in denen er wohlhabend und erfolgreich wurde, in seinem Gedächtnis vergraben. Jetzt hat er die Erinnerung zum Vorschein kommen lassen und die Schuld auf sich genommen.«

Stella sagte: »Darüber muß ich nachdenken... Vielleicht gab es in jenen Tagen etwas, woran er mitschuldig war, und er hat diese Schuld auf etwas anderes übertragen... Würde ein gutes Stück abgeben.«

»Jack the Ripper war damals noch gar nicht so lange Geschichte. Es war immer noch ein schrecklicher Name, ein Name, der Geister heraufbeschwor. Man hat in jener Zeit über ihn geredet... hat sich an ihn erinnert. Lavender hat ihn sicher auch nicht vergessen.«

»Vielleicht war sein Vater ja Jack the Ripper«, sagte Stella obenhin. »Und ist für eine zweite Runde zurückgekehrt.«

»Das wäre ein ziemlicher Knüller, wenn man den Ripper nach all dieser Zeit doch noch identifizieren könnte«, sagte Coffin, »noch dazu als Vater eines Premierministers.«

Es war nicht unbedingt ein Witz.

Als er abermals aus dem Fenster sah, bemerkte er eine hohe Gestalt, die den alten Friedhof betrat; Coffin sah zu, wie der junge Mann sich der Länge nach unter einen Baum warf und das Gesicht in den Händen begrub.

Ein Schauspieler natürlich. Nur ein Schauspieler bewegte sich mit dieser anmutigen Eleganz und stellte dann so viel Gefühl zur Schau. Ein Schauspieler – oder ein Herzog.

»Wer ist dieser bildschöne junge Mann, der mit solch vollendeter Anmut die Straße überquert, um sich dann auf die Nase fallen zu lassen?«

Stella stand auf, um hinunterzusehen. »Oh, das ist Martin, Martin Marlowe. Er ist neu bei der Truppe. Hinreißend, nicht wahr?« In ihrer Stimme lag unverhohlene Würdigung: Niemand wußte einen gutaussehenden jungen Mann mehr zu schätzen als Stella. Gewöhnlich steckte nicht mehr dahinter als distanzierte Bewunderung, aber vielleicht nicht immer.

Coffin sah sie an und schüttelte den Kopf. »Nichts für dich, Darling.«

»Ich würde nicht im Traum daran denken.«

»Denken darfst du. Hinsehen auch, aber nicht anfassen.«

Stella lachte. »Du bist ein Schwein. Oder kannst jedenfalls eins sein. Aber weiß der Himmel, im Gefühlsleben dieses Jungen geht's auch schon hoch genug her, ohne daß ich mich da einmische.«

»Kann ich mir gut vorstellen – so wie er sich ins Gras geworfen hat. Der leibhaftige Hamlet.«

»Oh, meinst du?« Stella überlegte. »Ich sehe ihn mehr als Romeo. Romeo, nachdem er Julia verloren hat.«

»Hat er denn seine Julia verloren?«

»Noch nicht, aber er arbeitet dran. Er hatte einen lautstarken Streit mit seiner Freundin, alle haben es gehört, er war überaus beredt. Sie übrigens auch, wenn ich es recht betrachte.« Der Gedanke schien sie nicht allzu unglücklich zu machen. »Die Erfahrung wird seiner Schauspielerei natürlich eine neue Tiefe verleihen.«

Coffin blickte immer noch aus dem Fenster. »Dann ist das wohl der Grund, warum er mit der Faust ins Gras schlägt. Ist das Kummer? Für mich sieht das mehr nach Wut aus.«

Stella trat neben ihn und sah noch einmal hinaus. »Ich nehme an, er probt nur für seine Rolle.«

»Wie heißt er, sagtest du?«

»Martin Marlowe.«

Coffin wurde nachdenklich. »Ist das sein richtiger Name oder nur ein Pseudonym für die Schauspielerei?«

»Sein richtiger Name«, antwortete Stella langsam.

»Ah.«

Es folgte eine Pause, dann sagte sie: »Du weißt, wer er ist?«

»Ich weiß es.« Coffins Antwort kam ohne besonderen Nachdruck.

»Ich nehme an, daß du über solche Dinge für gewöhnlich Bescheid weißt.«

»Das gehört mit zum Job. Wie du sagst, man erzählt mir derlei Dinge.«

»Er spricht nicht viel darüber, aber ihm ist klar, daß die Leute Bescheid wissen und daß sie reden. Er versteckt es nicht. Tapfer, finde ich.«

»Ich wußte nicht, daß er hier ein Engagement hat.«

»Er ist gerade erst dazugekommen. Ich bin nach Bristol gefahren, um ihn dort spielen zu sehen. Was ich sah, gefiel mir, und ich habe ihm eine Rolle angeboten. Er ist noch sehr jung...«

»Das habe ich bemerkt.« Es mußte ein sehr junger Mann gewesen sein, der sich ins Gras gestürzt und dann mit beiden Fäusten darauf eingedroschen hatte. Ein leicht erregbarer junger Mann. Stellas Kommentar, daß er seine Rolle probe, ließ er nicht gelten.

»Er hat auf der Royal Academy of Dramatic Art gut abgeschnitten, auch wenn er keine Preise gewonnen hat. Aber wir wissen ja alle, daß die Gewinner von Preisen nicht unbedingt die brillantesten Karrieren machen.« Stella hatte als junge Schauspielerin nie einen Preis gewonnen, aber ihre spätere Karriere hatte ihr mehrere eingebracht; im Augenblick war sie für einen Preis der British Academy of Film and Television Arts nominiert. »Aber er besitzt die Fähigkeit, das Publikum unmittelbar anzusprechen, und das wird ihm noch gut zustatten kommen.« Sie fügte hinzu: »Natürlich weiß er, daß die Leute sich an die Ereignisse von damals erinnern und darüber reden. Das akzeptiert er. Er hat mir erzählt, daß er selbst sich nicht an viel erinnern kann …«

»Glaubst du ihm?«

»Er war erst acht.«

»Man kann sich an eine Menge von dem erinnern, was einem mit acht Jahren passiert ist«, sagte Coffin. »Und der Tod … ein Mord … der eigene Vater.«

»Aber genau das würde eine Gedächtnisblockade auslösen.«

»Was ist mit der Schwester?« Die Schwester war viel älter gewesen, um die sechzehn.

»Sie ist Chirurgin in einem Krankenhaus in East Hythe.«

»Ist es nicht ein wenig unklug, eine Frau, die so gut mit dem Messer umzugehen weiß, Chirurgin werden zu lassen?«

Stella war wütend. »Wie kann man nur so etwas Unfreundliches sagen. Das sieht dir gar nicht ähnlich.«

»Ja, die Bemerkung war vielleicht geschmacklos.«

»Sie ist ein anderer Mensch als das Mädchen, das seinen Vater erstochen hat.«

Aber Coffin hatte die offiziellen Berichte über den Mord gelesen, er hatte die Notizen des Pathologen gelesen und die Fotos von dem Opfer gesehen. Das alles hatte Stella nie zu Gesicht bekommen.

Vierzehn Jahre zuvor hatte sich auf der anderen Seite des Flusses in Chelsea eine Familientragödie ereignet. Henry Arthur Marlowe, ein einigermaßen erfolgreicher Anwalt, aber auch ein schwerer Trinker, der in betrunkenem Zustand gewalttätig wurde, war von seinen beiden Kindern erstochen worden: einem Sohn Martin, acht Jahre alt, und einer Tochter Clara, damals sechzehn. Sie erstachen ihn, um ihre Mutter zu schützen, die von ihrem Mann, wenn er betrunken war, furchtbar behandelt wurde. Wenige Wochen später nahm die Mutter sich das Leben. Trotz allem hatte sie ihren Mann geliebt. Das Mädchen Clara erlitt einen schweren Schock und konnte nicht mehr frei sprechen, wollte es wohl auch nicht.

Das Wohnzimmer in dem Haus in Vernon Gardens war voller Blut gewesen; Blut auf den Stühlen, Blut im Badezimmer und Blut im Schlafzimmer, wo Averil Marlowe tief schlafend im Bett lag; sie hatte ein Beruhigungsmittel genommen. Das Opfer hatte in der Tür gelegen, schon halb im Flur. Es war mehrere Male auf den Mann eingestochen worden. Jede Wunde ging tief ins Fleisch. Es war kein schneller Mord gewesen.

Das Mädchen ließ die Mutter ausschlafen, bevor sie sie mit einer Tasse Tee weckte, um ihr zu sagen, was sie getan hatten. Sie rief dann selbst bei der Polizei an, um den Mord zu gestehen.

Als die Polizisten eintrafen, fanden sie den Jungen schlafend vor, das Messer an die Brust gedrückt. Sowohl er als auch das Mädchen waren voller Blutflecken, die sie nicht abgewaschen hatten.

Nach den Abdrücken auf dem Messer zu urteilen, hatte der Junge die Mordwaffe mit Sicherheit in der Hand gehabt, und auf dem Hemd seines Vaters war ein blutiger Daumenabdruck.

Aber das Mädchen hatte die Hauptarbeit getan, wie Detective Inspector Headerley damals sagte. Und er hatte dem Bericht, den Coffin gelesen hatte, eine handschriftliche Notiz hinzugefügt: »Und ihr war es bitterernst, bei jedem Messerstich bitterernst.«

Der Junge wurde, da er noch so klein war, keines Verbrechens angeklagt und konnte auch nicht angeklagt werden – er kam zu Pflegeeltern. Seine Schwester wurde in einer Sondereinrichtung für gestörte und gewalttätige Kinder untergebracht, wo sie einen Zusammenbruch erlitt. Aber sie sprach auf die Behandlung an und machte, nachdem sie sich beruhigt hatte und etwas kooperativ geworden war, keine Probleme. Aufgrund ihrer überragenden Intelligenz hatte sie keine Schwierigkeiten, die Examensnoten zu bekommen, die die medizinische Fakultät ihrer Wahl verlangte. Obwohl ihre Geschichte bekannt war, wurde sie dort nach mehreren Gesprächen angenommen. Sie war die beste Studentin ihres Jahrgangs, aber sie hatte eine kleine Eigenheit: Sie sprach niemals, ohne dazu aufgefordert worden zu sein.

Coffin, der immer noch aus dem Fenster blickte, fragte: »Haben die beiden noch Kontakt miteinander, der Bruder und die Schwester?«

»Ich glaube ja«, sagte Stella. »Aber ich lerne ihn gerade erst richtig kennen, und sie habe ich überhaupt nur ein einziges Mal gesehen.«

»Hat sie mit dir gesprochen?«

»Nein, aber das ist normal bei ihr, glaube ich.«

»Nicht ganz einfach für ihre Patienten.«

»Martin sagt, sie hätte sich ihre Arbeit nach einem unpersönlichen Verfahren eingerichtet. Ich glaube, die Patienten müssen einen Fragebogen ausfüllen, den sie sich vorlesen läßt. Erst dann ist sie in der Lage, selber mit den Patienten zu sprechen.«

Coffin beobachtete Martin noch eine Weile, dann wandte er sich zu Stella um. »Ich hatte immer das Gefühl, daß wir etwas an diesem Fall nicht richtig verstanden haben.« Er schüttelte den Kopf. »Nur weiß ich nicht, was.« Er sah wieder aus dem Fenster. »Er steht auf.«

»Ende der Probe«, sagte Stella vergnügt.

Coffin verfolgte Martins Bewegungen; er war unzweifelhaft ein gutaussehender Mann, und sein Gang hatte eine verhaltene Eleganz, die recht attraktiv wirkte. »Er kommt in unsere Richtung. Ich glaube, er will dich besuchen.«

»Das würde mich nicht überraschen«, sagte Stella. »Ich habe ihn auf einen Drink eingeladen.«

»Stella«, sagte Coffin warnend.

»Nein, natürlich nicht.« Sie setzte sich sehr gerade hin

und gab sich entrüstet. »Nichts dergleichen. Meine Güte, er ist ein Säugling.« Dann fügte sie mit honigsüßer Stimme hinzu: »Du kriegst noch einen steifen Hals, wenn du weiter in der Haltung aus dem Fenster siehst, und Polizisten haben, wie du weißt, ziemlich oft einen steifen Hals … eine Berufskrankheit.«

Es war schwer, bei Stella die Oberhand zu behalten, überlegte Coffin, als er die lange Treppe hinunterging, um Martin hereinzulassen und ins Wohnzimmer zu führen, das genau wie das Schlafzimmer einen Blick auf den Friedhof bot. Das Sonnenlicht würde jetzt voll hineinscheinen, und Stella hatte es kürzlich in einem zarten Gelbton neu eingerichtet. Er lachte noch immer, als er zur Tür kam.

Martin stand draußen auf dem niedrigen Trittstein und fuhr sich mit der Hand über den weichen Seidenärmel seines Jacketts. Sein Blick war erwartungsvoll, aber sein Lächeln verriet Schüchternheit. »Stella hat mich zu einem Drink vorm Dinner eingeladen.«

»Ich nehme an, sie wird Sie auch zum Dinner selbst einladen. Kommen Sie herein.« Coffin hielt ihm die Tür auf.

»Oh, ich hätte nie gedacht, daß sie kocht.«

»Wird sie auch nicht.«

Martin sah Coffin ebenso überrascht wie fragend an.

»Ich auch nicht«, erklärte Coffin. »Ich schätze, wir gehen zu Max rüber oder lassen uns was bringen.«

Der junge Mann stolperte über eine Stufe und entschuldigte sich. »T-tut mir leid.« Er stotterte leicht.

»Diese Treppe hat ihre Tücken. Der Architekt hat sich eine normannische Falltreppe zum Vorbild genommen, sage ich immer«, scherzte Coffin. Er streckte die Hand aus, um dem jungen Mann Halt zu geben.

»T-tut mir leid... ich bin sonst nicht so ungeschickt.« Martins Stottern war merklich, aber nicht unangenehm. »In Gegenwart eines Polizisten werde ich immer etwas nervös.« Er sah Coffin an. »Meine Vergangenheit ist nicht ganz ohne, wie Sie wissen.«

Coffin nickte schweigend.

»Ich erzähle es den Leuten immer gleich, wenn sie es nicht sowieso schon wissen. Um's hinter mich zu bringen.«

»Sie hätten es mir nicht zu erzählen brauchen.«

»Sie wußten wohl ohnehin Bescheid. Wahrscheinlich wissen Sie mehr als ich. Die Sache ist nämlich, ich hab's vergessen. Blöd was?«

»Nein, es ist überhaupt nicht blöd. Es ist wahrscheinlich eine vernünftige Weise, damit fertig zu werden.«

Martin sah Coffin an, als wisse er nicht genau, was er mit dieser Bemerkung anfangen sollte. Dann wurde die Wohnzimmertür ziemlich energisch aufgezogen, und Augustus stürzte mit einem kurzen Bellen in den Flur. Stella, deren roter Seidenanzug das Licht einfing, folgte ihm. »Er sagt, er möchte gerne Gassi gehen«, erklärte sie und streckte Martin die Hand hin. »Komm rein, Martin.«

Martin bückte sich, um den Hund zu streicheln. »Braver Junge, gutes Kerlchen.« Er blickte auf. »Ich gehe mit ihm, Stella. Nur kurz über die Straße in den Park.«

»Ich weiß nicht, ob Hunde da erlaubt sind«, wandte Stella zweifelnd ein.

»Oh, diesen Prachtkerl wird schon niemand aufhalten.

Er ist eine wirkliche Schönheit. Du hattest recht, ihn zu kaufen, Stella.«

Augustus und Martin schienen einander zu kennen, was Coffin mit einem Anflug von Ärger bemerkte. »Sie kennen den Hund?«

»O ja, ein netter kleiner Bursche, nicht wahr? Er stammt aus der Züchtung der Deddingtons … Sie haben noch viel von dem alten Alderbourne-Blut in ihren Adern, deshalb sind sie auch etwas Besonderes. Ich wußte, daß es nicht verkehrt sein würde, dort nach einem Hund zu sehen.«

»Ich hatte früher immer Mischlinge«, sagte Coffin und dachte dabei an seinen letzten Hund und den Hund seiner schwierigen Kindheit, der als einziger Überlebender aus einem Luftschutzraum gekommen war. Coffin hatte immer das Gefühl gehabt, daß er und dieser erste Hund viel gemeinsam hatten. Aber dann hatte er bei dem zweiten Hund dasselbe empfunden; auch dieser war nur ein Mischling gewesen, ein schlankes, geschmeidiges Tier und ein beherzter Kämpfer.

»Oh, das sind die allerbesten«, sagte Martin, »wenn man einen guten erwischt. Aber mit einem Pekinesen kann man nichts falsch machen.«

»Das haben Sie auch Stella gesagt?«

»Ja, und sie hat meinen Rat beherzigt.« Martin beugte sich vor, um den Hund zu tätscheln. »Komm, Alter, los geht's.«

Sie sprangen die Treppe hinunter, mit etwas mehr Trittsicherheit diesmal.

»Er hat also den Hund für dich ausgesucht«, sagte

Coffin, als er wieder ins Wohnzimmer zurückkam und sich aufs Sofa warf. »Laß uns den Champagner rausholen.«

»Ach, komm schon«, eine wirbelnde Woge roter Seide ließ sich neben ihm nieder. »Sei nicht kindisch. Außerdem ist es dein Hund, ich habe ihn für dich gekauft. Er heißt Augustus, seine Mutter wurde Kaiserin gerufen, und sein Vater war Pompeius, ein Polizist aus Rom.« Sie lachte.

Coffin stimmte gegen seinen Willen in ihr Gelächter ein. »Das hast du dir ausgedacht.«

»Du kannst es in seinem Stammbaum nachprüfen.«

Er stand auf. »Ich glaube kein Wort davon, aber ich hole jetzt trotzdem die Drinks. Und du willst wirklich keinen Champagner?«

»Nein, natürlich nicht. Er ist viel zu jung für guten Champagner. Soll er Gin trinken und ihn sich schmecken lassen. Oder einen schönen süßen Weißwein, das dürfte eher sein Stil sein.«

»Das würde mich überraschen«, sagte Coffin, als er sich in Bewegung setzte. »Er scheint einen guten Geschmack zu haben.«

Diese launige Bemerkung fand offensichtlich ihr Wohlwollen, denn Stella kam zu ihm und küßte ihn auf die Wange. »Das ist ein hübsches Kompliment, vielen Dank.«

»Er ist wieder da. Es klingelt.«

Der Hund, Martin und Coffin – letzterer mit einem Tablett voller Drinks bewaffnet – kehrten zusammen ins Wohnzimmer zurück. Mittlerweile stand Stella am Fenster und blickte auf die Straße hinunter zum alten Friedhof. Im letzten Jahr hatte man ihn in einen kleinen Park umgewandelt und all die Toten, da sie ja schon so lange tot waren, exhumiert und in ein einziges großes Grab auf dem neuen Friedhof in der East Hythe Road umgebettet, wo ein gewaltiger Stein ihr Denkmal wurde. Die alten Grabsteine hatte man als eine Art steinerne Einfriedung rings um den ehemaligen Friedhof aufgestellt. Die Jahre hatten die meisten Gravuren weggewaschen, aber einige konnte man noch immer lesen: Stella erinnerte sich an einen Duckett, mehrere Cruins und viele Earders, alles Namen, die in diesem Bezirk immer noch bekannt waren. Die Familien schienen über Generationen hinweg in Spinnergate ansässig zu bleiben.

Als man den Friedhof in einen Park verwandelte und die Gräber ausgehoben wurden, hätte man doch gewiß eine Leiche gefunden, falls dort je eine begraben worden war? ging es ihr durch den Kopf.

Als Coffin neben sie trat und ihr ein Glas Wein anbot, sah sie sich nach Martin um, der mit dem Hund spielte, und murmelte: »Aber hätte man letztes Jahr, als die Gräber ausgehoben wurden, nicht eine Leiche finden müssen?«

»Diese Frage habe ich mir auch schon gestellt«, antwortete er leise. »Soweit ich weiß, wurde niemand gefunden, und ich denke, ich würde davon wissen, aber wenn ich mich recht erinnere, hat man nur auf dem eigentlichen Friedhofsgelände gegraben und den Gürtel mit Gebüsch und Rasen darum herum stehenlassen.«

Er entfernte sich von Stella, um Martin seinen Drink zu geben. Martin stand auf und lächelte. »Danke, mir geht es schon viel besser. Bevor ich herkam, war ich in geradezu selbstmörderischer Stimmung... Das ist meine große Chance.«

Er sah Stella an. »Und ich möchte es nicht vermasseln...« Er ging mit dem Drink in der Hand und Augustus auf den Fersen zu ihr hinüber. »Ich habe ein echtes Problem mit Shakespeare... Ich weiß, das darf man eigentlich nicht zugeben, aber die gebundene Sprache macht mir zu schaffen... Es soll doch Dialog sein, stimmt's? Ich möchte, daß es wie ein Dialog klingt und nicht wie ein Gedicht.«

»Nun, Olivier hat das hingekriegt«, bemerkte Stella, »und auch Gielgud hat es geschafft, beides zu verbinden.«

Martin stöhnte. »Hab doch Mitleid, bitte. In deren Klasse spiele ich nicht. Noch nicht.«

»Was ist denn das für eine Rolle, die Ihnen Kopfzerbrechen macht?« fragte Coffin, der sich alle Mühe gab, nicht ständig an eine tote Frau zu denken, die es vielleicht gar nicht gab.

»Malvolio, eine heikle Rolle, gelinde ausgedrückt, und ich muß sie einem Publikum von Schulkindern vermitteln.«

Stella erklärte: »Das ist dieses Jahr einer der Examenstexte – wenn es sich einrichten läßt, versuchen wir immer, das betreffende Stück auf die Bühne zu bringen. Als Gegenleistung bekommen wir von der Theatergemeinschaft der Schulen einen Zuschuß. Kurze Laufzeit und immer ein volles Haus... Die Kinder müssen kommen.« Sie drehte sich zu Martin um. »Der Malvolio ist die beste Rolle in dem Stück, und das weißt du auch.«

»Und die schwierigste... Ich hatte schon immer an Sir Toby Belch einen Narren gefressen.«

»Da wirst du wohl noch ein oder zwei Jahrzehnte warten müssen.«

»Oder Maria … Auch eine schöne Rolle.«

»Werd mir ja nicht bisexuell.«

Coffin beobachtete die beiden finster: Sie flirteten. Mochte es auch nur Theatralik sein, die für gewöhnlich nichts zu bedeuten hatte, so fiel es ihm doch schwer, damit umzugehen. Und man konnte nie wissen, wie so etwas endete: als Bettgeschichte, was nicht selten war, und dann Freundschaft auf Ewigkeit, nur daß sie sich vielleicht nie wiedersehen würden – das war die Welt des Theaters.

Ich habe Angst, sagte er sich, das ist es. Ich habe Angst. Ich hatte mich hinter einem Zaun verschanzt, ich hatte eine Mauer gebaut und mich dahinter sicher gefühlt. Stella hat diese Mauer niedergerissen. Ich kann bei Stella kein Risiko ertragen, und die Natur hat mich nicht zu einem vertrauensvollen Zeitgenossen gemacht.

Die Natur und sein Beruf. Da fing es schon wieder an; er dachte über Dick Lavender und seine erstaunliche Geschichte nach. Natürlich konnte er einfach ein paar Tage abwarten und dem alten Herrn dann erzählen, es sei nichts zu finden gewesen. Er fragte sich, ob er damit durchkommen würde. Aber Leichen und Knochen hatten die Unsitte, zum Vorschein zu kommen, wenn man sie am wenigsten gebrauchen konnte.

Er wandte sich wieder Martin zu, der gerade bemerkte, daß Shakespeares Tragödien in gewisser Weise leichter zu spielen seien als seine Komödien. »Wir lachen heute über andere Dinge als das England der Tudor-Zeit, aber wenn wir weinen, weinen wir aus demselben Grund wie die Menschen damals. Eine Tragödie würde ich wohl hinkriegen.«

Zweifellos, dachte Coffin. Würden wir vielleicht alle.

»Kommt auf die Rolle an«, sagte Stella, die immer bereit war, sich auf eine gute Diskussion übers Theater einzulassen. »Ich würde allerdings jedem widersprechen, der Hamlet als einfach bezeichnet. Oder Lear.«

»Man hat aber wenigstens etwas, woran man sich halten kann«, sagte Martin lebhaft. »Der Jago muß eine wunderbare Rolle sein.«

»Wir geben den *Othello* nicht oft für Schulen und Colleges«, entgegnete Stella trocken.

Augustus rückte näher an Stella heran, öffnete das Maul und musterte sie durchdringend. Als das nichts fruchtete, stieß er ein leises Bellen aus.

»Er möchte einen Drink.« Martin streckte die Hand aus, um den weißen Kopf zu tätscheln.

»Er kriegt weder Gin noch Wein.«

Der lockere Ärmel von Martins Jackett war zurückgerutscht; Coffin sah eine Reihe frisch verheilter Kratzer an seinem Arm. Drei schartige, nicht parallele, sondern unregelmäßige Linien. Wie ausgemeißelt. Die Wunden sahen nicht nach liebevollen, nur übertrieben leidenschaftlichen Kratzern aus, sondern eher, als stammten sie von einem scharfen Instrument. Einem Messer zum Beispiel. Für sein erfahrenes Auge sahen sie sowohl tief als auch entzündet aus. Und ziemlich frisch.

»Ich hole eine Schale Wasser«, sagte Coffin. Ein Selbstverstümmler? Oder sah der Junge seine messerschwingende Schwester öfter?

Die beiden waren immer noch ins Gespräch vertieft, als er zurückkam. Stella zeigte Martin ein Buch mit ihren Zeitungsausschnitten; sie war insofern eine Ausnahme unter den Schauspielern, als sie schlechte Kritiken genauso aufbewahrte wie gute. »Die mußt du mal lesen...« Sie zeigte auf einen der Artikel. »Dieser Lustmolch... von dem hab ich noch nie eine gute Kritik bekommen; sie haben mir immer die Rollen gegeben, die seine Freundin haben wollte. Aber er hat sein Verhalten nicht mal geändert, nachdem er herausgefunden hatte, daß er einen Freund brauchte und keine Freundin... Und die da – ein bißchen scharf, aber nicht schlecht. Ich war ein bißchen oberflächlich damals.« Sie runzelte die Stirn. »Ich glaube, das habe ich überwunden. So was treibt einem das Leben auf lange Sicht eben doch aus.«

Martin blätterte zu einer anderen Kritik weiter. »Ich glaube, das würde ich nicht über mich bringen... die Verrisse zu behalten. Ich würde sie in Stücke reißen und so tun, als hätte ich sie nie gelesen.«

»Das ist eine Möglichkeit«, sagte Stella und klappte das Buch zu.

»Deshalb ist ja auch Jaimie so wütend auf uns... meine Freundin«, erklärte er. »Sie sagt, ich sei ein Verdrängungskünstler. Wahrscheinlich hat sie recht.« Er seufzte und sah plötzlich sehr jung aus.

»Jaimie ist normalerweise kein Mädchenname, oder?«

»Kann sein. Sie ist sehr stark, meine Jaimie, aber wir geraten uns doch manchmal in die Haare«, sagte er traurig. »Eine Trennung ist da wohl vorprogrammiert. Sie sagt, ich sei ein Träumer voller Hemmungen, der nicht weiß, was er will.«

»Aber sie liebt dich.«

»Ich schätze, das ist wahr... Sie selber weiß ganz genau, was sie will.«

»Was macht sie beruflich?«

»Sie schreibt... eine freie Journalistin... und sie sagt, ich sei ein Einzeltisch, mit einem Schild drauf: Dauerhaft reserviert.«

»Sie versteht sich auszudrücken.«

»Sie ist sehr clever; im Augenblick arbeitet sie an einer guten Story.«

»Oh?«

»Nein, sie hat nicht viel erzählt, wahrscheinlich aus Angst, daß ich zu laut reden würde. Es hat irgend etwas mit der Vergangenheit zu tun, das ist alles, was ich weiß.« Es war ihm aufgefallen, daß Coffin seinen Arm gemustert hatte, und er zog mit einer schützenden Geste den Ärmel herunter. »Schaffen Sie sich nie eine Katze an«, sagte er lässig.

»Wir haben eine, aber sie kratzt nicht.« Was nicht ganz der Wahrheit entsprach, denn Tiddles zeigte bisweilen nicht nur die Krallen, sondern konnte auch beißen. Liebesbisse, behauptete Stella immer, aber Coffin hatte so seine Zweifel.

Als das Telefon klingelte, griff Stella, die am nächsten saß, nach dem Hörer. Ihre Stimme verriet Überraschung. »Es ist für dich, Martin.« Sie reichte ihm das Telefon rüber.

»Jaimie! Hallo. Ja, ich werde dasein... u-unten...« Er stotterte wieder. Dann sah er Stella an: »Es ist Jaimie. Ich habe sie gebeten, mich hier abzuholen.«

Stella nickte. »Sie ist schon unterwegs?«

»Sie ist unten. Autotelefon.«

Stella beschloß, gnädig zu sein; außerdem war sie neugierig. »Frag sie, ob sie nicht Lust hätte, einen Drink mit uns zu nehmen.«

Martin stand mit einem Ausdruck von Skepsis in den Augen auf. »Danke. Ich weiß, daß sie dich bewundert. Sie würde schrecklich gerne raufkommen.« Wieder ein Stottern.

Sie hörten ihn die Treppe hinunterlaufen, die Tür öffnen – und dann nichts.

Die Stille zog sich in die Länge.

»Sie will nicht raufkommen«, bemerkte Coffin.

»Nein, und das, obwohl sie mich so bewundert... Was für ein Typ sie wohl ist?«

»Kratzbürstig, wenn ich raten darf.«

»Ob er die Schnitte am Arm wohl ihr zu verdanken hat?«

»Du hast sie bemerkt?«

»Natürlich, und das war keine Katze. Das war sie. Liebe und Haß.«

Coffin erhob sich. »Ich glaube, sie kommen.« Er hob die Hand. »Hör mal.« Auf der Treppe stolperte jemand, lachte dann entschuldigend und bekam nur Schweigen als Antwort.

Martin trat als erster ein; ihm folgte eine hochgewachsene junge Frau mit einer blonden, ungekämmten Haarmähne, dunklen Jeans und ebenso dunklem Pullover. Sie hatte ein kleines, hübsches Gesicht, aber sie wirkte verärgert.

Martin stellte sie voller Stolz vor: »Das ist Jaimie.«

Sie streckte die Hand aus. »Jaimie Layard.« Sie hielt die Hand mit vagem Desinteresse in den Raum.

Stella ergriff sie und drückte sie sachte, bevor sie sie ihrer Besitzerin zurückgab. »Jaimie ist ein hübscher Name, aber ungewöhnlich.«

Jaimie zuckte mit keiner Wimper, war aber bereit, ein paar Informationen preiszugeben. »Ich habe mir den Namen selbst ausgesucht, aus einem Buch – ich war damals acht. Mein Taufname war Jessamond, und der paßte nicht zu mir. Ich wollte nicht als Jessamond durchs Leben gehen. Jaimie schien mir okay zu sein, aber ich hätte auch jeden anderen Namen nehmen können. Ich sehe nicht ein, warum man, wenn man älter wird, nicht seinen Namen ändern sollte.«

»Schauspielerinnen ändern ihre Namen auch«, sagte Stella. »Ich benutze meinen eigenen, aber wenn ich gewollt hätte, hätte ich mir einen anderen gesucht. Und wenn es auf der Bühne eine zweite Stella Pinero gegeben hätte, hätte ich mir einen anderen Namen suchen *müssen*. Zwei von der Sorte wären zuviel gewesen.« Sie lächelte Jaimie zu. »Ein Frage des Berufs. Sie schreiben?«

»Ich bin Journalistin.« Jaimie nahm das Weinglas, das Coffin ihr hinhielt.

»Für welche Zeitung?« fragte Coffin.

Jaimie trank einen Schluck Wein. »Freelance«, sagte sie nach einer Pause.

»Martin sagt, Sie arbeiten an einer Story?«

Sie zuckte die Achseln. »Ach, vielleicht, vielleicht auch nicht. Vielleicht lasse ich die Sache fallen.«

Wovon lebt eine freie Journalistin, wenn sie ihre Story fallenläßt und nicht an den Mann bringt? fragte sich Coffin. Jaimie war zwar schlicht, aber nicht schlecht gekleidet. Ihre

Sachen waren teuer, und die Tasche, die sie über der Schulter trug, hatte eine aparte Form und war aus sehr gutem Leder. Selbst die Zerzaustheit ihres Haares war sorgfältig durchgestylt. Dann fiel ihm ein, daß ihr Name Layard war. Das roch nach Geld. Außerdem erinnerte er sich noch an etwas anderes, was die Familie Layard betraf: Es waren Soldaten, Kämpfer, alle ohne Ausnahme. Jaimie sah so aus, als sei sie aus demselben Holz geschnitzt.

Im Augenblick sah sie wie eine mißgestimmte, aggressive Kämpferin aus, die sauer auf Martin war, sauer, daß man sie den Turm hinaufgezerrt hatte, und erst recht sauer, daß sie einem Polizisten und seiner schauspielernden Ehefrau vorgestellt wurde. Vielleicht war sie ja eifersüchtig. In diesem Falle waren sie Leidensgenossen.

Das Telefon auf dem Tisch neben ihm klingelte. Er nahm den Hörer auf.

»Hier ist Dr. Bradshaw... Könnte ich bitte mit John Coffin sprechen?«

»Am Apparat.«

»Spreche ich wirklich mit John Coffin persönlich? Es geht um eine sehr vertrauliche Angelegenheit.«

Coffin legte eine Hand über die Sprechmuschel. »Stella, ich erledige diesen Anruf unten. Entschuldigt mich bitte für ein paar Minuten.«

In der Küche fragte er, worum es gehe.

»Zuerst möchte ich Ihnen die Telefonnummer der Journalistin durchgeben.« Jack Bradshaw las sie ihm vor. Es war eine Nummer aus der Stadt. »Aber es ist mir nie gelungen, sie persönlich an den Apparat zu bekommen. Man kriegt nur den Anrufbeantworter, und später ruft sie zurück.«

Ein Telefon in einem gemieteten Zimmer, dachte Coffin. Aber das könnten wir ohne Probleme zurückverfolgen.

»Ihr Name«, fuhr Jack fort, »ist Marjorie Wardy. Habe ich das schon gesagt?« Er senkte die Stimme.

Coffin drückte den Hörer ans Ohr: Und ich weiß vielleicht auch schon, wer sie ist.

»Können Sie sie beschreiben?«

»Groß, trägt eine dunkle Brille mit gelocktem, schwarzem Haar.«

Ah. Aber wozu gab es Perücken?

»Ich nehme an, daß wir sie finden können. Und sie schnüffelt in der Story rum?«

»Nach den Fragen, die sie gestellt hat, vermute ich es. Aber ich kann mir nicht vorstellen, wie sie dahintergekommen sein könnte.«

»Dick Lavender hat mit niemandem darüber gesprochen?«

»Nicht, daß ich wüßte. Er hat es mir erst vor kurzem erzählt. Ich konnte spüren, daß etwas in ihm gärte, aber er hat sich Zeit gelassen. Um die Wahrheit zu sagen, ich glaube, es waren ihre Fragen, die in ihm das Gefühl weckten, er müsse reinen Tisch machen, bevor ein anderer es für ihn tat.«

»Wäre es denn so schrecklich, wenn es herauskäme? Denn genau das wird passieren, wenn ich eine Untersuchung einleite.«

»Er glaubt ja. Wenn bekannt wird, daß sein Vater ein Frauenmörder war, dann möchte er derjenige sein, der die Geschichte erzählt.«

»Ja, das leuchtet mir ein.«

»Aber da ist noch etwas: Ich habe Ihnen erzählt, daß er anonyme Briefe bekommen hat... Heute wurde ein Anschlag auf ihn verübt.«

»Was? Ist er verletzt?«

»Es wurde ein großer Blumenstrauß geliefert... in einer transparenten Verpackung; als das Papier entfernt wurde, stellte sich heraus, daß die Blumen mit einer Art Reizstoff bestäubt waren, einem Pulver, das auf Augen, Nase und Atemwege wirkte.«

»Was ist denn passiert?«

»Janet hat das Papier abgewickelt; sie kümmert sich um sämtliche Päckchen. Er ist gar nicht in Berührung gekommen mit dem Strauß, aber wer immer den Strauß geschickt hat, wollte Schaden stiften, das steht fest. Für einen alten Mann hätte es schwerwiegende Folgen haben können. Nein, dem Absender war es bitterernst.«

»Aber er war offensichtlich nicht mit den Gepflogenheiten des Hauses vertraut.«

»Stimmt. Also niemand aus dem engeren Kreis. Um ehrlich zu sein, besteht der auch lediglich aus Janet und der Frau, die einmal die Woche bei der Wäsche hilft – der alte Mann sieht es gern, wenn seine persönliche Wäsche durchweg von Hand gewaschen und gebügelt wird, statt in die Reinigung gebracht zu werden. Aber Lavender glaubt, und ich bin seiner Meinung, daß es jemand ist, der die Geschichte kennt. Und dieser jemand will...« Er zögerte.

»Rache? Dann hat er aber lange gewartet. Wohl kaum ein Zeitgenosse aus Lavenders Kindheit.«

»Nein, aber möglicherweise der Nachfahre eines solchen, jemand, der von Eltern oder Großeltern davon erfahren hat. Im Ernst, ich glaube, daß es jemanden gibt – einen Mann oder eine Frau –, der es auf den alten Herrn abgesehen hat. Und ich kann mir nicht vorstellen, daß es etwas mit seiner Zeit in der Regierung zu tun hat, obwohl er sich damals, weiß Gott, genug Feinde gemacht hat. Aber die meisten davon sind tot. Nein, hier geht es um etwas anderes.«

Na wunderbar, dachte Coffin. Ich muß also nicht nur die Überreste einer lange toten Frau finden, ich muß auch nach einem Jäger in der Dunkelheit suchen.

Er ging in die Küche, um einen Blick aus dem Fenster zu werfen; hier im unteren Stockwerk war er dem alten Friedhof näher. Ein Kind spielte im Gras, während seine Mutter ihm zusah. Eine ältere Frau ging auf eins der Blumenbeete zu. Ein alter Mann saß auf einer der Bänke, rauchte und las eine Zeitung.

Ein friedliches Bild, ging es Coffin durch den Kopf. Ein Ort, dem ich vielleicht bald alle Beschaulichkeit nehmen werde. Er konnte sich die Grabarbeiten vorstellen, die Polizeiabsperrungen, mit denen etwaige Funde vor den Blicken der Passanten geschützt würden.

Er wandte sich ab. Man hat mir eine außerordentliche Geschichte erzählt. Die Drohbriefe an Richard Lavender und jetzt dieser Blumenstrauß für sich allein genommen, beides keine gefährlichen Episoden, aber die Warnung ist unübersehbar.

Er hörte Martin und Jaimie die Treppe hinunterstolpern, hörte Stimmen, die verärgert klangen. Er glaubte, mitbekommen zu haben, wie sie sagte, daß sie dieses Haus nicht wieder betreten wolle.

Oben trank Stella mit nachdenklicher Miene ihren Drink aus. »Ich habe sie nicht eingeladen, zum Essen zu bleiben, weil sie, glaube ich, kurz vor einem Streit stehen. Einem von vielen, fürchte ich. Also habe ich ihnen nahegelegt zu gehen.«

Coffin setzte sich neben sie und griff nach dem Ende des Seidengürtels, der um Stellas Taille lag und an ihrer Seite verknotet war. »Glaubst du, man könnte diese ganze blonde Haarpracht auf ihrem Kopf unter einer Perücke verstecken?«

Stella zuckte die Achseln. »Ich denke schon. Ja, doch. Warum?«

»Erzähle ich dir später, aber ich habe das Gefühl, als zöge man mich da in eine ganz unerfreuliche Geschichte hinein.« Und das Gefühl, als hätte die Vergangenheit ihre knochige Hand ausgestreckt, um ihn zu zwicken. Es gefiel ihm gar nicht, an seine eigene Kindheit und Jugend erinnert zu werden. Damals hatte er befürchtet, vielleicht in einer Welt hängenzubleiben, die ihm nicht zusagte, und begriffen, daß er sich seinen Ausweg selbst erkämpfen mußte.

Er würde Hilfe brauchen bei dem Problem, mit dem der ehemalige Premierminister ihn konfrontiert hatte. Es war, als hätte ihn Mr. Gladstone persönlich mit einer Aufgabe betraut; der moralische Imperativ war stark.

Phoebe Astley, dachte er. Er würde sie auf die Sache ansetzen.

Er sah Stella an; wenn es eine andere Frau in seinem Leben gab, auf die sie eifersüchtig war, dann war es Phoebe.

3

Phoebe Astley war eine Polizeibeamtin, die John Coffin zur Leitung einer Sondereinheit nach London II geholt hatte. Da eines der Ziele dieser kleinen und geheimen Einheit die Überprüfung der Leistungen und des Verhaltens der Polizeitruppe am Orte selbst war, hatte er Phoebe aus einem anderen County geholt. Sie war eine energische, dunkelhaarige Frau von großer Tatkraft. Sie konnte auch charmant sein, wenn sie wollte, zog aber aufgrund ihrer häufig delikaten Aufgaben ein glattes, neutrales Auftreten vor. Archie Young war offiziell ihr Vorgesetzter, aber sie berichtete direkt dem Chief Commander.

Unter der Oberfläche war sie jedoch niemals neutral, wie Coffin sehr wohl wußte. Ihre Wege hatten sich in der Vergangenheit gekreuzt, miteinander verheddert, wie man sagen könnte, und die Erinnerung an ihre frühere Beziehung war etwas, das sie beide gern ruhen ließen. Was blieb, waren Vertrauen und Freundschaft, und das war gut. Im Laufe seiner Berufsjahre hatte Coffin festgestellt, daß man einen Kollegen brauchte, dem man trauen konnte, und davon gab es nicht allzu viele. In Chief Superintendent Archie Young hatte er einen solchen gefunden, und er hatte immer mehr das Gefühl, daß sein junger Assistent Paul Masters auch zu dieser erlesenen Schar gehörte.

Er zog Phoebe für den Auftrag in Betracht; in der Vergangenheit hatte man gewitzelt, daß Arbeit ihre große Liebe sei und Sex ihr Hobby. Heutzutage schienen sie diese Seite der Dinge diskret im Hintergrund zu halten. Er bezweifelte, daß sie sich in eine Nonne verwandelt hatte, aber es gab kein Gerede und keine Gerüchte. Ja, er konnte Phoebe Astley einsetzen, ohne fürchten zu müssen, daß sie den gelehrtenhaften Jack Bradshaw kennenlernte und mit Haut und Haaren verschlang. Die Phoebe von damals hätte vielleicht versucht, wenigstens an ihm zu knabbern, denn es ließ sich nicht leugnen, daß Dr. Bradshaw attraktiv, wenn auch ein wenig trocken und gelegentlich selbstherrlich war. Wahrscheinlich war die Versuchung, sich so zu geben, für einen Gelehrten einfach zu groß.

Phoebes Büro lag weit vom Schuß, beinahe versteckt im obersten Stock des neuen Polizeigebäudes. Sie hatte drei anonym wirkende Räume, was ihr gefiel, da es ihr nicht das geringste ausmachte, daß die Möbel Standardausrüstung mit wenig Charme, aber hohem Nutzwert waren. Die große Wonne war der prachtvolle Ausblick von den Fenstern aus über die Themse und London II. Phoebe schöpfte Kraft aus dem Panorama, das sich unter ihr erstreckte und in das sie sich vertiefte, wenn sie ein Problem zu lösen hatte. Das wechselnde Licht auf der Themse schien ihre Gedanken zu erhellen.

Ihr Zuhause – wenn man es denn so nennen konnte, denn sie schien niemals wirklich seßhaft zu werden – war ein Einzimmerappartment auf der Isle of Dogs; von dort kam sie mit der Dockland Light Railway zum Dienst. Ihre Wohnung war eine Minimallösung, und da sie sie nur zum

Schlafen aufsuchte, die Mahlzeiten grundsätzlich während der Arbeit einnahm und ihren schwarzen Kaffee auch erst trank, wenn sie ins Büro kam, war sie es zufrieden. Sie sagte, ihr einziger Vorzug als Hausfrau sei die Tatsache, daß sie nicht rauchte. Selbst das war vor einigen Jahren anders gewesen, bis damals eine böse Attacke auf ihre Gesundheit sie ins Krankenhaus gebracht und ihr Zeit zum Nachdenken verschafft hatte. Jetzt lief und schwamm sie, sooft sie konnte.

Ihr unterstanden ein Mann und eine Frau, die die Computeranlagen bedienten und ihr diskret zuarbeiteten. Unauffälligkeit gehörte zum Job. Coffin kannte sie gut genug, um zu wissen, daß Phoebe irgendwo in sicherer Entfernung von London II ihr aktives gesellschaftliches Leben führte.

Sie begann den Dienst immer früh; daher war sie bereits in ihrem Büro, als Coffin sie am Morgen nach seinem Treffen mit Richard Lavender und Jack Bradshaw anrief. »Ich möchte mit dir reden.«

»Über einen Job?«

»Ja, einen für dich allein.«

»Was wohl nichts Neues wäre.«

»Es ist eine seltsame Geschichte. Eine, die dir vielleicht nicht gefallen wird. Vielleicht fängst du aber auch sofort Feuer. So oder so bedarf es einigen Fingerspitzengefühls. Es wäre vielleicht gut, wenn du Gabriel oder Leander aus der Sache raushalten würdest.«

»Könnte schwierig werden.«

»Dann reduzier ihre Mitarbeit auf ein Minimum.«

»Ich komme rüber. Wenn es derart vertraulich ist, solltest du besser Sylvia und Jilian rausschicken.«

Coffin schwieg. Seine beiden Sekretärinnen horchten nicht an Türen, aber man mußte Phoebe ihre Scherze durchgehen lassen. Sie hatte, wenn es um andere Frauen ging, oft eine scharfe Zunge. (Was übrigens auf Gegenseitigkeit beruhte; Stella zum Beispiel behandelte Phoebe stets mit freundlicher Wachsamkeit.) »Wird Archie Young dasein?«

»Nein.«

»Dann ist es also ein Geheimnis.« Phoebe schlug sich im Geiste auf die Schulter. Obwohl sie Archie Young, der ihr nie in die Quere kam, durchaus mochte, lag es ihr im Blut, andere als Rivalen zu betrachten, die es zu überflügeln galt. Jeden Fall, der ihr allein anvertraut war, verstand sie als besondere Auszeichnung. Sie betrachtete das selbst nicht als ihren besten Zug, sondern nahm es als naturgegeben hin.

Sie ging in Coffins Büro, vorbei an Paul Masters, der sich mit Jilian unterhielt, und winkte ihm zu. Er machte eine schnelle Bewegung, um Coffins Tür zu erreichen, aber Phoebe war schneller. »Er erwartet mich«, sagte sie unbeschwert.

Paul drehte sich zu Jilian um. »Ich soll jeden überprüfen, der reingeht.« Aber er sagte es ohne Groll: Er mochte Phoebe.

»Um die aufzuhalten, brauchst du 'nen Panzer«, bemerkte Jilian.

Coffin stand bei ihrem Eintreten höflich auf. »Danke, daß du sofort hergekommen bist.«

»Du bist der Boss. Ich habe ziemlich viel am Hals im Augenblick, nicht zuletzt den Fall Pickles, aber ich bin gleich los.«

»Ich hatte eigentlich versprochen, die Sache selbst in die Hand zu nehmen.« Er hielt inne. »Aber ich brauche Hilfe.«

Er erzählte ihr die Geschichte mitsamt Namen und persönlichen Eindrücken. Sie kenne den Namen Lavender, sagte sie, er stehe in ihren Schulbüchern, und sie wisse auch, daß er nicht tot sei, habe sich ihn allerdings nie als lebenden Menschen vorgestellt, der irgendwo in London herumlaufe. Für sie war er irgend etwas zwischen einem Geist und einer Erinnerung.

Nun stellte sich heraus, daß er entweder ein Geheimnis hatte oder sich eine kleine Spinnerei gönnte.

»Ich glaube, ich habe Dr. Bradshaw einmal kennengelernt... Er hat in der John-Evelyn-Bibliothek einen Vortrag über Geschichtsschreibung gehalten.«

»Es klingt alles unglaublich, wie? Kannst du dir das vorstellen?«

»Ja, ich denke schon. Er wäre nicht der erste, der ein Familiengeheimnis hat. Ein gut verbuddeltes Trauma. Ich will damit nicht sagen, daß ich alles glaube, was Richard Lavender erzählt hat – möglich, daß er sich nicht genau erinnert, möglich, daß er einer Phantasie nachhängt, an einer falschen Erinnerung festhält. Kommt vor.« Sie dachte über die Geschichte nach und sagte dann: »Aber irgendwas steckt dahinter.«

Coffin vertraute auf Phoebes Urteil. »Ich glaube dir. Ich empfinde das gleiche. Aber was es auch sein mag, es ist blutig, schwammig und tief vergraben.«

Phoebe sagte: »Ich kann mir allerdings nicht vorstellen, warum er es ausgraben will. Er müßte doch wissen, daß bei einem Mordfall alle möglichen Dinge ans Licht kommen.«

»Er will Buße tun, Wiedergutmachung leisten«, erklärte Coffin. »Außerdem gibt es da eine junge Journalistin, die herumläuft und Fragen stellt, als wisse sie etwas.«

»Na, wenn *das* nicht interessant ist.«

»Und der Große Alte Mann möchte, daß seine Geschichte zuerst gehört wird. Er hat immer noch einen guten politischen Verstand.«

»Ich wüßte gern, welche Rolle Jack Bradshaw bei alledem spielt. Könnte er dem alten Mann diese Geschichte eingegeben haben?«

»Ich weiß nicht, welchen Zweck er damit verfolgen könnte.«

»Er schreibt Lavenders Biographie: Eine Mordgeschichte würde sie sicher auf der Bestsellerliste ganz nach oben katapultieren. Aber was weiß man schon über die Motive solcher Leute?« Sie fügte nachdenklich hinzu: »Mir schien er durchaus ein Mann zu sein, der ein Geheimnis zu hüten weiß.«

»Der alte Mann vertraut ihm.«

Phoebe sagte: »Nun, wir werden tun, was wir können. Ein interessantes Problem, ganz anders als alles, was ich bisher je gemacht habe. Vielleicht macht es mir direkt Spaß. Auch wenn ich keinen Schimmer habe, wo ich anfangen soll.«

»Eine Frage, die ich dir leider auch nicht beantworten kann.« Er stand auf und begann im Raum auf und ab zu gehen. »Ich weiß nicht, warum ich ja gesagt habe, aber er hat immer noch die Fähigkeit, seinen Willen durchzusetzen, dieser alte Mann.« Und dann fügte er mit schlechtem Gewissen hinzu: »Außerdem muß ich zugeben, daß der Gedanke, einen Serienmörder aus der Vergangenheit aufzuspüren, für mich durchaus seinen Reiz hat. Verstehst du das?«

»Klar tue ich das. Ich habe dich immer besser verstanden, als du ahntest.«

Einen Augenblick lang herrschte Schweigen zwischen ihnen.

»Wir hätten einander damals zerstören können, weißt du das, Phoebe? Wir haben es fast geschafft.«

»Aber nicht ganz.« Sie lächelte.

»Nein, wir haben uns zurückgezogen. Weißt du, warum?«

»Ein natürlicher Selbsterhaltungstrieb, würde ich sagen«, antwortete sie obenhin.

»Nein, ich glaube, es war etwas anderes… Wir wollten nicht verlieren, was wir aneinander schätzten.«

Phoebe lächelte abermals. »Das kann nicht besonders viel gewesen sein. Ich möchte dich daran erinnern, daß wir uns danach ungefähr zehn Jahre lang nicht gesehen haben.«

Und als er ihr Lächeln gerade erwiderte, fragte sie: »Wie geht es Eden?«

Coffin löste sich im Geiste von seinem Gespräch mit Phoebe, um über Eden nachzudenken. Phoebe hatte sich während ihrer ersten Wochen in London II mit Eden eine Wohnung geteilt. Eden hatte damals eine Boutique für teure Modellkleider geführt; als der Laden dichtmachte, hatte sie am Theater einen Job angenommen, im Kostümbereich. »Oh, sie kommt gut klar, soweit ich weiß.«

Eden war klein und sehr hübsch. Die Gerüchteküche des Theaters behauptete, sie sei in Martin verliebt. Was nicht schwer zu glauben war.

»Sie ist glücklich mit ihrer Arbeit im Theater. Wußtest du eigentlich, daß ihr richtiger Name Edith lautet?«

»Das überrascht mich nicht«, sagte Phoebe. »Ich habe einmal ihre Mutter kennengelernt, und sie sah mir nicht wie die Frau aus, die ihre Tochter Eden nennt. Jetzt, wo du's sagst, erinnere ich mich, daß sie ihre Tochter Edie nannte. Ich dachte natürlich, das wäre eine Abkürzung für Eden.

Hast du übrigens mal darüber nachgedacht, daß du vielleicht persönlich auch ein Risiko eingehst? Daß man dich in diese Untersuchung verwickelt haben könnte, um dich in Schwierigkeiten zu bringen?«

»Ja, der Gedanke ist mir gekommen«, sagte Coffin nüchtern. »Ich bin auf solche Dinge gefaßt. So viele Jahre im Job machen einen argwöhnisch.«

»Und?«

»Ich gehe der Sache nach.«

»Das dachte ich mir.« Phoebe streifte sich ihre Schultertasche über den rechten Arm und klemmte sich ihre Aktenmappe unter den linken. Es regnete draußen, daher hatte sie auch einen Regenmantel bei sich. »Und du möchtest, daß ich den Anfang mache? Auch wenn ich nicht recht weiß, wo. Ich habe so einen Fall noch nie gehabt. Man könnte es als historische Forschung bezeichnen.«

»Ich hoffe, wir können den Fall auch weiter in diesem Licht betrachten...«

»Vielleicht macht's mir sogar Spaß. Ich habe mich schon immer gern mit der Vergangenheit beschäftigt.«

»Dann betrachte es so, als müßtest du ein Kapitel über das Thema ›Der Tod im alten East End Londons vor dem Ersten Weltkrieg‹ schreiben... Fang mit den schriftlichen Unterlagen an.«

»Todesurkunden?«

»Und den alten Lokalzeitungen... Die meisten davon haben dichtgemacht, deshalb siehst du am besten nach, was die öffentliche Bibliothek von London II für dich tun kann.«

»Du brauchst einen Historiker, keinen Polizisten«, erwiderte Phoebe und zog noch einmal an ihrer Tasche, die sie wie eine Waffe zu behandeln schien.

»Tu so, als wärst du einer.«

»Ich kann mich nicht ausschließlich darum kümmern. Ich habe jede Menge andere Dinge zu tun.«

»Das würde ich auch nicht von dir erwarten. In meinen Augen ist der Fall wichtig, aber hoffnungslos... Möglich, daß du nichts erreichen kannst.«

»Wenn du das nur weißt.« Sie musterten einander. »Ich knie mich rein.«

Er reichte ihr seinen Aktenordner mit allen Notizen, die er gemacht hatte. Er sagte ihr nicht, daß er die Journalistin, die da auf Beutezug ging, identifiziert hatte, daß es Jaimie war, die Freundin eines vielversprechenden jungen Schauspielers. Sein Schweigen beruhte teilweise darauf, daß er selbst noch darüber nachdenken wollte, und teilweise auf dem Wunsch, daß sie diese Entdeckung selbst machte.

»Komm morgen abend zu uns zum Essen und erzähl mir, was du herausgefunden hast.«

»Ob Stella das gefallen wird?« Phoebe machte sich keine

Illusionen, wieso und warum Stella sie nicht mochte; sie schätzte Stella, bewunderte sie, hatte aber nicht das Verlangen, ihr näherzukommen.

»Sie wird einverstanden sein.«

Stella würde allerdings nicht zu Hause sein, was er sehr gut wußte. Sie wollte nach Norden fahren, um sich eine mögliche neue Produktion anzusehen, und er würde mit Phoebe in Max' Restaurant gehen und die Sache dort mit ihr durchsprechen. Um ganz sicherzugehen, rief er an und ließ sich für den nächsten Abend einen Ecktisch reservieren. In einer Ecke konnte man nicht so leicht belauscht werden. Außerdem kannte Max sich mit Ecken aus und hatte ein paar hübsche private Tische, wo man so gut wie unsichtbar war.

Es ging nicht um seine Beziehung zu Phoebe in der Vergangenheit oder um eine mögliche Fortsetzung derselben, davon war nicht die Rede. Aber er wollte nicht, daß Gerüchte über diese spezielle Untersuchung in London II die Runde machten. Einmal mehr ertappte er sich dabei, daß seine Gedanken zu dieser jungen Frau wanderten, zu Jaimie: Clever, war die Beschreibung, die ihm für sie einfiel. Clever und zielbewußt.

Nachdem sie am Abend zuvor von Coffin und Stella aufgebrochen waren, hatten Jaimie und Martin sich gestritten oder eher ihren Ärger wieder aufflammen lassen. Es war einer ihrer besseren Kräche gewesen: Sie hatten mit Porzellan geworfen, Boxhiebe ausgetauscht und sich lautstark gedroht, einander früher oder später umzubringen, um dann am Ende doch im Bett zu landen. Aber der Groll zwischen ihnen war nicht abgeflaut.

»Du hast mich niedergeschlagen«, sagte Jaimie, als sie ihre blauen Flecken in Augenschein nahm.

»Du bist gestürzt«, antwortete Martin mit müder Stimme. Er war selbst nicht ungeschoren davongekommen. Er legte den Arm um sie und drückte ihren Kopf an sich. Erschöpft und entkräftet, wie er war, wollte er jetzt nur noch Ruhe und Frieden.

Jaimie rollte sich auf den Rücken und blickte zur Decke auf.

»Jedesmal, wenn du mich anfaßt, habe ich das Gefühl, du berührst deine Mutter.«

Martin zuckte vor ihr zurück. Seine Haut kribbelte. »Mistweib, Mistweib, Mistweib.«

Obwohl es nach Mitternacht war, stand er auf und stürmte aus der Wohnung.

»Auf Wiedersehen, Jaimie, oder wie auch immer du dich nennst.« Er schrie es ihr über die Schulter zu.

»Es ist wahr«, schrie sie ihm nach. »Es ist wahr, wahr! Du denkst an deine Mutter, wenn du mit mir schläfst. Lauf nur weg, wenn du willst. Du wirst immer weglaufen.«

»Ich komme zurück und bring dich um«, brüllte er noch einmal in die Wohnung hinein. Dann schlug er die Tür donnernd hinter sich zu und ging durch den Regen zu seiner Schwester.

Seine Schwester teilte sich in der Nähe des Krankenhauses, wo sie arbeitete, ein Haus mit einem anderen Arzt. Sie bewohnte das Erdgeschoß und einen dunklen Keller, durch den man in einen winzigen Garten kam, wo sie in Kübeln Pflanzen hielt. Ihre Zimmer waren weiß gestrichen und spärlich möbliert, und so etwas wie Unordnung gab es nicht. Man gewann den Eindruck, daß jeder einzelne Gegenstand mit großer Sorgfalt ausgewählt worden war. Wie sie sagte, war das die einzige mögliche Lebensform, nach den Jahren, die sie in einer reglementierten Welt verbracht hatte. Ein Mensch von anderem Charakter hätte vielleicht in wilder Ungezügeltheit geschwelgt, aber sie hatte im Laufe der Zeit Gefallen an der Vorstellung einer beschränkten Auswahl gefunden. Es kam nicht von ungefähr, daß sie sich auf Mikrochirurgie spezialisiert hatte. Messer spielten da kaum eine Rolle.

Clara war genauso blond wie ihr Bruder und fast genauso groß. Sie war stets sehr schön, wenn auch lässig gekleidet und trug einen Kurzhaarschnitt. Sie erinnerte sich an ihre Eltern und wußte, daß sie beiden ähnlich sah.

Jetzt kam sie an die Tür, um ihren Bruder einzulassen. »Ich wußte, daß du es bist. Niemand außer dir würde um drei Uhr morgens bei mir klingeln, Martin... Ich habe Bereitschaft, wenn ich also weg muß, bist du allein hier. Was ist denn jetzt schon wieder los? Aber was muß ich fragen.«

Er kam herein und schüttelte sich wie ein Hund den Regen aus den Haaren. Clara warf ihm ein Handtuch zu. »Hier, trockne dich ab.«

»Eine unserer schlimmsten Auseinandersetzungen... Jaimie ist wirklich das Letzte. Es ist schrecklich, jemanden zu lieben, den man nicht ausstehen kann.«

Clara schwieg. Sie dachte an ihre Mutter und fragte sich, was man abgesehen von Haarfarbe und blauen Augen sonst noch erben konnte. Gab es ein Gen, das einen dazu verurteilte, immer den falschen Menschen zu lieben?

»Sie glaubt, daß ich sie umbringen will«, sagte Martin, während er sich das Haar rubbelte.

»Und? Willst du?«

»Nein, nicht bewußt. Wofür hältst du mich?«

»Keine Ahnung, mein Lieber«, sagte Clara, setzte sich hin und sah ihn an. »Ich weiß weder, was du bist, noch was ich bin.«

»O klar, Schwesterchen, werd mir jetzt bloß nicht philosophisch. Ich brauche einfach ein bißchen häuslichen Zuspruch.« Er hatte sich, soweit es ging, abgetrocknet. »Sie bringt meine schlechtesten Eigenschaften ans Licht. Das ist alles. Ich komm schon drüber weg. Kann ich heute nacht hierbleiben?«

»Nur für eine Nacht... Ich möchte nicht, daß du hier wohnst. Ich ziehe schon genug argwöhnische Blicke auf mich, ohne der Liste auch noch Inzest hinzuzufügen.«

Sie machte kein Geheimnis aus ihrer Identität bei Leuten, die es wissen wollten, aber sie hatte ihren Namen geändert, weil sie – zu Recht – vermutete, daß ihre Patienten nicht allzu großen Wert auf eine Chirurgin legten, die sich solcher Vertrautheit mit dem Messer rühmen konnte. Sie war Miss Clara Henley, Mitglied des Königlichen Seminars für Chirurgie. Henley war der Name ihrer Großmutter mütterlicherseits gewesen. Und sie bemühte sich darum, wieder frei sprechen zu lernen.

»Nein«, bat Martin errötend, weil er daran denken mußte, was Jaimie über seine Mutter gesagt hatte. »Klar, wegen Jaimie... da ist etwas, das ich dir erzählen sollte... Du weißt doch, daß sie Journalistin ist? Nun, sie hat Nachforschungen über irgendeine Story angestellt, wollte mir aber nicht viel darüber erzählen. Ich dachte, es gehe um jemanden, der lange tot und vergessen ist… Na ja, vielleicht stimmt es, aber vielleicht auch nicht. Ich glaube, sie hat Nachforschungen über uns angestellt, und das ist das Thema, über das sie schreiben will.«

»Es kann nicht mehr viel geben, was zu dem Thema nicht schon gesagt wäre.« Clara holte tief Atem.

»Sie wird irgend etwas finden«, sagte Martin mit Überzeugung. »Ich glaube, deshalb ist sie zu mir gezogen. Sie will eine Story daraus machen.« Er sah seiner Schwester ins Gesicht. Es würde ihm nicht viel schaden, vielleicht würde die Publicity ihm sogar nützlich sein, aber bei Clara lagen die Dinge anders. Er wußte, wie hart sie gearbeitet hatte, um dahin zu kommen, wo sie jetzt war, und selbst jetzt noch arbeitete sie in einer geringeren Position, als es ihrem Alter und ihrer Qualifikation angemessen war. Aber sie hatte ganz unten angefangen. »Ich bringe sie um, ich bringe sie wirklich um.«

»Ach, geh ins Bett«, sagte Clara müde. »Du kannst dich auf dem Sofa hinhauen. Gute Nacht.« An der Tür drehte sie sich noch einmal um. »Mach dir keine Sorgen, wenn du mich weggehen hörst, ich habe Bereitschaft. Ich nehme das Telefon mit rüber, damit es dich nicht stört.«

Er glaubte, daß er sie später weggehen hörte. Die Tür schien sich zu öffnen und dann leise wieder zu schließen, und am Morgen war sie angezogen, als sei sie weggewesen. »Ja, ich hatte einen Anruf. Einer von den Notfällen, die ich allein behandeln kann, ohne den zweiten Arzt. Ich hoffe, ich habe dich nicht gestört.«

Kein Geräusch hatte Martin gestört, aber er war die

ganze Nacht hindurch von wechselnden Alpträumen geplagt worden.

Coffin wußte nichts von Martins unruhigen Träumen, obwohl er später von ihnen erfahren sollte.

Den Rest des Tages bearbeitete er Routineangelegenheiten. In einer Elektrofabrik hatte es einen Fall von Brandstiftung gegeben, der eine Menge Aufmerksamkeit erregte, und jemand hatte auf einen Polizisten geschossen, ihn aber Gott sei Dank nicht getroffen. Der Polizist konnte von Glück sagen, daß er noch lebte. Die Zeitungen machten großes Tamtam um beide Fälle und waren nicht gerade voll des Lobes für den Chief Commander.

Vielleicht hatte Phoebe recht, überlegte er, als er nach Hause fuhr, und das Ganze war eine Verschwörung gegen ihn. Er wußte, daß er Feinde hatte. Andererseits schien ihm das dann doch eine recht umständliche Vorgehensweise zu sein, und dem Glanz des Namens Lavender wäre es auch so nicht gerade zuträglich. Es mußte einfachere Methoden geben, John Coffin zu stürzen.

Ihm fielen spontan mindestens drei ein. Während er den Wagen parkte, gestattete er sich ein Lächeln. Jemand, der so gelebt hatte wie er, hinterließ viele Fäden, an denen etwaige Feinde ziehen konnten. Er hatte bei verschiedenen Gelegenheiten gelogen, einen Mann bewußtlos geschlagen und einen anderen getötet, das alles natürlich in Ausübung seiner Pflicht, aber trotzdem ließ man dergleichen besser bleiben. Bosheit – nein. Das ist etwas, das man mir nicht unterstellen kann, dachte er bei sich, als er die Tür öffnete. Bosheit gehört nicht zu meinen Eigenschaften. Wut, ja;

Groll, gelegentlich; Eifersucht, immer mal wieder; und die anderen Fleischeslüste, wie sie dem Anlaß angemessen sind.

An der Tür wurde er von Tiddles empfangen.

»Sie ist nicht da, hm?« Coffin wußte die Zeichen zu deuten.

Der Hund kam die Treppe langsameren Schritts hinunter, da die Stufen seinen kurzen Beinen einige Mühe abverlangten.

Auf ihre schweigende, aber ernste Bitte hin ging er in die Küche, um den beiden eine Dose aufzumachen. Heute abend bekamen beide Hundefutter; manchmal setzten sie ihnen beiden Futter vor, das für Katzen ausgewiesen war, aber sie schienen den Unterschied nie zu bemerken.

Ein köstlicher Duft aus dem Ofen legte die Vermutung nahe, daß jemand – wahrscheinlich nicht Stella – fürs Abendessen gesorgt hatte. Er öffnete die Ofentür, um nachzusehen. Eine große Kasserolle köchelte vor sich hin.

»Ich wußte gar nicht, daß wir so einen Topf haben«, sagte er laut. Von der Tür antwortete Stella: »Haben wir auch nicht. Einer von Max' Leuten aus dem Restaurant kommt rüber, um es zu kochen. Huhn und Schinken.«

»Man riecht's.«

»Max trägt sich mit dem Gedanken, einen vorzüglichen neuen Service ins Leben zu rufen. Eine Art Luxusvariante von Essen auf Rädern. Man kann aus drei Menüs wählen, und Max sagt, sie würden von Woche zu Woche wechseln, je nachdem, was die Jahreszeit so bietet.«

»Wie lange macht er das schon?« fragte Coffin argwöhnisch.

»Hat gerade erst angefangen, wir sind die ersten, die davon Gebrauch machen. Max hat es mir vorgeschlagen. Wenn es ein Erfolg wird, baut er die Sache aus.«

»Dann sind wir also seine Versuchskaninchen. Er probiert es an uns aus.« Coffin mochte Max und wußte sein Essen zu schätzen, aber ihm war auch klar, daß Max' Pfeile auf Stella zielten. Die gefeierte, elegante, viel fotografierte Stella, die gutbetuchte Kundschaft anlockte.

»Na, du kennst doch Max, er ist eben abenteuerlustig.«

Vor einigen Jahren, als Coffin gerade nach St. Luke gezogen war und Stella mit ihrem Theater in der alten Kirche erst angefangen hatte – also noch vor ihrer Hochzeit –, hatte Max sein erstes Restaurant eröffnet. Er und seine Töchter, die Schöne und die Kluge und die Verheiratete, hatten zusammen den Laden geschmissen. Seither florierte sein Geschäft, und er belieferte jetzt auch das Theater mit Speisen und Getränken. Max' Restaurant war mittlerweile eine gute Speiseadresse in London II, die nicht gerade für vorzügliches Essen bekannt war.

»Er sollte uns dafür bezahlen«, protestierte er.

»Das Essen ist ein Geschenk«, sagte Stella und bewies damit, daß nicht nur andere geschäftstüchtig waren. Sie hatte eine Menge von Coffins Halbschwester Letty gelernt, die immer wußte, wo sich ein Schnäppchen machen ließ. Sie war im Augenblick in Hongkong, um Geschäfte zu machen. Letty gehörte zu den Geldgebern des Theaters, wofür Stella dankbar war. Sie erwarteten sie nun bald in London zurück, was Stella einen weiteren Grund zur Dankbarkeit gab, da die Saison nicht allzugut lief und sie finanziell unter Druck stand; aber sie hoffte, daß Letty ihr unter die Arme greifen würde.

Sie werkelte in der Küche herum, öffnete Schranktüren und schloß sie wieder. »Oh, du hast die Tiere gefüttert.«

Coffin bejahte.

»Wie war dein Tag?« fragte sie.

»Ach, soso. Und bei dir?«

»Es gibt Probleme mit *Was ihr wollt.* Martin ist mit einem blauen Auge aufgetaucht. Es ist nicht weiter schlimm, nur ein Abdruck unter einem Auge, aber irgend jemand muß es ihm ja verpaßt haben – wahrscheinlich die große Liebe seines Lebens. Außerdem hat er eine Prellung, die sich über eine ganze Gesichtshälfte zieht. Das ließe sich ja noch mit Make-up regeln, aber er scheint auch den Verstand verloren zu haben. Die Probe war schlecht, sehr schlecht, und das lag vor allem an Malvolio – die Rolle ist genauso entscheidend wie der Sir Toby, wie du weißt –, und der hat die ganze Sache furchtbar vermasselt... Ich glaube nicht, daß ich morgen wegkomme. Ich werde wohl dabeibleiben müssen und sehen, daß sie nicht die Nerven verlieren.«

»Aber du führst doch nicht Regie?«

»Nein, ich habe Archie Tree für drei Produktionen verpflichtet, von denen das die erste ist. Seine Nerven sind es, um die ich mir Sorgen mache.«

»Wäre doch schade, wenn du diesen Burschen in Edinburgh oder wo auch sonst immer nicht treffen kannst«, sagte Coffin, der an sein Dinner mit Phoebe dachte.

»St. Andrews... nein, ich habe eine Videoaufnahme gesehen, die er mir geschickt hat, und ich habe ihn in Chichester in einem Pinter-Stück gesehen. Ich denke, ich hole ihn her. Er hat noch keinen Namen.« Sie würde ihn billig bekommen. Er würde eines Tages einen Namen haben, und sie hätte dann frühzeitig ein Bein in der Tür, und das war gut so. »Weißt du, ich wünsche mir langsam, du hättest dich nicht auf diese schauerliche Jagd nach einer toten Frau eingelassen. Die Sache ist irgendwie merkwürdig. Es gefällt mir nicht.«

»Mir geht es genauso, aber ich glaube, ich muß es tun. Nicht persönlich – ich habe Phoebe Astley darauf angesetzt.«

»Oh.«

»Sie ist gut«, verteidigte Coffin sich.

»Ich wünschte, sie würde sich besser anziehen, aber unter all den Männern, die bei euch rumlaufen, ist es wahrscheinlich ganz gut, daß sie's nicht tut.«

»So schlimm sind wir auch wieder nicht.«

»Doch, seid ihr. Eine Meute chauvinistischer Schweine.« Stella hatte vor kurzem eine Rolle in einer Polizistenserie im Fernsehen gespielt und angeblich eine Menge dabei gelernt, nicht von ihren Kollegen, sondern von dem Polizeiexperten, der die Sendung als Berater verfolgte.

»Es ist ganz anders als im Fernsehen«, protestierte ihr Mann. »Ich bin dabei, die Dinge zu verändern. Außerdem zieht Phoebe sich so an, wie es ihr gefällt.«

Hinter den Worten, die sie einander zuwarfen, lagen Belustigung und Zuneigung. Es war ein Meinungsaustausch, nicht einmal eine Diskussion, sie fühlten sich wohl in der Gesellschaft des anderen.

Einer deiner besseren Augenblicke, fand Coffin, als er eine Flasche Wein holen ging.

Sie setzten sich an den Küchentisch und aßen in lockerer, freundschaftlicher Atmosphäre ihren Eintopf.

Als es unten an der Haustür schellte, waren sie gerade fertig.

»Ich werde nicht aus dem Fenster sehen«, sagte Stella und hielt sich die Augen zu, obwohl sie wußte, daß sie ihre Haustür von der Küche aus ohnehin nicht sehen konnte, »aber irgend etwas sagt mir, daß es Martin ist.«

»Ich fürchte, du hast recht«, erwiderte Coffin und trat ans Fenster. »Er ist unsichtbar... auch wenn er immer noch auf die Klingel drückt... aber an der Wand lehnt das alte Fahrrad, von dem du mir erzählt hast, er würde es benutzen.« Er warf einen Blick auf den Fernsehschirm, der mit einer auf seiner Veranda installierten Videokamera verbunden war – Teil der Sicherheitseinrichtungen des Hauses. Ja, es war Martin; niemand war wirklich unsichtbar.

Er ging die Treppe hinunter.

»Es tut mir furchtbar leid«, sagte Martin, als er in die Küche kam. »Ich wollte mich für mein Benehmen gestern entschuldigen.« Auf der geschwollenen Wange unter seinem linken Auge zeichnete sich ein böser dunkler Streifen ab, und die andere Gesichtshälfte schmückte vom Wangenknochen bis zum Kiefer eine längliche Quetschung. Er sah blaß und dünn aus.

»Setz dich und trink ein Glas Wein.«

»Ich habe euch alle im Stich gelassen, einer meiner schlimmsten Patzer, aber ich werde...« Er hielt inne.

»Du wirst bei der Aufführung okay sein?« half Stella ihm aus. In ihren Worten klang Humor durch, aber man spürte, daß es ihr ernst war. Dann fuhr sie eine Spur sanfter fort: »Wir alle machen emotionale Krisen durch, Schauspieler mehr als die meisten anderen Menschen. Vielleicht halten diese Krisen die Maschine in Schwung, ich weiß nicht, aber du mußt das Beste geben, was in dir steckt, oder du bist ein Niemand.«

»Disziplin«, sagte Martin, als hätte er dieses Wort schon mal gehört.

»Disziplin – bleib bei uns, und du wirst sie dir erwerben.«

»Ich habe nicht immer die Kontrolle über das, was ich tue, das muß ich zugeben.«

»Alle Schauspieler haben den Teufel im Leib«, sagte Stella, »sonst wären sie nicht, was sie sind. Sonst könnten sie nicht spielen. Du brauchst etwas, das dich antreibt, etwas, das stark und unerbittlich ist, sonst würdest du dich in einem so harten Gewerbe, in dem solche Konkurrenz herrscht, nicht halten können. Für Schauspieler gibt es keine einfachen Antworten, Martin, und es wird auch nicht einfacher, niemals. Wenn du dir Lorbeeren erringst, darfst du dich nicht auf ihnen ausruhen, denn sie verwandeln sich in Dornen und Stacheln. Möglich, daß du keinen Lorbeer gewinnst – es ist sogar wahrscheinlich, daß du's nicht tust, die meisten von uns tun's nicht, aber du wirst nicht aufgeben. Der Teufel in dir wird dafür sorgen, daß du weitermachst.«

Außer auf der Bühne, wenn sie die Zeilen eines Autors sprach, hatte Coffin noch nie eine so lange Rede von seiner Frau gehört. Er stand auf und füllte ihr Glas nach.

»Jaimie hat ihren eigenen Teufel, und das kompliziert die Dinge. Ich bewundere sie sehr. Sie ist unglaublich zäh, wenn sie an einer Story dran ist, und sie ist eine gute Journalistin, aber wenn sie aggressiv wird, werde ich es auch.

Oder umgekehrt. Das können wir beide. Gestern nacht war es ihre Schuld, glaube ich, aber ich habe das Meinige beigetragen.«

»Gehen Sie zu ihr, und machen Sie es wieder gut mit... Blumen, einem Buch, Pralinen«, schlug Coffin vor, der sich wünschte, daß der Junge zu reden aufhören und wieder gehen würde.

Martin schwieg. »Ich glaube nicht, daß sie zu Hause ist, nicht in unserer Wohnung. Ich hab nachgesehen, es war niemand da. Sie ist weg.«

»Für immer, meinst du? Sie hat alle ihre Sachen mitgenommen?«

»Nein, nicht, soweit ich das feststellen konnte.«

»Sie kommt zurück«, sagte Stella.

»Ja, natürlich, du hast recht. Ich nehme an, sie arbeitet. Sie ist ziemlich versessen auf eine ganz bestimmte Story, die sie an der Hand hat...«

»Hat sie denn mehr als eine Story?« fragte Coffin.

»Ich glaube ja«, antwortete Martin langsam. »Sie hat nicht viel erzählt, aber sie ist in letzter Zeit ziemlich häufig in verschiedenen Bibliotheken gewesen und hat sich die alten Zeitungen vorgenommen.« Er sah Stella an. »Ich glaube, sie stellt nebenbei ein paar Nachforschungen über mich und meine Schwester an... Keine Ahnung, wie du über so was denken würdest, Stella... Ich meine Publicity, vielleicht schlechte Publicity.«

»Oh, keine Publicity ist schlecht«, sagte Stella und stand auf. Auch sie hatte das Gefühl, daß ein Wink mit dem Zaunpfahl vielleicht keine schlechte Idee wäre. »Ich hätte nichts dagegen. Es ist Vergangenheit. Deine Vergangenheit. Aber könntest du sie nicht bitten, die Finger davon zu lassen?«

»Man bittet Jaimie nicht«, sagte Martin. »Sie würde das als Einmischung in ihre Arbeit auffassen. Außerdem bin ich mir auch nicht sicher. Vielleicht bilde ich mir das Ganze nur ein, und es ist die andere Story, auf die sie wirklich scharf ist.«

Er war ebenfalls aufgestanden. »Danke, daß du mir zugehört hast. Ich werde euch nicht enttäuschen, Stella.«

»Das will ich dir auch nicht geraten haben.«

Sie ging mit ihm die Treppe hinunter, und auf halber Höhe gesellte sich Tiddles zu ihnen, die an der Haustür stehenblieb und nur auf eine Gelegenheit wartete, sich ebenfalls zu verabschieden.

»Sie hat noch eine andere Wohnung«, sagte Martin, als er durch die Tür trat, »ein kleines Apartment in der Nähe des Towers, ein Büro; da wird sie wahrscheinlich sein. Ich gehe mal nachsehen.«

Stella marschierte die Treppe wieder hinauf und begann zu sprechen, noch bevor sie oben war. »Laß uns einen Kaffee trinken... was für ein Miststück dieses Mädchen sein muß, wenn sie wirklich Martin und seine Schwester ausforscht. Er liebt sie.«

»Scheint mir eine ziemlich explosive Beziehung zu sein.« Coffin kam die Treppe hinunter, und sie trafen sich an der Küchentür. »Sie haben sich geschlagen; das waren richtige Prellungen.«

Stella war tolerant. »Die jungen Leute mögen es so. Hast du dich nie geprügelt, als du noch jung warst?« Sie löffelte bereits das Kaffeepulver in die Kanne und fragte sich, warum Max nicht eine Thermoskanne von seinem eigenen Kaffee mitgeschickt hatte. Die Katze hatte beschlossen, doch nicht auszugehen, sondern zur Quelle des Futters zurückzukehren, das so angenehm würzig roch.

»Nur im Zusammenhang mit meiner Arbeit«, sagte Coffin. »Und nie mit einer Frau.«

Stella hielt die Kaffeekanne in der Hand. »Ich hab's einmal getan. Habe meinem Produzenten eine Flasche an den Kopf geworfen … und getroffen. Mitten auf der Nase.«

»Ist sie gebrochen?«

»Die Flasche ja, die Nase nicht. Er hatte eine Nase wie Cyrano de Bergerac, der Kerl. In der Flasche war Rotwein drin. Sein Anzug war hinüber.«

»Du hättest ihn umbringen können«, sagte Coffin und nahm die Kaffeetasse, die sie ihm hinhielt, in Empfang.

»Den doch nicht. Der lebt immer noch und ist einer meiner besten Freunde …« Sie sah Coffin an und lachte.

»Ich glaube, du bauscht das etwas auf.«

»Vielleicht ein bißchen.«

»Und was du da zu Martin gesagt hast! Über Schauspieler, die den Teufel im Leib haben. War das dein Ernst?«

»Halb und halb«, sagte sie. »Wir geben gern ein wenig an, aber eigentlich wollte ich ihn bloß aufheitern. Trotzdem. Es ist nicht leicht mit uns.«

Schauspieler, dachte Coffin, früher Schurken und Vagabunden, gesellschaftliche Außenseiter, wenn sie nicht gerade bei einer Truppe arbeiteten. Er sah seine Frau liebevoll an. Schauspieler … Es war nicht leicht mit ihnen.

»Wie auch immer, ich glaube, es gibt da eine andere Geschichte, die sie mehr fesselt.«

Stella zog eine Augenbraue hoch.

»Ja, ich denke, sie ist die junge Journalistin, die Nachforschungen über Dick Lavender anstellt. Wenn sie es ist, dann wird Phoebe Astley sich an ihre Fersen heften.«

»Dann wollen wir mal hoffen, daß sie nicht zusammenstoßen.«

»Phoebe ist kein schlechter Kerl«, sagte Coffin und trat ans Fenster, um noch einmal auf den alten Friedhof hinabzublicken. »Wir sollten da drüben wohl doch mal graben. Nur mal nachsehen. Wie gewünscht.«

Plötzlich tauchte ein Bild vor ihm auf, eine dunkle Nacht mit geringer Straßenbeleuchtung und ohne Mondschein; ein Junge und seine Mutter schoben eine tote Frau durch die Straßen, um sie in geweihtem Boden beizusetzen.

Die Vergangenheit streckte eine kalte Hand nach ihm aus.

Martin nahm die Dockland Light Railway, die in der Nähe des Towers von London hielt, und ging dann den Rest des Weges bis zu Jaimies kleinem Büro zu Fuß. Sie hatte die Oberwohnung über einem Blumenladen. Der Laden war geschlossen, aber rechts von der Treppe befanden sich eine Klingel und eine Gegensprechanlage.

Er drückte auf die Klingel. M. Flower stand auf dem Namensschild. Es war eins ihrer Pseudonyme. Er hatte keine Ahnung, welches davon ihr richtiger Name war, falls sie den überhaupt mal benutzte. Wahrscheinlich gab es irgendwo in Berkshire oder Surrey noch eine andere Identität: die echte Jaimie. Sie sagte, daß Journalisten, die recherchierten, Pseudonyme benötigten. Er wünschte, er hätte seinen Schlüssel mitgenommen, aber den hatte er ihr bei ihrem letzten Streit an den Kopf geworfen.

In seinem Hinterkopf lauerte stets die Erinnerung daran, wie sie sich kennengelernt hatten. Er war um die öffentliche Bibliothek in der Nähe seiner Wohnung herumgeschlichen; er war neu in London II und kannte niemanden, abgesehen von seinen Schauspielerkollegen und Stella Pinero. Natürlich war da immer noch seine Schwester, aber er wollte ihr nicht auf die Nerven gehen. Er war sich nie recht sicher, ob sie an seine Existenz erinnert werden wollte. Also war er einsam und las viel. Die John-Evelyn-Bibliothek war sehr gut, eine von denen, die der schottische Industrielle Andrew Carnegie mit dem Geld aus seinen Stahlfabriken in Pennsylvania eingerichtet hatte.

Das Gebäude selbst war ein altes Herrenhaus, frühes siebzehntes Jahrhundert, umgebaut, aber immer noch sehr schön. Es lag in einem kleinen Park. Jaimie hatte ihn im Lesezimmer aufgegabelt, wo er die *Times* las. Ihm war klar, daß sie es auf ihn abgesehen hatte, und er war jung genug und sich seines guten Aussehens hinreichend sicher, um dies allein seiner Attraktivität zuzuschreiben und nichts anderes dahinter zu vermuten. Jaimie war hübsch, so intelligent (eine Oxfordabsolventin, das Kind von spießigen Eltern in Berkshire – die nichts von Ausbildung hielten, hatte sie gesagt, weshalb sie sie auch nicht mehr oft zu Gesicht bekäme –, eine Frau, die ihren eigenen Weg in der Welt machte), so sexy, daß sie sofort eine Affäre begannen.

Es schien sich alles so spontan und natürlich zu entwickeln, daß er nie daran zweifelte, sich nie fragte, wieviel davon gelogen war, aber jetzt stellte er sich die Frage, ob sie sich nicht mit voller Absicht an ihn herangemacht hatte, um ihre Story zu bekommen. Sie wollte über ihn schreiben, über ihn und über Clara.

Kaltes, hinterhältiges Miststück, dachte er. Aber er liebte sie. Oder hatte sie geliebt. Wieviel konnte eine Liebe aushalten?

»Jaimie«, rief er. »Jaimie, darf ich raufkommen?«

Er bekam keine Antwort. Er hatte auch keine erwartet. Er wußte, daß er sich wie ein Kind benahm, als er durch den Briefkastenschlitz eines leeren Hauses rief.

4

It was not death, for I stood up,
And all the dead lie down.
Emily Dickinson, 1830–1886

Da der 5. November näher kam, tauchten nach und nach die Guy-Fawkes-Figuren auf den Straßen auf. Das Einkaufszentrum in Spinnergate hatte einen besonders hohen Anteil an kleinen Gruppen, die sich auf diesem Gebiet engagierten: Sie bauten einen Guy zusammen, zogen ihm zusammengeborgte Kleider an und setzten ihn in einen Buggy oder einen alten Kinderwagen, wenn sie einen auftreiben konnten, und wenn sie keinen fanden, mußte es eben ein Karren aus einer mit Rädern versehenen Holzkiste tun. Einige Guys sahen überzeugender aus als andere.

Jimmy Barlow und Tom Fisher bekamen Hilfe von Toms Schwester, die von den Jungen ignoriert wurde und anscheinend namenlos war. Gelegentlich murmelte sie vor sich hin: Ich habe wohl einen Namen, ich heiße Louise. Wann immer sie sprach, sie bekam für gewöhnlich keine Antwort.

Das Trio stand nicht weit entfernt von der gemeinsam besuchten Schule an der Ecke der Edward Street und Fisher Street, einer Geschäftsstraße mit etlichen größeren

Kaufhäusern. In der Nähe befand sich ein Parkplatz. Sie hatten sich diese Stelle mit Bedacht ausgesucht und mindestens zwei Guy-Fawkes-Rivalen weggejagt.

Louise sagte: »Paßt auf eure Taschen auf, Jungs, hier wimmelt's von Dieben.« Sie ging auf und ab und mahnte die Passanten, an Guy zu denken, an Guy zu denken.

»Schick sie nach Hause«, brummte Jimmy Tom zu. »Wir machen das besser ohne sie. Es wird schon spät.« Es war ein dunkler Novemberabend.

»Sie wird nicht gehen. Sie weiß, daß wir heute lange draußen bleiben dürfen, weil dann am meisten Geld reinkommt und wir für einen guten Zweck sammeln.« Sozusagen, fügte er der Ehrlichkeit halber in Gedanken hinzu.

Louise sagte laut: »Ich will hierbleiben. Ich werde hierbleiben. Es kann uns gar nichts passieren. Um die Ecke ist das Polizeirevier.« Sie ging ein Stück weiter die Straße hinunter und ließ ihre Sammeldose klappern. »Denkt an Guy, bitte, denkt an Guy.«

Eine Frau, die aus der Drogerie Boots kam, versuchte sich an ihr vorbeizuschieben, aber Louise schwenkte die Dose und rief noch einmal: »Bitte, denkt an Guy.«

»Na schön, da hast du was«, sagte die Frau und ließ eine Silbermünze in ihre Dose fallen. Schließlich hatte sie selbst als Kind einen Guy durch die Straßen geschoben. Sie sah sich die Puppe an. »Nicht schlecht. Hast du sie gemacht?«

»Ich hab geholfen«, sagte Louise. Sie hüpfte zu den beiden Jungen zurück. »Da habt ihr's. Ich kriege mehr zusammen als ihr.« Sie klapperte mit ihrer Sammeldose.

Die Frau, die Louise ihren Obolus entrichtet hatte,

drehte sich noch einmal um und sagte: »Ist das auch euer Guy, der da hinten auf dem Parkplatz?«

»Nein, Mistress«, sagte Tom.

»Irgend jemand hat einen da liegenlassen. War schon den ganzen Morgen da. Vielleicht sogar schon gestern nacht.«

»Wird ihn wohl jemand verloren haben«, sagte Tom.

»Ist das möglich? Da abgesetzt, ja, aber verloren, nein. Man verliert keinen Guy. Ich war selber mal jung.«

»Ich geh mal rüber und sehe nach«, sagte Tom. Dann hätten sie zwei Guys, und Louise könnte einen für sich allein haben. Schön für Louise.

Seine Schwester war vor ihm da.

Der Guy steckte in einer großen Kiste, die gegen den Zaun des Parkplatzes gelehnt stand. Er trug einen großen, sehr alten und zerbeulten Hut aus schwarzem Filz. Darunter war eine der üblichen Guy-Fawkes-Masken befestigt, obwohl diese hier besonders scheußlich aussah, weil sie leicht zur Seite gerutscht war. Den Oberkörper verdeckte eine Jacke, und die Hände steckten in Handschuhen, die auf einer alten Decke lagen. Man konnte gerade noch die Spitze eines Schuhs erkennen.

Louise trat näher, um sich die Figur anzusehen, dann ging sie auf die Rückseite und zog den Guy von der Mauer weg. »Ganz schön schwer.«

Dann schrie sie.

5

Coffin und Phoebe Astley gingen wie verabredet zusammen essen. Der Tisch in der Ecke des großen Saals (Max hatte während der letzten beiden Jahre expandiert und da, wo früher die Küche gewesen war, zwei durch einen Bogen getrennte Räume eingerichtet) war der Platz, von dem aus man alles im Auge hatte, selbst gesehen werden konnte, wenn man es wünschte – obwohl es eine Reihe kleiner Büsche in braunen Umtöpfen gab, die man wie eine Mauer vor sich aufbauen konnte –, und wo man trotzdem nicht belauscht wurde.

Wenn der Chief Commander gewußt hätte, daß die Schauspieler im St. Luke's Theatre und seine eigenen Beamten, die es von diesen aufgeschnappt hatten, den Platz ›Lovers' Corner‹ nannten, hätte er einen anderen Tisch reservieren lassen. Mit untypischer Arglosigkeit betrachtete er ihn einfach als günstigen Platz für ein privates Gespräch. Er war oft mit Stella hier, aber nicht heute abend. Nach einem schwierigen Tag voller stumpfsinniger Routinearbeiten und ärgerlicher Besprechungen wäre er froh gewesen, sie zu sehen, aber sie hatte schließlich doch beschlossen, nach Schottland zu fliegen, um mit dem jungen Schauspieler zu reden, an dem sie interessiert war.

Phoebe war vor ihm bei Max eingetroffen und ging noch einmal ihre Notizen durch.

»Ich habe mir zuerst zwei Biographien von ihm vorgenommen, die ungefähr zu der Zeit geschrieben wurden, als er sich aus dem Amt zurückzog. Er hat eine Wahl verloren und seinen Abschied genommen. Beide Bücher sind Leichtgewichte: *Die Lavender-Jahre* und *Das Leben eines Premierministers*. Anscheinend hatte er nicht viel übrig für das langweilige, offizielle Leben unter den Augen der Öffentlichkeit.«

»Damals nicht.« Coffin schenkte ihr Wein ein. »Heute schon. Oder zumindest für den Teil davon, auf den er Einfluß hat.«

»Ja, diese Eigenschaft haben die Bücher über ihn durchaus vermitteln können: Er mußte immer die Zügel in der Hand haben. Ich habe mir die Bücher aus der städtischen Bibliothek geholt. Du kennst sie wahrscheinlich, die John-Evelyn-Bibliothek? Ich habe sie nie viel benutzt, aber ich kannte die Bibliothekarin, sie gehört zu meiner Frauengruppe …«

»Gütiger Himmel.«

»Ich werde diese Bemerkung ignorieren, und zufällig reden wir nicht über Frauenthemen, falls es dich interessiert. Wir sind eine Selbsthilfegruppe. Wenn du glaubst, ich hätte keine gebraucht, als ich zur Polizeitruppe von London II kam, dann bist du aber auf dem Holzweg.«

Frauen, dachte Coffin, hatten so viele Möglichkeiten, einen Mann in seine Schranken zu weisen; das war nicht Stellas Stil, sie neigte eher zu der direkten, verletzenden Bemerkung, aber Phoebes Art war genauso effektiv. Außerdem ärgerte es ihn in Phoebes Fall besonders, weil er wußte, daß hinter den Kulissen ihres Lebens immer ein Mann stand, der sie auf die eine oder andere Weise stützte.

»Ich gehe der Sache nach«, sagte er. »Du bist doch nicht irgendwie schikaniert worden, oder?«

»Nichts Offenes, sonst hätte ich ihnen die Eier abgeschnitten.«

Coffin zuckte zusammen. Was den Umgang mit Worten betraf, war er altmodisch.

»Sie wußten, daß ich unter deinem Schutz stehe.«

Coffin zuckte noch einmal zusammen; er fragte sich, ob Phoebe das absichtlich machte. Sie und Stella konnten einander wie mißtrauische Katzen umkreisen, und dies hier war vielleicht eine andere Variante des gleichen Spiels.

Er kam wieder auf die Bibliothek zurück. »Was hast du herausgefunden?«

»Da wären die beiden Biographien, wie ich schon sagte, aber dann habe ich mir noch die alten Zeitungsordner angesehen. Sie haben, soweit ich sehen konnte, die *Times* und sämtliche Lokalzeitungen bis zurück zum Burenkrieg. Möglicherweise noch weiter. Wahrscheinlich haben sie noch die Todesanzeige von John Evelyn in der *London Gazette* von 1600 oder so. Wann ist er gestorben?«

Coffin schüttelte den Kopf. »Nach dem Großen Feuer von London, glaube ich. Er hatte Peter den Großen von Rußland bei sich zu Gast, um ihn in die Kunst des Schiffbaus einzuführen.«

»Es ist alles sehr interessant zu lesen… In den zwanziger Jahren hatten sie da einen weiblichen Serienmörder.«

Coffin zog eine Augenbraue hoch.

»Nein, keine Mrs. Lavender. Die Dame war Krankenschwester und hat ihre Opfer erstickt... Ich nehme an, ihr Handwerk ist ihr da entgegengekommen. Sieben Menschen hat sie um die Ecke gebracht, und bei drei weiteren hat man es vermutet. Alles alte Männer, die ihr ihren gesamten Besitz vermacht hatten. Nicht viel; sie waren nicht reich, aber ihre Familien waren nicht gerade begeistert, und das hat schließlich das Aus für sie bedeutet. Sie wurde natürlich gehängt; damals waren noch das Seil und die Falltür in Gebrauch.« Aus Phoebes Worten klang eine gewisse genüßliche Begeisterung.

Ich brauche mir keine Sorgen wegen ihres weichen Herzens zu machen, ging es Coffin durch den Kopf. »Verschwende deine Zeit nicht mit den Zeitungen der Zwanziger. Diese Todesfälle haben sich kurz vor dem Krieg von 1914 bis 1918 ereignet.«

»Ich verschaffe mir damit aber ein Gefühl für die Epoche, und darauf kommt es an. Als ich angefangen habe, muß ich gestehen, konnte ich die Geschichte nicht glauben, weil sie mir irgendwie zu unwahrscheinlich erschien. Man bekommt das Gefühl, daß damals so ziemlich alles passieren konnte.«

»Nicht nur damals«, sagte Coffin.

»Eine Frau hat Vierlinge zur Welt gebracht – Sensation. Sie sind natürlich alle gestorben, einer nach dem anderen, aber die Frau war so außer sich, daß sie bei dem letzten, einem Jungen, nicht zugeben wollte, daß er tot war. Sie hat ihn tagelang in einem Kinderwagen durch die Gegend geschoben, bis man sie aufhielt. Und dann behauptete ein Mann, er habe einen sprechenden Hund; die Leute haben

Schlange gestanden, um den Hund reden zu hören. Sie wußten, daß der Hund nicht reden konnte und es auch nicht tat und daß es der Mann selbst war, aber sie fanden es komisch, wie er sich bemühte, die Stimme zu verstellen und die Kiefer des Hundes zu bewegen. Das Interessante daran war, daß die Mann-Hund-Stimme die Zukunft vorhersagte, wenn man nur genug zahlte, und es scheint, daß die Prognosen oft eingetroffen sind. Komisch, was?«

»Glaub bloß kein Wort davon.«

»Ja, ich habe tatsächlich gedacht, daß der Hund ein cleverer Reporter auf der Suche nach einer guten Story gewesen sein könnte. Vor allem, als ich in der Verfasserzeile den Namen E. Wallace entdeckte.«

Es könnte der junge Edgar Wallace gewesen sein, dachte Coffin. Er war London nah, und er kannte die Docklands. Greenwich und Deptford waren die Orte, an denen er aufwuchs. Außerdem mußte ein Rippermörder für seinen Geschmack genau das Richtige gewesen sein. »Er war damals schon ein etablierter Schriftsteller«, sagte er. »Er war als Kriegsberichterstatter in Südafrika gewesen. Vielleicht ist ihm das Geld knapp geworden, und er hatte Verpflichtungen der Familie gegenüber... Er hat alles geschrieben, was er in die Finger bekam... hat als Ghostwriter an der Biographie von Evelyn Thaw mitgewirkt, deren Ehemann in New York ihren Geliebten ermordet hat. Außerdem gehen jede Menge Artikel und Kurzgeschichten auf sein Konto.«

»Wenn ich die Namen der Frauen ermittelt habe, die in Spinnergate oder Swinehouse ermordet wurden, werde ich versuchen, so viele Einzelheiten wie möglich in Erfahrung zu bringen. Ich nehme mir auch die Polizeiunterlagen vor.

Das Archiv im alten Hauptquartier ist ja leider im Ersten Weltkrieg – von einem Zeppelin – und dann noch einmal im Zweiten ausgebombt worden. Brandbomben richten den größten Schaden an, und es gibt riesige Lücken in den Akten. Wenn du meinen Rat willst…«

»Nur zu.«

»Du darfst nicht allzuviel erwarten.«

»Tue ich auch nicht.«

»Und du könntest dir einen von diesen übereifrigen jungen Archivaren aus Oxford oder Cambridge ranziehen, damit er die frühen Akten durchgeht und sieht, was sich da verwerten läßt.«

»Kann ich mir nicht leisten«, erklärte Coffin gleichgültig. Auf der anderen Seite des Raums konnte er Martin sehen, der bei einigen anderen Theaterleuten saß. Obwohl er mit ihnen zusammen war, gehörte er nicht dazu.

»Entschuldige mich mal kurz.« Er ging hinüber zu Martin, der in eine Kaffeetasse starrte. Als er vor ihm stand, blickte der junge Mann auf. Er schien überrascht zu sein, dann lächelte er.

»Wie ist es bei der Probe gegangen?« fragte Coffin, obwohl er bereits von Stella wußte, daß der Junge sich ein wenig gefaßt hatte. Sie hatte am Flughafen von ihrem Autotelefon aus mit Martin gesprochen.

»Besser.« Wieder dieses charmante Lächeln. »Ich habe einfach alles beiseite geschoben und die Sache durchgezogen.«

Coffin nickte. Der Junge mußte jede Menge Übung in dieser Hinsicht haben. Schreckliches beiseite zu schieben und die Sache durchzuziehen. Das Problem war nur, daß solche Dinge im Innern weitergärten.

»Und Jaimie?« Er fragte nach ihr, weil sie für sein Leben und diese Sache mit Dick Lavender wichtig war. Da, wo sie hingegangen war, konnte er vielleicht auch Phoebe hinschicken.

Martin blickte in seinen Kaffee und schüttelte den Kopf. »Nicht wieder aufgetaucht. Ich war bei ihrer Wohnung in der City, wo sie arbeitet. Keine Ahnung, ob sie da war, aber sie hat jedenfalls nicht aufgemacht. Ich glaube nicht, daß sie da war. Ich weiß, daß sie sauer auf mich ist, aber sie war nie nachtragend, ist immer wieder zurückgekommen.« Dann fügte er langsam hinzu: »Vielleicht ist es ja diese andere Story, an der sie arbeitet – ich meine nicht die Sache mit mir und Clara. War sehr aufgeregt deswegen; sie ist sehr ehrgeizig.«

»Halten Sie mich auf dem laufenden.« Coffin klopfte ihm auf die Schulter und kehrte an seinen Tisch zurück.

»Was ist los mit diesem jungen Mann?« Phoebe hatte sie beobachtet. »Er sieht ganz schön mitgenommen aus.«

»Meinst du, es ist was Ernstes?«

»Meine ich.«

»Ich auch.«

Der erste Gang ihres Essens, eine von Max' berühmten kalten Fischmousses, wartete auf sie. Phoebe griff nach ihrer Gabel. »Ich weiß natürlich, wer er ist.«

»Wundert mich nicht.« Coffin kostete die Mousse. »Ich sollte dir wohl besser sagen, daß er einen Streit mit seiner Freundin hatte. Sie ist abgehauen.«

»Ich nehme an, er sucht nach ihr.«

»Sie ist Journalistin und wahrscheinlich die junge Frau, die unter einem Pseudonym an der Lavender-Story arbeitet.«

Phoebe nickte. »Dann habe ich sie vielleicht schon kennengelernt. Einer meiner besten Freunde arbeitet für den *Daily Shout*« – so nannte der Volksmund eine Tageszeitung mit Massenauflage –, »und ich war bei ihm zu einer Party eingeladen. Ist sie blond, hübsch und groß? Hm, gibt ja vielleicht 'ne Menge von denen, aber die, die ich meine, war ein bißchen betrunken und redete über die Story, die sie verkaufen wollte.«

Sie fügte hinzu: »Ich glaube, sie trägt manchmal eine dunkle Perücke.«

»Sie arbeitet auch an einer Story über Martin und seine Schwester Clara«, erwiderte Coffin mit nichtssagender Stimme.

Phoebe blinzelte. »Wie der Lover sich fühlt, spielt keine Rolle, wenn's ums Geschäft geht, wie?«

»Der Junge ist zu dem Schluß gekommen, daß er nur deshalb ihr Lover ist, damit sie alle Einzelheiten zusammenbekommt.«

»Ich denke, es war klug von ihr, sich in Luft aufzulösen; ich an ihrer Stelle würde nicht mehr wieder auftauchen«, sagte Phoebe und drehte sich noch einmal nach Martin um. »Er ist zum Anbeißen, nicht wahr? Aber vielleicht wäre es gesünder, ihn nicht zu kennen.«

»Er hat seinen Vater nicht umgebracht. Er hat seiner Schwester geholfen, aber er war noch ein Kind. Vergessen hat er's natürlich nicht.«

»Eine schlechte Erinnerung, wenn man damit aufwachsen muß.«

»Das gilt wohl für sie beide.«

Keiner von ihnen aß sehr viel, und an die Stelle der

Fischmousse war inzwischen ein Hühnergericht getreten. Phoebe holte einen Aktenordner hervor. »Ich habe mehr für dich, als ich dir bisher erzählt habe: Ich habe mit ein paar Seiten aus der Lokalzeitung ausdrucken lassen. Es sind Artikel über drei Todesfälle. Ich bin bis in die Jahre 1912 und 1913 zurückgegangen, bis vor den Kriegsausbruch, um genau zu sein.«

Sie legte ihm eine Reihe verschiedener Ausdrucke vor. »Siehst du, drei Artikel. Nicht unterzeichnet, was wahrscheinlich nicht erlaubt war, aber mit Initialen versehen, E. W., und da ist ein Foto.«

Es war ein mageres, junges Gesicht mit pomadisiertem, dunklem Haar. Noch war die vertraute schwere Brille des erwachsenen und berühmten Edgar Wallace nicht zu sehen. Wahrscheinlich hatte er die Brille damals schon gebraucht, aber sich nicht damit fotografieren lassen wollen. Wir alle haben unsere Eitelkeiten.

Sie zeigte mit dem Finger auf eine Seite. »Er hat einen Artikel über den ersten Mord geschrieben – dieses Foto zeigt die tote Mildred Bailey. Über den zweiten Mord hat er zwei Artikel geschrieben, wahrscheinlich, weil er mehr Aufsehen erregt hat. Die erste Frau starb im Januar 1913 und die zweite, Mary Jane Armour, im April desselben Jahres. Es hat noch einen dritten Mord gegeben, eine Frau namens Eliza Jones, im Mai 1913. Möglicherweise gab es noch mindestens einen weiteren Todesfall: Isobel Haved, die einfach spurlos verschwand, aber für tot gehalten wurde – der Verfasser der Artikel erwähnt sie. Wahrscheinlich, weil die Story so besser klang –, aber es ist auch möglich, daß sie wirklich eines der Opfer eines Serienmörders war.«

Coffin griff nach den Papieren, um sie sich genauer anzusehen. »Das hast du gut gemacht, ich glaube, du bist da auf etwas gestoßen.«

»Nachdem ich jetzt erst einmal etwas habe, womit ich anfangen kann, werde ich mich nach hinten durch die Zeitungen arbeiten und sehen, was ich so finde ... ein Jammer, daß die Polizeiakten in die Luft geflogen sind, aber ich höre mich auf jeden Fall um und stelle Fragen. Wer weiß, vielleicht kriege ich ja eine Reaktion.« Vor allem, wenn die betreffenden Leute wissen, daß du dahintersteckst, dachte sie bei sich.

Coffin las, was sie bereits zusammengetragen hatte. »Alle drei wurden erwürgt, aber auch sonst brutal mißhandelt ... jedenfalls zwei von ihnen. Nicht viele Einzelheiten, auf die legte er offensichtlich keinen Wert. Na ja, kein Wunder in der damaligen Zeit ... Alle Leichen sind gut versteckt worden, eine in einer Gasse, eine andere in einer Abwasserrinne und eine in einem Park ... Man ging allerdings davon aus, daß sie woanders getötet wurden.« In Lavenders Elternhaus oder in unmittelbarer Nähe, wenn Dick Lavender recht hatte.

Und kurz darauf hatte der erste große Krieg in Europa begonnen, und der junge Journalist hatte genau wie alle übrigen in England andere Todesfälle im Kopf.

»Wenn ich die Zeitungen durchgehe, werde ich wahrscheinlich mehr über die Morde erfahren. Möglicherweise stelle ich auch fest, daß der Mörder dieser Frauen gefunden wurde. Dann kann es sich natürlich nicht um die Geschichte handeln, die Mrs. Lavender und ihren Sohn betraf.«

»Es sei denn, er phantasiert«, sagte Coffin nachdenklich. »Und er und seine Mutter haben den ganzen Zauber überhaupt nicht erlebt. Und er ist nur ein alter Mann, der Gespenster sieht.«

»Sollte man mal drüber nachdenken.« Phoebe runzelte die Stirn. »Aber ich glaube es irgendwie nicht. Hat er diesen Eindruck auf dich gemacht?«

»Nein.« Coffin trank einen Schluck Wein. »Obwohl irgend etwas merkwürdig ist bei ihm. Es hat mich verwirrt. Wirkte irgendwie unnatürlich.«

»Das bringt das Alter manchmal so mit sich«, sagte Phoebe tolerant. »Meine Großmutter erzählte mir immer, wie sie – in Uniform natürlich – im Weltkrieg gekämpft habe. Tatsächlich ging sie damals noch zur Schule. In gewisser Weise wußte sie es auch, aber sie hat es irgendwie fertiggebracht, zweigleisig zu fahren... Lavender tut vielleicht dasselbe.«

»Damit ich mich nicht langweile«, brummte Coffin.

»Er ist ein ehemaliger Premierminister. Ein Hauch von Macht ist immer noch da.«

»Daran brauchst du mich nicht zu erinnern.« Er blickte durch den Raum. Gerade zwängte sich jemand durch die Glastüren von Max' Restaurant. »Da ist Dr. Bradshaw. Was macht der denn hier?«

Phoebe folgte seinem Blick; ihre Miene hellte sich auf, und wieder ging es Coffin durch den Sinn, daß Jack Bradshaw den Frauen gefiel.

»Er sucht nach dir, was sonst.«

Jack Bradshaw schlängelte sich zwischen den Tischen hindurch auf sie zu. Mit einem schamlosen Mangel an Stil, der ihm jedoch irgendwie gut zu Gesicht stand, trug er eine Plastiktüte von einem wohlbekannten Lebensmittelladen in der Hand. »Chief Commander, da sind Sie ja… Ihre Frau sagte, ich würde Sie hier finden.«

»Dann ist sie also wieder da?«

»Sie hat mich hergefahren.« Er sah Phoebe an. »Also, wir zwei kennen uns, nicht wahr? Verzeihen Sie mir, daß ich Ihren Namen nicht behalten habe.«

»Phoebe Astley«, sagte sie und hielt ihm lächelnd die Hand hin. Wenn Jack Bradshaw den Frauen gefiel, dann hatte er in Phoebe eine erfahrene Kennerin gefunden. »Ich war mal bei einem Ihrer Vorträge.«

»Sie haben in der ersten Reihe gesessen und eine Frage gestellt. Ich wußte doch, daß ich Sie schon mal gesehen habe.« Dann wandte er sich wieder Coffin zu und stellte seine Tragetasche auf den Tisch, um einige Papiere herauszuziehen.

»Ich dachte, das würde Sie vielleicht interessieren und Ihnen möglicherweise sogar weiterhelfen.«

Coffin nahm die Papiere entgegen. »Ich sollte Ihnen wohl sagen, daß Chief Inspector Astley mir bei dieser Untersuchung zur Hand geht.«

Auf der anderen Seite des Raums war Stella gerade durch die Tür getreten. Sie trug einen hellrosa Faltenrock mit einer Bluse in einem dunkleren Rosaton, die ihm beide neu waren, und er hatte ein gutes Gedächtnis für Stellas Kleider und war gleichzeitig dankbar dafür, daß sie sie selbst bezahlte. Sie lächelte ihn an und winkte ihm kurz zu, bevor sie zu Max trat. Eine Woge des Glücks durchströmte Coffin bei ihrem Anblick.

»Ich glaube, das habe ich schon erraten«, sagte Jack Bradshaw. »Ich freue mich darüber. Ich denke, eine Frau durchschaut manche Dinge besser als ein Mann.«

Coffin breitete den Inhalt der Tragetasche vor sich auf dem Tisch aus. »Bestellen Sie sich etwas zu trinken, Bradshaw, während ich mir das hier ansehe.« Er winkte ihren Kellner heran, der sowieso interessiert zu ihnen herübersah. Er hatte ernsthafte Absichten, einen Kriminalroman zu verfassen, und wollte Coffin eine Rolle darin spielen lassen. (Max rekrutierte sein Personal fast ausschließlich aus der Schar arbeitsloser Schauspieler und hoffnungsvoller Schriftsteller.)

Vor ihm auf dem Tisch lagen drei Fotografien, eine in einem Silberrahmen, die beiden anderen lose und alle drei vom Alter vergilbt.

Er nahm sich als erstes das gerahmte Bild vor, auf dem eine hübsche junge Frau in Tournüre und Federtoque abgebildet war. »Mrs. Lavender?«

Bradshaw nickte. »In ihrem besten Sonntagsstaat, wie ihr Sohn mir versichert; er hat noch genau im Gedächtnis, was dazugehörte. Hut, Bluse und Jacke waren wahrscheinlich dieselben wie auf dem Bild; ich bezweifle, daß sie viel Auswahl hatte, denn sie waren nach allem, was man so hört, ziemlich arm. Könnte sogar ihre Hochzeitsaufmachung gewesen sein.«

Auf den ungerahmten Fotografien waren ein kleiner Junge und ein Mann zu sehen. Lavender und Sohn, vermutete Coffin.

Er griff als erstes nach dem Foto des Jungen. Ein ernstes, intelligentes Gesicht blickte ihm entgegen. Nicht hübsch; der ältere Lavender hatte später besser ausgesehen. Nein, korrigierte er sich, das Leben hatte ihm ein distinguiertes Aussehen beschert. Seine persönliche Geschichte hatte sein Gesicht geprägt: Dies war der Mann, der zwei Kriege durchgestanden, die britische Armee verwaltet und einen Exportboom initiiert hatte, der Kanzler des Schatzamtes und zu guter Letzt Premierminister gewesen war. Ein Mann, der sich auf dem Höhepunkt seiner Macht zurückgezogen hatte.

Dick Lavender mußte seiner Mutter nachschlagen oder möglicherweise einem früheren Ahnen, denn seinem Vater sah er gewiß nicht ähnlich. Edward Lavender sen. hatte ein verkniffenes, nervöses Gesicht, zerfurcht und mager, als hätte niemand ihm je genug zu essen gegeben. Er hatte sich mit Jackett, Krawatte und Stoffmütze fotografieren lassen. Vielleicht war es an einem seiner freien Tage gewesen. Was hatte er eigentlich beruflich gemacht, fragte Coffin sich mit Blick auf dieses Stück Docklands-Geschichte.

»Womit hat er sein Geld verdient?« fragte er. »Er sieht mir nicht stark genug aus, um Hafenarbeiter zu sein.«

»War er auch nicht. Nein, er hatte ein Abzahlungsgeschäft, hat Waren auf Raten verkauft. War natürlich nie eine beliebte Erscheinung, da die Leute so leicht Schulden machten. Andererseits hat sein Job ihn mit Frauen zusammengebracht, was ihm gefallen haben muß.«

Du magst ihn nicht, dabei hast du selbst ein bißchen was von ihm, dachte Coffin, während er weitere Unterlagen aus der Papiertüte zog. Ein paar sehr alte Zeitungen fielen vor ihm auf den Tisch. Die erste war das Original, aus dem Phoebe eine Kopie gemacht hatte, bei der zweiten handelte es sich um eine andere Lokalzeitung, den *East Hythe Chronicle,* mit einer Story über die Morde in Spinnergate. Möglicherweise ebenfalls aus der Feder des jungen Edgar Wallace, überlegte Coffin, aber ohne Fotografie und ohne Verfasserzeile.

»Von dem ersten dieser Artikel habe ich eine Kopie«, sagte Phoebe, die bisher zugesehen hatte. »Von dem zweiten nicht, aber den hätte ich mit der Zeit auch noch gefunden.«

»Ich dachte, das würde Ihnen vielleicht weiterhelfen«, sagte Bradshaw. »Sie auf die richtige Fährte setzen.«

»Bestimmt...« Phoebe lächelte. »Ich kriege langsam festen Boden unter den Füßen. Historische Forschung war bisher nicht mein Ding.«

Stella trat an ihren Tisch. »Ich habe noch etwas Wein bestellt... nein, nichts zu essen. Ich habe im Flugzeug gegessen... das übliche Pappzeugs, aber sehr wirksam gegen Hunger.« Sie klang wohlgelaunt. »Ich habe meinen Mann bekommen, und ich denke, er wird genauso einschlagen wie Jerry in Albees *Zoo Story*, und ich habe ihn billig gekriegt.« Sie nickte. »Unter Wert, um genau zu sein; wenn er drüber nachdenkt, ist er bestimmt sauer.« Sie lächelte. »Und es ist ein Stück mit nur zwei Rollen.«

»Aber werden genug Zuschauer kommen?« fragte Phoebe, die Stella bewunderte, aber der Meinung war, daß ein bißchen Piesacken hier und da nicht schaden konnte.

Stella ignorierte sie und bedeutete dem Kellner, er solle den Wein ausschenken. Sie tranken ein Glas zusammen, während Phoebe und Jack über ihre Arbeit redeten und Coffin seine Frau mit nachdenklicher Miene musterte. Sie führte etwas im Schilde, und er hätte gern gewußt, was. Max kam an ihren Tisch und murmelte Coffin leise ins Ohr, daß er am Telefon gewünscht werde.

Als der Chief Commander zurückkam, entschuldigte er sich, aber er sei ins Büro gerufen worden. Nichts Wichtiges, irgendwas Auswärtiges, aber er müsse hin.

Phoebe sagte: »Ich habe ein paar Sachen in meinem Büro, die Sie vielleicht interessieren werden, Jack. Lassen Sie uns doch mitfahren.«

»Wir fahren alle hin.« Stella stand auf. »Ich fahre und warte dann im Wagen, bis du fertig bist, John.«

Auf dem kurzen Weg zum Polizeihauptquartier von London II kamen sie an einem Jungen vorbei, der auf einen Wachtmeister des Streifendienstes zurannte. Der Junge klammerte sich an den Polizisten und begann zu reden. Die Worte schienen sich zu überschlagen, und der Polizist versuchte ihn zu beruhigen.

»Halt bitte an, Stella«, sagte Coffin. »Ich will nachsehen, was da los ist.« Er stieg aus dem Wagen.

»In solchen Situationen kann er einfach nicht an sich halten«, bemerkte Stella traurig zu Phoebe, »aber das wissen Sie wohl.«

»Es ist mir nicht gestattet, so etwas zu bemerken«, sagte Phoebe.

Der Junge, auf dessen Gesicht sich rote Flecken abzeichneten, schrie den Constable an. »Es ist kein Spiel, und ich bin auch nicht übergeschnappt. Wir haben eine Leiche, sie ist verkleidet wie ein Guy, aber es ist ein Mensch.« Als Coffin näher kam, sagte er fast verzweifelt: »Sie ist auf dem Parkplatz um die Ecke.«

Coffin legte dem Jungen beruhigend eine Hand auf die Schulter und nickte dem salutierenden Constable zu. »Du bist aber noch spät zugange mit deinem Guy.«

»Unsere Eltern haben's erlaubt.« Tom rang um Fassung; ihm wurde klar, daß er den Tränen nahe gewesen war. Er war froh, über etwas anderes reden zu können als eine Leiche in einer Kiste. »Es ist nämlich für einen guten Zweck, Leukämieforschung. Wir tun es für andere. Und ziehen bloß unsere Unkosten ab«, erklärte er.

»Natürlich«, sagte Coffin. »Nun, dann laß uns mal hingehen und nachsehen, was du da gefunden hast.« Er hatte einmal einen Sohn gehabt, das war vor langer Zeit gewesen, und er war schon lange tot.

»Sag nichts«, sagte Stella, als Coffin mit dem Jungen zurückkam. »Wohin auch immer, wir fahren alle zusammen.«

Auf dem Parkplatz standen Louise und Jimmy schweigend nebeneinander. Sie hatten ihren eigenen Guy am Geländer geparkt, während sie vor dem Guy in der Holzkiste Wache hielten. Louise sah den näher kommenden Gestalten mit weit aufgerissenen Augen entgegen. »Ich dachte, du wolltest die Polente holen«, begrüßte sie ihren Bruder vorwurfsvoll.

»Habe ich auch.« Tom war inzwischen sehr stolz auf sich, denn er hatte mal ein Bild von dem Mann gesehen, der ihn begleitete. »Das ist der Boss.« Er drehte sich zu Coffin um. »Da wären wir, Sir, da ist sie.«

Phoebe hielt sich an seiner Seite, während Stella und Jack Bradshaw einige Schritte hinter ihnen gingen. Jack hatte den Versuch gemacht, zurückzubleiben, aber Stella Pinero hatte ihn hinter sich hergeschleift. Selbst Phoebe hatte sich über die Schulter geblickt, um zu sagen: »Kommen Sie schon, Jack, die Sache wird vielleicht interessant.«

Der Guy lehnte an dem Drahtzaun, der auch den haltlosen Kopf stützte. Nachdem Louise ihn angefaßt hatte, war er in sich zusammengesunken, als könne er mehr nun wirklich nicht ertragen. Die Maske verbarg noch immer das Gesicht, aber das Haar hatte sich unter dem Hut gelöst.

Es war eine ganze Woge von Haaren, dick und glänzend, einst wunderschön, jetzt verfilzt und voller Blutflecken.

Coffin zog der Leiche sachte den Hut vom Kopf und schälte die Maske ab. Ein bläulich verfärbtes, zerschundenes Gesicht starrte ihm entgegen. Um die Augen herum war die Haut geschwollen, der Mund ein bläulicher Schlitz. Aber erkennen konnte man das Gesicht trotzdem.

»O mein Gott.« Stella schlug sich eine Hand auf den Mund.

Jack Bradshaw, der sich wie unter Zwang zu bewegen schien, trat nun ebenfalls näher. Eine Sekunde lang herrschte Schweigen, dann verharrte er, schluckte und wandte sich ab, um ins Leere zu starren. Als er sich wieder umdrehte, murmelte er: »Ich glaube, ich kenne sie. Ich glaube, es ist Marjorie Wardy.«

»Es ist Jaimie Layard«, sagte Coffin.

6

Sie warteten alle zusammen, Tom, Jimmy und auch Louise, bis die ersten Streifenwagen, denen sehr schnell ein Krankenwagen folgte, ankamen. Es war eine dunkle Nacht, aber der Parkplatz wurde von einem grellen, gelben Licht erhellt, das in jede Ritze kroch und alle Anwesenden blaß und krank erscheinen ließ. Jack Bradshaw lehnte mit abgewandtem Gesicht an dem Metallzaun. Coffin und Phoebe unterhielten sich leise.

Stella – es war kaum zu glauben – zog sich ein kleines Stück zurück und nahm Louise mit – sie konnte sehen, daß das Kind in seiner leichten Jacke zitterte. »Mir ist auch nicht gerade warm«, sagte sie mit nachdrücklicher Munterkeit, als sie dem Mädchen eine Decke um die Schultern legte.

»Ich habe sie angefaßt. Hätte ich das bloß nicht getan.«

»Ich weiß, es war schrecklich. Ich will nicht sagen, denk nicht länger daran, aber versuch einfach im Kopf zu behalten, daß es richtig war, was du getan hast, denn jetzt kann man sie so versorgen, wie sie es braucht.«

»Aber sie ist tot«, flüsterte Louise.

»Trotzdem muß sich jemand um sie kümmern«, erklärte Stella fest. »Es ist nicht gut, auf einem Parkplatz herumzusitzen, tot oder lebendig.« Sie kurbelte das Wagenfenster runter, weil sie unbedingt Luft brauchten; sie war selbst nicht ohne Phantasie. Würde aber eine gute Szene abgeben, dachte sie, vielleicht wie etwas von Beckett?

Als der Wind durchs Fenster wehte, verzogen ihre Mundwinkel sich zu einem kleinen Lächeln. Sie war ein hübsches Kind. »Ja, das stimmt… ich weiß, Sie machen Witze, aber ich fühle mich schon etwas besser.«

»Gut.« Stella blickte aus dem Fenster. Sie sah die Streifenwagen und dann den Krankenwagen ankommen. »Wir können jetzt bald von hier weg. Ich bringe dich nach Hause.«

Louise verfolgte mit geradezu süchtiger Inbrunst die Polizeiserien im Fernsehen. »Müssen wir mit aufs Revier, um eine Aussage zu machen?«

Stella blieb eine Antwort erspart, weil ihr Mann den Kopf durch das Wagenfenster schob. »Der Polizeiarzt ist da und die Spurensicherung auch, da können wir jetzt weg. Die Jungen wollen in einem Polizeiwagen mitfahren, und Phoebe und Jack fahren auch mit. Ich komme mit euch.« Er lächelte Louise an. »Du bist bald wieder zu Hause.«

Louise quittierte diese Platitüde mit der Verächtlichkeit, die sie verdiente. »Was ist mit unserem Guy?«

»Der ist in Sicherheit. Einer der Streifenwagen fährt ihn rüber.«

»In seinem Buggy?« fragte Louise. »Wenn wir den verlieren, kriegen wir Ärger. Wir haben ihn gemietet, und dann müßten wir zahlen.«

»Ich versichere dir, wir haben schon schwierigere Dinge als Kinderwagen transportiert.«

Louise ließ ihr süßes Lächeln sehen. Er ist gar nicht

so schlecht, dachte sie, sogar eigentlich ziemlich gutaussehend, wenn er nicht so alt wäre. Sie ist klasse, obwohl auch sie alt ist. Louise war zehn und blasiert bis auf die Knochen, war es seit ihrer Geburt immer gewesen. Sie hatte noch eine ältere Schwester und einen viel jüngeren Bruder. Und sie hatten den Buggy nicht gemietet, sondern sie hatten ihn von besagtem kleinen Bruder ausgeborgt. Ohne Erlaubnis. Aber es war, wie Louise wußte, immer besser zu behaupten, man könne eventuell Geld verlieren.

»Es ist alles für einen wohltätigen Zweck«, sagte sie, immer noch lächelnd.

Klar ist es das, dachte Stella, als sie den Wagen anließ, und die Wohltätigkeit beginnt zu Hause.

Coffin saß auf dem Beifahrersitz, aber er sagte nichts.

»Du denkst nach.« Die Ampel an der Abzweigung, die zur zentralen Dienststelle der Polizei führte, war rot.

»Ich habe auch reichlich Stoff dafür.« Er sah über die Schulter zu Louise hinüber, die aus dem Fenster starrte. »Ein paar von meinen Gedanken kriegst du später zu hören.«

»Und ein paar kann ich selbst erraten. Du hast nicht erwartet, dieses Mädchen dort zu sehen, Jaimie... und Jack hat nicht damit gerechnet, Marjorie Wardy zu sehen... ein und dieselbe Person.«

»Ich wußte, daß sie den Namen Marjorie Wardy benutzte.«

»Als welche der beiden Frauen wurde sie ermordet?«

Coffin antwortete geistesabwesend: »Ich glaube nicht, daß man die beiden so voneinander trennen kann.«

»Ich mache mir Sorgen wegen Martin. Irgend jemand

muß es ihm sagen.« Coffin antwortete nicht, daher drehte Stella sich um und sah ihn an. »Mir ist klar, was du denkst: Es sei denn, er weiß es schon. Er hat sie geliebt. Er war es nicht.«

»Behalte lieber die Straße im Auge.«

»Ich sage nicht, daß er sie nicht hätte töten können; er ist schließlich kein unbeschriebenes Blatt, hm?«

»Er hat es schon mal getan. Danke, daß du mich daran erinnerst.«

»Aber kein Mann würde eine Frau, die er liebt, so anziehen und sie irgendwo liegenlassen, wo man sie finden muß.«

»Er ist Schauspieler und an Kostüme und Make-up gewöhnt. Es ist ihm nicht fremd, einen Schauplatz zu gestalten. Die ganze Szene erinnerte ein wenig ans Theater.«

»Herzlichen Dank.«

Coffin streckte entschuldigend die Hand nach ihr aus. »Tut mir leid, verzeih mir. Es war kein schöner Auftritt, dieser Fund. Noch dazu mit dir und den Kindern.« Er sah noch einmal nach hinten zu Louise, die nach wie vor aus dem Fenster blickte. Und jedes Wort mitbekam, dachte er.

»Es war aber, wie es war, Liebling... Wenn Martin Jaimie getötet hätte, dann wäre es ein bitterernster Mord gewesen, ein Mord aus Liebe und Zorn... aber das hier hatte etwas Grauenvolles, Höhnisches, Lächerliches, das einfach nicht zu Martin paßt.«

»Eine kluge Bemerkung«, sagte Coffin.

Sie waren am Revier angekommen, und hinter ihnen fuhren zwei Streifenwagen an den Straßenrand.

»Fahr du schon mal nach Hause, ich komme später nach. Es wird nicht nötig sein, daß ich mich lange aufhalte, die Leute, die gerade Dienst haben, können das übernehmen. Eine Polizistin wird die Kinder nach Hause fahren.«

»Und unseren Guy«, sagte Louise. Sie lächelte ihn an, aber dann verblaßte das Lächeln allmählich.

»Und euren Guy.« Er stieg aus dem Wagen. »Komm, Louise.« Wie wirst du später mal sein, Louise? Er konnte sie direkt als erwachsene Louise vor sich sehen, gerissen, gelassen, gut geschminkt, eine Geschäftsfrau, die etwas verkaufte und sich die Butter nicht vom Brot nehmen ließ, die aber fair war und einen durch und durch guten Kern hatte. Weiß der Himmel, Louise, du verstehst dich schon jetzt darauf, deinen Charme sprechen zu lassen.

Die anderen Wagen waren jetzt auch nicht mehr weit, und er konnte Phoebe und Jack Bradshaw sehen. Der Krankenwagen bog nach links ab, Richtung Leichenschauhaus. Eine uniformierte Polizistin hatte Jimmy und Tom unter ihre Fittiche genommen; die beiden hatten sich wieder gefaßt und blickten munter in die Runde. Sie winkten. »Wir kriegen eine Tasse Tee und Kekse.«

Coffin übergab Louise. »Deine Eltern werden bald hier sein, Louise, und wenn ihr drei ein paar Fragen beantwortet habt, fahrt ihr nach Hause.«

Er ging durch den Haupteingang, was er für gewöhnlich nicht tat, da er seine eigene Treppe und seinen eigenen Aufzug hatte. Er wartete auf Phoebe und Jack.

»Wir können das den anderen überlassen«, sagte er. »Die Kinder müssen ihre Aussagen machen, wenn die Eltern da sind, aber wir brauchen das nicht abzuwarten.«

»Ich wollte Jack mit nach oben in mein Büro nehmen und ihm einen Drink geben«, sagte Phoebe.

»Ja, er wird früher oder später auch eine Aussage machen müssen, aber ich weiß nicht, ob das in seinem Fall unbedingt heute nacht geschehen muß.« Er sah Jack Bradshaw an. »Ich glaube, Sie brauchen diesen Drink.«

»Es war ein Schock, sie dort zu finden …« Er schüttelte den Kopf, als wolle er die Erinnerung verscheuchen. »Armes Mädchen, armes Mädchen.«

»Sie haben sie sofort erkannt«, sagte Coffin nicht ohne Interesse. Das Gesicht war entstellt und geschwollen gewesen.

»Ja.« Bradshaw stieß das Wort hervor, als falle das Sprechen ihm noch immer schwer. »Augenblicklich. Trotz der Schwellungen und der blauen Flecke wußte ich sofort, daß sie es war.« Dann fügte er mit einiger Mühe hinzu: »Glauben Sie, daß sie zufällig das Opfer eines Mordes wurde?«

Sie war eine Frau, die sich durchaus Feinde machen konnte, dachte Coffin, und für ihn sah es so aus, als seien Todesart und Verkleidung eigens für Jaimie oder Marjorie maßgeschneidert gewesen. »Ich glaube, es war etwas Persönliches«, sagte er, »aber wir wissen nicht, auf welche ihrer Persönlichkeiten der Täter gezielt hat.«

»Ich frage mich, wie viele Leute sie wohl als Marjorie Wardy kannten?« schaltete Phoebe sich ein.

»Ich glaube, sie hat ziemlich oft unter diesem Namen gearbeitet«, sagte Jack Bradshaw. »Ich habe sie ein wenig unter die Lupe genommen, als sie etwas über Dick Lavender schreiben wollte. Er hat mich darum gebeten.« Er fuhr sich mit der Hand übers Gesicht. »Oh, verflucht noch mal, ich werde es ihm sagen müssen.«

»Sie können ihm sagen, daß der Fall in guten Händen

ist.« Coffin hatte sich die Kriminalbeamten, die vorhin erschienen waren, mit einem schnellen Blick angesehen – er kannte ihre Namen und ihren Ruf.

Chief Inspector Darcy, der gehört hatte, daß der Chef persönlich an diesem Fall beteiligt war, hatte ihn von der Treppe aus erspäht und war auf ihn zu geeilt. Er hatte in letzter Zeit an einem Fall von Raub mit Körperverletzung gearbeitet, aber für den Augenblick hatte diese Leiche Vorrang. Inspector Upton, Sergeant Foster und die Spurensicherung waren bereits unten auf dem Parkplatz.

»Bin schon unterwegs, Sir.« Er blieb kurz bei John Coffin stehen. »Ich wollte mir die Leiche mal ansehen. Sie ist schon auf dem Weg ins Leichenschauhaus?«

»Müßte mittlerweile da sein.«

»Wenn Sie damit einverstanden sind, Sir, hätte ich gerne Mr. Garden für die Autopsie.«

»Gute Idee.« Dennis Garden. »Er wird es wahrscheinlich in seinem eigenen Labor an der Universität machen wollen.«

»Kann er tun, Sir, sobald ich sie mir angesehen habe. Das mache ich immer gern als erstes.« Während er sprach, vermerkte der Chief Inspector unauffällig, wer die Begleiter des Chief Commander waren. Es zahlte sich immer aus, dergleichen Dinge zu registrieren. Phoebe kannte er, aber den Mann nicht.

Coffin stellte Bradshaw vor. »Dr. Bradshaw war mit uns zusammen, als der Junge uns zu der Leiche führte – ich gehe davon aus, daß Sie soweit Bescheid wissen? Also, tja, Dr. Bradshaw konnte die Frau unter einem der Namen, die sie benutzt hat, identifizieren.«

Chief Inspector Darcy verdaute all diese Informationen, ohne mit der Wimper zu zucken. »Ich werde noch mit Ihnen reden müssen, Sir«, sagte er zu Bradshaw. »Eine der Unannehmlichkeiten, die die Bekanntschaft mit einem Mordopfer mit sich bringen, ist die, daß Sie mit Leuten wie mir sprechen müssen.« Erst recht, wenn Sie dabei waren, als das Opfer gefunden wurde, fügte er in Gedanken hinzu. Aber sei höflich, Darcy, und vergiß nicht, wo du stehst, dieser Bursche hat Verbindungen nach ganz oben. Und dann die ebenso sagen- wie geheimnisumwobene Phoebe Astley. Phoebes Aktivitäten und ihre Freundschaft mit dem Chief Commander waren nicht unbemerkt geblieben.

»Dr. Bradshaw schreibt die Biographie von Richard Lavender«, erklärte Coffin ihm. Es ging nicht an, Darcy in ein Loch fallen zu lassen, das er möglicherweise übersehen konnte.

»Der große alte Mann. Das muß interessant sein.« Darcy sah Coffin an. »Er steht auf unserer Liste von Personen, die wir im Auge behalten.«

»Ich weiß.« Sie wurden nicht direkt bewacht, aber man widmete ihnen besondere Aufmerksamkeit.

»Die meisten halten ihn für tot«, sagte Bradshaw.

»Nicht ich, nein, mein Großvater hat ihn immer gewählt.« Er zog sich langsam zurück und versuchte, eben jenes Taktgefühl an den Tag zu legen, von dem seine Frau ihm immer sagte, daß er es nicht besitze. Ich habe ihnen genug Honig um den Mund geschmiert, sagte er sich, und obendrein war es eine Lüge: Großpapa war von Geburt an ein Konservativer gewesen, und der alte Lavender war für ihn nur eins gewesen: »Dieser elende Rote, der sich mit Herzoginnen rumtreibt.« In Spinnergate wimmelte es nicht gerade von Herzoginnen. Und wenn man von einer Herzogin in East Hythe hörte, wußte man, welche sexuellen Vorlieben man bei ihm zu erwarten hatte.

Er sah den schiefen Blick, den sein Boss ihm zuwarf, und kam zu dem Schluß, es sei wirklich Zeit zu gehen. Außerdem wollte er die Leiche wirklich sehen. Dieser Fall einer Frau mit zwei Namen gab ihnen einiges zu denken. Vertreter der schreibenden Zunft hatten häufig Pseudonyme, das wußte er, aber das Leben und seine Arbeit hatten ihn gelehrt, daß Motive für zwei verschiedene Namen es immer wert waren, unter die Lupe genommen zu werden.

Er wandte sich gerade um, als die Schwingtüren aufgestoßen wurden. Vielleicht lag es an dem kräftigen Wind – es war stürmisch geworden, der Nebel würde bald vertrieben sein. Eine zerraufte, verzweifelt wirkende Gestalt zwängte sich durch die Tür, kam im Laufschritt näher und blieb dann wie angewurzelt vor ihnen stehen.

Es war ein junger Mann in Jeans und ohne Jacke trotz der kalten, dunklen Nacht. Der Wind hatte sein blondes Haar zerzaust; sein Gesicht war verschrammt und mit blauen Flecken übersät, als sei er in Handgreiflichkeiten verwickelt gewesen, aber die Kratzer heilten bereits. Die Tränen waren jedoch frisch und immer noch feucht auf seinen Wangen. Er hatte auf dem Weg hierher geweint, und er weinte noch. Er zitterte.

Er hielt ein kleines, in ein Handtuch gewickeltes Bündel in der Hand.

Coffin trat auf ihn zu. »Martin, was ist los? Was ist in diesem Handtuch?«

Darcy trat einen Schritt zurück und verfolgte das Geschehen. Noch ein Freund des Chief Commander?

Er nahm Martin das Bündel ab und wickelte es aus. Das Handtuch war nicht mehr ganz sauber und naß vom Regen. Darin befand sich ein Päckchen aus braunem Papier, auf dem weder ein Name noch eine Adresse stand. Ohne Martin aus den Augen zu lassen, öffnete er das Päckchen langsam.

Auf dem braunen Papier war ein Blutfleck. Coffin wollte das Papier gerade zurückschlagen, als Martin es ihm aus der Hand riß. »Es ist Jaimie. Das ist ihr Haar.«

In das Papier war eine lange, zusammengerollte Flechte blonder Haare eingewickelt. Es waren Blutflecken an den Wurzeln, und die Wurzeln waren noch dran, als hätte man das Haar mit einem starken Griff aus der Kopfhaut gerissen.

»Es sind Jaimies Haare.« Martin schauderte.

Coffin nahm Martin die Haare ab. »Beruhigen Sie sich, Martin. Wie sind Sie zu diesem Päckchen gekommen?«

»Ich hab's gekriegt«, flüsterte Martin.

»Wie?«

»Unter der Tür durchgeschoben.« Martin stieß die Worte atemlos hervor. »Gerade jetzt, heute abend. Ich hab's aufgemacht. Jaimies Haar. Wo ist sie?«

Er packte Coffin und begann ihn zu schütteln, wobei er immer wieder schrie, daß er Hilfe brauche.

Darcy trat vor und riß Martin weg. Coffin schüttelte sich wie ein Hund, dem man das Fell in die falsche Richtung gestrichen hatte. »Es ist schon gut, Darcy, nichts passiert.«

Martin stand mit gesenktem Kopf zwischen ihnen. Er hatte sich wieder beruhigt, aber Darcy ließ ihn nicht los.

Die Schwingtüren öffneten sich abermals. Diesmal kam eine Frau herein. Sie hatte sich einen Regenmantel über die Schultern geworfen; ihr Haar war von der gleichen Farbe wie das Martins, und ihre Augen hatten die gleiche Form und genau den gleichen Blauton. Sie blieb einen Augenblick ohne ein Wort vor ihnen stehen.

Coffin entfernte sich von Martin. »Was wollen Sie?«

Erst in diesem Moment begann sie zu sprechen. »Lassen Sie meinen Bruder los. Martin, ist alles in Ordnung mit dir?«

Martin murmelte: »Was machst du denn hier, Clara? Geh weg.«

»Ich bin dir gefolgt.« Ohne die beiden anderen Männer anzusehen und den Blick immer noch fest auf Martin geheftet, sagte sie: »Ich bin Dr. Clara Henley. Martin ist mein Bruder.«

Coffin begrüßte sie schweigend: Ja, ich habe, wenn auch nicht von Martin, gehört, daß Sie Ihren Namen geändert haben, womit Sie als Ärztin zweifellos gut beraten waren. Er las in George Darcys Gesicht, daß auch er wußte, wer Clara Henley war. Das gehörte zu seinem Job, und Darcy machte seinen Job gut.

»Ich bin John Coffin. Martin arbeitet mit meiner Frau zusammen, Stella Pinero.« Ein Instinkt sagte ihm, daß die Räder dieser Frau sich nicht bewegen würden, wenn man sie nicht gut ölte. »Martin ist hierhergekommen, um uns dieses Päckchen zu zeigen… ich bin nur zufällig hier… er sagt, es seien die Haare von Jaimie Layard.«

Clara antwortete nicht, aber sie nickte.

Jack Bradshaw sagte mit deutlicher Stimme: »Als ich sie kennenlernte, hatte sie schwarzes Haar.«

»Sie besaß Perücken«, sagte Clara. »Sie ist tot, nicht wahr? Ich habe die Haare gesehen. Wenn mich nicht alles täuscht, sind das die Haare einer Toten.« Sie legte einen Arm um Martin.

Coffin sah George Darcy an. »Gehen wir in einen der Gesprächsräume hier unten. Gehen Sie voran.« Er sah Clara und Martin an.

Clara stand ganz still da und hielt sich an Martin fest, der schneeweiß, aber ruhig war. »Sie haben mir meine Frage beantwortet, sie ist tot.«

»Ich habe es dir doch gesagt. Ich wußte es. Sie ist tot«, erwiderte Martin. »Ich rühre mich nicht von der Stelle, ehe Sie mir erzählt haben, was Sie wissen.«

Coffin antwortete ihm. »Ich fürchte, Ihre Schwester hat recht.«

Er führte sie in den kleinen Besprechungsraum im Erdgeschoß. Er war kühl und feucht, und es gab nicht genug Stühle für alle, die nun einer nach dem anderen eintraten: Martin und seine Schwester, Phoebe und Jack und die beiden Polizisten.

Draußen flog eine Rakete durch die Luft; Coffin hörte die Explosion. Es folgte eine weitere und noch eine.

Was für ein Mensch, fragte er sich, steckt eine tote Frau in ein Guy-Fawkes-Kostüm? Jemand voller Groll; jemand, der verhöhnen und erniedrigen wollte. Ein Killer mit Haß im Herzen. Auch Liebe konnte in Haß umschlagen.

»Sie haben sie gefunden.« Martin blickte von Coffin zu

Darcy und dann weiter zu Phoebe und Jack Bradshaw. »Deshalb sind Sie überhaupt hier. Wo ist sie?«

Coffin antwortete nicht. Du kriegst sie jetzt jedenfalls noch nicht zu sehen, dachte er.

Martin starrte Phoebe und Jack an. »Was machen die beiden hier? Hat er sie getötet? Oder die Frau?«

Bradshaw murmelte etwas vor sich hin, ein wortloses Knurren.

»Man hat Jaimie gefunden«, bekannte Coffin.

»Wo? Wo?«

»Nicht weit von hier. Ich denke, das ist alles, was ich Ihnen im Augenblick sagen kann.« Er sah Clara Henley an, die, den Blick auf den Boden geheftet, dicht neben ihrem Bruder stand. Sie hat das alles schon einmal durchgemacht, dachte er bei sich, sie erinnert sich. »Dr. Henley?« Er ließ es wie eine Frage klingen, damit er eine Antwort bekam. Irgendeine Antwort, damit sie einen Anfang hatte.

Mit leiser Stimme sagte Clara: »Ich kannte ihre Schwester Theresa von der Uni.«

»Es gibt da eine Schwester?« fragte Coffin.

»O ja, jede Menge, fünf, glaube ich. So ist Jaimie überhaupt auf Martin gekommen. Theresa hat sie in der Bibliothek miteinander bekannt gemacht. Es ist also meine Schuld.« Sie senkte den Kopf, eine Geste, mit der sie die Verantwortung übernahm. »Nur daß sie ein selbstsüchtiges kleines Miststück war, wie Theresa sagte.« Sie legte Martin eine Hand auf den Arm.

»Oh, halt den Mund, Clara«, sagte Martin und wandte den Kopf ab. »Du sprichst nicht viel, aber du redest immer zu viel. Ich bin jetzt erwachsen, und was ich tue, entscheide ich.«

Coffin stand auf. »Martin, Dr. Henley, Jaimie ist tot, und ihre Leiche wurde heute abend auf einem Parkplatz gefunden. Es ist ein Mordfall, und wir müssen uns an die Regeln halten. Chief Inspector Darcy leitet die Untersuchung, die bereits begonnen hat. Er wird sicher mit Ihnen beiden reden wollen.«

Er stellte fest, daß er noch immer das Päckchen mit Jaimies Haarlocke in der Hand hatte. Er hielt es Darcy hin, und dieser nahm es ihm ab.

»Auch darüber wird er sicher mit Ihnen reden wollen, Martin.«

Coffin ging zur Tür. »Darcy, im Augenblick liegt die Sache bei Ihnen; ich würde Sie aber gern sprechen, wenn Sie sich einen Überblick verschafft haben. Irgendwann morgen.«

Darcy antwortete sofort. »In Ordnung, Sir.«

Coffin wandte sich an Phoebe Astley. »Chief Inspector, auf ein Wort, bitte.«

Phoebe folgte ihm zur Tür, und Jack Bradshaw heftete sich an ihre Fersen.

Aber Darcy hielt ihn auf. »Nein, Dr. Bradshaw, wir gehen noch nicht. Ich habe auch an Sie einige Fragen.«

Jack Bradshaw, Clara Henley und Martin Marlowe sahen zu, wie die Tür sich hinter Coffin schloß. Bradshaw, dem ein gewisser Sinn für Humor nicht abging, dachte bei sich, daß sich so wohl die Schafe fühlen mußten, wenn der Schäferhund sie zusammentrieb.

Clara hatte das alles schon einmal erlebt und wußte, daß jetzt die Fragen beginnen würden. Sie sah ihren Bruder an, der ihren Blick nicht erwiderte.

Coffin stand Phoebe im Korridor gegenüber. »Gehen wir rauf in mein Zimmer. Ich will reden.«

»Klar.« Sie folgte ihm zum Aufzug.

In seinem Büro schenkte Coffin ihnen beiden einen Drink ein. »Dir ist klar, was passiert ist, oder? Statt zwei Fällen haben wir jetzt einen: Deine Nachforschungen über Richard Lavenders Serienmördervater und die Untersuchung von Jaimies Tod sind jetzt an den Hüften miteinander verwachsen. Wie siamesische Zwillinge. Du verstehst, was ich damit meine?«

Phoebe nahm ihren Drink entgegen. »Und ob: Ich habe Jack Bradshaws Gesicht gesehen, als er Jaimie erkannte, und auch vorhin, als er sagte, sie habe schwarzes Haar gehabt: Er war in sie verliebt.«

»Ja, das glaube ich auch. Jedenfalls waren da starke Gefühle im Spiel. Nun, George Darcy wird es schon aus ihm rausholen.«

»Er hat es gesehen. Und registriert. Martin Marlowe und Dr. Clara Henley waren auch keine unbeschriebenen Blätter für ihn. Ich habe es in seinem Gesicht gesehen.«

Coffin griff nach seinem Telefon. »Ich muß Stella sagen, daß ich auf dem Weg nach Hause bin.«

Phoebe nahm den letzten Schluck von ihrem Drink. »Und was mache ich jetzt mit meinen Nachforschungen, was die Vergangenheit der Familie Lavender betrifft? Grabe ich weiter, oder lasse ich's bleiben?«

»Ja, mach weiter. Aber vergiß nicht, diese junge Frau könnte wegen ihrer Nachforschungen getötet worden sein, also paß auf dich auf.«

»Ich kann auf mich aufpassen«, sagte Phoebe.

»Phoebe war nicht gerade begeistert, daß ich ihr zur Vorsicht riet«, erzählte Coffin seiner Frau, als er nicht lange danach zu Hause ankam. Stella lag im Bett und las, während die Katze aus dem Fenster schaute und der Hund neben ihr auf der Decke lag. Sie hatte ein Drehbuch vor sich und trug eine große Hornbrille.

»Du nimmst diese Geschichte ziemlich ernst.«

»Das tue ich. Dir ist doch klar, was dieser Mord bedeutet, oder?«

Sie nahm ihre Brille ab; sie kannte ihren Mann, er würde im Raum auf und ab gehen, mit ihr reden, und während er sie mit seinen Überlegungen bombardierte, Klarheit in seine eigenen Gedanken bringen. Wenn sie ihm bei seinem ständigen Auf und Ab zusah, würde ihr schwindlig werden, daher hatte sie die Technik entwickelt, ihm zuzuhören, ohne hinzusehen.

»Nein, erzähl es mir«, sagte sie. »Du tust es ja sowieso.«

»Zwei Untersuchungen haben sich getroffen, nicht direkt um eine zu werden, aber sie sind jetzt doch Zwillinge. Siamesische Zwillinge, zusammengewachsen an der Hüfte.«

»Hat es schon jemand Dick Lavender erzählt?« Stella stellte die Frage, die sie interessierte.

»Nein. Das wird Jack Bradshaw übernehmen, aber ich nehme an, George Darcy wird ihn ebenfalls aufsuchen. Ich selbst gehe auch hin.«

»Wie beweglich ist der alte Mann noch? Er hätte wohl nicht eben rausspringen und Marjorie-Jaimie umbringen können?«

Coffin blieb in der Mitte des Zimmers stehen, um seine

Frau anzusehen. Er lachte leise auf. »Du hast sie doch gesehen als Guy.«

»In voller Montur, aber am Ende? Nein, das hätte er nicht tun können, aber möglicherweise hat ihm jemand geholfen.« Sie mußte selbst lachen. »Nein, so ist das Leben nicht, oder? Auf der Bühne könnte so etwas passieren, aber nirgendwo sonst.«

»Ich denke, daß Jaimie von derselben Person verkleidet wurde, die sie auch getötet hat… Wir wollen uns auf diesen Namen für sie einigen, ja? Es war ihr richtiger Name, und wir könnten ihr dieses bißchen Würde zugestehen… Die Person, die sie ermordet hat, hat sie auch in einen Guy verwandelt und auf diesen Parkplatz geschoben. Wir haben es mit echtem, persönlichem Haß zu tun.«

»Ich frage mich, was sie getan hat, um das zu verdienen?« Stella bemerkte mit Erleichterung, daß Coffin aufgehört hatte, im Zimmer herumzulaufen, und sie von einem festen Standort aus ansah. Vielleicht war sie wirklich zu etwas nutze, wie sie hier lag und Fragen stellte. Sie sah ihn voller Sympathie und Respekt an.

Wir werden zusammenbleiben, dachte sie, trotz all meiner Sünden… Er ist zu klug, um nicht Bescheid zu wissen, aber viel zu klug, um mich merken zu lassen, daß er Bescheid weiß. Da wären natürlich seine gelegentlichen Neigungen für Frauen wie Phoebe Astley, aber die verzeihe ich ihm.

Sie blickte auf ihre Hände hinab und streckte die Finger aus. Sie mußte akzeptieren, daß sie tatsächlich eifersüchtig auf Phoebe war. Bisweilen sogar ziemlich heftig. Eifersucht war ein ungeheuer starkes Gefühl, ein starkes und auch irrationales.

»Wie wäre es mit Eifersucht als Motiv? Komm, setz dich.«

Coffin setzte sich ans Fußende. »Sie hatte ihren Charme, das gebe ich zu … Eifersucht ist so ein unfaires Motiv.«

»Charme ist unfair.« Die Katze sprang vom Fensterbrett aufs Bett und versetzte dem Hund im Vorbeigehen einen Knuff aufs Ohr. »Was ist mit Martin?«

»Darcy ist inzwischen sicher mit ihm fertig und hat ihn nach Hause geschickt. Du siehst besser zu, daß er morgen alle Hände voll zu tun hat.«

»Mach ich.«

»Ich war froh, daß du heute mit Jack Bradshaw aufgetaucht bist.« Er löste seine Krawatte und zog das Jackett aus. »O Gott, bin ich müde … komisch, wie das so passiert ist, wir alle auf einem Haufen, um das Mädchen zu finden. Schicksal. Kommt vor. Und dann habe ich das Gefühl, daß irgend jemand oder irgend etwas da oben sitzt, an den Fäden zieht und vielleicht vor sich hin lacht. Zumindest lächelt.«

»Das nennt man Ironie. Im Theater gibt's jede Menge davon. Obwohl«, fügte sie nachdenklich hinzu, »nicht mehr so viel wie früher, weil die Schriftsteller das, was sie Intention nennen, nicht mehr schätzen. Ich selbst habe allerdings nichts gegen ein wenig Ironie hier und da.«

»Du redest, um zu reden, hab ich recht?«

»Nun ja, sozusagen.«

»Um den alten Knaben wieder auf den Teppich zu bringen … Ich liebe dich, Stella. Du hast deinen Schauspieler also bekommen? Gut.«

»Ja, ich hab's geschafft. Er stößt morgen zu uns.«

Sie lächelte bei der Erinnerung. »Der Bursche hat wirklich Charme, seinen eigenen, seltsamen, ungewöhnlichen Charme.« Sie lachte. »Er wird einschlagen, denke ich.«

»Ich komme ins Bett.« Coffin griff nach seinem Jackett und verschwand durch die Tür.

»Geh duschen«, rief Stella ihm nach. »Du riechst nach Polizeirevier.«

Aber da arbeite ich doch die ganze Zeit, dachte er, als er davontrabte, deshalb muß ich die ganze Zeit danach riechen.

Er ging noch einmal zurück bis zur Schlafzimmertür. »Dieser Geruch, Stella...«

Sie blickte von ihrem Drehbuch auf. »Es ist ein emotionaler Geruch, Liebling, mehr nicht. Du bist emotional heute nacht, laß dich davon nicht ins Bockshorn jagen.«

Auf dem Weg ins Badezimmer fragte er sich, wie ein emotionaler Geruch wohl roch: scharf und zitronig, entschied er. Besser als Vanille und Senf.

Am Morgen ging er hinunter in die Küche, um für Stella und sich Tee zu kochen. Einen Augenblick lang beschäftigte ihn die Frage, wie er jetzt riechen mochte. Liebe hatte ihren eigenen Geruch, das wußte er.

Der Tee war gerade aufgebrüht in der speziellen Herend-Kanne, die Stella so mochte, als das Telefon klingelte. Es war Chief Inspector Darcy.

»Sie sind aber früh dran.«

»Ich war fast die ganze Nacht auf. Dennis Garden hat in aller Herrgottsfrühe die Autopsie gemacht. Er ist die nächsten vierundzwanzig Stunden auf einer gerichtsmedizinischen Konferenz in Toronto, und er wollte das erledigt haben, bevor er wegging. Sie starb an einem Schlag auf den Hinterkopf. Einem Schlag in der hinteren Parietalregion, sagt er. Die Folge waren diffuse neurale Verletzungen. Außerdem wurde auf sie eingestochen, wodurch noch mehr Blut floß.«

»Stimmt.«

»Die Verletzung wurde ihr mit einem schweren, aber glatten Gegenstand zugefügt. Könnte ein in ein Tuch gewickelter Stein gewesen sein. Um den zu finden, müßten wir schon ziemliches Glück haben, aber suchen werden wir trotzdem. Wenn wir wissen, wo wir suchen müssen. Angefangen haben wir in ihrer eigenen Wohnung in der City. Und ich habe einen Mann rüber zu Marlowes Wohnung in Spinnerwick geschickt. Wir haben Spuren einer Auseinandersetzung gefunden, aber er sagte ja, daß sie sich gestritten hätten.«

»Wo ist er jetzt?«

»Zusammen mit seiner Schwester in seiner eigenen Wohnung. Wir haben keine Anklage gegen ihn erhoben, aber er weiß, daß er unter Verdacht steht.«

»Klar«, sagte Coffin noch einmal.

»Beweise liegen noch keine vor, aber zu gegebener Zeit werden die näheren Umstände uns Indizien liefern… und diese Verkleidungsgeschichte und die Haare… theatralisch, finden Sie nicht auch, Sir?«

Mitten in der Nacht hatte Darcy sich die Kleider angesehen, die man der Leiche für die gerichtsmedizinische Untersuchung ausgezogen hatte. Die Tweedjacke, die den Oberkörper bedeckt hatte, den weichen Filzhut und die alte Decke, die um sie herumgewickelt war. Da es alles alte Sachen waren, mußten sie einmal jemandem gehört haben, und in dieser Richtung würden sie vielleicht ein paar Fingerzeige finden. Vor allem die Jacke erregte sein Interesse.

»Da ist etwas mit der Jacke«, sagte er zu Coffin.

Coffin antwortete nicht. Draußen färbte die Morgensonne den Himmel rot und warf auf den alten Friedhof auf der anderen Straßenseite lange Schatten. Es ist meine Pflicht, dachte er. Meine Pflicht, nach einer anderen toten Frau zu suchen. Wie seltsam die Ereignisse miteinander verwoben waren. Wäre Jaimie gestorben, wenn nicht dieser lange zurückliegende Todesfall gewesen wäre?

Ein mutmaßlicher Todesfall, sagte er sich. Du kannst noch nicht sicher sein, daß es einen solchen Todesfall gegeben hat. Vielleicht wurde der gute Lavender auf seine alten Tage theatralisch.

George Darcy sprach weiter: »Die Autopsie hat noch etwas anderes zutage gefördert, Sir.«

Coffin hörte zu. »Wirklich? Das überrascht mich.«

»Solche Dinge überraschen mich nie«, sagte George Darcy.

»Halten Sie mich auf dem laufenden.«

»Selbstverständlich, Sir. Ich werde noch mal mit Marlowe reden, mal hören, was er dazu zu sagen hat.«

Coffin legte die Hand auf die Teekanne; sie war immer noch heiß. Er trug das Tablett zu Stella nach oben. Sie war wach und lag, den Blick zur Decke gerichtet, im Bett.

»Ich habe das Telefon gehört.«

»Ja, es war Darcy.« Coffin goß den Tee in die zur Kanne passende Tasse und reichte sie seiner Frau. »Garden hat eine Autopsie gemacht... Sie wurde durch einen Schlag auf den Kopf getötet.«

Stella nickte.

»Er hat außerdem festgestellt, daß sie schwanger war. Noch ganz am Anfang. Etwa sechste Woche.« Er rührte in seinem Tee. »Aber sie muß es gewußt haben. Verdammt, verdammt, verdammt.«

7

Der alte Friedhof gegenüber von St. Luke lag unter einer dichten Nebeldecke, durch die man die schwächliche Sonne nur ahnen konnte. Es war früh am Morgen, der Himmel war gerade erst hell geworden, und das Licht hatte Mühe, die dicke graue Masse zu durchdringen.

»Fast eine richtige altmodische Waschküche da draußen«, sagte Coffin laut, während er seinen morgendlichen Becher Tee leerte und aus dem Küchenfenster starrte. Stella lag noch im Bett und hatte den heißen Tee, den er ihr hinstellte, dankbar angenommen.

Für die Nachricht von der Schwangerschaft der toten jungen Frau, die er ihr gleichzeitig brachte, war sie weniger dankbar. Sie sagte nichts, aber er konnte an ihrer besorgten Miene ablesen, daß sie an Martin dachte. Ob er der Vater des Kindes war oder nicht, es sah jedenfalls nicht gut für ihn aus. Nach ihrer Erfahrung und, was das betraf, auch nach Coffins Erfahrung stand den Partnern schwangerer ermordeter Frauen nichts Gutes bevor.

»Vielleicht war es ja nicht Martins Kind«, hatte Coffin zu ihr gesagt, »das werden wir herausfinden müssen.«

»Du könntest ihn fragen.«

»Möglicherweise weiß er es nicht... aber so oder so...« Er hielt inne.

»Oh, mach einen Spaziergang, das wird dir helfen«, sagte Stella und drückte das Gesicht in ihr Kissen. »Nimm den Hund mit.«

Er legte dem Hund die Leine an und ging die Treppe hinunter zum Friedhof. In Gedanken bezeichnete er wie die meisten seiner Nachbarn das Gelände noch immer als Friedhof, obwohl es heutzutage offiziell ein kleiner Park mit einer Schaukel und einem Karussell für die Kinder und Sitzbänken für deren Eltern war. In Wahrheit verirrten sich nur wenige Kinder dorthin, sei es mit ihren Eltern oder ohne; die Sitzbänke wurden von Pensionären bevölkert, wenn sie ihre Pension im Postamt um die Ecke abgeholt hatten und auf dem Rückweg hier vorbeikamen.

Coffin schlenderte auf den Park zu und dachte über das Schicksal der Kirche selbst nach. Nachdem man sie weltlicher Benutzung zugeführt hatte, war der alte Friedhof vernachlässigt worden; Stella Pinero, Coffin selbst und seine einflußreiche Schwester Letty Bingham hatten mit ihren wiederholten Bitten schließlich bewirkt, daß das Gelände zu neuem Leben erweckt wurde. Mit einem Sonderdispens des Erzbischofs von Canterbury persönlich waren alle Toten ausgegraben und auf einem neuen Friedhof wieder beigesetzt worden, wo sie nun alle in einem großen Gemeinschaftsgrab lagen, Freunde und Feinde gleichermaßen.

Und jetzt dachte er: Vielleicht haben sie eine Leiche zurückgelassen. Eine Seele, die sich auf den Weg gemacht hatte, ohne die letzten Sakramente empfangen zu haben, ermordet von einem Mann, der nun selbst lange tot war.

An diesem kalten Novembermorgen waren Coffin und sein Hund allein. Coffin, der Augustus eng bei Fuß gehen ließ, wich von dem schmalen Pfad ab, um durch das feuchte Gras zu dem kleinen Bestand alter Büsche und Bäume am Westrand des Geländes zu gelangen. Das Gras stand dort ungemäht und dicht; der sichelförmige Streifen mochte ein Rest des einstmals hier vorhandenen, ursprünglichen Waldes sein.

Der Boden unter seinen Füßen war uneben. Er ging weiter; den widerstrebenden Augustus (der die Bäume sehr einladend fand) mußte er hinter sich herschleifen. Drei Büsche waren miteinander verwachsen, so daß sie ein kleines Dickicht formten. Hinter ihnen stand eine Platane, deren Stamm von Efeu überwuchert war.

Es war eine eigene kleine Welt hier draußen, dachte er, während er vorsichtig, den Blick auf den Boden geheftet, weiterging. Unter dem Baum war der Boden besonders holprig, und das Gras sah üppiger aus, jedenfalls wollte seine Phantasie ihm das vorgaukeln.

Nein, er hatte sich nicht geirrt: Das Gras war höher und dichter. Er stieß mit der Fußspitze in die Erde, die zwar nicht gefroren, aber steif und hart war, wo sie seit Jahren niemand mehr umgegraben hatte. Er glaubte, Zeichen zu sehen – ein niedergetrampeltes Grasbüschel, einen Zweig, der lose in einem Busch hing –, Zeichen, daß auch andere Füße hier nach etwas gesucht hatten. Der Boden war zu hart für einen Fußabdruck, aber das frostüberhauchte Gras war niedergedrückt worden.

Er konnte sehen, wohin die Füße sich gewandt hatten: um den Baum herum, dann weiter zu der Steinmauer, die hinter dem Gürtel von Büschen und Sträuchern verborgen lag. Hier hatte die Natur über das Menschenwerk triumphiert.

Er konnte sich vorstellen, wie es damals hier gewesen sein mußte, als die Straßenlaternen des frühen zwanzigsten Jahrhunderts von flackernden Gaslampen erhellt wurden, als die Straßen von kleinen, in Reih und Glied stehenden Häusern beherrscht wurden. Es mußte sehr dunkel und still gewesen sein hier zwischen den Bäumen. Die Menschen kümmerten sich hier wahrscheinlich um ihre eigenen Angelegenheiten. Ein Polizeiwachtmeister war gewiß Streife gegangen, aber was hätte ihn schon auf den Friedhof führen können? Wäre von dort irgend etwas zu hören gewesen oder eine Bewegung aufgefallen, hätte er es achselzuckend damit abgetan, daß es da wohl zwei miteinander treiben mußten. Niemand außer einem Spanner hätte nachgesehen.

Dick Lavender sagte, er und seine Mutter hätten die Leiche im Herbst 1913 begraben; ein Jahr später, 1914, herrschte Krieg. In Flandern wurde gekämpft, und die Straßen wurden zum Schutz gegen Zeppelinangriffe verdunkelt. Der Friedhof wäre ein dunkler, einsamer Ort geblieben.

Natürlich gab es auch Tiere, dachte er und blickte auf Augustus hinab. Tiere scharrten und gruben, aber hier schien nichts dergleichen geschehen zu sein.

Als hätte er seine Gedanken gelesen, setzte Augustus sich hin, hob den Kopf und heulte.

Coffin verstand den Wink; er fror selbst und wandte sich daher wieder Richtung Straße. Als er einige Schritte gegangen war, hörte er einen Wagen vorfahren.

Er glaubte ohnehin, gefunden zu haben, was er suchte.

George Darcy stieg gerade aus seinem Wagen. Er grüßte Coffin.

»Ich nehme an, 1914 war ein ziemlich furchtbares Jahr«, sagte Coffin und starrte in das Dickicht.

»Guten Morgen, Sir. Ja, ziemlich furchtbar.« Darcy ging auf den Chief Commander zu. »Die Verlustlisten ließen nicht lange auf sich warten. Die alte britische Berufsarmee wurde ausgelöscht. Ich verstehe, worauf Sie hinauswollen.« Darcy kam den Fußweg hinauf. »Sie sind früh auf den Beinen, Sir.«

»1914... ein schrecklicher Krieg... Die Opfer eines Mordfalls konnten da leicht übersehen werden.« Übersehen oder vergessen, dachte er, nicht wichtig angesichts der in Flandern reihenweise niedergemähten Menschen.

»Es gab da einen Burschen namens Ball, der 1914 gehängt wurde«, sagte Darcy. Er beschäftigte sich viel mit der Geschichte des Verbrechens. »Es gab also durchaus Mordfälle, bei denen Nachforschungen angestellt wurden.«

Coffin sagte: »Ich habe mir schon gedacht, daß Sie es sind, als ich den Wagen hörte.«

»Ich war die ganze Nacht auf den Beinen, wie ich schon sagte. Ich fuhr gerade hier vorbei, als ich dachte, ich hätte Sie gesehen.«

Ich glaube dir kein Wort, dachte Coffin, du hast mich gesucht.

»Ich habe mit Phoebe Astley gesprochen... Sie war den größten Teil der Nacht ebenfalls da. Die Arbeit, mit der sie beschäftigt ist...« Er sah den Chief Commander nicht an, sondern hielt den Blick taktvoll in die Ferne gerichtet. »Wohl eine Art Geheimnis, wie?«

»Vertraulich«, sagte Coffin. »Wenn sie es Ihnen nicht gesagt hat, dann will ich Sie gern ins Bild setzen.«

»Sie hat die Sache umrissen«, gab Darcy zu. »Es hat sich jedenfalls herumgesprochen, Sie wissen ja, wie so was geht… Fazit ist, daß wir übereingekommen sind, in Kontakt zu bleiben, falls Sie damit einverstanden wären, Sir.«

Coffin nickte. »Meinetwegen…«

»Sie verfolgt ihre Ermittlungen und ich meine, aber die tote junge Frau hat mit beiden zu tun.« Darcy machte noch einen Schritt Richtung Friedhof. »Phoebe will hier graben lassen.«

»Es war schon jemand hier; das Gras ist niedergetrampelt.«

»Könnte Phoebe Astley gewesen sein.«

»Es sieht nach größeren Füßen aus«, meinte Coffin nachdenklich. Phoebe war eine hochgewachsene Frau, aber ihre Füße waren schlank und zierlich; die Abdrücke auf dem Boden im Gebüsch hingegen waren von großen Füßen hinterlassen worden: stiefelgroß, wie Coffin es ausdrückte.

»Sie wird bei den Grabungen hier meine Hilfe benötigen. Wenn Sie einverstanden sind, fangen wir heute damit an.«

»Sie brauchen meine Erlaubnis nicht: Tun Sie's einfach.«

Die beiden Männer gingen Seite an Seite den Pfad entlang. Coffin zog Augustus hinter sich her, der lieber nach Hause gegangen wäre.

»Kommen Sie, ich will Ihnen etwas zeigen«, sagte Coffin und ging voran zu dem verwilderten Teil des Grundstücks. »Sagen Sie mir, was Sie davon halten.«

»Ist das die Stelle, an der Phoebe graben will?«

»Ich denke ja. Ich habe mich gründlich hier umgesehen, und ich denke, daß diese…«, er suchte nach den richtigen Worten, »... daß einer von diesen Höckern vielleicht einen Blick verdient hätte.«

»Könnte alles Mögliche sein.« George Darcys natürliche Reaktion war in fast allen Dingen zunächst einmal Skepsis. Diese Eigenschaft machte ihn zu einem guten und vorsichtigen Polizeibeamten, aber auch zu einem ermüdenden Kollegen. Er sah sich um. »Keine Deckung, aber von der Straße aus wäre man wohl nicht zu sehen.«

»Ich weiß nicht, wie es vor mehr als achtzig Jahren hier war«, sagte Coffin. »Aber ich schätze, es war dunkel genug. Lavender sagt, sie seien hier gewesen.«

»Kann er sich wirklich an all das erinnern?« fragte der Skeptiker.

»Das weiß Gott allein.« Coffin zuckte die Achseln. »Er selbst glaubt es jedenfalls, dessen war ich mir sicher. Ich war mir allerdings nicht sicher, ob Jack Bradshaw ihm glaubte oder ob Janet Neptune es getan hat. Haben Sie seine Nichte schon befragt?«

»Nein, das hat Sergeant Belle Dixon übernommen. Dixon sagte, sie habe sich ziemlich unklar ausgedrückt, sie habe nicht viel über Marjorie Wardy erzählen können… sie kannte die junge Frau unter diesem Namen, aber Dixon hatte den Eindruck, daß sie vielleicht mehr wußte, als sie zugab. Ich werde selbst noch einmal mit ihr sprechen.«

»Ich hatte das Gefühl, daß sie auf jeden eifersüchtig wäre, der Dick Lavender allzu nahe kam. Wie sie zu Bradshaw steht, kann ich nicht richtig einschätzen.«

»Ein windiger Bursche, dieser Bradshaw«, sagte Darcy.

»Meinen Sie? Sie könnten recht haben.«

»Er hatte keinen Grund, Marjorie Wardy zu mögen, die in sein Arbeitsgebiet eindrang und wahrscheinlich mehr Aufsehen erregt hätte als er, ganz zu schweigen davon, daß sie mehr Geld rausgeschlagen hätte.«

»Es wird nicht leicht herauszufinden sein, ob sie als Marjorie Wardy oder als Jaimie Layard getötet worden ist.«

»Oder beides.«

»Die Schwangerschaft muß irgendwie von Bedeutung sein. Wir sollten herausfinden können, wer der Vater ist … wem sie nahestand, die Blutgruppen, welche Gelegenheiten es gab …«

»Gelegenheit gibt es immer«, meinte Coffin.

»Sie war erst in der sechsten Woche. Ich frage mich, ob sie es überhaupt wußte.«

»Sex hat auch etwas mit dem Mord zu tun, gar keine Frage«, sagte Coffin. »Ich habe sie mit Martin Marlowe zusammen gesehen – sexuell hochbrisant und kaum kontrollierbar. Wußte sie, daß sie schwanger war? Wußte er es?«

»Ich habe ihn noch nicht danach gefragt; er könnte es bejahen oder es abstreiten, ich verlasse mich nicht darauf, daß er die Wahrheit sagt«, antwortete Darcy. »Ich werde mit niemandem darüber reden. Ich werde damit erst mal hinterm Berg halten. Es ist immer gut, ein oder zwei Schocker in der Hinterhand zu haben. Bringt die Dinge ein wenig ins Rollen.«

Der Nebel hob sich langsam, aber es war genauso kalt wie zuvor.

»Es wird rauskommen«, sagte Coffin, »das tut es immer.« Er zog Augustus weiter. »Ist das der Grund, warum Sie zu mir gekommen sind?«

Darcy schauderte. »Verdammt kalt hier, was? Ist der Park ein Erfolg?«

»Ich glaube nicht«, sagte Coffin, »die Kinder meiden ihn.«

»Das überrascht mich nicht. Die Atmosphäre gefällt mir nicht.«

Ich nehme an, die Toten sind nicht wirklich weggegangen, dachte Coffin. Ganz zu schweigen davon, daß einer immer noch leiblich hier ist.

»Sobald die Graberei anfängt, ist hier sicher der Teufel los. Presseleute, Fernsehkameras, das ganze Drum und Dran«, sagte Darcy. »Aber die Einzelheiten wird Phoebe Astley managen. Und auch die Frage, wonach wir hier suchen und warum, wird herauskommen. Glauben Sie, daß Lavender das bedacht hat?«

»Nein. Er ist heutzutage ein bißchen weltfremd, sieht nur das, was er sehen will.«

»Könnte er die junge Frau umgebracht haben?«

»Nein«, sagte Coffin. »Nicht ohne gewaltige Unterstützung. Ist es das, was Sie mich fragen wollten?«

»Nein. Ich bin hergekommen, um über die Jacke zu reden, die das Mädchen anhatte. Sie trug einen alten Filzhut, der von überall herkommen kann, von einem Marktstand, aus einem Wohltätigkeitsladen, weiß Gott woher. Er war alt, aber gut erhalten.« Er dachte einen Augenblick lang nach: »Ich denke, er kommt aus einem Wohlfahrtsladen, er hatte irgendwie diesen typischen Geruch; möglich, daß wir den Laden finden und trotzdem keinen Schritt weiter sind. Aber die Jacke…« Er hielt inne. »Ich möchte Sie bitten, sie sich mal anzusehen.«

»Sofort?«

»Wenn Sie es einrichten könnten. Ich würde wirklich gern Ihre Meinung dazu hören, Sir.«

Coffin blickte auf Augustus herab. »Ich bringe ihn nur schnell nach Hause, dann können Sie mich gleich in Ihrem Wagen mitnehmen.«

George Darcy wartete im Wagen auf die Rückkehr des Chief Commander. Um sich die Zeit zu vertreiben, stellte er das Radio an. Es war erst Musik dran, dann die Nachrichten, in denen der Mord in Spinnergate mit keinem Wort erwähnt wurde. Es war schließlich nur ein kleiner, gewöhnlicher, wenig origineller Mord gewesen.

Coffin hob Augustus in sein Körbchen, fütterte noch schnell die Katze und verabschiedete sich dann von Stella, die noch im Bett lag. Er zog die Vorhänge zurück, um sie zu wecken. Sie würde es ihm verübeln und trotzdem dankbar dafür sein.

»Wirklich sehr freundlich von dir… Ich dachte, du wärst schon weg«, sagte sie und räkelte sich. »Wird Martin heute zur Arbeit kommen?«

»Ja, aber behalte ihn im Auge.«

»Warum?«

Coffin blieb an der Tür stehen. »Du hast doch die Schnittwunden und die Narben bei ihm gesehen. Ich bin mir nicht sicher, was ich jetzt, da wir wissen, daß Jaimie ermordet wurde, davon halten soll, aber die Sache gefällt mir nicht.«

Stella richtete sich im Bett auf und sah ihm nach. Auch sie machte sich Sorgen um Martin Marlowe.

Die beiden Männer betraten das langgestreckte, niedrige Gebäude, in dem die Laboratorien der Gerichtsmedizin untergebracht waren.

George Darcy, der wußte, wohin sie sich wenden mußten, ging voraus, den Flur entlang, zu Raum F3. Alle Kleidungsstücke, die Jaimie getragen hatte, lagen auf Tischen ausgebreitet, wo sie der Aufmerksamkeit der Wissenschaftler harrten.

Sie hatte nur sehr wenig Unterwäsche angehabt, aber diese war aus seidigem Material und ziemlich teuer: ein BH, ein weißer Schlüpfer und Strumpfhosen. Darüber hatte sie Baumwolljeans und einen dicken Kaschmirpullover getragen.

Auf einem anderen Tisch lag abseits der übrigen Kleidungsstücke die Jacke: Es war eine dunkelbraune Tweedjacke mit einem runden Halsausschnitt, einem Gürtel und großen Taschen.

»Die hat ursprünglich mal ein ziemlich großer Mann getragen«, bemerkte Darcy.

Coffin betrachtete die Jacke. »Er hat sie lange getragen, sie ist schon zerschlissen. Und schmutzig.« Auf dem Stoff befanden sich dunklere Stellen, die man Flecken nennen konnte, fast schon eine Art Bewuchs.

»Da wäre noch etwas, Sir.« Darcy beobachtete ihn genau.

Coffin sah sich die Jacke gründlich an. »Sie ist nicht neu, im Gegenteil, sie wurde vor langer Zeit gekauft. Es ist sehr lange her, daß solche Herrenjacken hergestellt wurden.«

»Altmodisch«, meinte Darcy. »Sehr. Aber das ist immer noch nicht alles... Riechen Sie mal dran, Sir.«

Coffin warf Darcy einen scharfen Blick zu, dann beugte er sich vor, um der Aufforderung zu folgen. Langsam richtete er sich wieder auf. »Sie riecht...« Er zögerte. »Sie riecht nach feuchter Erde. Als sei sie vergraben gewesen.«

Für lange Zeit tief vergraben in der Erde.

»Würde irgend jemand auf die Idee kommen, eine Jacke zu vergraben?« fragte Darcy.

»Vielleicht hat sie ja jemand angehabt«, sagte Coffin. Jemand, der tot war. Tot und dann wieder ausgegraben. Oder zumindest freigelegt. Er konnte sehen, wie Darcy die Stirn runzelte.

Er durfte nicht ins Land der Phantasie abdriften. »Der gerichtsmedizinische Bericht wird uns weiterhelfen«, sagte Coffin. Die Wissenschaftler waren nicht immer hilfreich und neigten manchmal dazu, ihren eigenen kleinen Phantasien nachzuhängen, aber man mußte ihnen zuhören. »Es ist merkwürdig, aber alle Fälle haben ihre Merkwürdigkeiten.«

»Manchmal sind diese Dinge nützlich, jedenfalls können sie es sein«, sagte Darcy halsstarrig.

»Aber manchmal findet man nie heraus, was dahintersteckt.« Coffin wußte das eine oder andere über die Ironie, die Launen des Lebens. Er legte eine Hand auf die Jacke. »Sie kann überall gekauft worden sein. Vielleicht wurde sie einfach über der Leiche drapiert. Wenn sich daraus eine Spur ergeben sollte, wäre ich dankbar dafür, aber auch überrascht.«

Das Rätsel um die Jacke, mit der man Jaimies Leiche bekleidet hatte, wurde an Phoebe Astley weitergereicht, die gerade die notwendigen Vorbereitungen traf, um den verwilderten Teil des alten Friedhofs umgraben zu lassen.

»Wir müssen es drauf ankommen lassen«, hatte der Chief Commander gesagt. »Ich bin auf dem Gelände gewesen; da könnte möglicherweise ein inoffizielles Grab sein.«

»Ich hab mir die Stelle auch mal angesehen. Und ich hatte das Gefühl, daß vielleicht vor mir schon jemand da war, jemand mit schwerem Tritt.«

Also war es ihr ebenfalls aufgefallen, dachte Coffin.

»Könnte jemand gewesen sein, der im Freien übernachtet hat«, meinte er. »Jedenfalls wünsche ich dir viel Glück. Ich werde Richard Lavender davon erzählen. Er soll natürlich nichts darüber verlauten lassen. Er weiß von dem toten Mädchen. Darcy und seine Männer waren bei ihm. Ich glaube, er ist verwirrt. Es zieht immer weitere Kreise, Phoebe.«

Gut gesagt, dachte Phoebe. Sie hatte bei allem, was sie tat, eine Liste der Frauen im Kopf, die 1913 ermordet worden waren: Mildred Bailey, Mary Jane Armour und Eliza Jones. Es gab noch eine vierte Frau, Isobel Haved, die verschwunden war. Isobel Haved wurde nicht oft erwähnt, aber sie war möglicherweise ebenfalls ein Opfer gewesen.

Wenn die drei Frauen Opfer von Vater Lavender (wie Phoebe ihn im stillen nannte) gewesen waren, dann würden sie vielleicht den Leichnam von Isobel Haved, der vermißten Frau, finden.

Falls es diese Frau gab, dachte Phoebe, und falls Vater

Lavender wirklich ein Mörder war. Es fiel ihr schwer, an ihn zu glauben. Als Vater ja. Richard Lavender war der lebende Beweis dafür. Als Ehemann, und zwar einen unglücklichen, mußte sie ihn ebenfalls akzeptieren. Aber als Serienmörder... Er schien mit der Dunkelheit zu verschmelzen, so wie er es im wirklichen Leben getan hatte.

Sein Sohn glaubte, daß er 1914 der Armee beigetreten und getötet worden war. Oder vermißt.

Er schien ein Mann zu sein, der es geradezu darauf anlegte, vermißt zu werden. Was um alles in der Welt steckt eigentlich hinter dieser ganzen Geschichte, fragte sich Phoebe, die versuchte, praktisch zu denken. Und wenn ich jemanden finde, was spielt das noch für eine Rolle?

Ein böser Gedanke, denn war nicht alles menschliche Leben kostbar? Das Gewissen eines alten Mannes mußte beschwichtigt werden, darum ging es.

Schade, daß Edgar Wallace tot war, denn er hätte ihr vielleicht helfen können. Bei den Journalisten der Lokalzeitungen in Spinnergate und East Hythe mußten Geschichten und Spekulationen die Runde gemacht haben.

Es dauerte seine Zeit, die Grabarbeiten zu organisieren, denn abgesehen von den Gräbern selbst brauchten sie Männer, die das Gelände bewachten und ungebetene Zaungäste, Journalisten und Fernsehkameras fernhielten.

Vielleicht sollte man das Ganze bei Nacht erledigen. Phoebe hatte einen Hang zum Dramatischen, so daß ihr der Gedanke an nächtliche Ausgrabungen durchaus gefiel. Stella Pinero hätte sie verstanden.

Und da administrative Probleme sie immer wieder aufhielten, sah es so aus, als würde die Aktion tatsächlich bei Nacht stattfinden.

»Es wird jetzt so früh dunkel«, sagte sie bei einem Telefongespräch mit John Coffin – es war der 2. November –, »aber wir werden wenigstens einen Anfang machen. Ich dachte, du wüßtest gern Bescheid. Wirst du kommen?«

Die Antwort hatte gelautet: »Ja, natürlich.« Es war ein seltsamer Fall, bei dem das eine Ende ein ehemaliger Premierminister war und eine als Guy Fawkes verkleidete tote junge Frau das andere. Es war so unwirklich, daß Coffin das Gefühl hatte, außerhalb der normalen Dimensionen von Zeit und Raum zu stehen.

»Hast du jemals Edgar Wallace gelesen?«

»Nein, nicht viel – *Sanders vom Strome,* als ich noch ein Kind war.«

»Ein Jammer. Er hätte dir vielleicht weitergeholfen. Ich glaube, er kannte einige der Antworten.«

Coffins Arbeitstag war lang und ermüdend – er sah den Ausgrabungen mit einer gewissen Vorfreude entgegen. Als er von einer langweiligen Ausschußsitzung zurückgekommen war, fand er eine Nachricht von Dr. Jack Bradshaw vor: Ob er so freundlich sein würde, Richard Lavender einen Besuch abzustatten?

Dick Lavender saß in einem wuchtigen Sessel vor einem munteren Feuer; er trug einen Morgenmantel und hatte sich eine Schottendecke um die Knie gewickelt. Er sah gebrechlich aus, aber seine Augen leuchteten. War es möglich, daß ihm all die Aufregung Spaß machte?

Jack Bradshaw folgte Coffin in den Raum, in dem Janet Neptune Tee ausschenkte, wobei eine Flasche Whisky gleich neben ihr auf dem Tisch stand; sie reichte Coffin eine Tasse. »Sie werden etwas zu trinken brauchen, so kalt, wie es draußen ist. Und er auch«, sagte sie und zeigte mit dem Kopf auf Dick Lavender. »Es hilft ihm, mit den Gedanken bei der Sache zu bleiben.«

»Paß auf, was du sagst, Frau. Und nimm deine großen Füße aus dem Weg.«

Sie achtete nicht auf den alten Mann; sie hatte tatsächlich große Füße, und sie wußte es. »Hier, Jack, nimm auch eine Tasse. Du hast den ganzen Tag noch nichts gegessen oder getrunken... Das machen bei ihm die Nerven«, sagte sie erklärend zu Coffin.

Nachdem sie den beiden Männern solchermaßen ihren Scharfblick offenbart hatte, verließ sie nicht ohne Befriedigung den Raum. »Ich hole nur noch etwas heißes Wasser für die Kanne. Trinkt schon mal aus.«

Coffin nippte an seinem Tee. Mehr Whisky als Tee, befand er. »Wie geht es Ihnen, Sir?«

Dick Lavender ignorierte diese Frage. »Ich nehme an, es überrascht Sie nicht weiter, daß ich wegen dieses armen Mädchens mit Ihnen sprechen wollte. Ich selbst wurde nicht verhört, aber Jack hat man befragt. Wenn ich recht verstehe, gibt es da einige Verdachtsmomente gegen ihn. So ein dummer Kerl, mir zu verschweigen, daß er sich mit ihr getroffen hat. Er mußte es schließlich zugeben.«

Coffin sah Bradshaw an. »Ich war in sie verliebt«, sagte Bradshaw. »Bin es wohl immer noch. Kann man in jemanden verliebt sein, der tot ist?«

»Ich denke, Sie brauchen den Whisky in diesem Tee«, sagte Coffin freundlich.

»Das erzählt Janet mir schon den ganzen Tag.«

Dick Lavender meldete sich von seinem Stuhl aus wieder zu Wort: »Ihr hat man auch ein paar Fragen gestellt.«

»Ich hab das Mädchen kaum gekannt.« Janet trat mit der Teekanne durch die Tür. »Aber ich habe gesehen, daß sie eine kleine Schlampe war. Man konnte es in ihren Augen lesen.«

Dick Lavender beachtete sie gar nicht. »Jack, Sie sollten dem Chief Commander besser von der jungen Frau erzählen. Nennen wir sie übrigens Marjorie Wardy oder Jessamond Layard?«

»Sie können beide Namen verwenden. Wardy war ihr Pseudonym, aber sie war eine geborene Layard, und ihr Taufname war Jessamond: Sie selbst hat sich Jaimie genannt.«

Dick Lavender griff mit zitternden Händen nach seiner Tasse und verschüttete etwas Tee auf seine Knie. Er fing Coffins Blick auf und zuckte die Achseln. Ich bin alt, sagten seine Augen, ich zittere und verschütte meinen Tee, man muß mir beim Gehen helfen, aber ich kann trotzdem noch denken. »Geh und hol mir etwas heißes Wasser und einen Lappen für den Fleck, Janet.«

»Ungeschickter Mensch«, sagte Janet, kam seiner Aufforderung aber dennoch nach. »Ich weiß, daß ihr über sie reden werdet, wenn ich aus dem Zimmer bin... ganz egal, wie ihr sie nennt.«

Jack Bradshaw stellte seine Tasse auf den Tisch. »Für mich war sie Marjorie. Mir ist mittlerweile auch klar, daß sie sich an mich herangemacht hat, weil ich mit Dick befreundet bin.« Er vermied es, Richard Lavender anzusehen, und wandte das Gesicht zum Fenster, so daß er Coffin sein knochiges Profil darbot.

Kein gutaussehender Mann, dachte Coffin, aber durchaus attraktiv. Ihm fiel jetzt auch auf, daß sowohl er als auch der ehemalige Premier Nasen wie der Herzog von Wellington hatten: kräftig und gewölbt. Nannte man so etwas nicht eine Römernase? Wenn eine Frau eine solche Nase erbte, war das keine besondere Freude, aber ein Mann konnte stolz darauf sein. Bradshaw war es wahrscheinlich.

»Ich fand sie sehr charmant und faszinierend, und sie schien sich für mich zu interessieren.«

»Sie waren in sie verliebt«, sagte Dick Lavender und nahm einen Schluck von seinem Tee mit Whisky. Er klang belustigt.

»Ich nehme an, ich war es. Ich dachte, meine Gefühle würden erwidert. Ich hatte allen Grund, das anzunehmen.«

»Sie meinen, Sie waren mit ihr im Bett.« Dick Lavender sprach mit unverhohlener Wonne, und mochten seine Hände auch zittern, er nahm nach wie vor regen Anteil am Leben.

Bradshaw antwortete nicht.

Coffin sah ihn an. »Und? Waren Sie mir ihr im Bett?«

»Nur ein einziges Mal. In ihrer Wohnung in der Nähe des Towers… Ich war der Meinung, daß sie dort lebte und auch arbeitete. Sie werden vielleicht denken, daß wir uns gestritten haben, als ich herausfand, daß sie über Dick arbeitete und die Absicht hatte, damit Furore zu machen.

Aber wir haben uns nicht gestritten. Und vielleicht können Sie mir auch glauben, daß ich sie nicht getötet habe. Ich weiß, daß ich unter Verdacht stehe. Aber wenn ich sie getötet hätte, glauben Sie, ich wäre der Typ, der sie in Männerkleider steckt und auf einem Parkplatz liegen läßt?« Er sah Coffin an. »Oh, Sie brauchen mir nicht zu antworten, ich weiß, daß Sie das nicht können.«

Dick Lavender beugte sich vor. »Gehen Sie und helfen Sie Janet in der Küche... Ich möchte mit dem Chief Commander sprechen.«

Bradshaw holte tief Atem, zögerte kurz, ging dann aber ohne ein Wort hinaus.

Interessant, dachte Coffin, während er den schweigenden Rückzug beobachtete. Wer einmal daran gewöhnt war, Macht über andere auszuüben, brach mit dieser Gewohnheit nicht so leicht. Weil Männer und Frauen nach seiner Pfeife getanzt haben, hat Lavender heute noch Macht über die Menschen. Ich gehorche ihm; als er rief, bin ich gekommen. Ich sollte mir diese Kunstfertigkeit auch zu eigen machen.

»Ich möchte Ihnen etwas erzählen – ganz im Vertrauen. Es geht um Jack Bradshaw. Ist Ihnen, was den Mann betrifft, etwas aufgefallen?«

»Was meinen Sie?« fragte Coffin vorsichtig.

»Eine Ähnlichkeit mit irgend jemandem...«

»Er hat Ihre Nase.«

»Gut, Sie haben scharfe Augen. Ja, er ist mein Sohn. Ich kannte seine Mutter.«

»Im biblischen Sinne, nehme ich an?« sagte Coffin.

Lavender lachte und schlug sich auf den Schenkel. »Gut,

gut. Ja, genau so. Es ging nicht sehr lange, aber sie bekam dieses Kind. Es war ein Geheimnis, aber ich habe bis zu ihrem Tod den Kontakt zu ihr aufrechterhalten. Ich habe ihr mit Geld ausgeholfen, und das ist auch der Grund, warum ich ihn für die Abfassung meiner Biographie ausgesucht habe… Es handelt sich natürlich nicht um die erste Biographie; es hat schon mehrere gegeben einschließlich dessen, was die Leute die offizielle Autobiographie nennen… die hat die Partei bezahlt, und sie ist obendrein furchtbar langweilig.«

Er fügte schnell hinzu: »Jack weiß natürlich nichts.«

»Sind Sie sich da sicher?«

»Aber ja«, sagte der alte Mann in das Schweigen hinein.

Coffin dachte nach; er fragte sich, ob er diese Geschichte glauben konnte oder ob der alte Mann sich etwas zusammenphantasierte.

»Was ist mit dem Mädchen?«

Lavender lächelte. »Sie sind ein heller Kopf… Ja, ich war früher mit ihrer Familie bekannt. Sie trug den Namen Layard, eine sehr bekannte Sippe… und jawohl, ich hatte ein Verhältnis mit der Großmutter des Mädchens. Es wäre doch interessant herauszufinden, ob da neben Mord auch Inzest im Spiel war.« Er stieß ein leises Lachen aus. »Aber nein. Aus dieser Verbindung sind keine Nachkommen hervorgegangen!«

Ich glaube, das hätte dir großen Spaß gemacht, dachte Coffin. »Erzählen Sie mir noch eins«, sagte er. »Vermissen Sie eine alte Tweedjacke?«

Dick Lavender saß schweigend da, und seine buschigen Brauen zogen sich zusammen. »Nein.«

»Möglich, daß Sie sie ziemlich lange nicht mehr gesehen haben«, meinte Coffin.

Lavender schüttelte den Kopf. »Nein. Sie können Janet fragen.« Er lehnte sich auf seinem Stuhl zurück und schloß die Augen. »Sie können jetzt gehen, ich bin müde.«

Die Audienz ist zu Ende, der König entläßt seinen Besucher, dachte Coffin und erhob sich. Vielleicht hielt er sich manchmal für Louis XIV. von Frankreich oder für Königin Victoria.

Gehorsam verließ er den Raum. Es war niemand zu sehen, nicht einmal Jack Bradshaw. Wahrscheinlich losgezogen, um sich zuzudröhnen, dachte Coffin, und wer will ihm daraus einen Vorwurf machen? Ich würde in seiner Situation vielleicht das gleiche tun.

Auf den Haken im Flur neben der Tür hingen in Reih und Glied einige Mäntel. Er nahm sie leise einen nach dem anderen in Augenschein, als ihm bewußt wurde, daß Janet Neptune ihn beobachtete.

»Ich wollte sie mir nur mal ansehen«, sagte er.

Er öffnete die Tür. »Richten Sie bitte aus, daß Chief Inspector Darcy noch einmal herkommen wird, um Fragen zu stellen. Er oder sein Sergeant.«

Diese Bemerkung verschaffte ihm eine gewisse Befriedigung.

Er fuhr geradewegs nach St. Luke und nach Hause. Er brauchte jetzt festen Boden unter den Füßen, und für ihn bedeutete das heutzutage Stella. Aufreizend, schwer faßbar, liebevoll, freundlich, das alles war Stella. Und sie war immer Realität.

Er hatte gehofft, sie im Wohnzimmer zu finden oder in der Küche oder vielleicht sogar im Schlafzimmer, wo sie sich für den Abend umzog, aber sie war nirgends zu entdecken. Augustus war ebenfalls nicht zu Hause, was wohl bedeutete, daß sie im Theater war, in ihrem Büro oder auf einem Streifzug durch die nähere Umgebung, um zu beobachten, um nachzudenken. Sie spielte im Augenblick nicht, da sie gerade eben eine lange Fernsehserie fertiggestellt hatte und jetzt ›ausruhte‹. Nicht daß sie das jemals wirklich getan hätte, ausruhen.

Er sah auf seine Armbanduhr. Es war noch zu früh, als daß irgendeine Vorstellung begonnen haben konnte. Der Weg durch die Kulissen war ihm wohlvertraut, daher ging er ins Theater rüber und stieg die Treppe zu Stellas Büro hinauf. Sie war dort, er hörte ihre Stimme klar und tragend.

Bei ihr war ein ziemlich junger Mann mit kurzgeschorenem dunkelbraunem Haar und kompaktem muskulösem Körper. Kein gutaussehender Mann, aber Coffin erkannte, daß er ein Schauspielergesicht besaß und ein gutes Aussehen annehmen konnte, wenn die Rolle es verlangte.

Stella winkte ihm von ihrem Schreibtisch aus zu: »Das ist Ric Rivers, der sich unserer Truppe anschließen wird.« Sie schenkte ihm ein strahlendes Lächeln, ihr Routinelächeln fürs Theater, und sie wurde mit gleichem belohnt. »Unser neuer Rekrut. Ric, das ist mein Mann, John Coffin.«

Ric hob eine Hand zum Gruß. »Hi, ich habe schon von Ihnen gehört, Sir.«

Stella stand auf. »Das wäre es fürs erste, Ric, wir haben

die geschäftlichen Angelegenheiten erledigt, und Sie kennen sich ja aus... Ich habe Martin Marlowe gesagt, Sie würden bei ihm vorbeikommen... Er ist in Ankleideraum B12, den er sich mit Aelred Cooper teilt, und Sie werden der dritte sein... Es macht Ihnen doch nichts aus, sich Ihren Ankleideraum zu teilen? Wir haben es ein wenig eng hier, aber sobald die finanziellen Verhältnisse es zulassen, wollen wir anbauen. Ob Sie's glauben oder nicht, dieses Gebäude steht unter Denkmalschutz, daher können wir nicht ganz so, wie wir wollen.« Das war ihre Standardrede zur Erklärung der Umstände, und Coffin hatte sie schon viele Male gehört. Es traf mehr oder weniger zu; St. Luke stand unter Denkmalschutz, da es für den Distrikt von einigem historischen Interesse war, aber in architektonischer Hinsicht hatte es keinen besonderen Wert, daher hätte einer baulichen Erweiterung kaum etwas im Wege gestanden, aber Stella fand, daß es beeindruckender klang, als einfach nur zu sagen: Tut mir leid, mein Freund, wir haben keinen roten Heller in der Tasche.

»Ich finde mich schon zurecht.« Ric schenkte ihnen beiden das Lächeln, das ihn als einen ungemein ernsthaften und aufrechten Burschen erscheinen ließ (mit dem Hauch einer Andeutung, daß er genau das vielleicht nicht war, und: Wäre es nicht ein Riesenspaß, wenn wir beide zusammen das rausfinden würden, du weißt schon, was ich meine...), und mit diesen Worten bewegte er sich geschmeidig auf die Tür zu.

»Ein cleverer Bursche«, sagte Coffin mit Überzeugung. »Ich wette, der findet sich immer zurecht.«

»Immer. Er ist weithin bekannt dafür. Aber er ist auch

ein guter Schauspieler mit einer großen Palette von Möglichkeiten, sehr anpassungsfähig.« Sie stand auf, griff nach ihrer Tasche und zog sich ihren Mantel um die Schultern. »Kein großer Schauspieler natürlich, obwohl er Ambitionen hat, aber ich denke oft, daß ein anpassungsfähiger Schauspieler das ist, was man am besten gebrauchen kann. Er hat eine ziemliche Pechsträhne hinter sich, der Ärmste, daher konnte ich ihn auch in die Finger kriegen. Davor ist keiner von uns gefeit.« Sie hatte ihn also billig bekommen... Coffin betrachtete solche Dinge manchmal sittenstreng; weder eine Universitätsausbildung noch das rauhe Leben der Straße hatten seine moralischen Vorstellungen abgeschliffen, dachte sie halb belustigt. Während sie weitersprach, fragte sie sich im stillen, was Coffin wohl zu ihr geführt haben mochte.

Augustus kam unter dem Schreibtisch hervor, wo er geschlafen hatte, und machte sich bemerkbar, indem er vor Coffins Füßen auf und ab sprang.

»Geh weg, du kleiner Teufel«, sagte Coffin. »Du mußt das Vieh unbedingt erziehen, Stella.«

»Nein, das ist Männerarbeit... übrigens reizend, daß du mich abholen kommst.« Sie legte den Kopf schräg. »Aber was ist denn los?«

Er legte den Arm um sie, denn er hatte in letzter Zeit entdeckt, daß es ihm schon guttat, Stella auch nur zu berühren. »Komm mit nach Hause, dann erzähl ich es dir.«

Sie gingen gemeinsam den Flur hinunter, Stella, Coffin und Augustus.

Hinter einer geschlossenen Tür hörten sie Rics Stimme:

»Wie lautet dann hier die Devise? Schlafen wir alle mit jedem, der will, damit die Truppe bei Stimmung bleibt?«

»Hör mal, das ist eine rein persönliche Angelegenheit.« Das war nicht Martin. »Da gibt es gar keine Devise.«

»Oh, wenn du es sagst. Bei meiner letzten Truppe war das anders.«

»Wo warst du denn?«

»Ich werd doch nicht petzen, aber es war jedenfalls in Schottland.«

»Du überraschst mich wirklich …« Eine andere Stimme meldete sich zu Wort: Alison Summers.

»Was macht die denn da drin?« flüsterte Stella.

Ric sprach weiter: »Über Geschmack läßt sich streiten. Wir hatten einen alten Spaniel, der aus einer Schale mit frischem Wasser nicht trinken wollte, sich aber gierig über eine schmutzige Pfütze auf dem Gehsteig hermachte.«

»Was hat das denn damit zu tun?« Noch mal Alison.

»War nur so ein Vergleich.«

Coffin zog Stella weiter. »Da hast du dir aber einen tollen Hecht an Land gezogen.«

Sie bückte sich, um den Hund aufzunehmen. »Nach Hause oder noch auf einen Drink zu Max?«

»Nach Hause.«

Dann ist es also was Ernstes, dachte Stella. »Na schön. Es ist kein Champagnerabend, soviel habe ich begriffen, aber ich hätte doch gerne eine Tasse Tee. Stark und indisch und mit Sahne.«

Stella machte sich den Tee selbst in einer braunen Keramikkanne. »So schmeckt er besser.« Sie trug das Tablett nach oben in ihr Wohnzimmer, wo sie zwei Tassen einschenkte. »Also, was gibt's?«

Coffin nahm seine Teetasse mit ans Fenster, von wo aus er den alten Friedhof sehen konnte. Lichter blitzten durch die Bäume. Phoebe und ihr Team waren also bei der Arbeit.

»Es geht um den alten Lavender... Ich weiß nicht, ob ich ihm glauben soll oder nicht. Er scheint sich alle möglichen Geschichten zurechtzuspinnen. Heute sagte er, Jack Bradshaw sei sein Sohn, das Ergebnis einer Liebesaffäre, die er geheimgehalten hatte.«

»Das kann ich mir durchaus vorstellen«, sagte Stella nachdenklich. »Richard Lavender war den Frauen weiß Gott nicht abgeneigt, das weiß doch jeder. Manche Männer in Machtpositionen sind eben so.«

»Wieso weißt du so viel über ihn?«

»Ich habe davon gelesen. Das kommt nämlich ab und zu vor, daß ich lese. Na ja, um ehrlich zu sein, jemand hat mir mal ein Skript geschickt.«

Coffin ging auf und ab. »Das ist noch nicht alles: Er behauptet, auch eine Affäre mit Jaimie Layards Großmutter gehabt zu haben, so daß ihre Mutter oder ihr Vater auch sein Abkömmling gewesen sein könnte. Eine Möglichkeit, die er allerdings auf Anhieb verworfen hat.«

»War er vielleicht zu Scherzen aufgelegt?«

»Das weiß Gott allein. Ich denke, er mag Jack Bradshaw. Vielleicht glaubt er, daß Bradshaw das Mädchen getötet hat, und er inszeniert eine Art Ablenkmanöver.«

»Weiß er über Martin und seine Schwester Bescheid... wer die beiden sind, meine ich? Weiß er von Martins Affäre mit Jaimie?«

»Worauf du dich verlassen kannst. Ich glaube langsam, daß er trotz all seiner Zurückgezogenheit, die er wie ein Banner vor sich herträgt, einen ziemlich effizienten Nachrichtendienst unterhält... wahrscheinlich unter Leitung seiner Nichte. Falls Janet seine Nichte ist, fügte Coffin hinzu. »Ich weiß nicht, was ich glauben soll. Er behauptet, Bradshaw sei sein Sohn, wisse aber selbst nichts davon. Ich habe auch in diesem Falle keine Ahnung, ob das die Wahrheit ist.« Und dann wäre da noch die Tatsache, daß die tote Jaimie schwanger war. Man würde prüfen müssen, um festzustellen, ob Bradshaw oder Marlowe der Vater war. Aber diesen Gedanken sprach er Stella gegenüber nicht laut aus.

Stella meinte, das Ganze klinge ein wenig verrückt.

»Das habe ich auch schon gedacht«, sagte Coffin mit bitterer Überzeugung. »Die Art, wie er redet, unterstreicht ständig den Eindruck, daß er unbedingt die Wahrheit sagt und daß er sie mir und nur mir sagt. Aber ist das nicht gerade die Masche aller Politiker? Ich weiß nicht, ob er das alles für die Wahrheit hält. Ich habe langsam den Verdacht, daß ich Phoebe Astley einer Schimäre nachjagen lasse.«

Stella trat zu ihm ans Fenster. »Was sind das für Lichter da draußen?« fragte sie.

Coffin antwortete nicht. Große Beleuchtung, um ein Nichts auszugraben, dachte er bei sich. Was bin ich für ein Narr.

8

She's dead, sir, long ago.
The Bailiff's Daughter of Islington

Im Raum war es ganz still. Sie waren beide mit den Gedanken bei den Lichtern auf der anderen Straßenseite. Coffin sah am Straßenrand eine Reihe von Streifenwagen sowie einen dunklen Kastenwagen stehen.

Er war sich nicht ganz sicher, aber er glaubte, daß sich auch einige interessierte Zuschauer eingefunden hatten.

Jetzt schon, dachte er.

Das Telefon klingelte. Stella, die den kürzeren Weg hatte, nahm den Hörer ab und reichte ihn an Coffin weiter. »Es muß für dich sein.«

Coffin hörte zu. »Phoebe hier. Wir haben was. Willst du's sehen?«

»Ich komme sofort rüber.« Er stand auf. »Ich bleibe nicht lange weg.«

Stella erhob sich und sagte: »Ich komme mit.«

Coffin zögerte. »Ich bin mir nicht sicher…«

»Augustus muß noch mal raus.«

»Bring auf keinen Fall den Hund mit«, sagte Coffin scharf, bevor er sich bremsen konnte.

Stella starrte ihn an. »Dann ist es also eine Leiche. Noch eine.«

»Stella, ich weiß es nicht. Noch nicht.«

»Ich denke, ich komme mit. Du kannst mir natürlich befehlen, zu Hause zu bleiben, du bist der Chief Commander.«

»Es ist eine Polizeiangelegenheit, Stella, mein Liebling, kein Spaß.«

»Dachtest du, ich betrachte es als amüsanten Zeitvertreib?«

»Nein.« Er wußte nicht, was er sagen sollte. »Warum willst du mitkommen?«

»Ich möchte an deinem Leben Anteil nehmen. Ich schließe dich ja auch nicht aus meinem Leben aus, ich lasse dich jederzeit ins Theater, aber du läßt mich niemals an deinen Angelegenheiten teilhaben.«

»Das ist etwas vollkommen anderes.« Außerdem platzte sie ziemlich oft bei ihm herein.

Sie sahen einander an und waren in diesem Augenblick einem Streit sehr nahe.

»Ich möchte helfen.«

»Du hilfst mir, Stella, einfach durch deine Anwesenheit.« Sie spürte, daß er es aufrichtig meinte. »Die meiste Zeit ist das, was ich tue, ein verdammt elender Job, und es wird immer schlimmer.« Seine Worte kamen von Herzen: Politische Sachzwänge, Geldknappheit, der Verlust guter Männer bei der Polizeitruppe von London II, das alles vermehrte die Lasten, die er trug. »Ich war in alten Tagen als Kriminalbeamter in Süd-London glücklicher. Abgesehen davon, daß ich jetzt dich habe, Stella. Das macht mir alles andere erträglich.«

Stella lächelte plötzlich. »Danke, daß du das sagst, mein Liebling. Also gut … ich werde dich nicht drängen. Ich sag dir was: Ich ziehe meinen Mantel an, nehme Augustus an die Leine und begleite dich bis zur anderen Straßenseite, dann mache ich mit Augustus einen Spaziergang rund um den Block.«

Als er am Fuß der Treppe die Haustür öffnete, blickte Stella aus dem Pelzkragen ihres Mantels, der ihr Gesicht umrahmte, zu ihm auf: »Es ist schwierig, Ehefrau zu sein.«

»Es ist schwierig, Ehemann zu sein«, sagte Coffin mit echter Überzeugung.

Stella lachte. »Ich wußte, daß du das sagen würdest; ich liefere dir immer die richtigen Stichworte.«

Sie gingen in entspanntem Schweigen auf den alten Friedhof zu. Augustus vor ihnen zog heftig an seiner Leine. Bei den geparkten Wagen, direkt neben dem schwarzen Lieferwagen, stand ein Trio uniformierter Polizisten und ein Stück weiter entfernt eine kleine Ansammlung von Zuschauern. Coffin erkannte eine Lokaljournalistin.

»Es fängt an zu regnen«, bemerkte Stella. Dann ging sie ihrem Wort getreu mit dem Hund in eine andere Richtung. Sie blickte nicht zurück, sondern schritt energisch weiter aus. Allerdings wanderten ihre Gedanken durchaus zu den durchnäßten Arbeitern in dem traurigen, regendurchweichten Grab. Der Schlamm schien alles noch schlimmer zu machen.

Die uniformierten Beamten grüßten Coffin, dann führte ein schweigender Sergeant ihn zu der Stelle, an der er erwartet wurde.

Phoebe Astley trat vor; sie trug einen Regenmantel, aber ihr Haar war naß.

»Wir stellen Abdeckungen auf, um die Stelle zu schützen, wo gegraben wird. Trotzdem ziemlich schlammig hier.« Sie ging ihm voraus über den Trampelpfad, der sich bereits im Gras abzeichnete. »Wir haben das Gelände hier ziemlich verwüstet beim Aufbau der Lichter und des ganzen anderen Krams. Wir mußten zuerst die Erlaubnis des zuständigen Gartenbauamtes einholen; dort hat man zugestimmt, allerdings unter der Voraussetzung, daß wir alles wieder in den ursprünglichen Zustand zurückversetzen... So toll allerdings haben wir es hier auch nicht angetroffen; vielleicht sieht's sogar besser aus, wenn wir es so ausgeräumt lassen, wie es jetzt ist.«

»Es soll wohl eine Wildnis sein, Natur«, meinte Coffin und rutschte einen Augenblick später auf dem nassen Gras aus.

»Paß auf, wo du hintrittst... da, wo wir gegraben haben, ist es noch schlimmer.«

Vor ihnen stand ein großes Zelt, das seinerseits durch Stoffabschirmungen geschützt wurde. Am Eingang stand eine durchnäßte Gestalt in weißer, bereits verschmutzter Uniform.

»War das Stella, die ich eben bei dir gesehen habe?« fragte Phoebe, als sie der weiß verhüllten Gestalt nahe genug waren, um ihr feuchtes, rotes Gesicht zu sehen und Sergeant Appletone darin zu erkennen.

»Ja, sie wollte mit dem Hund spazierengehen.«

»Du hättest sie und den Hund mitbringen sollen. Er hätte uns beim Graben helfen können.« Diese mit unbewegter Miene vorgebrachte Bemerkung war typisch für Phoebes düsteren Humor. Sie fuhr fort: »Das wird vielleicht eine Überraschung für dich sein. Wir wußten natürlich, daß das ein Friedhof war, aber mit einem überzähligen Sarg haben wir denn doch nicht gerechnet.«

»Was?«

Phoebe antwortete nicht, sondern bedeutete ihm, weiterzugehen und selbst zu sehen. Zu seiner Rechten war eine Zeltwand ausgebreitet, und vor ihm lag die Stelle, an der sie gegraben hatten – bei einem der Hügel unter den Bäumen, wie Coffin im Licht der großen Laternen erkannte.

Man mußte nicht tief graben, um den hölzernen Sarg freizulegen.

Er war offen und leer. Ein Stück vermodertes Holz lag, teilweise mit Erde zugedeckt, ganz in der Nähe.

»Es war niemand drin«, meinte Phoebe mit grimmiger Befriedigung. »Bloß ein leerer Sarg.«

Coffin starrte darauf herab. »Nicht ganz leer – da sind jede Menge Erde und Blätter.«

»Weißt du, was ich denke?« fragte Phoebe. »Ich denke, man hat ihn hier abgestellt, als die Bomben fielen, und nach und nach hat er sich dann gefüllt. Vielleicht war er für eine bestimmte Leiche vorgesehen, die aus irgendwelchen Gründen nicht in diesen Sarg gelegt wurde.«

»Erstaunlich, was man alles findet, wenn man erst mal mit dem Graben anfängt«, sagte eine der weiß gekleideten Gestalten.

»Es ist ein Stück einer alten Geschichte.« Coffin musterte den Sarg. »Aber ich würde gern wissen, was das für eine Geschichte ist.«

Phoebe war optimistisch. »Wir werden es herausfinden.«

»Der ist jedenfalls nicht seit 1914 hier gewesen.« Das kam von einem der anderen Gräber.

»Ganz meine Meinung.« Coffin nickte. »Die Schicht aus Blättern, Erde und Schutt ist nicht dick genug.«

»Der letzte Krieg«, sagte Phoebe noch einmal.

»Wahrscheinlich…« Er drehte sich zu ihr um. »Aber das ist nicht der Grund, warum du mich hast holen lassen.«

»Du hast es erraten?« Sie gestattete sich einen Anflug von Ironie. »Nein, sieh dich mal da drüben um.« Phoebe zeigte mit dem Kopf auf die Arbeiter. »Macht mal auf, Jungs.«

Die Zeltwand zu seiner Rechten wurde aufgerollt, so daß Coffin sehen konnte, was sich darunter befand. Man hatte nicht viel Erde entfernt, so daß er lediglich eine nicht allzu tiefe Grube sah. Er trat einen Schritt näher, um besser sehen zu können.

Aus der Erde ragte ein Knochen heraus, zeigte geradewegs nach oben. Ein kleiner, schlanker Finger.

»Ich nehme an, das ist ein Finger«, sagte er nachdenklich.

»Ich weiß nicht. Ein fingerförmiges Stück Knochen… aber es bedeutet, daß wir jetzt sehr vorsichtig weitermachen müssen, daß wir mit dem Löffel weitergraben müssen. Es wird eine langwierige Angelegenheit… Möchtest du in der Nähe bleiben?«

»Wir können uns nicht mal sicher sein, daß das ein menschlicher Knochen ist.« Coffin widmete sich mit einiger Konzentration dem Stück vergilbten Knochens, das er sehen konnte. »Es könnte alles Mögliche sein.«

Phoebe antwortete nicht, sondern kniete sich hin, um besser sehen zu können. Dann schüttelte sie den Kopf. »Ich bin kein Anatom, aber ich schätze, der Knochen ist menschlichen Ursprungs.« Sie stand wieder auf. »Natürlich könnten wir das da wieder zudecken und nach Hause gehen.«

Die drei Gräber ließen ein schwaches, hoffnungsvolles Murmeln hören, aber sie wußten, daß es ein Witz war.

»Das hier wäre eines Edgar Wallace würdig; ein Jammer, daß wir ihn nicht dabeihaben«, sagte Phoebe.

»Ich glaube, Edgar Wallace würde dir da nicht viel nützen.«

»O doch, das würde er: Er würde eine Short Story mit dem Titel *Der Finger von Mr. Bones* schreiben.«

»Oder Mrs. Bones.«

»Bleibst du hier, um zuzusehen?«

Coffin sagte: »Ich geh nur kurz rüber und erkläre Stella, was hier los ist, dann bin ich gleich wieder zurück.«

Er fand Stella in der Küche, wo sie den leise und mißvergnügt vor sich hin knurrenden Augustus abtrocknete. »Ich selbst habe nichts dagegen, naß zu werden, aber Augustus scheint es zu hassen.«

»Er stinkt natürlich«, bemerkte Coffin. »Die Feuchtigkeit fördert es zutage. Er riecht nach Hund, und zwar stark. Du nicht, das heißt, zumindest riechst du nur nach deinem eigenen speziellen Duft und nach Seife.«

Stella lachte. »Miss Dior heute, vielen Dank.« Sie warf

das Handtuch weg und hob Augustus in seinen Korb. »Ich bin an all den Streifenwagen und dem Lieferwagen vorbeigekommen und habe daraus geschlossen, daß es ernst ist.«

»Ich denke ja. Ich gehe wieder hin.«

Stella zögerte. »Ich habe noch etwas gesehen, als ich draußen war... ich habe Clara Henley gesehen. Augustus und ich sind die Straße runtergegangen zu dem großen Einkaufszentrum in der Nähe der Edward Street und der Fisher Street. Das ist nicht weit entfernt von dem Krankenhaus, in dem sie arbeitet, und nicht weit von dem Parkplatz, auf dem Jaimies Leiche gefunden wurde... Das Einkaufszentrum hat natürlich seinen eigenen Parkplatz.«

»Natürlich«, sagte Coffin und fragte sich, worauf Stella hinauswollte.

»Ich habe gesehen, wie sie ihren Wagen parkte; Augustus war stehengeblieben, um ein wenig zu schnuppern – er liebt die Mauer da hinten, sie ist eine Art Zeitung für ihn, erzählt ihm von den Neuigkeiten des Tages und wer sich da rumgetrieben hat... sie hat mich nicht erkannt, aber ich sie... Sie fährt einen Wagen, eine Art Kombi... Man sieht sie jetzt nicht mehr so oft... Hinten abgesenkt.« Stella sah Coffin an. »Man könnte mühelos einen Kinderwagen reinstellen.«

»Das könnte man.«

»Es ist nicht sehr wahrscheinlich, daß dieser Kinderwagen weit durch die Straßen geschoben wurde. Und sie ist natürlich daran gewöhnt, mit Leichen umzugehen.«

»Ich weiß nicht, ob Chirurgen in dieser Hinsicht so viel Praxis haben«, meinte Coffin.

»Dann sind Augustus und ich weiter bis zur U-Bahn-

Haltestelle Spinnergate gegangen, die ja nicht allzu weit von dort entfernt ist. Wir haben uns mit Mimsie Marker unterhalten – sie hat gerade zusammengepackt.«

»Und was hatte sie zu sagen?« Mimsie Marker verkaufte in einem Kiosk in der Nähe der U-Bahn-Haltestelle Zeitungen und Zeitschriften. Sie trug im Sommer stets einen feschen Hut mit Blumen und im Winter einen ebensolchen mit Pelzbesatz. Sie hörte alles und wußte alles. Und sie war bereit, mit denen zu reden, denen sie vertraute: Stella war eine dieser Personen, denn sie bewunderte Stella. »Eine himmlische Schauspielerin«, sagte sie.

»Sie trug einen Nerzhut, einen ganz neuen, daher müssen die Geschäfte wohl gut gehen... Heißt es nicht, sie sei eine reiche Frau mit einem Haus auf dem Land sowie einer Luxuswohnung mit Blick auf den Fluß? Sie sagte, sie habe Martin und seine Schwester mehrmals in der Nähe des Parkplatzes gesehen... Sie weiß, wer die beiden sind.«

»Alles andere hätte mich auch gewundert.«

»Die beiden sind einfach da rumgelaufen und haben geplaudert, aber Mimsie fand es etwas merkwürdig... Es muß doch schönere Stellen für einen Spaziergang geben.«

»Sie hatte bestimmt noch mehr zu sagen.« Coffin kannte seine Mimsie.

»Sie sagte, der Parkplatz habe mindestens drei Ausgänge, so daß es nicht weiter schwierig ist, von dort wegzukommen. Ein Weg führt zum Krankenhaus, einer zum Theater oder jedenfalls mehr oder weniger... ein weiterer zur U-Bahn-Haltestelle Spinnergate. Also jede Möglichkeit, sich davonzumachen... Das hat sie nicht so gesagt, aber ich wußte, was sie meinte.«

»Sie scheint die Sache gründlich durchdacht zu haben.«

»Du kennst doch Mimsie... Es ist interessant. Sie sagt, sie habe auch Clara gesehen, wie sie ihren Wagen dort abstellte. Sie hat keine Schlußfolgerungen gezogen, aber man konnte spüren, was sie dachte.« Stella fügte hinzu: »Jaimie habe sie übrigens nie dort gesehen, sagt sie.«

»Sie kannte auch Jaimie?«

»O ja. Sogar ihr Pseudonym. Sie meinte, einer Frau mit zwei Namen könne man nicht über den Weg trauen.«

»Phoebe glaubt, wir bräuchten die Feder des verstorbenen Edgar Wallace, aber wer braucht schon einen Edgar Wallace, wenn er Mimsie Marker hat.«

Stella musterte ihr Gesicht in dem Spiegel gegenüber der Tür; sie seufzte tief. »Was für ein Wrack.«

»Das war ein langer Spaziergang für dich und Augustus«, sagte Coffin.

»Oh, ich habe mir eine Taxe für den Rückweg genommen, deshalb bin ich ja nach Spinnergate und zu Mimsie gegangen. Sie hat für mich angerufen.«

Coffin lachte und schüttelte den Kopf. Das war seine Stella.

»Du gehst jetzt sicher wieder zu den Ausgrabungsarbeiten zurück?«

»Ich muß.«

»Wie sieht's mit einem Abendessen aus? Du hast noch nichts gegessen.«

»Heb mir etwas auf.«

Stella und der Hund sahen ihm nach, wie er über die Straße ging, und als Coffin das Haus verließ, kam die Katze herein. Stella rief ihm, wie er noch zu hören glaubte, wohlgelaunt nach: »Mimsie sagt, sie könne Dr. Bradshaw gut leiden, aber für die Haushälterin hätte sie nichts übrig.«

Das mußte Janet Neptune sein. Es gab wohl keinen Zweifel, überlegte Coffin, während er zum Friedhof ging, wem Mimsie und wahrscheinlich der Rest der Nachbarschaft die Schuld an der Ermordung des Mädchens gab: Martin mit seiner Schwester oder Martin ohne seine Schwester. Und dabei wußten die Leute nicht einmal, daß die junge Frau schwanger gewesen war. Er wußte, daß Zellproben sowohl von Bradshaw als auch von Marlowe untersucht wurden, aber keinem der beiden Männer war ein besonderer Grund dafür genannt worden.

Ich glaube nicht, daß ich viel übrig habe für Fälle, die sich miteinander verschränken, vor allem dann nicht, wenn einer davon achtzig oder mehr Jahre zurückliegt und – so wie es zumindest einige sehen – den Geist von Edgar Wallace atmet.

Phoebe Astley kam ihm entgegen. »Die Knochen stammen von einem Menschen, aber wir kommen nur langsam voran. Dr. Marriot ist hier aufgetaucht.« Henry Marriot war einer der Polizeiärzte in Spinnergate. Coffin konnte ihn durch die Bäume sehen. »Wir haben im Augenblick noch nicht viel für ihn zu tun.«

Marriot nickte Coffin zu. »Wer immer das sein mag, er ist schon lange tot.« Er war ein zutiefst moralischer Mensch, den manche der Dinge, die er zu sehen bekam, schwermütig und depressiv machten. Er identifizierte sich für gewöhnlich mit dem Opfer. »Ich bin mir nicht sicher, ob ich so früh hätte herkommen müssen.«

»Tut mir leid, daß wir Sie in so einer feuchten Nacht rausholen mußten«, sagte Coffin höflich. Er war Henry Marriot schon einige Male begegnet und fand ihn sympathisch, weil er bisweilen selber unter der gleichen Depression litt. Er hatte sich nie an die Leichen derer gewöhnt, die einer Gewalttat zum Opfer gefallen waren, die gebrochenen Glieder, die vergewaltigten, verstümmelten Leiber, und obwohl er jetzt als Chief Commander weniger Tote zu sehen bekam, machten ihm die, die er sah, genauso schwer zu schaffen.

Knochen dagegen waren leichter zu ertragen. Weit weg und vor langer Zeit, ja, das machte das Ganze weniger schmerzlich. Wenn man einen Knochen auf dem Schlachtfeld von Waterloo oder Agincourt auflas, weckte das Respekt und Interesse, aber keinen Schmerz.

Sechzig bis achtzig Jahre waren jedoch nur eine Kleinigkeit. Die Nähe zu dem Toten war immer noch spürbar.

Die Erde wurde entfernt, Löffel um Löffel, sie wurde durchsiebt und sorgfältig durchgesehen, bevor man sich der nächsten Portion widmete. Ganz allmählich und mit großer Behutsamkeit wurde die Oberfläche abgetragen, wurden die Knochen freigelegt.

Bisher die Knochen des Oberarms und der Hand. Sonst nichts.

»Da hat sich wahrscheinlich ein Tier dran zu schaffen gemacht«, sagte Phoebe. »Kommt vor.«

»Vielleicht ist da ja nur der Arm«, meinte einer der Gräber.

»Nein, wir werden auch den Rest finden.« Sie war zuversichtlich.

»Wie sind Sie auf die Idee gekommen, hier zu graben?« fragte Marriot.

»Ich habe gehört, daß hier vielleicht eine Leiche liegt.«

Marriot sah ihn neugierig an. »Da muß jemand aber ein langes Gedächtnis haben.«

»Das könnte man sagen.«

»Wir haben einmal eine Seuchengrube gefunden«, erzählte Marriot. »Beim Tower. Scheußliche Angelegenheit. Nicht mal die Ratten sind da reingegangen.«

»Wie lange halten sich denn Seuchenkeime«, fragte Coffin geistesabwesend, während er zusah, wie das Leichentuch der Erde immer dünner wurde... Dort waren wieder Knochen, er konnte es an dem braungelben Leuchten sehen.

Marriot zuckte die Achseln. »Nicht so lange, wie man vermutet, aber wir sind trotzdem kein Risiko eingegangen – ich habe eine Maske getragen... Männer, Frauen und Kinder lagen alle kreuz und quer in dieser Grube... einfach reingeworfen. Nicht schön.«

Er zog eine Flasche hervor und bot Coffin und Phoebe einen Schluck Medizin an. Sie lehnten beide ab, und er trank allein. »Verdammt kalt hier draußen.« Er ging ein paar Schritte und stampfte mit den Füßen.

Phoebe holte nun ihrerseits eine Flasche hervor, eine andere Art von Flasche. »Kaffee?«

Coffin nahm einen Becher; sie standen Seite an Seite und tranken. Die kalte, feuchte Arbeit wurde in der Grube zu ihren Füßen erledigt, aber der Geruch von nasser Erde machte sie frösteln. Coffin ging rastlos auf und ab, schlenderte zu den Bäumen hinüber, von wo aus er die

Lichter seines eigenen Hauses sehen konnte – im selben Augenblick erloschen sie. Also war Stella zu Bett gegangen.

Nachdem der Schädel freigelegt war, ging es schneller voran. Der Hals, die Wirbelsäule und die Beine kamen zum Vorschein. Die Beine waren angewinkelt, ein Arm lag quer über dem Brustkorb, der andere war ausgestreckt. Die Hand dieses Arms war die, deren Finger nach oben gezeigt hatten.

Marriot unterzog das Bild, das sich ihm bot, einer beifälligen Musterung: »Als er oder sie begraben wurde, war der Arm nach oben gebogen. Keine Tierspuren zu sehen. Die Totenstarre mußte bereits eingesetzt haben, als die Leiche begraben wurde.«

Er setzte seine Beobachtungen fort, während die anderen – Coffin, Phoebe und die Gräber – in einer dichten Traube zusammenstanden und ihn beobachteten. Marriot war auf die Knie gegangen und betrachtete die Leiche, ohne sie zu berühren.

Dann stand er auf. »Ich denke, das war's jetzt. Ich kann Ihnen nicht mit letzter Sicherheit sagen, was die Todesursache war, aber ich denke, wir können von Erdrosselung ausgehen, das Zungenbein ist gebrochen. Außerdem liegt eine Schädelverletzung vor.«

»Ist das alles?« fragte Coffin, der langsam seine eigenen Ideen entwickelte.

»Nun, es war ein Mann, wahrscheinlich nicht mehr jung. Haben Sie einen Mann erwartet?«

»Ich habe gar nichts erwartet«, sagte Coffin in die Pause, die den Worten des Arztes folgte.

Er sah Phoebe an und nickte. Sie gingen ein paar Schritte zu den Bäumen hinüber, um zu reden; die Gräber und Dr. Marriot sahen ihnen nach. Marriot nahm sich noch einen Drink und dachte über eine Zigarette nach. Aber man durfte keine Asche fallen lassen und den Tatort des Mordes verunreinigen. Falls es der Tatort eines Mordes war. Trotzdem, ein Mann beerdigte sich nicht selbst. Erst recht nicht, wenn er schon steif war.

Phoebe zog fragend die Augenbrauen hoch. »Wer?«

Coffin schüttelte den Kopf: »Der liebe Gott allein weiß, wer der Mann ist. Und werden wir es je herausfinden? Es gab hier und da Spuren von Kleidungsstücken, und ich dachte, daß sich damit wahrscheinlich etwas anfangen läßt. Große Hoffnungen mache ich mir allerdings nicht.«

»Edgar Wallace würde einen Zugfahrschein oder ein Tagebuch unter den Knochen finden, in der Erde vergraben, aber immer noch leserlich.«

»Na komm schon, Phoebe, wir können uns schon glücklich schätzen, wenn diese erbärmlichen Stoffetzen uns auch nur Anhaltspunkte zur Datierung geben.«

»Die Knochen lassen sich wahrscheinlich datieren«, sagte Phoebe.

»Auf ein oder zwei Jahrzehnte genau. Ich bezweifle, daß wir über den hier jemals Genaueres erfahren.«

»Versuchen müssen wir's natürlich.« Sie musterte Coffin mit einem harten Blick. »Was meinst du mit ›dem hier‹?«

Coffin antwortete mit nachdenklicher, geistesabwesender Miene: »Ich meine, Marriot kann jetzt gehen, findest du nicht auch?«

»Wenn er noch viel mehr von seinem Whisky trinkt, wird er jedenfalls bald nicht mehr stehen können. Das war nicht sein erster Drink, den er sich hier bei uns genehmigt hat.«

»Ist mir auch schon aufgefallen.«

»Und?« Denn es gab ein »und« – um das zu wissen, kannte sie ihn wahrhaftig gut genug.

Der Chief Commander blickte über das offene Grab hinweg zu den Arbeitern. Einer von ihnen hatte sich hingesetzt, die beiden anderen lehnten an Bäumen; alle drei vermittelten den Eindruck, daß sie jetzt genug hatten und gern nach Hause gehen würden. Er konnte es ihnen nachfühlen.

Hinter den Männern gab es noch einen Bereich mit unebenem, rauhem Grund, der ihn interessierte.

»Da drüben, Phoebe... Ich denke, da müssen wir als nächstes graben. Vielleicht werden wir da nichts finden, aber mein Gefühl sagt mir, daß wir dort nachsehen sollten.«

»Heute nacht?«

»Ich denke ja, du nicht auch?«

Darauf gab es nur eine einzige Antwort, das wußte Phoebe, und die lautete: »Ja, Sir.« Sie ging auf die Arbeiter zu, wohl wissend, daß sie keineswegs erfreut sein würden.

»Willst du es ihnen sagen?« fragte sie über die Schulter hinweg.

»Nein, mach nur, Phoebe.«

»Oh, vielen Dank«, sagte sie leise, während sie durch den Schlamm trottete, »vielen Dank, ich bin Ihnen wirklich verbunden, Sir.«

Coffin ging zur Straße hinüber, wo die Streifenwagen in Reih und Glied am Bordstein standen. Die kleine Schar, die sie beobachtet hatte, hatte sich schon lange in ihre trockenen Betten verzogen, aber die Journalistin war geblieben. Sie saß unter dem Baum, hatte einen Regenmantel an und einen wasserdichten Hut auf dem Kopf. Ferner drückte sie sich schützend ein Telefon an die Brust, in das sie gelegentlich hineinsprach. Zu dieser Zeit nahm am anderen Ende wohl kaum jemand den Hörer ab, aber es wirkte einfach professioneller, wenn sie sprach. Als sie den Chief Commander sah, stand sie auf.

»Haben Sie etwas für mich, Sir?«

Er runzelte die Stirn. »Sie sind immer noch hier? Sie hätten schon lange gehen sollen.«

»Nicht, solange hier irgend etwas vorgeht, das meinen Chef interessieren könnte.« Sie blickte sich über die Schulter. »Und es geht etwas vor. Immer noch. Lichter, Geräusche, Leute, die kommen und gehen. Sie sind hier, und das ist eindeutig ein Zeichen, daß da was Großes im Gange ist... Ich weiß, wer Sie sind, Sir.«

»Aber ich weiß nicht, wer Sie sind.«

»Elaine Spring. *Spinnergate and East Hythe News.*« Sie war sehr jung, nicht älter als achtzehn oder neunzehn, mit langem, gelbblondem Haar und sanften braunen Augen. Wahrscheinlich ihr erster Job.

»Also, Elaine, im Augenblick gibt es da nichts zu sagen. Wenn wir hier irgend etwas finden, dann wird morgen eine offizielle Erklärung abgegeben.«

»Es ist bereits morgen«, wandte Elaine ein – kein Mädchen, das sich so leicht die Butter vom Brot nehmen ließ, »und Sie sind schon mittendrin.« Sie zeigte, aus welchem Holz sie geschnitzt war: »All diese Lichter, all diese Polizisten, all das Kommen und Gehen, da kann man doch nur den einen Schluß ziehen: Es geht um etwas Wichtiges… Da muß irgendwo eine Leiche sein.«

Coffin schwieg. Ein oder zwei Leichen, dachte er. »Bleiben Sie dran, und ich sorge dafür, daß, wenn etwas zu berichten ist, Sie davon erfahren werden.«

»Werde ich auch Fotos machen können?«

»Ich fürchte nein.«

Ein Licht blitzte in sein Gesicht. »Nun, jetzt hab ich aber schon mal eins von Ihnen, Sir«, sagte sie wohlgelaunt. »Und das wird meinem Redakteur gefallen. Vielleicht hole ich aus der Sache ja noch eine Verfasserzeile für mich raus, Chief Commander.«

Coffin lachte und ließ sie stehen. Hübsches Mädchen.

Elaine justierte ihre Kamera, bei der es sich nicht um das neueste, raffinierteste Modell handelte – das konnte sie sich nicht leisten –, sondern um etwas ein klein wenig Altmodischeres. Sie justierte auch ihre Gedanken: Ich mag ihn, und er mag mich, und ich habe festgestellt, daß er gerade eine Spur empfänglich ist. Gut.

Sie lief hinter ihm her. »Sir, können Sie mir irgend etwas über den Guy-Fawkes-Mord erzählen?«

Coffin schüttelte den Kopf und ging weiter. So nannten sie diesen Mord also? Arme Jaimie, so ein unwürdiger Abtritt.

Phoebe Astley erwartete den Chief Commander schon, als er durch den alten Friedhof wieder zurückkam. »Ich denke, wir haben da vielleicht etwas gefunden.«

»Jetzt schon?«

»Nicht allzu tief... Bisher ist noch nichts zu sehen, aber einer der Männer, der die Erde abträgt, sagt, er hätte darunter etwas fühlen können.«

Die ersten beiden Grabstellen waren bereits mit Leinwand abgedeckt worden; sie sollten am nächsten Tag gründlicher untersucht werden. Dr. Marriot sei inzwischen nach Hause gegangen, sagte Phoebe. »Er wollte los, bevor wir noch etwas anderes für ihn ausbuddeln konnten.«

Wir würden das gar nicht tun, überlegte Coffin, wenn nicht die Moral und die geistige Strahlungskraft eines sehr alten Mannes dahinterständen. War es das wert? Oder sollte der Tote in Frieden gelassen werden? Bisher hatte ihnen die heutige Nacht einen leeren Sarg beschert und die Knochen eines unbekannten Toten, der einem der großen Kriege zum Opfer gefallen sein konnte, in einer Zeit, da die Bomben auf London niedergingen, und jetzt... nun, was kam als nächstes?

»Da wären wir«, sagte Phoebe und zeigte geradeaus, dorthin, wo abermals die behutsame, stille Entfernung der obersten Erdkruste im Gange war. »Halten wir die Daumen.«

Wenn Phoebe solche Platitüden von sich gab, wußte Coffin, daß sie Resultate erwartete.

Er stand schweigend da und beobachtete.

Im letzten Stadium der Morgendämmerung, als es draußen immer noch regnete, kam Coffin nach Hause; er öffnete leise die Tür, stieg die Treppe zur Küche hinauf, wo er sich eine Kanne Kaffee kochte. Dann stellte er Toast und Honig auf ein Tablett, das er ins Schlafzimmer hinauftrug – und das alles immer noch möglichst geräuschlos.

Stella schlief, ihre Wange lag auf ihren gefalteten Händen – sie sah gelassen und glücklich aus. Der Kater lag auf ihren Füßen, auch er von friedlichem Schlaf umfangen; er wachte auf, betrachtete Coffin mit einem wachsamen Auge, dann schlief er wieder ein.

Coffin berührte seine Frau an der Schulter. »Wach auf, Stella, Liebling.«

Stella öffnete die Augen und gähnte. »Ich hab dich reinkommen hören.«

»Ach ja?« Er lächelte ungläubig.

»Aber es war so gemütlich ...«

Coffin schenkte den Kaffee ein und zog sich einen Stuhl heran. Stella richtete sich auf, streifte sich eine hellblaue, seidene Bettjacke über die Schultern und griff nach ihrer Tasse. »Es regnet immer noch, stimmt's?«

»Es regnet immer noch ... trink deinen Kaffee.«

Sie sah ihn über den Rand der Tasse hinweg an. »Also, was ist passiert? Erzähl mir.«

Coffin erzählte es ihr. Er erzählte ihr von den ersten beiden Entdeckungen: dem leeren Sarg und dem Skelett eines Mannes.

Dann erzählte er ihr, daß an einer anderen Stelle, nicht weit entfernt von den beiden vorherigen, ebenfalls Knochen gefunden wurden.

Die Knochen einer Frau, Fragmente von Kleidungsstücken, ein Halsband und eine Brosche. Nichts Wertvolles.

Und zwischen den Hüften die schemenhaften Überreste der Knochen eines Fötus. Sie war, als sie starb, schwanger gewesen. Für das Auge eines Laien nicht ohne weiteres zu erkennen, da ein Embryo nicht zuerst die Knochen von Kopf und Füßen ausbildet, aber der Polizeiarzt wußte, worum es sich handelte. Er hatte so etwas zweifellos schon früher gesehen.

»Wie grauenhaft«, sagte Stella, während sie ein Bild heraufbeschwor. »Wie traurig. Wie grauenvoll traurig.«

Das Telefon auf ihrem Nachttisch klingelte. Einen Augenblick lang ignorierten sie es beide, aber es klingelte und klingelte wieder.

9

Eine dunkle Gestalt war in jener Nacht durch die Straßen von Spinnergate gehuscht, während das Polizeiteam noch auf dem alten Friedhof beschäftigt war. Die reglose Gestalt sah zu, bis auf dem Friedhof zusammengepackt wurde. Die dort ihre Arbeit verrichtet hatten, waren jetzt fort, nach Hause gegangen, in ihre warmen Betten. Ein schwerer Novembernebel hing über dem Fluß, mit Fingern, die sich über die ganze Umgebung ausstreckten, es war wie ein Flickenwerk, ein paar Straßen unsichtbar, während andere beinahe frei waren vom Nebel. Um St. Luke herum war die Luft relativ klar.

Die Gestalt betrachtete die Lichter in dem Turm, wo Coffin und Stella lebten, sah, daß jemand daheim war, und wurde sogar selbst von der Familienkatze gesehen, aber nicht wiedererkannt. Die Gestalt ging weiter. Es war nicht leicht, in diesen Turm einzubrechen, selbst wenn man es gewollt hätte, und diese Gestalt wollte es nicht. Wollte nur mal nachsehen.

Ein kurzer Blick galt auch dem Friedhof, denn die Toten dort waren sehr lange tot gewesen. Es wäre jedoch unbedingt interessant und lohnend, herauszufinden, was die Polizei da trieb. Die Gestalt blieb unter einem Baum auf der anderen Straßenseite stehen, von wo aus sie das Geschehen eine Weile im Blick behielt und schließlich weiterzog.

Einer Person, die aus Liebe tötet, kann man nichts vorwerfen, sagte sich der dunkle Wanderer leise. Die Liebe gibt einem das Recht. Sie muß es tun. Man denke nur an Shakespeare, wie es da den Liebenden ergeht. Niemand verdammt Romeo oder Julia, und auch Kleopatra und Antonius müssen sich nicht allzuviel Kritik gefallen lassen.

Othello übergehen wir.

»Die Eifersucht trägt ein menschliches Gesicht.« So formulierte es William Blake, und auch er war ein großer Dichter.

Die dunkle Gestalt huschte weiter, eilte unbemerkt dem Parkplatz entgegen, der mittlerweile berühmt war. Oder berüchtigt.

Er war noch immer abgesperrt, sehr zur Verärgerung der Autofahrer, die ihn benutzten, wenn sie entweder zum Krankenhaus oder in das große Kaufhaus gehen wollten.

Die dunkle Gestalt schlüpfte unter dem Absperrband hindurch und registrierte voller Verachtung, daß nicht ein einziger Polizeibeamter zu sehen war. Was nutzte denn schon ein Stück Absperrband?

Dem Mörder hatte sein kleiner Ausflug gefallen.

10

Gut ist der Schlaf, der Tod ist besser.
Heinrich Heine

Coffin nahm den Telefonhörer ab. Er hielt seine Kaffeetasse noch in der Hand, die, wie er mit Stolz feststellte, auch nach seiner zweiten mehr oder weniger durchwachten Nacht nicht zitterte.

»Tut mir leid, daß ich so früh anrufe, Sir.«

»Darcy, haben Sie während der beiden letzten Nächte überhaupt irgendwann mal geschlafen?«

»Ein bißchen, Sir, aber Sie wissen ja, wie es so ist, wenn ein Fall noch am Anfang steht... alle machen, so schnell sie können. Und um genau zu sein, glaube ich, daß wir auf eine Phase zusteuern, in der niemand viel Schlaf bekommen wird.«

Coffin trank seinen Kaffee, während er gleichzeitig Stella im Auge behielt und darüber nachdachte, daß Darcy zuviel redete. Streß. Es gab jedoch Aufschluß darüber, wie professionell jemand seinen Job machte. Wie um ihn zu bestätigen, begann seine eigene linke Hand leicht zu zittern.

Verdammt – er zwang seine Muskeln zur Ruhe. »Darcy... das habe ich jetzt nicht richtig mitbekommen.«

»Ich habe gerade gesagt, daß ich ziemlich überrascht war, als die Gerichtsmedizin so schnell mit Ergebnissen aufwartete; für gewöhnlich lassen die da unten sich doch Zeit.«

Da oben, dachte Coffin, da die gerichtsmedizinische Abteilung des Kriminaltechnischen Dienstes von London II im obersten Stockwerk untergebracht war. Die Himmelsstürmer wurden sie genannt, wenn die mit einem Fall beschäftigten Polizisten wütend waren über Verzögerungen und Verschleppungen, wie es ihnen erschien – für die Wissenschaftler dagegen handelte es sich um die Überprüfung von Tatsachen.

»Aber was sie da über die Jacke rausgefunden haben, war so interessant, daß ich dachte, Sie würden sicher so bald wie möglich davon erfahren wollen. Unter den gegebenen Umständen… es ist doch merkwürdig, nicht wahr, Sir, wenn genau der Name auftaucht, den man nicht erwartet? Obwohl der Zusammenhang bekannt war, der Name im Raum stand…«

»Kommen Sie zur Sache, Mann«, sagte Coffin in seine Kaffeetasse. Stella ging jetzt im Zimmer umher; sie lauschte und versuchte herauszufinden, was los war. Genau das tue ich auch, dachte Coffin.

Er stellte die Kaffeetasse weg. »Ja?« fragte er hoffnungsvoll.

»Es ist eine sehr alte Jacke, alt, was den Stil betrifft, und alt an Jahren, viel getragen… wie Sie wissen. Bei der Beschäftigung mit den Flecken, bei denen es sich um Schimmel und Themseton zu handeln scheint, haben sie die schwachen Überreste eines Namens zutage gefördert, der auf der Innenseite geschrieben stand. Altmodische Wäschetinte: Der Name lautet Edward Lavender.«

Schweigen. Er gab Coffin Zeit, die Bedeutung dieses Namens zu erfassen.

»Edward Lavender war Richard Lavenders Vater«, sagte Coffin.

»Ich hab's überprüft.«

»Dachte ich mir.« Coffin überlegte. »Wir müssen den Großen Alten Mann selbst danach fragen... Es könnte eine gute Idee sein, die Jacke vom Museum für Mode in der Universität überprüfen zu lassen... Es könnte sich um eine moderne Jacke handeln, eine Fälschung also.«

»Möglich. Sieht aber nicht so aus, und der Fälscher müßte schon einen ziemlich merkwürdigen Sinn für Humor haben.«

»Es wäre kein Witz gewesen«, sagte Coffin. »Ich glaube nicht, daß wir es hier mit einem Witzbold zu tun haben.«

»Ich habe für meinen Teil auch keine Witze gemacht, Sir.«

»Das hätte ich Ihnen auch nie unterstellt.«

»Ich werde persönlich ins Museum gehen... sobald die Gerichtsmedizin die Jacke freigibt.« Darcy begann laut zu denken. »Lavenders Vater, wie? Nun, die Jacke muß es schon ziemlich lange geben... falls sie echt ist, das müssen wir immer im Hinterkopf behalten... es sei denn, der alte Mann wäre mit dieser Jacke bekleidet ins Leben zurückgekehrt; ich selbst glaube allerdings nicht an Geister, Sir.«

»Schnappen Sie sich die Jacke, sagen Sie der Gerichtsmedizin, daß Sie sie haben wollen. Ich will sie selbst ebenfalls sehen«, sagte Coffin. »Könnte wichtig sein... Ich werde den Besuch bei Richard Lavender selbst übernehmen.«

»Das bestärkt den Verdacht gegen Bradshaw.«

»Die Sache dürfte komplizierter sein, Darcy. Vergessen Sie nicht, daß der Name nicht zu sehen war; wir haben ihn auch nicht gesehen. Die Jahre haben ihn fast unsichtbar gemacht.«

»Er hätte sie nicht benutzt, wenn er gewußt hätte, daß der Name drinstand. Er hätte sie auch nicht benutzt, wenn er gewußt hätte, daß da ein Name war, den wir wieder leserlich machen konnten«, beharrte Darcy. »Aber Bradshaw geht in Lavenders Wohnung aus und ein – er hätte sie benutzen können, ohne zu wissen, daß sie uns zu ihm führen würde.«

»Ich kann mir nicht vorstellen, daß ein intelligenter Mann wie Dr. Jack Bradshaw auf die Idee käme, eine Jacke auf solche Weise zu benutzen.«

»Wir wissen nicht, welche Möglichkeiten ihm zur Verfügung standen, Sir. Wir kennen die Umstände nicht, unter denen der Mord geschah.«

»Die Verkleidung der Leiche ist an sich schon bizarr«, meinte Coffin.

»Vielleicht war es nur Tarnung, um die Leiche von da, wo die Frau getötet wurde, wegzuschaffen und auf die Straße zu bringen.«

Coffin war nach wie vor skeptisch: »Und was hat er selbst angehabt, während er sie durch die Gegend geschoben hat?«

»Er ist mit dem Wagen gefahren; er hat so einen altmodischen Transporter. Damit hat er den größten Teil des Weges bewältigt, und er hat es natürlich im Dunkeln getan.«

»Sie haben sich alles genau zurechtgelegt.«

»Ich denke schon, Sir.«

»Ich versuche mir Jack Bradshaw vorzustellen, wie er das alles tut; es scheint mir nicht zusammenzupassen.«

»Er ist verliebt, Sir, wahnsinnig, außer sich.«

»Denken Sie das wirklich?«

»Ich habe ihn befragt, Sir, und er gibt es zu. Sie wissen ja, wie das ist, wenn die Leidenschaft so spät in das Leben eines Mannes tritt, fällt es ihm möglicherweise schwer, damit umzugehen.« Darcy fügte schnell hinzu: »Ich mußte ihn bitten, seinen Wagen herzubringen, damit wir ihn uns gründlich ansehen können.«

»Ich kann mir nicht vorstellen, daß ihm das gefallen hat.«

»Nein, er sagte, er benötige ihn, um zu seinem eigenen Haus in der Nähe von Oxford zu fahren... Obwohl er oft bei Richard Lavender in Spinnergate bleibt, solange er an dem Buch arbeitet, hat er anscheinend sein eigenes Haus in Oxford und darüber hinaus eine kleine Wohnung in Greenwich.«

»Natürlich. Er ist eine ernstzunehmende Persönlichkeit, Darcy, ein wohlbekannter Mann in seinen eigenen Kreisen in der akademischen Welt.«

»Das ist mir bekannt, Sir, aber ich glaube nicht, daß dieser Umstand ein Verbrechen aus Leidenschaft ausschließt.« Darcy fügte hinzu: »Er war übrigens nicht der Vater des Kindes. Marlowe käme in Frage; man hat ihm noch nichts gesagt. Aber Bradshaw könnte es aus einer Art von Zorn heraus getan haben. So sehe ich es jedenfalls. Er hat um ein Gespräch mit Ihnen gebeten. Ich denke, er betrachtet Sie als seinen Beschützer, Sir.«

»Diese Rolle kann ich unmöglich übernehmen«, erklärte Coffin entschieden. »Ich bin neutral.«

»Sie kommen doch mit aufs Revier, Sir?«

»Ja, sofort. Ich möchte mir diese Jacke selbst noch einmal ansehen.«

Stella sagte: »Neutral, hm? Du warst noch nie in deinem Leben neutral, Gott sei Dank. Du ergreifst immer Partei. Das ist der Grund, warum ich dich liebe.«

»Schön zu wissen.«

Aber man muß für solches Wissen immer bezahlen, dachte er und fragte sich, welchen Preis Stella verlangen würde. Er sah sie an, zerzaust und noch leicht gerötet vom Schlaf, aber innerlich absolut gefaßt. Er konnte nicht so sein, dafür wollte er sie zu sehr, und das war nicht der Zeitpunkt, um eine Inbesitznahme zu versuchen. Es war immer nur ein ›Versuch‹, das wußte er, hatte es schon früh in ihrer Beziehung gelernt – Stella war frei, und er war der Gefangene.

Glücklicherweise gefiel es ihm so. Auch wenn es ein Gedanke war, dem man besser nicht allzu lange nachhing.

»Und wessen Partei ergreife ich in diesem Fall?«

Stella runzelte die Stirn. »Ich bin mir nicht sicher, aber nach dem letzten Gespräch zu urteilen, ist es Jack Bradshaw.«

Coffin sagte ernst: »Darcy ist ein guter Mann, ein kluger Polizist. Ich muß mir anhören, was er zu sagen hat.«

»Auch wenn du es nicht glaubst; das weiß er natürlich. Das könnte er wohl schwerlich übersehen, oder? Ich bewundere ihn dafür, daß er an der Idee festhält, Bradshaw sei der Schuldige, auch wenn du einen anderen Standpunkt vertrittst.« Sie bürstete sich das Haar. »Wobei ich übrigens hinzufügen möchte, daß du meiner Meinung nach im Irrtum bist.«

»Ach?« Er hatte einiges Zutrauen in Stellas Beobachtungsgabe und ihre Fähigkeit, Dinge zu durchschauen; sie sah oft mehr als er.

Sie drehte sich auf dem Stuhl vor dem Ankleidetisch zu ihm um. »Ja, ich halte Bradshaw eines Mordes für fähig.«

»Und ich denke, ich weiß, in wem du das unschuldige Opfer siehst«, sagte Coffin. »Martin.«

Stella sagte: »Nun, ich brauche ihn in meinem Ensemble, aber du kannst seine Schwester haben. Wenn du mich fragst, die könnte jeden töten.«

Und hat sie das nicht bereits getan? dachte Coffin, sprach diese Überlegung aber nicht laut aus. Er war jedoch da, dieser Gedanke, und das wußten sie beide.

Als er zu seinem Treffen mit George Darcy ging, war Coffin klar, daß seine Ermittlungen zusätzlich erschwert wurden durch die Verknüpfung der beiden Fälle miteinander. Eine Art Problemverdopplung.

Das Bindeglied war Jaimie Layard.

War sie ein unschuldiges Opfer, oder hatte sie sich ihren Tod selbst zuzuschreiben? Alles, was er über sie gehört hatte, legte die Vermutung nahe, daß sie selbst durchaus zu Gewalt neigte. Er war ihr nur einmal begegnet, aber sie hatte den Eindruck einer starken, ja sogar aggressiven Frau auf ihn gemacht. Vielleicht war das unfair, denn ihre Beziehung zu Martin stand zu jenem Zeitpunkt unter einem starken Druck.

War der Schlüssel zu ihrem Tod körperliche Leidenschaft? Sie war unbestreitbar die Art Frau, die in einem Mann einen wilden, mörderischen Zorn entfachen konnte.

Aber da war noch etwas anderes: Jetzt sah es so aus, als habe sie die Bekanntschaft zu Martin gesucht, um ein Buch über ihn zu schreiben. Außerdem hatte sie die trüben Untiefen von Dick Lavenders Jugend unter die Lupe genommen.

Dick Lavender hatte Coffin um Hilfe gebeten, weil er das letzte Opfer seines Vaters finden wollte. Dem alten Mann würde eine Publicity von der falschen Sorte vielleicht nicht willkommen sein, aber er brannte darauf, verspätete Wiedergutmachung zu leisten. Ein alter Mann mit einer ehrenvollen Vergangenheit, der nun mit reinem Gewissen sterben wollte. Unwahrscheinlich, daß er mordete.

Martin und seine Schwester dagegen hatten ein stärkeres Motiv; Clara Henley hatte ihre Strafe abgesessen und baute sich eine ansehnliche Karriere auf, aber sie hatte, was ihren jüngeren Bruder betraf, einen ausgeprägten Beschützerinstinkt. Martin hätte die Frau, die er liebte, ohne weiteres töten können. Darcy gefiel die Vorstellung eines Verbrechens aus Leidenschaft, und Darcy stand in dem Ruf, in Mordfällen häufig recht zu haben.

Wenn Martin den Mord begangen hatte, dann hätte Clara vielleicht die Scharade inszenieren können, an deren Ende Jaimie als Guy verkleidet auf dem Parkplatz abgesetzt worden war. Durchaus möglich, daß es ihr sogar Spaß gemacht hatte.

Martin war ein guter Schauspieler, seine Schwester mochte dieselbe Begabung haben.

Er konnte Clara vor sich sehen, vielleicht zurechtgemacht wie eine Heranwachsende in Jeans, wie sie den Kinderwagen durch die Straßen schob.

Es war ein nebliger, kalter Morgen; er hatte, als er vorbeifuhr, die Gelegenheit, zum alten Friedhof hinüberzusehen, der abgesperrt war und unter Bewachung stand. Niemand schien sich besonders dafür zu interessieren, selbst die junge Journalistin hatte wohl ihre Sachen gepackt und war nach Hause gegangen. Es sei denn, sie war die schlafende Gestalt in dem kleinen roten Auto. Wahrscheinlich war sie es tatsächlich; sie würde die ganze Geschichte über die Leichen auf dem Friedhof zusammenbekommen, sie war auf Draht. Wieder regte sich der Geist von Edgar Wallace. Die Rivalität zwischen der Polizei und dem ermittelnden Journalisten konnte sich hier auswirken; möglich, daß sie die Fakten erfuhr, bevor er, der Chief Commander, alles wußte, aber er verspürte keinen Stich der Eifersucht, wie er zu seiner Freude feststellte – er hatte schon immer einiges übrig gehabt für hübsche junge Frauen.

Ein leerer Sarg, die Knochen eines hastig begrabenen Mannes und das Skelett einer schwangeren Frau.

Sie würden vielleicht nie herausfinden, wer die beiden Toten waren. Aber wenn Dick Lavender die Wahrheit sagte, bestand eine Möglichkeit, daß es sich bei der toten Frau um Isobel Haved handelte, die 1913 vermißt gemeldet wurde und unter Umständen ein Opfer des Spinnergate Rippers war.

Oder aber Edward Lavender hatte sie getötet, wenn man seinem Sohn Glauben schenkte.

Derselbe Edward Lavender, dessen Jacke sich nun am Leichnam einer anderen ermordeten Frau wiedergefunden hatte.

Ihm gefiel der Gedanke an einen Geist, der zurückkam, um an einem Biographen Rache zu üben. Oder um sich möglicherweise einen letzten Mord zu gönnen.

Er lachte, als er auf dem Revier ankam; parkte seinen Wagen auf seinem reservierten Parkplatz (der, wie er wußte, regelmäßig überprüft wurde, um festzustellen, ob WALKER – sein Codename – schon da sei).

Chief Inspector George Darcy erwartete ihn: Er war ein pünktlicher und verläßlicher Mann, der immer dort war, wo zu sein er angekündigt hatte, und das immer zur verabredeten Zeit. »Ich habe sie vorgewarnt, daß wir kämen; bleibt einem nichts anderes übrig bei denen. Die machen ihre eigenen Gesetze.« Es herrschte ein ständiger Krieg zwischen der Kriminalpolizei und den Polizeiwissenschaftlern, der geprägt war von gegenseitigen Anschuldigungen wegen Verzögerungen, des Verschwindens wichtiger Unterlagen und sogar Verdunkelung. Darcy gehörte zu den eifrigsten Kämpfern in diesem Streit.

»Ich denke, das liegt in der Natur ihrer Arbeit.«

»Das behaupten sie jedenfalls.«

Darcy trat als erster durch die Schwingtür und meldete ihre Ankunft ebenso, wie er später das Verlassen der Abteilung melden würde (Darcy kannte die Regeln), da niemand, nicht einmal der Chief Commander, dort eintreten durfte, ohne sich auszuweisen. Zu viele vertraulich zu behandelnde und bisweilen gefährliche oder sogar höchst ansteckende Substanzen kamen in dieses Gebäude.

Coffin folgte ihm höflich (auch er kannte die Regeln und war seit langem dafür bekannt, daß er sie gern umging, was einer der Gründe für seinen Aufstieg und den einen oder anderen Sturz war); er wußte, daß es eine Hintertür gab, die regelmäßig offengelassen wurde.

»Hallo, Dr. Miller.« Er kannte Daisy Miller von einem früheren Besuch; sie hatte ihm geholfen, einen Mann zu überführen, der Stella bedrohte und obszöne Briefe schrieb. Daisy war auf Handschriften spezialisiert, wenn auch wahrscheinlich nicht auf solche, die sich auf uralten Jacken befanden.

Sie pflegte charmant zu lächeln und höflich aufzutreten, obwohl das, was sie sagte, häufig von beträchtlichem Gewicht war. Coffin nahm an, daß ihre Eltern Henry James gelesen hatten, als sie getauft wurde.

»Sie sind wegen dieser beschissenen Jacke hier«, sagte sie mit ihrer damenhaften Stimme.

»Mögen Sie die Jacke nicht?«

»Ich entwickle für gewöhnlich gar keine Gefühle für die Kunstwerke, an denen ich arbeite, aber dieses Ding macht mir eine Gänsehaut.« Sie blickte darauf hinab. »Wo kommt es her? Aus wessen Grab?«

Sie sah, daß Darcy ihre in Gummihandschuhen steckenden Hände anstarrte. »Ich trage immer Handschuhe, wenn ich arbeite, und Sie sollten dasselbe tun. Sie könnten sich hier alles mögliche einfangen... Diese Jacke, sie kommt wohl direkt aus dem Pestjahr?«

»Ganz so alt ist sie nun auch wieder nicht«, meinte Coffin. »Sagen wir, achtzig Jahre.«

Dr. Miller musterte die Jacke mit einem taxierenden Blick. »Ich bin kein Modeexperte, aber der Stoff und das Baumwollfutter könnten eine Analyse vertragen. Ich wette, sie weisen Färbe- und Stärkemittel auf, die heute nicht mehr benutzt werden. Auf diesem Wege könnte man das Ding datieren… falls das wichtig ist.«

»Es könnte wichtig sein. Der Name ist wichtig.«

Er blickte auf die Jacke hinab, die geöffnet dalag, so daß man das Futter sehen konnte. Direkt unterhalb des Kragens befand sich eine Zeichnung.

Es war nicht viel zu sehen, nur ein Schimmer, ein Schatten.

»Es kommt auf dem Foto besser raus.« Dr. Miller reichte ihm einen vergrößerten Abzug.

Es war eine Schreibschrift mit fließenden Schwüngen, gleichzeitig kunstvoll und doch ungebildet, die gestochene Handschrift einer Londoner Volksschule des spätviktorianischen England. Es war die Handschrift eines Menschen, der die Regeln beherrschte, aber nicht oft schrieb.

Edward Lavender.

Das war alles, was sich leicht entziffern ließ. Darunter waren noch andere Schriftzüge zu erkennen, aber nur sehr verschwommen.

Daisy Miller betrachtete die Schrift. »Vielleicht kann ich das ebenfalls leserlich machen.«

»Das wäre sehr hilfreich.«

Sie sah Coffin an. »Ja«, sagte er. »Es ist wahrscheinlich die Adresse. Und Adressen sind immer hilfreich.«

»Wenn Sie Glück haben, kriegen Sie vielleicht obendrein ein Datum und ein Geständnis.«

»Das wäre mehr als hilfreich.« Hatte sie von der Jagd nach einem Serienmörder aus der Vergangenheit gehört?

»Er wäre natürlich schon lange tot.« Sie hatte es gehört. Die ganze Polizeitruppe von London II wußte und diskutierte es, wobei die Leute ihren Chief Commander wahrscheinlich als Spinner betrachteten, der dem Unauffindbaren nachjagte.

Coffin entdeckte einige schwache Schatten auf der Fotografie; er wandte sich wieder der Jacke zu, um dort nach den gleichen Spuren zu suchen. Ja, da war eine Verfärbung. »Flecken? Ist das Blut?«

»Ich weiß nicht, warum ihr immer so versessen auf Blut seid… Flecken sind nicht mein Spezialgebiet, aber Blut ist es nicht, sondern Erde… Ton wahrscheinlich, guter, alter Londoner Ton, wie er sich in der Eiszeit oder noch davor abgelagert hat.«

Coffin beugte sich über die Jacke. »Wollen Sie damit sagen, daß die Jacke vergraben gewesen ist?«

Dr. Miller zuckte die Achseln. »Das weiß ich nicht. Das fällt wohl eher in Ihr Ressort als in meines… Vielleicht war der Bursche ja Gärtner.«

Coffin fuhr mit dem Finger über eine Linie auf der Vorderseite der Jacke.

»Ist das vielleicht ein Knick hier… wo die Jacke zusammengefaltet war?«

»Passen Sie auf, was Sie anfassen«, warnte Daisy Miller ihn. »Sie dürfen das Beweisstück nicht verschmutzen oder verunreinigen. Ja, es könnte ein Knick sein, wo sie zusammengefaltet war.« Sie zeigte auf das Foto. »Da sieht man es noch besser. Eine Reihe von Linien, wo die Jacke gefaltet war. Und sie war sehr lange gefaltet.«

Als der Chief Commander und Chief Inspector Darcy zusammen weggingen, hielt sie ihnen die Tür auf und rief ihnen nach: »Viel Glück!« Ihr Tonfall und ihr Benehmen legten die Vermutung nahe, daß sie ganz das Gegenteil hoffte. »Ich glaube, wir sind bei der Dame in ein Minenfeld getreten«, meinte Darcy im Weitergehen.

»Bei Daisy tritt man immer in ein Minenfeld.« Coffin akzeptierte dies als eine der Tatsachen des Lebens. »Mir geht es jedenfalls immer so.«

»Sie hat was gegen Männer.«

»Ist mir auch schon zu Ohren gekommen.«

Mehr wurde nicht gesagt, aber das Erlebnis hatte eine Brücke zwischen ihnen geschlagen, sehr erfreulich für Darcy, der ein Karrieremensch war, und nicht minder erfreulich für Coffin, der auf diese Weise wieder seinen eigenen Gedanken nachhängen konnte.

Eine Jacke, die vielleicht von einem Mörder getragen wurde, als dieser sein Opfer tötete, eine Jacke, die etwa achtzig Jahre später an einer anderen ermordeten Frau aufgefunden wurde.

Wie alt wird ein Mensch? Er konnte wohl unmöglich in einem Alter von hundertzwanzig Jahren morden?

Oder war er aus der Vergangenheit gekommen, aus der vierten Dimension ... nein, solche Reden führten die Menschen heute nicht mehr. Die Zeit war unteilbar, aber wir konnten nicht einfach durch die Zeit spazieren, wo und wie es uns gefiel.

Zumindest hatte Coffin stets diese fromme Auffassung vertreten. Er sah George Darcy an und erkannte, daß der keine solchen Zweifel hegte, mochten sie nun weltlicher oder religiöser Natur, vernünftig oder unvernünftig sein.

»Ich werde Bradshaw noch mal verhören müssen, und ich werde mir seine Wohnung ansehen und seinen Wagen überprüfen lassen.« Seine Stimme klang nüchtern. »In ihrer Wohnung gab es keine Spuren von ihm, aber wir werden sehen. Dann wäre da noch ihr Büro – dort haben sich unsere Leute natürlich bereits umgesehen, aber wir werden es uns vielleicht noch mal vornehmen.«

»Ich bezweifle, daß sie in einer dieser Wohnungen getötet wurde. Trotzdem würde ich sie mir ebenfalls gern ansehen. Ich begleite Sie.« Er warf einen Blick auf seine Armbanduhr. »Ich muß in meinem Terminkalender nachsehen und einen günstigen Zeitpunkt festlegen.« Darcy nickte; diese Entwicklung behagte ihm nicht, denn er wäre lieber allein gegangen. »Und das Gespräch mit Dick Lavender übernehme ich persönlich.«

Plötzlich wurde ihm klar, daß er sowohl furchtbar müde als auch ausgehungert war. Darcy schien es ihm vom Gesicht ablesen zu können.

»Wie sieht es mit einem Frühstück aus, Sir? Ich bin die ganze Nacht auf den Beinen gewesen.« Und nach allem, was ich gehört habe, gilt das gleiche für Sie, aber diese Überlegung sprach er nicht laut aus. »In der Kantine gibt es ein gutes Frühstück, und wir haben unseren eigenen Raum dort.«

»So wie ich mich fühle, werde ich Ihnen wahrscheinlich alles wegessen.«

»Das glaube ich nicht, Sir«, sagte Darcy, der seine Kollegen hatte essen sehen.

»In Ordnung. Führen Sie mich hin.«

In dem Speiseraum der dienstälteren Beamten herrschte kein allzu großer Betrieb, und Coffin vermutete, daß Darcy das vorhergesehen hatte. Die meisten Beamten frühstückten zu Hause oder gar nicht. Es war ein ansprechender Raum selbst an einem nebligen Novembermorgen, warm und fröhlich, mit hellen, eichenvertäfelten Wänden und einem nußbraunen Teppich. Am Anfang hatte der Chief Commander unter dem Einfluß der *political correctness* mit einem einzigen großen Speisesaal für alle Dienstränge experimentiert, aber es stellte sich schon bald heraus, daß die Leute gern in kleinen Gruppen zusammensaßen, mit Leuten, in deren Gegenwart sie sich unbefangen fühlten. Eine Trennung schien natürlich, so daß der Chief Commander sich den Wünschen gefügt hatte, die offenkundig waren, auch wenn sie nicht ausgesprochen wurden, und so hatten sie nun einen eigenen Raum für die dienstältesten Beamten.

Die beiden Männer setzten sich an einen Tisch am Fenster. Darcy ging auf die andere Seite des Raums, um ihnen Orangensaft einzuschenken und Kaffeetassen zu holen. Gleichzeitig brachte er die Lokalzeitung und die *Times* mit. »Schinken und Eier sind unterwegs. Toastbrot gleichfalls, Sir.« Er reichte dem Chief Commander zum Zeichen seines höheren Rangs die *Times* und nahm sich selbst die Lokalzeitung vor.

Coffin bemerkte, daß soeben sein alter Freund, Chief Superintendent Archie Young, angekommen war. Archie gehörte zu denen, die häufig auf dem Revier frühstückten, weil er mit einer Karrierefrau verheiratet war, für die ein Frühstück nicht in Frage kam.

An der Tür und am Fenster standen mehrere kleine und in der Mitte des Raums ein langer Tisch. Coffin war aufgefallen, daß die meisten Leute den Tisch in der Mitte mieden, um an den kleineren Platz zu nehmen. Was auch immer bei den niedereren Rängen üblich war, die Chefetage speiste gern für sich allein. Man brauchte kein Einzelgänger zu sein, um Erfolg zu haben, aber es schadete auch nichts.

Archie Young gehörte von Natur aus nicht zu den Menschen, die gern allein waren, doch das Leben hatte ihn dazu gezwungen: Seine so erfolgreiche Frau und seine eigene Beförderung hatten ihn von seinesgleichen isoliert. Aber er hielt nach wie vor eine freundschaftliche Beziehung zu John Coffin aufrecht, dessen Vergangenheit ein Stück weit parallel zu seiner eigenen verlaufen war.

Alle drei Männer lasen die Zeitung und aßen, ohne sich zu unterhalten. Coffin fiel auf, daß Darcy seine Lokalzeitung mit weitaus größerem Interesse verfolgte, als er selbst der *Times* entgegenbrachte; einmal gab er sogar einen leisen Aufschrei von sich, der wie ein Schmerzenslaut klang. Dann faltete er den *Sentinel* zusammen, um sich weiter seinem Frühstück zu widmen.

Als er mit dem Essen fertig war und einen Artikel über den jüngsten Skandal um ein Mitglied des Unterhauses gelesen hatte – es schien da ständig irgendwelche Skandale zu geben –, sah Coffin auf, begegnete Archie Youngs Blick und lächelte. »Kommen Sie doch rüber, Archie.«

Der Chief Superintendent raffte die verstreuten Seiten seiner Zeitung zusammen und kam an Coffins Tisch.

»Ich sehe, Sie haben auch den Sentinel gelesen.«

»Nicht ich. Das hat Darcy besorgt.« Als Darcy seinen Namen hörte, nickte er langsam und widerstrebend und ohne seinem Vorgesetzten die Zeitung anzubieten.

»Sie sollten ihn lesen.«

Coffin zog die Zeitung zu sich heran. »Ach ja? Irgendein besonderer Grund?«

»Sie werden schon sehen.«

George Darcy meldete sich zu Wort, aber seine Stimme klang traurig, ganz so, als hätte er lieber geschwiegen: »Seite zwei, Sir, und dann noch mal auf der Kommentarseite, das ist Seite sechs.«

Coffin blätterte um. Die Schlagzeile sprang ihm förmlich ins Gesicht. Daneben war eine Fotografie abgebildet: Die hübsche, ja sogar liebreizende Frau darauf war Jaimie Layard.

Oder, wie der *Sentinel* es wollte: Marjorie Wardy.

Die letzte Story der ermordeten Journalistin

Sie erzählte unserem Reporter von der Story eines Killers in Spinnergate, dem sie auf der Spur sei.

Sie nennt keine Namen, sagt aber, es werde eine Sensation geben, wenn ihre Arbeit fertig sei. Ihr Buch werde die Vergangenheit mit der Gegenwart verknüpfen.

Dieser Studie wolle sie die Geschichte eines zeitgenössischen Mörders folgen lassen, die jeden Leser erschüttern werde.

Und Marjorie sagt, daß in ihre Wohnung eingebrochen worden sei und jemand versucht habe, ihre Arbeit zu sabotieren: Ihr Computer sei zerstört worden, und einige ihrer Forschungsergebnisse seien dadurch verlorengegangen.

Sie selbst sei verfolgt und überfallen worden, habe es aber geschafft zu entkommen. Sie fühle sich bedroht.

Das alles meldete sie an einem Abend Ende Oktober, etwa eine Woche vor ihrem Tod, der Polizei in Spinnergate.

DA DRAUSSEN IST JEMAND, DER ES AUF MICH ABGESEHEN HAT, sagte sie.

UND ICH GLAUBE, ICH WEISS, WER DAS IST.

IST DAS DER GRUND, WARUM SIE GETÖTET WURDE?

Der Rest des Artikels war reines Füllwerk und bestand aus Andeutungen, ohne jedoch Einzelheiten zu nennen, die irgendwie von Belang gewesen wären.

Coffin blätterte zur Kommentarseite weiter.

WAS HAT DIE POLIZEI UNTERNOMMEN?

Er wußte, was nach dieser Überschrift zu erwarten war.

»Entzückend«, sagte er zu Darcy und Young und blickte von einem zum anderen. »Ist das wahr?«

George Darcy sagte: »Das ist einer dieser Artikel Marke ›Wie unser Reporter erfuhr‹. Man kann unmöglich sagen, wieviel davon wahr ist und was die junge Dame wirklich gesagt hat, aber ich gehe der Sache nach, Sir.«

»Will heißen, Sie wissen es nicht?«

Archie Young sagte: »Ich nehme an, es ist die Wahrheit, Sir. Ich kenne den Herausgeber des *Sentinel,* und wenn er die Polizei auch nicht besonders mag, arbeitet er doch sehr professionell, und ich glaube nicht, daß er diese Story bringen würde, ohne etwas Fundiertes in der Hand zu haben.«

Darcy stand auf. »Ich werde mich sofort um diese Angelegenheit kümmern, Sir. Ich weiß nicht, was die Wahrheit ist und was nicht, aber ich werde es herausfinden. Davon dürfen Sie überzeugt sein.«

Er wandte sich um und stapfte davon. Sein Rücken sagte alles.

Er war auf dem Weg, die Last des Zorns, die auf seinen Schultern ruhte, an andere weiterzugeben.

Die beiden Männer sahen ihm nach. Coffin war immer noch wütend. »Es ist sein Job, zu wissen, was vorgeht, und dafür zu sorgen, daß sich solche Geschichten nicht herumsprechen.« Er sah Archie Young an. »Sie wußten es.«

»Mir ist zufällig etwas zu Ohren gekommen.« Er konnte sehen, wie verärgert der Chief Commander war. »Informationslücken können immer mal auftreten; ist mir selber auch schon passiert.« Er fügte nicht hinzu: Und Ihnen auch, in der Vergangenheit. »Wenn ich richtig verstanden habe, war ein Beamter krank und ist nicht zum Dienst erschienen.«

Coffin hatte kapiert. »Hm, na ja, ich habe mir in der Vergangenheit selbst ein paar Gruben gegraben und bin prompt hineingefallen.«

Er rang seinen Ärger nieder und trank seinen Kaffee aus. »Tatsache ist, Archie, wie Sie wahrscheinlich wissen, daß ich zwei Fällen gleichzeitig auf der Spur bin... was in meiner Position nicht gerade ein Glücksgriff ist.« Erst recht nicht, wenn es sich bei einem der Fälle um eine Ermittlung handelte, die achtzig Jahre zu spät kam.

Der Zorn, den der Chief Commander empfand, wurde von George Darcy an den ihm unterstellten Inspektor und an die Einheit der Kriminalpolizei weitergegeben, die mit dem Tod von Jaimie Layard befaßt war. Als er fertig war, hatten ein Dutzend Männer und Frauen seine scharfe Zunge zu spüren bekommen.

George Darcy machte ihnen allen klar, daß ein Dummkopf keine Freunde hatte.

Schließlich sprach er in Gegenwart von Detective Inspector Upton und Sergeant Foster mit einem uniformierten Wachtmeister, der auf dem Polizeirevier Blake Street Dienst tat, als Jaimie Layard den Einbruch und den Überfall auf sie gemeldet hatte. Es war Constable Eric Casey. Sie gingen nicht allzu grob mit ihm um.

Es hatte seinen guten Grund, daß sie Casey gegenüber Gnade vor Recht walten ließen: In der Nacht, in der Jaimie auf dem Revier vorgesprochen hatte, war seine Frau von einem gestohlenen Auto überfahren worden und ins Koma gefallen. Nachdem sie zehn Stunden lang an einem Sauerstoffgerät gelegen hatte, war sie gestorben.

An diesem Tag und noch einige Tage danach war Eric Casey nicht mehr in der Blake Street aufgetaucht. Als er die Arbeit dann wiederaufnahm, erinnerte er sich an nichts mehr, obwohl er in der betreffenden Nacht alle notwendigen Papiere ausgestellt hatte, um Jaimies Anzeige aufzunehmen. Er erinnerte sich auch weiterhin an nichts, und nachdem man ihm einen ruhigeren Posten im Archiv der Zentrale zugewiesen hatte, war er möglicherweise der einzige Mensch in Spinnergate, der von dem Mord an Jaimie nicht viel Notiz nahm.

Nach der fachlichen Meinung des behandelnden Polizeipsychologen hatte Casey die Erinnerung an den betreffenden Abend keineswegs endgültig verloren, und sie würden wohl alle notwendigen Tatsachen aus ihm herausbekommen, wenn sie ihn nur richtig anfaßten.

Richtig anfaßten?

Mit ruhigen Gesprächen.

George Darcy rief den Chief Commander an und setzte ihn ins Bild. Er berichtete, wie die Geschichte herausgekommen war und daß sie einen sehr kurzen schriftlichen Bericht über Jaimies Besuch auf dem Revier besäßen, aber sonst nichts. Bisher jedenfalls.

Coffin sagte: »Finden Sie raus, was Sie können. Ich möchte wissen, wie es kommt, daß wir in der Blake Street ein gewaltiges schwarzes Loch hatten, während der *Sentinel* über die Fakten Bescheid wußte.«

»Sie selbst hat es den Zeitungsleuten erzählt, Sir.«

»Aber die wußten, wonach sie fragen mußten.«

Es war seltsam und unbehaglich zu sehen, dachte Coffin, wie die Tragödie eines einzelnen Menschen – in diesem Falle Eric Caseys Tragödie – in eine Morduntersuchung hineinspielte.

Eric Casey selbst zeigte sich, als er in George Darcys Büro befragt wurde, gelassen und hilfsbereit. Das heißt, er wollte helfen, sofern er es konnte. »Der Doktor sagt, ich hätte einen vorübergehenden ischämischen Schock… das Gehirn… es ist für eine Weile ausgeschaltet. Als sei ein Bereich des Denkens ausgelöscht… ich wußte, wer ich war, und ich wußte auch das mit Margret, aber davor… alles weg.«

»Könnten Sie versuchen, sich daran zu erinnern?«

»Ich nehme an, es ist alles da drin.« Er klang würdevoll, aber traurig. »Wahrscheinlich will ich mich nicht erinnern, Sir.«

»Es könnte wichtig sein.«

»Ja.« Das alles war ihm durchaus klar. »Ich bin bereit, es zu versuchen.«

»Versetzen Sie ihm nur ja keinen neuen Schock«, hatte der Arzt gesagt, »in Streßsituationen kann alles mögliche passieren.«

Darcy fragte sich, ob er den Chief Commander noch einmal anrufen sollte, um auf diese Weise die letzte Verantwortung auf jemanden an der Spitze abzuwälzen. Aber er sah in Caseys Augen und überlegte, ob es nicht vielleicht doch besser sei, die Sache ans Licht zu bringen, ob nicht Erinnerungen, die im Innern eingeschlossen blieben, gärten und ein Leben vergiften konnten.

Außerdem hatte er selbst Interesse an diesen Erinnerungen, großes Interesse. Er machte sich da nichts vor.

Er sah Eric Casey an, und er beobachtete die Mienen seiner beiden Untergebenen, und weil er Engländer war, wußte er, was als nächstes geschehen mußte.

»Jim«, sagte er zu Sergeant Foster, »springen Sie doch mal kurz in die Kantine runter, und bitten Sie darum, uns eine Kanne Tee zu bringen.«

Sehr ruhig begann er dann bei der ersten Tasse Tee, die heiß und stark, aber ungesüßt war, mit seinen Fragen. Das Wetter an dem Abend, an dem Jaimie aufs Revier gekommen war, war ziemlich schlecht gewesen, nicht wahr? Er wußte das aus seinen eigenen Nachforschungen... feucht und windig. Konnte Eric sich daran erinnern?

Er sah ein Flackern in Erics Augen: Die nasse Straße war zum Teil die Ursache für das unkontrollierte Schlingern des Wagens gewesen, der Margret überfahren hatte. Das und die schlechten Bremsen und der betrunkene Fahrer.

»Ja, ich erinnere mich an den Regen.«

Darcy legte das Wetter zu den Akten. »Sie hatten an dem Abend Dienst?«

Auch das ein heikles Thema, denn es war bereits ziemlich spät am Abend gewesen, als der Autounfall sich ereignete. Eric schwieg eine Weile. Dann sagte er sehr langsam: »Ich glaube ja.«

»Es war ein ruhiger Abend.« George Darcy ließ seine Worte wie eine Feststellung klingen.

»Ich glaube ja... das ist ein bißchen verschwommen bei mir.« Dann fügte er hinzu: »Ja, es war ruhig, und ich war froh darüber.« Er runzelte die Stirn, und Darcy gab ihm Zeit. »Aber warum war ich froh darüber? Ich arbeite gern... ich hab's gern, wenn was los ist, immer noch.«

George Darcy sagte nichts.

»Ich glaube, ich hatte Kopfschmerzen... nein, nein, ich habe nie Kopfschmerzen, nicht einmal jetzt. Nein, ich habe mir Sorgen gemacht wegen meiner Augen...« Er sah erst Darcy, dann Sergeant Foster direkt an. »Ich hatte Angst, daß ich vielleicht nicht so gut sah, wie ich sollte.«

Das erklärt, warum deine Notizen über das Erscheinen Jaimie Layards und ihre Anzeige ein einziges Gekritzel sind und uns überhaupt nicht weiterhelfen.

»Wissen Sie, jetzt habe ich keine Probleme mehr damit, es ist schon merkwürdig, was Streß für Folgen haben kann... Ich war nervös, weil es meiner Frau den ganzen Tag nicht gutging; sie ist dann später gestorben.« Er lächelte Darcy zu. »Keine Sorge, ich kann über sie reden, das habe ich schriftlich, aber sie mußten es mir sozusagen erst beibringen... Ich soll alles rauslassen, aber das ist leichter gesagt als getan... Die Leute, die einem solche Ratschläge geben, wissen ja nicht, wie das ist.«

»Aber die Probleme mit Ihren Augen können nicht nur auf Streß zurückzuführen sein«, sagte Darcy vorsichtig, mehr um die Dinge voranzutreiben, als weil er es wirklich gewußt hätte.

»Nein, ich nehme an, ich bin ein bißchen kurzsichtig. Ich hab's geschafft, das zu vertuschen.«

Da hätten wir ja schon die erste Schicht durchstoßen, dachte Darcy. »Eine ruhige Nacht, in der Sie nicht gut sehen konnten, oder glaubten, nicht gut zu sehen, aber ein paar Dinge waren dann doch zu erledigen, nicht wahr, Eric?«

»Ich glaube, eine Frau ist mit ihrem Hund reingekommen...«

Darcy schüttelte den Kopf.

»Nein? Dann habe ich da wohl den Blackout gehabt, das hab ich Ihnen ja gesagt.«

»Aber es ist alles noch da. Bleiben Sie bei der Frau, und vergessen Sie den Hund.«

Eric wirkte sehr ernst. Er öffnete den Mund, um zu sprechen, während Darcy abwartend dasaß. Dann machte Eric den Mund wieder zu und sagte: »Ich glaube, ich hätte gern noch eine Tasse Tee.«

»Er gibt sich alle Mühe, Sir«, sagte Sergeant Foster mit leiser Stimme, während er den Tee einschenkte.

»Wenn ich das nicht glaubte, würde ich ihm eine Kugel verpassen«, erwiderte Darcy mit scharfem Flüsterton.

»Für Sie auch eine Tasse, Sir? Er hat das übrigens gehört.«

Aber Eric saß mit gesenktem Kopf da und starrte in die Teetasse. »Peter Pennyman ist für mich eingesprungen; ich bin nur schnell auf eine Tasse Tee in die Kantine runter... Dann bin ich wieder auf meinen Posten gegangen, und Peter ging weg. Ein Mädchen ist reingekommen, kein Hund, sie sagte, sie sei angegriffen worden... jemand habe sie verfolgt, sie gepackt und geschlagen. Ich konnte die Schwellung an ihrem Hals sehen... er hatte es versucht... ich glaube, ich habe ihre Angaben aufgenommen, Sir.«

Das hast du in der Tat: In gewisser Weise. Darcy nickte: »Sprechen Sie weiter.«

Eric griff nach seiner Tasse und trank sie aus. »Ich hoffe, ich habe Ihnen alles erzählt, was Sie wissen wollen, Sir. Es überrascht mich selbst, daß das alles rausgekommen ist. Aber es ist wahr; sie war eine hübsche junge Frau. Hatte Klasse.«

»Aber sie ist nicht geblieben, um mit einem Kriminalbeamten zu sprechen?« fragte Darcy vorsichtig.

Eric holte tief Atem. »Nein, ich habe es nicht ernst genommen, daran erinnere ich mich jetzt... Natürlich habe ich es ihr vorgeschlagen, aber sie sagte: ›Nein, belassen wir es dabei, keine Anzeige.‹ Ich dachte bei mir: Ihr Freund hat ihr das angetan. Und sie dachte das gleiche.«

»Ja.« Er blickte in seine leere Tasse. »Eigenartig, daß ich das alles vergessen hatte.« Er runzelte die Stirn, als wisse er, daß sich jetzt die beiden Hälften seiner Erinnerung zusammengefügt hatten, daß es kein schwarzes Loch mehr gebe, nichts mehr, wo er sich verstecken konnte.

Darcy hatte noch eine weitere Frage: »Ist noch jemand reingekommen, während sie Ihnen von dem Angriff auf sie erzählte?«

Eric blickt ins Leere, als könne er winzige Gestalten vor sich sehen, die die Szene jener schrecklichen Nacht noch einmal nachspielten. »Das ist möglich... ich glaube... ein jüngerer Bursche.« Er stellte sich selbst eine Frage. »Könnte es ein Schreiber von der Lokalzeitung gewesen sein?«

»Das könnte er tatsächlich«, sagte Darcy.

Coffin, der geduldig in seinem Büro gewartet hatte, erfuhr die Neuigkeit per Telefon.

»Es war ihr Freund«, sagte George Darcy. »Oder jedenfalls dachte sie es, und sie wollte keine Anzeige gegen ihn erstatten. Ich nehme an, sie hatten sich gestritten, und er hat sie verprügelt. So war es damals, und beim nächsten Mal, denn es gibt immer ein nächstes Mal, ist er zu weit gegangen und hat sie umgebracht.«

Coffin überlegte. »Sie neigte ebenfalls zu Gewalttätigkeit.« Er erinnerte sich an die tiefen Kratzer, die er auf Martins Armen gesehen hatte.

»Das bestärkt meine Theorie, Sir.«

Coffin mußte zugeben, daß er recht hatte.

»Was ist mit der Idee, sie als Guy zu verkleiden und den Leichnam durch die Straßen zu fahren?«

»Er ist Schauspieler und daran gewöhnt, Dinge zu inszenieren. Gut möglich, daß ihm so eine Idee gekommen ist.«

»Und der Name auf der Jacke?«

»Vielleicht ist es ein Requisit, und er hat den Namen selbst reingeschrieben. Ihn gefälscht.«

Coffin zuckte die Achseln. »Möglich. Ich werde meine Frau fragen, ob die Jacke aus dem Theater stammen könnte.« Er schüttelte den Kopf. »Er müßte schon sehr geschickt sein, um den Namen richtig anzubringen. Vergessen Sie nicht, er war mehr oder weniger versteckt und ist erst durch eine Fotografie sichtbar geworden.«

»Er ist clever, sehr clever, würde ich sagen. Und dann wäre da noch die Schwester; sie ist Wissenschaftlerin. Sie würde nicht wollen, daß er wegen Mordes vor Gericht gestellt wird. Sie weiß, was das bedeutet.«

»Die Sache ist dürftig, sehr dürftig.« Es war ihm klar, daß Darcy nach einer Lösung suchte. »Sehen Sie, ob Sie irgendwas Konkretes bekommen können.«

Als George Darcy auflegte, blickte Coffin auf die Papiere auf seinem Schreibtisch: Er hinkte mit der Arbeit hinterher, das war das eine. Er war müde nach seiner unruhigen Nacht, das war das andere. Unten an den Nelson Docks hatte es eine Explosion gegeben, deren genaue Ursache noch nicht klar war, und in einem Wohnblock in East Hythe hatte jemand eine Frau als Geisel genommen.

Hinzu kam, daß er noch die Berichte mehrerer Komitees lesen und bei einem Ausschuß für Personalprobleme den Vorsitz führen mußte.

Ursprünglich hatte er vorgehabt, an diesem Tag bei Dick Lavender vorbeizuschauen, um festzustellen, ob er sich einen Reim auf den Namen in der Jacke machen konnte, die bei der Ermordung Jaimie Layards benutzt worden war.

Jetzt hatte sich eine weitere Frage ergeben.

Geistesabwesend skizzierte er etwas auf dem Löschblatt vor sich: zwei Pfeile, die in entgegengesetzte Richtungen zeigten.

11

Coffin machte sich auf die Suche nach seiner Frau. Er fand Stella in ihrem Büro im Theater. Sie sah sehr gepflegt aus, abgesehen von ihrem modisch zerzausten, wilden Haar. Es war eine neue Frisur, die sie sich erst an diesem Tag hatte machen lassen.

»Das steht dir nicht«, sagte er unverblümt.

»Vielen Dank.«

»Du siehst natürlich immer hinreißend aus«, fügte er eilig hinzu. »Daran kann nichts etwas ändern.« Das war die Wahrheit, und mit Verspätung wurde ihm auch klar, daß er sich wie der Durchschnittsmann aufführte und an seiner Frau nur das bewunderte, was er schon kannte. Er wollte ihr nicht sagen, daß die gleiche Frisur bei den Damen auf der Straße Furore machte, die ihrem Gewerbe auf dem Beswick Square und Umgebung nachgingen.

»Was willst du eigentlich? Der Tag ist nicht besonders gut gelaufen.« Sie drehte sich zu Eden um, die gerade mit einem Stapel Manuskripte hereingekommen war. »Oh, Apollo!« Stella, die nach langen Jahren im Theater fluchen konnte wie ein Bierkutscher, hatte jüngst befunden, daß die griechischen Götter ihr beim Fluchen die besten Dienste erweisen konnten. Natürlich bediente sie sich häufig Apollos. Manchmal nannte sie ihn Phoebus, aber Apollo war einfacher und schneller auszusprechen. »Eden, haben Sie die Manuskripte jetzt fotokopieren lassen?«

»Ja, Miss Pinero.«

Eden mußte sich um alle anfallenden Arbeiten kümmern, da das Theater unter chronischem Personal- und Geldmangel litt. Offiziell half sie in der Garderobe, aber in Wirklichkeit konnte man sie überall bei der Arbeit finden, sogar an der Kasse. Sie hatte zugenommen seit ihren Tagen als Chefin eines Bekleidungsgeschäfts, jener kurzen Zeit, als sie Phoebes Vermieterin gewesen war und ihr Leben von einem Mordfall berührt worden war. Sie war glücklich. Das Theater erwies sich als ihre Welt. Sie würde nie wichtig sein, nie eine bedeutende Gestalt, aber sie wußte, daß sie sich nützlich machen konnte. Wenn das auch eine Ambition sein konnte, dann war es die ihre.

»Der Fotokopierer hat nicht so funktioniert, wie er sollte, aber ich habe es hinbekommen.«

»Donnerwetter – wie haben Sie das gemacht?« Sie hatten den Fotokopierer zu einem Schnäppchenpreis von einer Firma gekauft, die ihre Pforten schloß, aber der Apparat machte ständig Probleme.

»Ich bin mit dem Mann befreundet, der die Farbe für die Designer liefert. Er hat, als ich noch den Laden hatte, auch mich beliefert, und er hat einen Freund, der sich mit Fotokopierern auskennt. Der war eben da, um sich das Ding anzusehen.«

»Das war aber nett von ihm.«

»Er hat's gern getan. Er ist Elektroingenieur, aber zur Zeit freigestellt.«

»Kann ich reden?« fragte Coffin. Er bemerkte, daß Eden

die andere derzeit geläufige Version der Haarmode trug: sehr, sehr kurz, mit kleinen Zotteln (die ihr über die Ohren fielen). Er mußte zugeben, daß es ihr stand. Eden schien im Theatermilieu überhaupt gut zu gedeihen.

»Natürlich kannst du reden.« Stella konzentrierte sich noch immer auf die Papiere auf ihrem Schreibtisch, aber sie brachte es fertig, aufzublicken und zu lächeln, während sie sprach.

»Oh, danke... Hm, was ich wissen will, ist folgendes: Könnte ein Kleidungsstück aus eurer Garderobe hier verschwunden sein?«

Beide Frauen brachen in Gelächter aus. »Könnte es!« sagte Eden, und es war keine Frage. »Wir verlieren ständig irgendwelche Sachen, aber sie tauchen immer wieder auf... Die Leute borgen sich Sachen, die sie gerne mal für einen Ball hätten oder für irgendeinen Fototermin oder sogar für eine Hochzeit.«

»Diese Art Kleider meinte ich nicht.« Coffins Stimme klang düster.

Stella runzelte die Stirn. »Worum geht es eigentlich? Was für Kleider sind das denn, von denen du redest?«

Coffin ignorierte die Frage. »Habt ihr eine Liste vom Bestand eurer Garderobe aufbewahrt? Wird aufgeschrieben, was entnommen und wieder zurückgebracht wird?«

Stella und Eden sahen einander mit schuldbewußter Erheiterung an. »Sozusagen«, meinte Stella. »Könnte sein, daß die Liste nicht ganz aktuell ist.«

»O Baby.« Eden zuckte mit keiner Wimper.

Stella kam hinter ihrem Schreibtisch hervor. »Wenn du dich nach einem Kleidungsstück aus unserer Garderobe hier erkundigst – und, wenn ich das sagen darf, du drückst dich ziemlich vage aus –, dann mußt du schon präziser werden. Du sprichst mit deiner Polizistenstimme. Von der ich in letzter Zeit übrigens ziemlich viel zu hören bekommen habe.«

»Das kann nicht sein.«

Stella ließ seinen Einwand unbeachtet. »Ich weiß, wie das ist, wenn du keine direkte Antwort geben willst. Es gibt nur einen Mordfall, der uns im Augenblick alle beschäftigt, den Mord an Jaimie Layard, und wir machen uns Sorgen wegen Martin. Irgendwie versuchst du, diese Jacke mit Martin in Verbindung zu bringen.«

»Ich habe doch nur gefragt.«

»Ich kann nicht beschwören, daß die Jacke nicht von hier stammt, aber ich glaube es nicht.«

»Danke«, sagte Coffin demütig. »Ich werde deine Überzeugung berücksichtigen.«

Stella warf ihm ein Manuskript an den Kopf, das er in der Luft auffing. »Ich meinte es ernst, Stella. Was du denkst, hat großes Gewicht für mich... aber die Tatsachen...«

»Ach, du und deine Tatsachen.«

Coffin lachte und ließ das Skript auf den Tisch fallen. »Ich akzeptiere dein Nein. Die Jacke stammt wahrscheinlich woanders her.« Stella hatte die Hand auf das Skript gelegt, aber Coffin hatte den Titel trotzdem gelesen. *Der Fall der eingeschüchterten Dame*... Willst du das aufführen?«

»Ich denke gerade darüber nach.«

»Bißchen altmodisch, wie?«

»Es ist ein sehr gutes Melodram und könnte genau das

richtige für die Laufzeit nach der Weihnachtspantomime sein; das ist, wie du weißt, Edgar Wallace' Reich... Ich werde es ein bißchen redigieren.«

»Es aufmotzen, meinst du.«

»Das will ich lieber nicht gehört haben... Ich kann es mir nicht leisten, hier allzu experimentell zu sein, wie du weißt. Nicht, solange mir deine Schwester Letty im Nakken sitzt.«

»Ich würde liebend gern Lettys Gesicht sehen, wenn du sie zur Aufführung mitnimmst.«

»Vielleicht würde es ihr sogar gefallen.«

»Mit Martin als dem neurotischen, verrückten jungen Adligen, nehme ich an.« Er kannte Lettys Schwäche für schöne Männer.

»Nein, ich würde ihn die Rolle nicht spielen lassen«, erklärte Stella würdevoll. »Und du weißt, warum.«

Eden sagte: »Oh, er ist wirklich ein wunderbarer Mann, ich habe selbst ein Auge auf ihn geworfen.«

Coffin und Stella ließen von ihrem Geplänkel ab und sahen einander traurig an. Eden hatte nie Glück, und wer wollte sagen, was die Zukunft für Martin bereithielt?

Stella stieß einen Seufzer aus. »Ich bewundere ihn; er hat das Aussehen und das Talent für seinen Job, aber sein Leben ist möglicherweise ein ziemlicher Schutthaufen.«

»Ich weiß, was du denkst, aber ich glaube nicht, daß er ein Killer ist.«

Coffin sagte nichts, und Stella blickte auf ihre Hände hinab. »Er war ein Kind, als sein Vater getötet wurde, das wissen wir, aber es ist passiert. Er hat sich damals die Hände blutig gemacht, Eden.«

»Ich gebe die Schuld seiner Schwester. Vielleicht hat sie Jaimie umgebracht; ich halte es für möglich, daß sie eifersüchtig ist.«

Stella sah Coffin an und las in seinen Augen, daß er diesen Gedanken teilte.

»Es ist noch zu früh für Spekulationen.«

»Aber alle sind verdächtig? Spar dir die Mühe. Du brauchst nicht zu antworten.«

»Es muß so sein«, sagte er sanft.

Stella erhob sich, räumte ihren Schreibtisch auf, schloß die Schubladen ab und erklärte, daß sie nach Hause gehen werde.

»Bleib mit den Füßen auf dem Boden«, riet sie Eden.

»Oh, du kannst dich auf mich verlassen, Stella. Denk an die kleinen Geschöpfe, die den Dinosauriern um die Füße gekrochen sind, die sie haben sterben sehen und deren Nachfahren wir sind... Ich bin so ein kleines Geschöpf, ich werde aus den Schutthaufen von Martins Leben herausgekrochen kommen und blühen.«

Auf dem Heimweg sagte Stella: »Sie meint das übrigens ernst. Eine entschlossene Frau, unsere Eden. Unglücklicherweise bezog sich ihre Entschlossenheit, soweit ich weiß, immer auf die falschen Dinge und die falschen Leute.«

»Du magst sie, nicht wahr?«

»Ja, und Phoebe mag sie auch, das ist ja der Grund, warum sie den Job hier bekommen hat. Warum fragst du?«

»Ich vertraue deinem Urteil, Stella. Wenn du sagst, daß du jemanden magst, sehe ich ihn mir an und denke: Es muß etwas Gutes an ihm sein.«

An ihrer Haustür im Turm von St. Luke blieb Stella stehen: »Ich mag Martin«, sagte sie.

Das Feuer in dem großen Wohnzimmer im oberen Stock brannte warm und behaglich, während draußen ein neuer Nebel seine Kräfte sammelte und sich, zu kleinen Strähnen zusammengezogen, über die Bäume und die feuchten Rinnsteine legte, in Wolkengestalt aufstieg und anschließend noch tiefer herabsank. Auf dem Friedhof auf der anderen Straßenseite war alles in Dunkelheit gehüllt. Aber er war nach wie vor von der Straße abgesperrt, und ein einsamer, durchgefrorener Constable stand dort Wache.

Es duftete nach Hühnereintopf, den sie in Gesellschaft ihrer beiden Haustiere in der Küche verzehrten.

»Mir fehlt der alte Hund, dir nicht auch?« Coffin hatte sich dem alten Mischling, diesem Straßenköter, wenn es denn je einen gegeben hatte, sehr verbunden gefühlt.

»Er hatte einen schönen Tod.« Er war ein selbsternannter Wächter Stellas gewesen, der er einmal das Leben gerettet hatte.

»Das stimmt, ja.« Der alte Hund hatte Stella bei einem Einkaufsausflug begleitet – sie hatte nicht um seine Gesellschaft gebeten, weil ihre Beziehung einfach nicht so funktionierte. Der Hund tat, was er wollte. In diesem Falle hatte er einen Feind die Spinnergate High Street hinuntergejagt, und gerade in dem Augenblick, in dem er seinen Widersacher zu packen bekam, versagte sein Herz, und er starb. Einfach so.

Stella hatte den Hühnereintopf gemacht, aber Coffin kochte den Kaffee, denn sie teilten sich die häuslichen Arbeiten. Gelegentlich verlangte es Stella nach einer Köchin und einem Chauffeur und einem Dienstmädchen, aber die Zeiten solcher Annehmlichkeiten waren wohl endgültig vorbei. (Letty Bingham allerdings, ihre oft verheiratete und clevere Schwägerin, wußte offenbar ihren hohen Lebensstandard nach wie vor aufrechtzuerhalten. War sie letztes Mal nicht in einem Rolls-Royce gekommen?)

»Ich muß zurück ins Theater«, sagte sie. »Ich werde heute abend dort gebraucht. Laß das Feuer nicht ausgehen.«

»In Ordnung.«

»Aber du wolltest doch selbst noch ausgehen.«

»Woher wußtest du das?«

»Telepathie... nein, du hast deinen Mantel nicht aufgehängt, sondern auf den Stuhl neben der Haustür geworfen. Außerdem hast du die Tür nicht hinter dir abgeschlossen... daher wußte ich, daß du keinen Abend am häuslichen Herd plantest.« Sie lächelte ihn an. »Vergiß nicht, daß ich Schauspielerin bin, ich achte auf solche Zeichen, mit denen Menschen eine bestimmte Absicht erklären. Könnte sich später mal nützlich für den Aufbau einer Figur erweisen.«

Coffin sah ihr zu, während sie ihre Vorbereitungen für den Aufbruch traf: Der Hauch Lippenstift, die Hand, die durchs Haar fuhr, obwohl dieses in seinen Augen zerzaust genug war, das schnelle Aufsprühen dieses neuen Parfums.

Ich bin kein Schauspieler, dachte er traurig, aber ich bin Polizist, und auch ich beobachte meine Mitmenschen. Und er glaubte nicht, daß sie ins Theater zurückging, um zu arbeiten. Nicht nur, um zu arbeiten.

War es Martin? Oder der neue Schauspieler, den sie aus dem Norden geholt hatte?

Verdammt, Eifersucht war eine unrühmliche Regung und obendrein destruktiv für die Moral. Und gefährlich. Würde er für Stella töten? Nein. Würde sie für ihn töten? Lächerlich.

Er konnte sich jedoch elend fühlen, konnte wütend sein und wachsam. Soviel immerhin gestattete er sich.

Er ging die Treppe hinunter, zog seinen Mantel an und trat hinaus in die Nacht. Der weiße Pekinese unternahm keinen Versuch, ihm zu folgen, anders als sein Vorgänger, der immer für einen Spaziergang zu haben gewesen war und noch vor ihm an der Tür gestanden hätte. Er wandte sich dem Fluß zu und nahm dann die lange, trostlose Straße, die durch die Wohnblocks von Spinnergate in das Viertel führte, wo Dick Lavender lebte.

Es war dunkel und neblig, eine Londoner Winternacht; London II war nicht das reiche London – hier gab es kein Knightsbridge, kein Mayfair; der Buckingham-Palast und das Unterhaus lagen auf der anderen Seite des Flusses, aber die Schaufenster waren hell erleuchtet, in dem großen Supermarkt auf der High Street brannte Licht, und auf dem Parkplatz davor herrschte immer noch Betrieb.

Coffin ging weiter. St. Luke, das Stella mit Enthusiasmus, Professionalität, harten Worten und harter Arbeit erschaffen hatte, war das einzige Theater in London II, aber es gab Kinos und eine Kneipe namens *Lion at Bay*, in der Rockgruppen auftraten. Dort herrschten Leben und Heiterkeit, so wie es im Laufe der Jahrhunderte immer gewesen war. Waschechte Briten, Römer, Angelsachsen und jetzt auch die polyglotte Bevölkerung, die Shakespeares Interesse geweckt hätte. Was für ein Publikum für ein Theaterstück, hätte er gesagt.

Als er in die Nähe des Flusses kam und nicht mehr weit von Lavenders Wohnung entfernt war, blieb er stehen, um sich die Jericho Docks anzusehen, wo früher einmal die Schiffe, die nach Ostindien fuhren, ihre Fracht aufgenommen hatten. Es war still geworden um diesen Hafen, der jetzt privaten Yachten Ankerplatz bot.

Zwei Verbrechen mußten aufgeklärt werden, die mehr als achtzig Jahre trennten, zwischen denen aber eine seltsame Verbindung bestand. Eine Jacke mit dem Namen eines toten Mannes darin, eines Mannes, den sein Sohn als mehrfachen Frauenmörder bezeichnete – und irgend jemand hatte nun eine andere ermordete Frau in seine Jacke gehüllt. Ein Grab mit einem leeren Sarg, eine Frau, die ein Kind in sich trug, und die Knochen eines weiteren Mannes dicht unter der Erdoberfläche.

Er seufzte. Es würde schon der dunklen Stimme eines John Webster bedürfen, um das aufzuschreiben. Shakespeare wäre zu menschlich gewesen.

In Lavenders Wohnung brannte noch Licht, und draußen parkte inmitten etlicher schickerer Autos der alte weiße Transporter. Vielleicht gehörte das Fahrrad, das an das Geländer geschlossen war, Janet Neptune.

Er nahm den Aufzug, drückte auf die Klingel und wartete. Es verging geraume Zeit, dann wurde die Tür von Jack Bradshaw geöffnet, der bei seinem Anblick überrascht schien. Er zögerte, dann sagte er: »Kommen Sie doch herein, Chief Commander.«

Coffin konnte Dick Lavender in dem Raum hinter Bradshaw sehen; er saß, von Kissen gestützt, in seinem wuchtigen Sessel. Er hob die Hand zu einem kleinen, würdevollen Winken. Neben ihm saß, mit ihrem Nähzeug auf dem Schoß, Janet Neptune. Auf dem Flur neben ihr stand eine Nähkiste mit Baumwolle, Seide und Stoffresten, der sie als tüchtige Näherin auswies. Sie wirkte munter und lebhaft, aber Dick Lavender schien müde zu sein. Nun, das war sein Privileg, dachte Coffin.

Jack Bradshaw blieb zögernd an der Tür stehen.

»Komm doch herein, Jack«, sagte Janet. »Und mach die Tür hinter dir zu, statt die Kälte mit reinzubringen.«

In dem Raum herrschte tatsächlich große Wärme, aber sehr alte Menschen empfinden die Kälte stärker, und Dick Lavender trug einen dicken Morgenmantel und hatte eine Decke über den Knien. Coffin hatte ihn bei seinem ersten Besuch tadellos gekleidet und überaus gepflegt erlebt. Das war heute anders: Sein Haar war zerzaust, er hätte eine Rasur gebrauchen können, und auf seinem Morgenmantel waren Essensflecken.

Das Alter macht mit seinen Demütigungen vor niemandem halt, dachte Coffin. Hatte nicht selbst der grimmige, alte Bernard Shaw im hohen Alter Flecken auf seinem Jackett und seiner Hose gehabt? Janet stand auf. »Ich nehme an, Sie möchten mit den beiden Männern allein sprechen.«

»Sie brauchen nicht zu gehen.«

»Oh, wir trinken um diese Zeit immer eine Tasse Tee oder Kaffee.« Sie ging auf die Tür zu. »Jack, ich rufe dich, wenn ich Hilfe mit dem Tablett brauche.«

»Sie ist ein liebes Mädchen«, sagte Dick Lavender, »aber eine Spur tyrannisch.« Er klang müde.

Jack Bradshaw seufzte. »Sie ist, was sie immer war, es hat sich nur mit der Zeit verstärkt. Aber Sie brauchen sie, Sir.« Er wandte sich an Coffin. »Ich habe Ihrem Kollegen, Chief Inspector Darcy, bereits alles erzählt, was ich über Marjorie wußte. Wir haben uns mehr als einmal getroffen. Ich glaube nicht, daß er zufrieden war mit dem, was ich ihm erzählte. Er verdächtigt mich wohl. Die arme Marjorie… in Gedanken nenne ich sie immer noch Marjorie, obwohl ich jetzt weiß, daß das nur einer der Namen war, die sie beruflich benutzt hat.«

Dick Lavender beugte sich vor, um seine Hand zu berühren. »Sie war eine Lügnerin, diese junge Frau, aber wir verlieben uns alle bisweilen in die falschen Menschen. Machen Sie sich keine Vorwürfe.«

»Vielen Dank, Dick, aber das tue ich natürlich. Und denken Sie nicht zu schlecht von ihr, sie hat nur versucht, ihren Job zu machen. Vielleicht ist sie deswegen gestorben, obwohl ich hoffe, daß es nicht so war. Ich würde gern glauben, daß ihr Tod nichts mit mir zu tun hatte.« Er drehte sich zu Coffin um. »Gibt es etwas Neues? Irgend etwas, das Sie mir sagen können?«

»Ich bin selbst nicht ganz auf dem neuesten Stand«, sagte Coffin ausweichend. »Ich bekomme natürlich die Berichte herein, aber manchmal dauern diese Dinge eben ziemlich lange.«

An der Art, wie der alte Premierminister die linke Augenbraue hochzog, sah Coffin, daß dieser Ausflüchte noch immer zu erkennen vermochte, wenn er ihnen begegnete.

»Dann haben Sie also vielleicht etwas für mich, wenn Sie über die andere Angelegenheit nicht reden wollen... Sie sind doch nicht ohne Grund hergekommen.« Das Alter hatte jedenfalls nicht seinen Verstand getrübt.

»Man hat das Skelett einer Frau gefunden.«

»Das habe ich Ihnen doch gesagt«, versetzte Dick Lavender gereizt. »Ich habe Sie schließlich dahin geschickt. Also, wie geht es jetzt weiter?«

»Im Augenblick gar nicht. Zuerst müssen wir die gerichtsmedizinischen Untersuchungen abwarten.«

Wieder eine Ausflucht, sagte Dick Lavenders beredte Augenbraue. In alten Zeiten hatte sein Kabinett diesen Blick sicher gut gekannt und war immer auf der Hut gewesen, um rechtzeitig in Deckung gehen zu können.

»Sie werden mir nicht alles sagen.«

»Nein«, antwortete Coffin gelassen. »Nein.«

»Werden Sie es jemals tun?«

Coffin dachte nach: Wieviel Macht und Einfluß mochte der alte Mann noch haben? »Wahrscheinlich nicht.« Dann fügte er hinzu: »Aber ich habe Ihnen alles gesagt, was ich Ihnen im Augenblick sagen kann; ich dachte, Sie hätten ein Recht, von dem Skelett zu erfahren.«

»Sie haben mir schon etwas anderes gesagt: daß es da noch mehr zu sagen gibt.«

Eins zu null für dich, alter Knabe, dachte Coffin. Aber ich weiß, was ich weiß: Die Frau trug ein Kind in ihrem Schoß, und neben ihr lag in seinem flachen Grab ein Mann. Und neben ihnen beiden eine leere Kiste. Diese beiden Leichen gehörten zusammen, oder nicht? Wenn er das Opfer eines Luftangriffs war, werden wir es herausfinden.

Er und Dick Lavender tauschten einen Blick gegenseitigen Respekts. Er ist der eigentliche Held meiner Geschichte, dachte Coffin, Alter hin oder her, und auch er weiß mehr, als er sagt. Ich muß das im Kopf behalten; ich werde mich nicht zu seinem Diener machen lassen.

Er sah die Hände des alten Mannes, wie er die Decke auf seinem Schoß glattstrich, wie er daran zupfte. Ja, irgend etwas war da noch.

Ein Ruf aus der Küche erklang, und Bradshaw erhob sich, um das Tablett zu holen. Er schien seit der Entdeckung von Jaimies Leiche körperlich geschrumpft zu sein, und wahrscheinlich stand er auf der niedrigsten Sprosse der Hackordnung in diesem Haushalt.

Janet schenkte den Kaffee aus. »Bitte sehr, Onkel.«

»Ich bin nicht dein Onkel«, knurrte er.

»Großonkel, Cousin, sei, was du willst.« Sie reichte Coffin eine Tasse.

Der Kaffee war gut. Die zornige, zähe Dame, als die er sie langsam sah, machte jedenfalls einen guten Kaffee. Während sie tranken, besah er sich ihren Nähkorb, aus dem ein Stück weichen, rosafarbenen Chiffons hervorquoll.

»Eine schöne Seide«, sagte er. »Ich liebe Seide, noch dazu von dieser Farbe.« Weich, hübsch und teuer – der Stoff würde Stella gut zu Gesicht stehen. Oder einer Braut.

Sie nippte an ihrem Kaffee und versetzte dem Korb einen kleinen Stoß mit dem Fuß. »Ja… ich wollte mir Unterwäsche daraus schneidern, aber irgendwie komme ich nicht dazu… Eines Tages werde ich es wohl endgültig in Angriff nehmen.«

»Es wäre ein Jammer, den Stoff zu verschwenden.«

»Oh, irgend etwas wird immer verschwendet, nicht wahr?« Sie stand auf. »Wie bei Onkel mit seinem Kaffee. Nun paß doch auf. Onkel, du verschüttest ihn.«

Jack Bradshaw ging zu Dick Lavender hinüber. »War das genug, Sir?«

»Ja, nehmen Sie die Tasse weg.« Der befehlsgewohnte Ton war in seine Stimme zurückgekehrt. »Setz dich hin, Mädchen, und mach nicht so einen Wirbel.« Er wandte sich an Coffin. »Also, was führt Sie heute zu uns? Was wollen Sie?«

»Ich dachte, das hättest du schon gefragt, Onkel«, sagte Janet.

»Wußte ich doch, daß du an der Tür horchst, Frau.«

Coffin förderte ein Foto zutage, das er dem ehemaligen Premierminister hinschob. »Erkennen Sie diese Jacke wieder?«

Die Jacke war mit Reißzwecken über einen Bogen Papier geheftet worden, die Arme ausgebreitet, die Knöpfe geöffnet. Es war eine Farbfotografie, und man konnte den staubigen, mittelbraunen Tweed deutlich erkennen.

Eine Karte bedeckte die Stelle, auf der der Name Edward Lavender sichtbar gemacht worden war.

Dick Lavender betrachtete die Jacke, ohne das Foto in die Hand zu nehmen. Er schüttelte den Kopf. »Nein. Woher haben Sie sie?«

Coffin schenkte der Frage keine Beachtung und sah Janet an. Sie griff nach dem Foto und unterzog es einer langen, bedachtsamen Musterung.

»Werfen Sie mal einen Blick drauf«, sagte er mit ruhiger Stimme.

»Das ist Polizistenjargon... ich sehe mir die Seifenopern an... Werfen Sie mal einen Blick drauf, das sagen sie immer.«

»Ich könnte auch etwas anderes sagen«, erwiderte er milde, aber jeder, der schon einmal mit Coffin zusammengearbeitet hatte und ihn kannte, wäre an dieser Stelle vorsichtig in Deckung gegangen.

Janet starrte ihn an. »Ich kenne Sie, ich komme nämlich von hier. Genau wie er, der da in seinem dicken Sessel sitzt, aber er atmet dünne Luft so hoch oben. Ich weiß, daß Sie geradlinig sind, daß Sie manchmal aber auch nur freundlich tun.«

Coffin holte scharf Luft.

»Völlig legitim, Sie wissen eben, wen Sie festnageln wollen. Und im großen ganzen würde ich sagen, man kann Ihnen vertrauen.«

»Vielen Dank.«

»Ich dachte mir, daß Sie das sagen würden. Also, kommen Sie uns nicht mit Fotografien.« Mit diesen Worten ließ sie sich wieder in ihren Sessel sinken.

»Haben Sie diese Jacke irgendwann schon mal gesehen?«

»Nicht daß ich wüßte.«

Coffin sah Jack Bradshaw an, der sagte: »Es ist einfach eine Jacke.« Dann hielt er inne: »Ich glaube, die tote junge Frau hat sie getragen – ist es das?«

»Sie könnte sich als nützliches Beweisstück entpuppen.«

»Leere Worte, schon wieder«, warf Janet ein. »Polizistengerede... es könnte dies sein, es könnte das sein...

wenn es uns hilft, Ihnen einen Strick um den Hals zu legen, machen Sie sich nichts draus.«

Dick Lavender richtete sich auf. »Halt den Mund, Frau.«

»Einer von uns muß ja was sagen.«

Coffin nahm das Foto wieder an sich und warf selbst noch einmal einen Blick darauf.

»In diesem Haus war die Jacke jedenfalls nie.«

Dick Lavender sagte: »Soweit ich weiß, nicht.«

»Für mich sieht es nach der Art von Jacke aus, wie man sie in einem Secondhand-Laden oder bei einem Basar auf einem Gemeindefest aufliest«, meinte Jack Bradshaw.

»Solche Basare habe ich zu meiner Zeit selbst oft genug besucht«, sagte der alte Mann, »und natürlich auch was gekauft – das mußte man. Dann bin ich nach Hause gekommen und habe das Zeug auf den Dachboden geworfen. Ich hatte eine ganze Reihe alter Truhen. Voller Papiere, Bücher, alter Kleider.«

»Du hast sie immer noch«, sagte Janet. Sie schüttelte die Kaffeekanne und schenkte sich dann noch eine Tasse ein.

»Sie haben sich doch für die Truhen interessiert, nicht wahr, Jack? Auf der Suche nach Archivmaterial?«

»Ja, Sie haben zwei Truhen mit Papieren – Briefen, Dokumentsentwürfen und Reden.«

»Einige Kabinettspapiere, vermute ich, die ich eigentlich nicht hätte haben dürfen«, sagte der alte Mann mit einem Lachen, »aber man wird mich wohl kaum jetzt noch in den Tower dafür werfen, obwohl das zu meiner Zeit manch einer gern getan hätte.«

Janet knabberte an einem Keks. »Du hast eine Truhe

mit alten Kleidern und Büchern zum Verkauf beim Gemeindebasar gebracht, Jack, hab ich nicht recht? Ich nehme an, die Jacke könnte dabeigewesen sein.«

»Ja, ich erinnere mich an diese Fahrt zu der Kirche unten an der U-Bahn-Haltestelle St. George, aber ich weiß nicht, was drin war in diesen Truhen.«

Janet biß mit Überzeugung in ihren Keks. »Nein, natürlich nicht.«

»Wenn die Jacke überhaupt von hier gekommen ist«, sagte Dick Lavender an Coffin gewandt. »Aber ich nehme an, Sie haben Gründe für Ihre Vermutung.«

»Ja, die habe ich.«

Dick Lavender versuchte aufzustehen, scheiterte jedoch und ließ sich wieder in seinen Sessel fallen. »Ich würde gern einen Blick auf Ihr Gesicht werfen, ich kann es von hier aus nicht deutlich sehen. Kommen Sie rüber.«

Coffin gehorchte dem Befehl ohne ein Wort. Er trat vor den alten Mann, um sich mustern zu lassen.

Lavender lehnte sich mit einem Seufzen zurück. »Sie sind ein guter Mann, denke ich. Ich war früher in der Lage, das zu erkennen, konnte meinem Urteil trauen, aber die Menschen haben sich geändert. Oder ich habe mich geändert. Verraten Sie mir, hat diese Jacke irgend etwas mit der Geschichte zu tun, in der ich Sie gebeten habe zu ermitteln?«

»Diese Frage kann ich Ihnen jetzt nicht beantworten. Es könnten Verbindungen bestehen, ja.« Er zögerte und fügte dann hinzu: »Haben Sie Kenntnis von einer anderen Leiche dort?«

Lavender atmete tief ein. »Nein. Ist es das, worauf Sie gestoßen sind? Nein, ich weiß nichts.«

Der alte Mann schloß die Augen. »Sie sollten jetzt besser gehen, ich bin müde. Rufen Sie mich wieder an, wenn Sie mir mehr mitteilen können. Dinge, die ich glauben kann. Vergessen Sie nicht, Sie sprechen mit einem Politiker, und sei es auch mit einem alten. Ich habe gelernt, zwischen den Zeilen zu lesen… und das, was ich zwischen Ihren Zeilen lese, gefällt mir nicht.«

Janet verließ den Raum als erste, gefolgt von Coffin, der das beladene Tablett in die Küche trug, während Jack Bradshaw sich um den alten Mann kümmerte.

»Er braucht jemanden, der ihn versorgt, das kann ich Ihnen sagen… aber Jack ist eine große Hilfe, denn es gibt Dinge, für die man immer einen Mann braucht… Stellen Sie das Tablett dort hin.«

Die Küche war offenkundig ihre Domäne, und eine Tür, die davon abzweigte, führte in ihr Wohnzimmer und Schlafzimmer. Durch die geöffnete Tür konnte er Fotografien an der Wand über dem Bett sehen. Sie hatte eine Vorliebe für Fotografien; es hingen sogar welche an einer Wand in der Küche.

Es war eine Art Fotogalerie des ehemaligen Premierministers. Sie sah seinen Blick. »Nun, ich bin stolz auf die verwandtschaftliche Beziehung; ich glaube, er ist ein Urgroßonkel von mir, aber ich forsche da nicht allzu gründlich nach, weil nicht jeder geheiratet hat, wen er sollte, und einige der Kinder nicht unbedingt in den Familienstammbaum hineinpassen… Wir sind eben so eine Familie.«

Sie machte ihn auf eines der Bilder aufmerksam. »Das ist mein Onkel, als er das erste Mal ins Unterhaus gewählt wurde ... ein gutaussehender Mann, finden Sie nicht auch? Sie können an seinen Ohren erkennen, wie jung er war – junge Männer scheinen immer größere Ohren zu haben. Das ist er in späteren Jahren und hier in sehr viel späteren, als er zurücktrat. Weit weg, zu lange her; ich kann mich selber nicht mal dran erinnern.«

An der Wand hingen auch Gruppenfotos. Richard Lavender mit einer Reihe politischer Gestalten, Richard Lavender mit König George, Richard Lavender mit seiner Frau. Ein aus jüngerer Zeit stammender Schnappschuß von Lavender mit Jack Bradshaw und Janet. Janet und Jack Bradshaw.

Über dem kleinen Kühlschrank hing eine Hochzeitsgesellschaft. Sie sah, daß er dieses Bild betrachtete. »Eine Freundin von mir – wunderschönes Kleid, nicht wahr?«

»Hinreißend.« Obwohl er es in Wirklichkeit übertrieben aufgedonnert fand. »Das gleiche gilt für die Braut.« Das stimmte, sie war tatsächlich bildhübsch.

Das an der Wand angeschraubte Telefon klingelte, und er ergriff diese Chance, sich zu verabschieden. »Ich gehe dann.« Er stellte fest, daß sie zu den Leuten gehörte, die ihre Telefonnummern auf einen Block an der Mauer kritzelten. Sie sah auch diesen Blick. »Ich habe tatsächlich noch ein Leben jenseits meines Onkels. Ich gehöre einigen einheimischen Organisationen an. Bei zweien führe ich sogar den Vorsitz. Ich habe Lavender-Blut in den Adern.«

»Passen Sie auf sich auf, Miss Neptune«, sagte Coffin ernst.

Sie lachte. »Mir droht keine Gefahr.«

»Uns allen droht manchmal Gefahr, Miss Neptune«,

sagte Coffin. Er lief, statt den Lift zu benutzen, die Treppe hinunter. Draußen schien der Nebel sich langsam zu heben, denn er konnte den Himmel sehen; er atmete die Luft tief ein und sammelte seine Gedanken. Stoff zum Nachdenken war reichlich vorhanden.

Jack Bradshaw kam hinter ihm aus der Tür. »Ich fahre nach Hause. Ich wohne nicht die ganze Zeit hier. Ich habe eine Wohnung auf der anderen Seite des Flusses, allerdings nur ein einziges Zimmer; ich lebe in Oxford, wenn ich kann. Ihre Leute haben meine Adresse. Ich nehme an, sie werden uns wieder hier aufsuchen, Darcy und Co.«

»Ich fürchte es, ja. Sie werden mit Ihnen allen noch einmal sprechen wollen, mit Ihnen und Janet und mit Lavender selbst. So werden Ermittlungsarbeiten dieser Art gehandhabt.«

»Ich habe sie nicht getötet ... ich habe sie geliebt. Selbst wenn ich sie getötet hätte, hätte ich ihre Leiche unmöglich so zurechtmachen können. Zu so etwas ist nur eine ganz spezielle Sorte von Mördern fähig. Ein Wahnsinniger oder jemand, der sie gehaßt hat.«

»Manchmal kann Liebe sich in Haß verwandeln«, sagte Coffin.

Jack Bradshaw nahm diese Worte als das, was sie waren: ein Zeichen der Skepsis. »Und was ist mit den Spielereien des alten Mannes ... Dad the Ripper?«

»Glauben Sie ihm nicht?«

Bradshaw zuckte die Achseln. »Halb und halb.«

»Es könnte etwas dran sein«, meinte Coffin vorsichtig.

»Meine Güte, Sie lassen sich aber wirklich in die Karten schauen.« Bradshaw wandte sich ab. »Ich muß jetzt los.«

Coffin nickte. »Sie haben ja auch ein ganzes Stück zu fahren, bis Sie zu Hause sind.«

»Es geht. Ich fahre durch den Greenwich-Tunnel. Die Fahrt tut mir gut.«

»Besseres Durchkommen als mit dem Wagen?« Ein Unfallwagen, wenn er sich recht erinnerte.

»Nicht besser als der Rolls.« Er lächelte. »Das ist Dick Lavenders Wagen. Ja, ein Fahrrad kann schneller sein. Allerdings auch ein bißchen gefährlich.«

Coffin sah sich auf dem Parkplatz um. »Dieser alte weiße Transporter hat also nichts mit Ihnen zu tun?«

»Nein. Den fährt Janet. Sie kommt damit überallhin; sie ist eine gute Fahrerin.« Er begann sein Fahrrad zu schieben. Beide Männer wandten sich noch einmal den erleuchteten Fenstern im oberen Stock zu. Ein Licht ging aus.

Bradshaw zuckte die Achseln. »Ich habe jetzt dienstfrei.«

»Werden die beiden da oben klarkommen?«

»Sie werden einander nicht umbringen, wenn es das ist, was Sie meinen. Janet ist eine kleine Xanthippe, aber das ist mehr Show als Wirklichkeit. Ich glaube, sie kommen besser klar, wenn sie miteinander allein sind.« Er stieg auf sein Fahrrad. »Er war ein großer Mann… hat nur zu lange gelebt, das ist seine Tragödie.«

Und Janets Tragödie ebenfalls? fragte Coffin sich.

Er ging nach Hause durch den Nebel, den ein leichter Wind mittlerweile in federzarte Strähnchen verweht hatte.

Was sollte man halten von einem Haus mit rosafarbenem Chiffon und Bildern von Bräuten, in dem ein distinguierter alter Mann in einem Morgenmantel voller Essensflecken das Feld behauptete?

Stella war noch nicht zu Hause, daher setzte er sich in die Küche und trank ein Glas Wein. Er mußte vorsichtig sein mit dem, was er trank, das war ein Weg, den er schon einmal beschritten hatte und den es zu meiden galt. Die Katze sprang auf den Tisch, um sein Gesicht zu mustern. »Willst wohl was zu trinken?« Anscheinend nicht. »Was hältst du von rosafarbenem Chiffon?«

»Rosafarbener Chiffon und diese eckige, stämmige kleine Gestalt – der Gedanke macht einen traurig.« Pussy hatte keine Antwort parat, was bedeutete, daß es gar keine gab.

Als Stella nach Hause kam, ein wenig verspätet, aber glücklich und ausgeglichen – er war dankbar für diese Ausgeglichenheit, denn eine Frau, die gerade ein anderer als ihr Ehemann geliebt hatte, würde aufgewühlt ausgesehen haben –, sagte er: »Was machst du aus rosafarbener Chiffonunterwäsche?«

»Eine Liebesaffäre, und zwar eine erste«, antwortete Stella prompt. »Mit ein wenig Erfahrung vergißt man den rosa Chiffon.« Sie machte ihm schöne Augen und begann zu lachen.

»Du bist ein Teufel, Stella«, sagte er liebevoll.

12

Der neue Tag war eine Art Festtag für die Polizeitruppe von London II.

Nach Monaten, nein, Jahren der Ausschußsitzungen, Diskussionen, Vorführungen und Verzweiflungsanfällen sollte der neue Schlagstock eingeführt werden. Er trat an die Stelle des alten Polizistenknüppels, der im großen und ganzen in Gebrauch war, seit Sir Robert Peel die Peelers und damit die moderne Polizei erfunden hatte. Jetzt sollte es die sogenannte ›Natter‹ geben, einen ausziehbaren Knüppel. Coffin wurde gesagt, daß man im Sergeantenraum viel von diesem Knüppel hielt, ein entscheidendes Urteil.

Coffin selbst hatte einen Knüppel dieser Art das erste Mal in einem der rauheren Bezirke von New York in Aktion gesehen, in der Upper West Side von Manhattan, wo ein Polizeileutnant ihm die Geschwindigkeit und Wucht der Waffe demonstriert hatte. Später hatte Coffin selbst einen solchen Knüppel erprobt, und jetzt, an diesem besonderen Tag, übergab er ihn dem ersten Mann, der die Waffe benutzen sollte. Es war der uniformierte Beamte mit der längsten Dienstzeit. Er sollte binnen eines Monats in Ruhestand gehen, so daß seine Nutzungsmöglichkeiten des Knüppels höchstwahrscheinlich beschränkt sein würden.

Zu der Übergabe gehörte ein gewisses Maß an Feierlichkeit; man mußte sich umziehen und Reden halten, was beides im Grunde nicht nach dem Geschmack des Chief Commander war, aber es wurde von ihm erwartet. Bei solchen Gelegenheiten fühlte er sich auf besondere Weise seiner Herrscherin verbunden, die solchen Dingen beinahe täglich ausgesetzt war. Als er diesen Gedanken Stella gegenüber einmal aussprach, meinte sie, daß es vielleicht leichter war, wenn man ein maßgeschneidertes Kostüm und wunderschöne Juwelen trug, aber nicht einmal dieser Trost war dem Chief Commander vergönnt, der sich statt dessen in eine Uniform von militärischer Eleganz und ebensolcher Steifheit zwängen mußte.

Als der Festakt vorbei war, verschwand er in seinem Büro, um seinen Kragen zu lockern und sich etwas zu trinken zu beschaffen.

Phoebe wartete auf ihn. »Du kannst mir auch einen einschenken«, sagte sie mit Blick auf die Flasche. Phoebe nahm sich bei Coffin gewisse Freiheiten heraus, sofern niemand zuhörte. Die aus Adleraugen überwachte Welt, in der sie lebten, hatte diese Angewohnheit jedoch registriert und sich zu einigen Spekulationen veranlaßt gesehen.

»Ich dachte, du würdest vielleicht gern das Neueste über die Leichen hören... das heißt, im Grunde waren es ja nur Knochen, die wir auf dem alten Friedhof gefunden haben.«

Coffin nickte. »Schieß los.«

»Nach der jüngsten wissenschaftlichen und medizinischen Einschätzung – und die kommt von Dennis Garden, der von seinem Blitzausflug wieder zurück ist – gehörten die weiblichen Knochen einer jungen Frau, die wahrscheinlich zwischen zwanzig und dreißig war, genauer will er sich nicht festlegen. Das Kind oder eher der Fötus befand sich wahrscheinlich im vierten Monat seiner Entwicklung... Es sieht so aus, als würden sich die Knochen in der Gebärmutter an verschiedenen Stellen bilden und nicht alle gleichzeitig fest werden.« Sie reichte Coffin ein Foto. »Du kannst so ungefähr erkennen, was er damit meint – er hat es mit weißen Pfeilen gekennzeichnet. Er hat mir gesagt, welche Knochen... Arme und Brust, glaube ich.« Sie sah sich das Foto noch einmal an. »Man sollte meinen, es wäre der Schädel, aber der muß wohl weich bleiben, damit das Gehirn sich entwickeln kann.«

»Wie ist sie gestorben?«

Phoebe warf die Hände hoch. »Kann man nicht sagen, kein Fleisch, das Stichwunden oder Strangulation belegen könnte, keine gebrochenen Knochen... Jedenfalls müssen wir davon ausgehen, daß sie keines natürlichen Todes gestorben ist, da sie sich wohl kaum selbst begraben haben wird.«

»Und wie lange liegt sie da schon?«

»Da kann er nur raten. Er meint, da seien der Boden, vermoderndes Laub, Insektenmaden und so weiter mit im Spiel gewesen, was strenggenommen nicht sein Metier ist... mehr als ein halbes Jahrhundert... wahrscheinlich etwa achtzig Jahre lang...«

»Das paßt zu dem, was Dick Lavender gesagt hat.« Vater Lavender hatte die Frau getötet, und seine Frau und sein Sohn hatten sie begraben.

»Wir werden vielleicht in der Lage sein, sie positiv als

Isobel Haved zu identifizieren, die Frau, die damals verschwand, aber ich bezweifle es.«

»Und was ist mit den anderen Knochen?«

»Ah, da gibt es deutlichere Beweise für einen gewaltsamen Tod... ein gebrochener Schädel, und der Hals war ebenfalls gebrochen... Interessanterweise hatte der Bursche obendrein ein übel gebrochenes Bein, das jedoch verheilt war. Allerdings hätte er ein Humpeln davongetragen.«

»Und wie lange ist der Mann tot?«

»Man hat ein paar Fetzen seiner Kleidung zur Analyse weggeschickt... aber in der Nähe der Leiche wurde eine Münze gefunden... datiert im Jahr 1914. Garden meint, der Mann sei nicht lange danach gestorben.«

Coffin überdachte diese Information. »Könnte ein Zeppelinopfer gewesen sein, getötet von einer deutschen Bombe.«

»Und anschließend hat er sich dann selbst begraben?«

»Vielleicht wurde er durch die Bombe vergraben?«

»Ach übrigens, es handelt sich um eine französische Münze.«

»Sag nicht, der Mann war Franzose?«

»Ich sage überhaupt nichts, jedenfalls noch nicht.«

Einen Augenblick lang standen sie schweigend nebeneinander. »1914«, sagte Coffin. »Eine französische Münze... ein Mann mit einem schwer verletzten Bein, der immer noch humpelte. Ein Soldat?«

»Könnte sein... ein weiterer namenloser Toter.«

Coffin seufzte; er trat ans Fenster, um hinauszublicken. Eine bleiche Sonne leuchtete von einem fast weißen Himmel herab. »Was für ein Zusammentreffen unbeerdigter Toter auf diesem Friedhof.«

»Die leere Kiste könnte für ihn bestimmt gewesen sein… ein Begräbnis, das von einem Luftangriff unterbrochen wurde.«

»Glaubst du das?«

»Nein.«

»Ich auch nicht. Die Zeppelinangriffe haben, soweit ich weiß, erst 1917 begonnen.«

»Ist das die Zeit, bis zu der ich zurückgehen soll? Ich meine, wir können dem Großen Alten Mann immer noch erzählen, daß wir tatsächlich eins der Opfer seines Vaters gefunden hätten, und ihn fragen, was wir nun unternehmen sollten.«

Coffin dachte darüber nach. »Nein, mach noch eine Weile weiter, sieh zu, ob du dieses Skelett mit Isobel Haved in Verbindung bringen kannst. Ich weiß nicht, ich habe irgendwie das Gefühl, daß die Sache damit noch nicht zu Ende ist.«

»Geht klar.« Phoebe machte Anstalten, sich zu verabschieden. »Könnte da irgendein Zusammenhang mit der Jacke bestehen, die man an Jaimie Layards Leichnam gefunden hat, die mit Lavender Seniors Namen drin?«

»Oh, du weißt davon?«

»Natürlich.«

Natürlich. Es gab keine Geheimnisse. Er sah flüchtig die Kantine und den Umkleideraum vor sich, all den Klatsch und Tratsch, der dort kursierte. Er war selbst dort gewesen, wußte, wie der Hase lief.

»Ich bin mir, was die Jacke betrifft, nicht ganz schlüssig.

Möglich, daß sie nicht echt ist, und wenn das der Fall ist, dann haben wir es entweder mit einem Witzbold zu tun oder mit einem Versuch, den Verdacht auf Jack Bradshaw zu lenken.«

»Nach allem, was ich höre, hängt er irgendwie mit drin, oder?« fragte Phoebe. »Darcy glaubt das jedenfalls... Er möchte übrigens mit dir reden.«

Coffin wurde von Gelegenheitsbesuchen in seinem Büro abgeschirmt, eine Aufgabe, der sich mehrere Sekretärinnen und Assistenten in den vorgelagerten Büros widmeten, aber Leute wie Chief Inspector Darcy konnten zu ihm durchkommen. Das äußere Büro war mit zwei jungen Beamtinnen besetzt, bei denen sich anerkannter Charme mit einer gewissen Strenge paarte. Im inneren Büro benutzten seine beiden Sekretärinnen Jilian und Sylvia ihre PCs und bedienten mit ruhiger Tüchtigkeit das Faxgerät. Coffin hielt sich lieber an Stift und Papier. In einem kleinen, verschlagartigen Büro saß Inspector Paul Masters, Coffins persönlicher Assistent, dessen schweigende Arbeit nur von seinem Telefon gelegentlich unterbrochen wurde. Auch er war Teil der Barrikade, die John Coffin abschirmte – der gar nicht immer abgeschirmt werden wollte.

Darcy hatte den Bogen raus, wie man zu dem Chief Commander durchkommen konnte, aber selbst ihm wurde dies lediglich am Telefon gestattet.

»Die Jacke, Sir? Ich habe gehört, Sie sind bei Richard Lavender gewesen... irgendwelche Ergebnisse?«

Coffin bekannte, daß niemand im Haushalt Lavenders zugegeben hatte, die Jacke zu kennen oder überhaupt jemals gesehen zu haben. »Aber Janet Neptune äußerte die

Vermutung, sie könne in einer Truhe mit Altkleidern gewesen sein, die sie für einen Kirchenbasar ihrer Gemeinde gestiftet hatten.«

»Der Sache könnte man nachgehen«, meinte Darcy düster. »Mal sehen, ob irgend jemand sich daran erinnert, die Jacke in Empfang genommen oder verkauft zu haben.«

»Ja. Das werden Sie tun müssen. Aber seien Sie nicht überrascht, wenn nichts dabei rauskommt. Ich bin mir nicht sicher, was ich von der Jacke halten soll.«

»Die Jacke wird in der Abteilung für Mode und Kostüme an der Universität untersucht, und ich hoffe, man wird sie datieren können. Vielleicht nützt es nichts, aber im Augenblick sind wir für jeden Hinweis dankbar... Ich beschäftige mich allerdings immer noch mit Martin Marlowe, vor allem, da die Tote selbst sagte, er habe sie mindestens einmal angegriffen. Ich denke, in der Beziehung der beiden spielte Gewalt eine beträchtliche Rolle – möglich, daß er sie getötet hat. Dann wäre da natürlich noch seine Schwester.«

»Sie wollen doch nicht behaupten, daß sie das Mädchen getötet hat?«

»Nein, Sir, aber sie steht ihrem Bruder sehr nahe und könnte gut an einem Komplott beteiligt sein, um ihn aus Schwierigkeiten herauszuhalten.«

Er wird die Geschichte dieser beiden nie vergessen, dachte Coffin. Vielleicht konnte er selbst das ja auch nicht. Es war immer da, ein Schatten in seinem Hinterkopf.

Aber Darcy hatte noch mehr zu erzählen. »Einer meiner Beamten kam aus dem Krankenhaus, in dem Dr. Henley arbeitet – es war spätabends... Seine Frau hatte gerade ein Baby bekommen, und er war bei ihr gewesen, als er den Bruder und die Schwester auf dem Parkplatz vorm Krankenhaus miteinander reden sah. Er hatte den Eindruck, daß sie sich stritten, daher beobachtete er sie weiter. Ich hatte dem Team Anweisung gegeben, ein Auge auf Marlowe zu halten, aber wir hatten ihn nicht unter Beobachtung. Nach einer Weile stieg Marlowe dann in seinen Wagen und fuhr mit hohem Tempo davon... Mein Beamter beschloß, ihm zu folgen, um festzustellen, was er vorhatte. Marlowe fuhr zur nächsten Haltestelle der Light Railway.«

»Und?«

»Als mein Beamter seinen Wagen abgestellt hatte, war der Zug bereits abgefahren und Marlowe mit ihm... Er fuhr Richtung City. Er hat einen Freund bei der Polizei der Londoner City, und den hat er dann angerufen und gefragt, ob sie einen ihrer Wagen zur Station am Tower schicken könnten, um festzustellen, wohin Marlowe ging.«

»Und weiter?«

»Es ist tatsächlich ein Wagen zur Endstation gefahren... aber Marlowe war nicht drin, also muß er entweder an einer früheren Haltestelle ausgestiegen sein, oder man hat ihn nicht erkannt.«

»Wollen Sie damit andeuten, daß er eine Perücke oder einen falschen Bart getragen haben könnte?«

»Der Mann ist Schauspieler, Sir.«

»Was wollen Sie eigentlich sagen, Darcy?«

Es entstand eine Pause. »Jaimie Layards Wohnung in der City, wo sie als Marjorie Wardy arbeitete, war in der letzten Nacht Schauplatz eines Einbruchversuchs.«

»Wollen Sie andeuten, daß es Martin Marlowe war?«

»Könnte sein. Es ist eine Möglichkeit.«

»Hätte er nicht einen Schlüssel gehabt?«

»Ja, das ist ziemlich wahrscheinlich, aber wir haben die Schlösser auswechseln lassen, nachdem die Wohnung durchsucht worden war. Jemand hat versucht, das Schloß aufzubrechen.«

»Anscheinend ist er nicht hineingekommen, also hat er, was immer er suchte, nicht bekommen. Falls er es war.«

»Ich werde heute mit ihm und auch mit Bradshaw reden. Falls ich ihn finde. Bradshaw hat sich einverstanden erklärt, heute zu mir aufs Revier zu kommen, aber Marlowe geht nicht ans Telefon und macht auch die Tür nicht auf. Ich habe keine Ahnung, wo er sich in diesem Augenblick aufhält.«

Coffin traf seine Entscheidung. »Lassen Sie die Wohnung beobachten... Arrangieren Sie etwas mit den Männern aus der City... Das liegt in deren Bezirk.«

»Das klappt für gewöhnlich recht gut«, bemerkte Darcy.

Ein stillschweigendes, inoffizielles Quid-pro-quo-Arrangement, ging es Coffin durch den Kopf: Eine Hand wäscht die andere. Irgendwie würden die Schulden zweifellos beglichen werden.

»Und ich will mich selbst in der Wohnung umsehen.«

»Natürlich, Sir. Ich begleite Sie.« Von seinem eigenen Apparat aus bestellte Darcy den Wagen, der sie beide abholen sollte, und als er den Hörer auflegte, hörte er ein leises, nicht unfreundliches Tuscheln über die tote Puppe des Chief Commander. Das also war der dafür inzwischen geläufige Ausdruck? Darcy runzelte die Stirn, entschied sich aber gegen einen Verweis. Vielleicht war es keine schlechte Beschreibung für Marjorie-Jaimie, so wie sie in ihrer Guy-Fawkes-Verkleidung ausgesehen hatte. Aber einem Impuls gehorchend, schlenderte er zum Dienstraum der Sergeanten der Kriminalpolizei, wo die Männer an ihren Schreibtischen saßen. Dieser Raum in der Zentrale war groß, aber nicht groß genug für die Männer, die sich für gewöhnlich hineinzwängten; heute war er beinahe leer, und Darcy wußte auch, warum: Neben den Ermittlungen im Fall der toten Puppe hatten sie es mit einer Brandstiftung unten an der U-Bahn-Haltestelle zu tun und mit einem Toten an der Laderampe des Supermarkts in der High Street.

Er sah sich um und machte sich dann auf den Weg, um den Chief Commander zu treffen. Er hielt es für sinnvoll, sich mit Coffin gut zu stellen; so etwas hatte noch keiner Karriere geschadet.

Ein uniformierter Constable stand draußen vor der Tür von Jaimies Büro über dem Blumenladen. Der Blumenladen war ebenso wie das Café nebenan für Kundschaft geöffnet.

Die Tür wies Spuren eines Einbruchversuchs auf. Jemand hatte sich mit einem Meißel an dem Schloß zu schaffen gemacht, und als dies nichts nützte, versucht, die Tür aufzubrechen.

»Der Versuch eines Amateurs«, sagte Darcy taxierend. »Wir hatten das Schloß auswechseln lassen, und außerdem ist das Holz nach dem ersten Einbruch mit Stahl verstärkt worden.«

»Was ist mit der hinteren Seite… Fenster und so weiter?«

»Da ist nichts gelaufen. Man würde schon Flügel brauchen, und außerdem ist der Zugang über die Hinterfront schwierig.«

»Und niemand hat irgend etwas gehört?«

»Die Hälfte der Büros im unteren Stockwerk stehen leer.«

Darcy grüßte den Constable, der für sie das Haus aufschloß.

Marjorie-Jaimie hatte neben der Wohnung, die sie sich mit Martin teilte, diese beiden Räume als Büro benutzt. Sie hatte einen PC mit einem großen Drucker gehabt, darüber hinaus einen Fotokopierer, ein Telefon und ein Faxgerät.

George Darcy ging voran. »Wir haben uns gründlich umgesehen und auch die Nachrichten auf dem Anrufbeantworter überprüft… rein geschäftlich, und auch nur zwei, beides Nachfragen, warum sie nicht auf einen früheren Anruf geantwortet habe.«

»Und dieser frühere Anruf?« erkundigte sich Coffin, während er schnell durch den Raum schritt.

»Gelöscht. Ich nehme an, sie ist regelmäßig hergekommen.«

»Wahrscheinlich zum Arbeiten.« Coffin nahm sich eine Akte mit maschinenbeschriebenen Seiten auf dem Schreibtisch vor. Es schien sich um die grobe Skizze für einen Artikel über Richard Lavender zu handeln, einen »Mann der Vergangenheit«. Der mordlustige Vater fand keine direkte Erwähnung, aber einige wenige kryptische Notizen legten den Verdacht nahe, daß sie die Absicht hatte, sich mit dem Thema zu beschäftigen.

Was sie wohl auf die Spur gebracht haben mochte? fragte er sich einmal mehr. Jack Bradshaw schien die naheliegende Antwort zu sein, obwohl er es gewiß abstreiten würde. Vielleicht hatte er nicht einmal gewußt, daß er irgend etwas preisgab; schließlich war er in sie verliebt gewesen.

Wieviel hatte er selbst gewußt? Es war denkbar, daß Jaimie Hinweise aus irgendeiner anderen Quelle gehabt hatte. Von dem alten Mann selbst, der im Alter, ohne es selbst zu bemerken, geschwätzig geworden war und kein Blatt vor den Mund nahm. Obwohl er es nicht gesagt hatte, wußte er ein hübsches Gesicht zweifellos immer noch zu schätzen.

Dann war da noch Janet Neptune, die wahrscheinlich so gut wie jeder andere über die Ereignisse in der Vergangenheit Bescheid wußte. Oder sich so einiges zusammenreimen konnte. Sie war Teil seiner Familie, und Familien wußten oft mehr, als sie zu erzählen bereit waren.

Aber sie hatten es hier mit einer intelligenten jungen Frau zu tun, die vielleicht über eigene Beweise gestolpert sein mochte, Beweise, die Phoebe ihrerseits in einer Lokalzeitung oder sogar in einem Artikel von Edgar Wallace würde aufspüren können.

»Haben Sie irgendwann mal was von Edgar Wallace gelesen?« fragte er Darcy geistesabwesend.

»Nein. Das heißt, als Junge habe ich natürlich was von ihm gelesen: *Sanders vom Strome* und solche Sachen. Die standen bei meinem Großvater im Bücherregal.«

»Das müßte es eigentlich sein«, sagte Coffin. »Meine Frau will eins seiner Stücke aufführen: *Der Fall der ver-*

ängstigten Dame... Wenn ich mich nicht irre, will sie es ein bißchen modernisieren.« Es aufmotzen, hatte er es genannt, und man konnte sich auf Stellas angeborenen guten Geschmack verlassen, daß sie noch ein wenig mehr tun würde. »Es müßte nach Weihnachten rauskommen.«

Er ging weiter durch den Raum, der auf eine geschäftsmäßige, nüchterne Art gut möbliert war. »An Geld hat es ihr nicht gefehlt.«

Darcy pflichtete ihm bei. »Nein. Ich hatte ihre Schwester hier – das heißt, eine ihrer Schwestern, es ist eine große Familie –, die sich hier umgesehen hat. Ich wollte wissen, ob hier irgend etwas ist, das ihr etwas gesagt hätte. Sie meinte, Jaimie habe über ein kleines privates Einkommen verfügt und außerdem gut verdient.«

»Und sie hatte keine Ahnung, was hinter dem Einbruchversuch stecken könnte?«

»Könnten einfach Vandalen gewesen sein oder ein Gelegenheitsdieb, der wußte, daß die Wohnung leer war.«

Coffin ging in die Küche, die sauber und ordentlich war und einige schicke, aber unbenutzt aussehende Küchengeräte enthielt. Er machte den Kühlschrank auf, um hineinzublicken. Es stand nicht viel drin, abgesehen von Kaffee und einer Flasche Wein. Die mittlerweile schal geworden war, wie man vermuten durfte.

»Sie hat nicht wirklich hier gelebt«, erklärte Darcy, der offensichtlich das Gefühl hatte, bei dieser Besichtigung den Führer spielen zu müssen. »Sie hat bei Marlowe gewohnt, in seiner Wohnung.«

»Hoffen wir, daß Marlowe sich inzwischen beruhigt hat.«

Darcy zuckte die Achseln. »Ich denke, seine Schwester hat einen beruhigenden Einfluß auf ihn. Hat ihm vielleicht irgendein Beruhigungsmittel verabreicht, das würde mich nicht wundern.«

»Gibt es irgendwelche Hinweise, daß einer der beiden Drogen nahm?«

Darcy schüttelte den Kopf. »Keiner, und sie können darauf wetten, daß wir nach solchen Dingen gesucht haben.« Er öffnete die Tür zum Badezimmer. »Nicht mal ein Aspirin.«

Das Badezimmer war mit Dusche und Badewanne ausgestattet und zeigte ausschließlich Spuren weiblicher Benutzung mit parfümierter Seife, Badeöl und Eau de Toilette, alle von der gleichen Parfümmarke.

Vom Bad aus kam man ins Schlafzimmer; es war ein kleiner Raum mit einem niedrigen Bett. Das Bett selbst jedoch war groß und luxuriös. Coffin drehte sich fragend zu Darcy um.

»Ja. Ihre Schwester sagte, sie habe eine ganze Reihe von Liebhabern gehabt. Es war die Art, wie sie lebte. Ein aufbrausendes Temperament. Immer ein wenig gewalttätig, aber das hat sich stets schnell wieder gegeben. Sie liebte ihre Schwester, machte sich aber keine Illusionen, was deren Charakter betraf.«

»Wie war sie denn? Jaimies Schwester, meine ich?«

Darcy dachte über sie nach: »Groß, unbefangen, sehr gut gekleidet; ich würde sagen, sie war selbst nicht ohne Temperament. Und auch nicht unbedingt eine Nonne.« Er konnte sich ein Lächeln nicht verkneifen: Griselda Layard hatte ihm gefallen. Er hatte so eine Ahnung, daß er ihr ebenfalls gefallen hatte. Das Familienleben der Layards mußte interessant sein.

»Keine Hinweise, die vermuten lassen, daß sie hier getötet wurde?«

Darcy schüttelte den Kopf. »Keine Spuren eines Kampfes. Soweit man sehen kann, ist alles in Ordnung.« Er sah sich in dem Raum um, wo auf den Fenstern und Türen noch immer ein Hauch weißen Pulvers zu sehen war. »Wir haben nach Fingerabdrücken gesucht. Nur ihre und ein paar andere, die so verschwommen waren, daß wir sie nicht zuordnen können. Marlowe sagt, er sei manchmal auf ihre Einladung hin hiergewesen, aber sein letzter Besuch liege mehrere Wochen zurück.«

»Glauben Sie ihm?«

»Ich kann nicht beweisen, daß er lügt.«

»Er ist nicht Ihre Lieblingsbesetzung für die Rolle des Mörders, hab ich recht?«

»Sie würden mir beide gefallen.« Darcy biß die Zähne zusammen wie ein Terrier, der seine Beute gerade zu packen bekommen hatte. »Manchmal denke ich, es ist Jack Bradshaw. Er ist der einzige, der das Mädchen kannte, irgendwie ein Motiv hatte und an diese Jacke herangekommen sein könnte. Und dann wieder denke ich... hm, die junge Frau hat Marlowe mehr oder weniger beschuldigt, sie einmal angegriffen zu haben, außerdem hat man ihn letzte Nacht hier in der Gegend gesehen.« Er wandte sich Coffin zu. »Ja. Ich weiß, daß wir ihn verloren haben, aber einer von den Leuten vom Revier hier hat einen Mann gesehen, der sich letzte Nacht hier herumgetrieben hat und auf den Marlowes Beschreibung paßt... Er könnte versucht haben, in die Wohnung einzubrechen. Und wenn er es war, hätte ich um so mehr Grund, ihn zu verdächtigen. Ich werde ihn fragen, soviel steht fest. Und jedes Alibi überprüfen, das er möglicherweise angibt. Das Problem ist, niemand scheint in diesem Fall überhaupt ein Alibi zu haben, das Ganze ist ziemlich vage. Alle sind alleinstehend oder haben eine Schwester, die das Blaue vom Himmel runter lügen würde.« Widerstrebend fügte er hinzu: »Das Motiv wäre dasselbe: Beide waren sie in sie verliebt.«

»Ist Liebe ein Motiv?«

»Sie bringt gelegentlich Motive mit sich, Sir. Vergessen Sie nicht, es ist ein verrückter Mord.«

Coffin gab einen Laut von sich, den man als Zustimmung hätte interpretieren können. Er ging weiter zu Jaimies Schreibtisch, wo er Platz nahm und sich den ganzen Bereich vom Telefon bis zu dem Drucker ansah, der mit dem Computer verbunden war. »Haben Sie sich angesehen, was sie auf ihrem PC hatte?«

»Ich habe das von einem Mädchen überprüfen lassen, einem unserer elektronischen Genies. Sie wird mir darüber Bericht erstatten, was sie gefunden hat. Ich erwarte allerdings keine Wunder.«

Coffin sah sich das Telefon und den Block daneben an. Sie hatte zwei Telefone gehabt, eins davon mit einem Faxgerät verbunden. Er nahm die Nummern automatisch wahr. Wenn man so viele Jahre bei der Kriminalpolizei gewesen war wie er, erinnerte man sich immer an die Telefonnummern. Keine hingekritzelten Nachrichten, keine nützlichen Nachrichten auf dem Anrufbeantworter.

Er stand auf und entfernte sich einige Schritte von

dem Tisch, um aus dem Fenster zu sehen. Eine belebte Straßenszene mit den roten Londoner Bussen, die sich millimeterweise durch den Verkehr schoben, während pausenlos irgendwelche Taxis um sie herumzukurven schienen.

»Alles in Ordnung mit Ihnen, Sir?« fragte Darcy, der hinter ihn getreten war.

Coffin fuhr herum. »Ja, natürlich. Ich hab nur nachgedacht.«

Darcy kniff die Augen zusammen, sagte jedoch nichts. Es waren keine guten Gedanken gewesen, falls er Coffins Miene richtig deutete. Der Mann war ein komischer Vogel. Darcy hatte Archie Young sagen hören, daß Coffin manchmal aus dem Nichts irgendwelche Ideen aufgriff und es dann plötzlich eine Lösung gab. Er sagte auch vor Gericht aus, was mehr war, als man von konventionelleren Polizisten behaupten konnte.

Coffin trat vom Fenster weg und bemerkte beiläufig: »Martin Marlowe steht draußen auf dem Gehsteig und sieht zur Wohnung hinauf. Ich habe ihn beobachtet. Ich habe runter gesehen und er rauf. Ich denke, er hat mich erkannt.«

Darcy trat ans Fenster. »Was kann er nur hier wollen?«

»Lassen Sie uns runtergehen und es rausfinden.«

Sie trafen ihn auf der Treppe. »Was wollen Sie?« fragte Darcy. Coffin schwieg. Martin starrte die beiden Männer mit einem unfreundlichen Ausdruck an.

»Ich wollte jedenfalls nicht zu Ihnen«, sagte er. »Ich bin hier, um mich umzusehen… Sie ist hier gestorben, und ich will wissen, warum.« Er taumelte plötzlich und hielt sich am Treppengeländer fest, um nicht zu stürzen.

»Es gibt keinen Grund zu der Annahme, daß sie hier

getötet wurde.« Coffin legte eine Hand auf Martins Arm. »Wir wissen nicht, wo sie getötet wurde, noch nicht, aber wir werden es herausfinden. Kommen Sie mit nach unten in den Wagen, wenn Sie reden wollen.«

»Ich möchte ihm allerdings nicht raten, uns das Auto vollzukotzen«, murmelte Darcy.

»Das wird er schon nicht.« Der Mann ist nicht betrunken, dachte Coffin bei sich. Wenn ihm irgend etwas die Sinne trübt, dann nicht Alkohol, sondern rohe Emotionen. Er konnte in Darcys Gesicht lesen, was dieser dachte: dieser verfluchte Schauspieler.

»Lassen Sie uns erst mal eins klarstellen: Waren Sie vergangene Nacht hier?«

»Ja.« Martins Stimme klang belegt. »Und in der Nacht davor und in der Nacht vor dieser.«

»Vor der Vorstellung oder danach?« fragte Coffin.

»Danach, Sie Narr.«

»Haben Sie versucht einzubrechen?«

»Nein...«

»Jemand anderes hat es versucht.«

»Ich war's nicht... es ist ihr Sarg, ihr Leichentuch...«

Diese Bemerkung machte ihn Darcy nicht sympathischer. »Haben Sie jemals einen Schlüssel besessen?« wollte er wissen.

»Ich hatte mal einen, aber Jaimie sah es nicht gern, wenn ich ihn benutzte. Es war ihr privater Bereich. Jaimie mochte keine Eindringlinge.«

Sobald sie im Wagen saßen, wurde Martin etwas ruhiger. »Ich möchte wissen, was Sie unternehmen, um ihren Mörder zu finden. Ich glaube nicht, daß Sie allzuviel tun.«

»Wir arbeiten an der Sache«, sagte Darcy mit unverminderter Verärgerung.

»Sie denken, ich war es, nicht wahr? Es steht Ihnen doch ins Gesicht geschrieben. Oder meine arme Schwester. Wer einmal getötet hat, kann es leicht wieder tun. Ich sage Ihnen, wer sie umgebracht hat, ich weiß es. Dieser alte Perverse, dieser Große Alte Mann, und wenn Sie ihn nicht kriegen, dann kriege ich ihn.«

»Sie beschuldigen Richard Lavender?«

»Ja.«

»Er ist sehr alt und gebrechlich.«

»Irgendwie hat er es geschafft. Er hat jemanden dafür bezahlt. Er wollte, daß Jaimie zum Schweigen gebracht wurde. Ich weiß nicht, warum, aber er wollte es.« Er schwitzte. »Kurbeln Sie das Fenster runter, ja?« Coffin entsprach seiner Bitte. »Warum bezeichnen Sie Richard Lavender als Perversen?«

»Bei dem Mann war irgend etwas faul, und Jaimie wußte davon. Irgendwas in seiner Vergangenheit. Ich weiß nicht, vielleicht nicht mal das. Sie traute ihm nicht über den Weg, sie meinte, man könne ihm nicht trauen. Er wollte sie verprügeln, nehme ich an, zu mehr war er ja nicht in der Lage. Das hätte ihr nicht gefallen.« Seine Stimme wurde noch heiserer. »Sie war zwar ziemlich unersättlich in sexueller Hinsicht, aber nicht pervers. Immer ganz geradlinig.«

Er fing an zu weinen. Das ärgerte Darcy erst recht. »Ich bin nicht mit allem, was Sie sagen, einverstanden. Ich werde Sie zum Verhör mit aufs Revier nehmen.«

Überraschenderweise beruhigte diese Bemerkung Martin.

»In Ordnung, aber lassen Sie mich zuerst meine Schwester verständigen.« Er sah Coffin flehentlich an.

»Wohnen Sie bei ihr?«

»Nein. Sie hat eine Krankenhauswohnung, da kann ich nicht bleiben, das ist nicht erlaubt. Also wohnt sie bei mir.«

»Wird sie jetzt zu Hause sein?«

»Ja, sie wartet auf mich.«

Die liebe Schwester, dachte Coffin. Er warf Darcy den Blick zu, der bedeutete: Wenn wir da ankommen, bleiben Sie im Wagen, und ich gehe mit ihm.

Dr. Clara Henley öffnete selbst die Tür. Coffin dachte, daß ihr die Stigmata fehlten, die viele Langzeitgefangene erwarben: Sie war weder wachsam noch aggressiv, sie bemühte sich weder zu gefallen, noch war sie abweisend; sie sah lebendig und zufrieden aus, aber sie wirkte auch älter, als sie es wirklich war, ein Umstand, den er durchaus verstehen konnte. Sie war tatsächlich älter als ihr Bruder. Seine Abhängigkeit von ihr wurde sofort sichtbar; er stürmte auf sie zu und umarmte sie.

»Geht es dir gut, Clara?«

»Natürlich geht es mir gut. Du bist derjenige, der Probleme zu haben scheint.« Sie sah über seine Schulter; sie war kühl und gelassen, und es sah so aus, als könne sie reden. »Guten Morgen, Chief Commander, oder ist es schon Nachmittag?«

Coffin stand in der Tür, durch die er die Küche und das Wohnzimmer sehen konnte. In beiden Räumen herrschte, wie er vermutete, eine Ordnung, wie es sie zu Zeiten von

Jaimie und Martin nie gegeben hatte. Sie hatten hier gelebt und sich gestritten; Martin hatte sie geliebt, aber er lag wahrscheinlich richtig mit der Vermutung, daß das Mädchen es nur auf seine ›Story‹ abgesehen hatte.

Als er in Claras kalte Augen blickte, fragte er sich, ob sie in der Lage gewesen wäre, Jaimie zu töten, um sie daran zu hindern, genau das zu tun. Man vermutete, daß Jaimie am späten Nachmittag oder am frühen Abend gestorben war, präziser ließ sich das kaum sagen. Clara hatte natürlich operiert. Das war vermutlich nachgeprüft worden. Er fragte sich, wie leicht es sein mochte, einen Operationssaal zu verlassen, einen Mord zu begehen und dann wieder zurückzukommen. Dauerten manche Operationen nicht den ganzen Tag lang?

»Ich muß noch mal zum Verhör mit aufs Revier«, sagte Martin.

»Ich glaube, wir besorgen dir besser einen Anwalt.«

»Das wäre eine gute Idee«, stimmte Coffin ihr zu.

Clara klopfte ihrem Bruder auf die Schulter. »Du machst dich jetzt auf den Weg, und ich suche einen Anwalt für dich. Vielleicht eine Frau, die ich auf dem College kennengelernt habe.« Sie warf Coffin einen ironischen Blick zu. »Ich meine ein richtiges College, wo ich meine medizinische Ausbildung begonnen habe; es soll kein Deckname fürs Gefängnis sein.«

Martin löste sich von seiner Schwester. »Dann geh ich mal. Danke, Clara.« Sie hatte ihm Kraft gegeben, er klang jetzt ruhiger.

»Ich war selbst schon zu diesem Schluß gekommen.« Coffin bedeutete Martin, in den Wagen zu steigen, wo

Darcy mit finsterer Miene wartete. »Dr. Henley, was hat Ihr Bruder Ihnen gegeben, als er Sie umarmte?«

Sie schwieg.

»Ich habe es nämlich gesehen. Um genau zu sein, ich habe auf etwas Derartiges gewartet.« Er stand mit ernstem Gesicht vor ihr. »Kommen Sie, geben Sie es mir. Ich könnte Sie auch aufs Revier mitnehmen, um Sie durchsuchen zu lassen.«

»Gib's ihm«, sagte Martin vom Wagen aus. »Tut mir leid, Clara.«

Schweigend zog sie ein kurzes, aber scharfes Messer aus der Tasche.

»Was hatten Sie damit vor? Oder wollten Sie es benutzen, um in die Wohnung einzubrechen?«

»Ich hatte es zum Selbstschutz bei mir, schon seit Tagen«, war alles, was Martin sagte.

Am Ende dieses Tages ging Coffin ins Theater, um Stella zu suchen. »Ich möchte dich zum Abendessen ausführen. Laß uns irgendwohin fahren, raus aus London II.«

Stella saß wieder einmal hinter ihrem Schreibtisch und beschäftigte sich mit der Buchführung des Theaters, die sie immer nervös machte.

»Ihr habt mir meinen neuen jugendlichen Liebhaber weggenommen«, beklagte sie sich. »Das ist sehr unangenehm für uns. Ich habe es erst erfahren, als der Vorhang hochging.«

»Hat er denn eine Rolle in diesem Stück?«

»Nein«, gab Stella zu. »Aber er hätte eine haben können. Ihr hättet daran denken sollen, daß das Theater nicht wie eine Fabrik oder wie ein Büro funktioniert: Wir haben eine Verpflichtung gegenüber dem Publikum.«

»Euer Stück ist ganz großartig«, sagte Coffin mit bewundernder Zuneigung. »Ich würde mir keine Sorgen machen. Er ist da, wo er sich jetzt befindet, wahrscheinlich sicherer als überall sonst.«

»Was soll denn das heißen?«

»Ich bin mir nicht ganz sicher«, sagte Coffin nüchtern und mit Überzeugung.

»Ist er in Gefahr?«

»Möglicherweise... jedenfalls besorgt seine Schwester ihm einen Anwalt, daher denke ich, daß er nach einer Weile auf Kaution wieder rauskommt.«

»Glaubst du, daß er der Mörder ist?«

Coffin antwortete nicht.

»Aber wenn er es ist, dann kann ihm doch selbst keine Gefahr drohen.«

»Denk doch mal nach, Stella. Wenn du einen Menschen tötest, den ein anderer geliebt hat, dann mußt du damit rechnen, daß sich jemand rächt.«

Stella überlegte. Wer käme für einen Mord aus Rache in Frage? »Jack Bradshaw?«

»Kein Kommentar.«

»Sie stehen also beide unter Verdacht... Ich nehme an, ich höre auch da wieder ein ›Kein Kommentar‹. Ich bin froh, daß ich nicht den Dialog für ein Stück schreiben muß, in dem du vielleicht eine Rolle übernimmst.«

»Unglücklicherweise ist das kein Stück«, erwiderte Coffin und wandte sich ab.

Stella ging um ihn herum und stellte sich direkt vor ihn. »Ich möchte dich ansehen... du machst dir Sorgen, oder? Nehme ich da eine gewisse Nervosität wahr? Oder ist das ein schlechtes Gewissen?«

»Etwas von allem.«

»Was wird deiner Meinung nach weiter passieren?«

Langsam antwortete er: »Ich glaube, es passiert bereits. Und ja, es ist mein Werk.«

In das nachfolgende Schweigen hinein sagte Stella: »Wenn wir auswärts essen gehen wollen, sollte ich mich jetzt wohl umziehen.« Sie warf einen Blick auf ihre Jeans und das Seidenhemd.

»Zieh dich nicht um, du siehst wunderbar aus, so wie du bist. Ich habe uns einen Tisch in diesem Restaurant in der Basil Street reservieren lassen. Ich finde, der Abend ist wie geschaffen dazu, sich etwas Besonderes zu gönnen und alles hinter sich zu lassen.«

Stella sah ihn an und hatte Angst.

Um ihn, nicht vor ihm.

»Wenn das ein Stück wäre«, sagte sie, »würdest du jetzt die Arme um mich legen und sagen: ›Hör auf zu zittern, stell dir einfach vor, es wäre ein Stück‹, und das Publikum würde, wenn der Vorhang runtergeht, nicken und auf den nächsten Akt warten. Aber das ist kein Theaterstück, und du bist nicht die richtige Besetzung für die Rolle.«

»Nein, mein Liebling«, sagte er traurig.

Das Restaurant befand sich nicht in der Basil Street selbst, sondern in einer kleinen Sackgasse, die davon abzweigte. Sie hieß The Pens, und der Ursprung dieses Namens war nicht ganz klar, aber vielleicht waren vor hundert Jahren oder so, als das ganze Viertel noch aus Feldern bestand, dort Schafe eingepfercht worden.

Sie hatten einen Tisch am Fenster mit Blick auf den

Garten, der winzig und gepflastert war, aber voller Grünpflanzen, die das winterliche Wetter auszuhalten schienen. Er wurde von einem sanften Flutlicht erhellt.

Stella nahm an ihrem Tisch Platz und zog ihren Schal zurecht, bevor sie sich im Raum umsah. Sie wußte, daß sie mit ihren Jeans, ihrem Seidenhemd und der Kaschmirjacke den Stil der übrigen Gäste getroffen hatte, die alle mit teurer Lässigkeit gekleidet waren.

Sie wandte sich an ihren Mann, der über den Wein nachdachte; er war kein geborener Weinliebhaber – da er in einer Welt aufgewachsen war, in der man Bier trank –, aber er wollte eine kluge Wahl treffen, statt sich nur vom Preis leiten zu lassen.

»Also, warum hast du mich hierhergebracht?«

»Ich dachte, es würde dir gefallen?«

»Tut es auch. Aber für gewöhnlich laden mich Leute hierher ein, die mich überreden wollen, ein Stück für sie zu produzieren, oder um mir, wenn ich Glück habe, eine Rolle in einem Film anzubieten. Fernsehleute laden einen normalerweise in ein weniger teures Lokal ein.«

»Was für eine Zynikerin du doch bist.«

»Die Stimme der Erfahrung. Also, warum sind wir hier?«

Coffin sah sie nachdenklich an. »Ich fand, daß du es verdient hättest, für ein Weilchen aus London II herauszukommen und in einem angenehmen Ambiente etwas zu essen und zu trinken... Außerdem wollte ich ein bißchen mit dir angeben. Du bist nämlich eine ziemlich bekannte Persönlichkeit.«

Stella nahm das Kompliment entgegen, blickte sich im

Raum um und sah, daß niemand dort war, den sie kannte, abgesehen von einer Frau, mit der sie vor Jahren zusammengearbeitet hatte und die sie kaum wiedererkannte. Wie befriedigend, jemanden so gründlich gealtert zu sehen. »Das ist Aileen Alleen da drüben«, sagte sie freudestrahlend zu Coffin. »Ich habe sie nur mit Mühe wiedererkannt. Du hättest sie gar nicht erkannt, oder? Die Ehe mit diesem Millionär hat ihr den Rest gegeben.«

»Hat sie den Millionär noch?« Coffin betrachtete den sehr jungen, aber extrem gutaussehenden Mann, der mit Aileen aß.

»Ich weiß nicht, ob sie ihn noch hat, aber soweit ich höre, hat sie die eine oder andere von seinen Millionen.«

»Neidisch?«

»Nein, da ziehe ich meinen Polizisten, mein Theater und meine Figur vor.«

Sie tranken etwas Wein und aßen geräucherten Lachs. Stella dachte an einige der Mahlzeiten zurück, die sie miteinander eingenommen hatten, angefangen von Fisch und Chips in Greenwich bis hin zu Huhn Marengo in Max' Restaurant. Ganz zu schweigen von den Mahlzeiten, die sie in ihrer eigenen Küche zusammen zubereitet hatten; in vieler Hinsicht waren das, weil sie beide nicht kochen konnten, die denkwürdigsten gewesen.

»Wo ist eigentlich Augustus?« fragte sie plötzlich. »Haben wir ihn mitgenommen oder zu Hause gelassen?«

»Er ist im Auto.«

»Was er hassen wird.«

»Leidenschaftlich.«

Stella beugte sich vor. »Wir reden nur um des Redens willen, nicht wahr? Was verschweigst du mir?«

Coffin seufzte. »Nun, ich wollte das heute abend eigentlich nicht erwähnen, aber ich glaube, daß du vielleicht einen Schauspieler verlieren wirst.«

Stella lehnte sich auf ihrem Stuhl zurück. »Martin? Du verhaftest Martin wegen des Mordes an Jaimie.«

»Ich verhafte niemanden... und nein, es geht nicht um Jaimie. Ich spreche von dem neuen Schauspieler, den du gerade rekrutiert hast... Die Polizei in der Stadt, aus der er gekommen ist, will ihn zurückhaben... Er hat eine Vorliebe für kleine Jungen. Nicht empfehlenswert.«

Stella trank von ihrem Wein und schickte sich an, die Neuigkeit philosophisch zu nehmen. »Da ist schon Schlimmeres passiert. Jetzt weiß ich auch, warum er nicht gefeilscht, sondern genommen hat, was ich ihm anbot.«

»Ich schätze, er wußte, daß der Boden ihm da langsam zu heiß werden würde, ja.«

Stella begann zu essen. Sie entspannte sich, denn sie hatte das Gefühl, jetzt das Schlimmste zu wissen und den Abend genießen zu können. Es war schade um ihre jüngste Neuerwerbung, aber so war das eben, solche Dinge kamen vor. Sie bezweifelte, daß er sich auf kleine Jungen beschränkte; in sexueller Hinsicht schien er ihr eher ein Allesfresser zu sein.

Sie lächelte ihren Mann an, und er lächelte zurück.

Er sah keine Notwendigkeit, ihr zu erklären, daß er es für das beste gehalten hatte, wenn sie diesen Abend beide nicht in Spinnergate waren.

Ich glaube, ich habe den Mörder aufgeschreckt. Ich habe den Hahn mit der Aufschrift Gewalt aufgedreht, dachte er bei sich. Und ich weiß nicht, wann die Gewalt herausströmen oder wer etwas davon abbekommen wird.

Sie unterhielten sich nun ganz gelassen, während sie aßen. Stella genoß ihren Wein, während Coffin nur sehr wenig trank, weil er nach Hause fahren würde.

Gerade als sie gehen wollten, klingelte Coffins Telefon.

»O je«, sagte Stella.

Coffin nahm den Apparat aus seiner Manteltasche. Er hörte Darcy zu, der ihm erklärte, daß sowohl Marlowe als auch Bradshaw entlassen worden seien.

»Sie konnten nicht viel anderes tun«, pflichtete Coffin ihm bei.

»Bisher liegen keine gerichtsmedizinischen Beweise vor, die einen der beiden belasten würden. Übrigens glattzüngige Burschen, einer wie der andere. Bradshaw ist clever, und Marlowe hatte seine Anwältin bei der Hand. Die fette Louie Armstrong«, erzählte Darcy, der schon früher mit der Dame zusammengestoßen war. »Und sie hat genug Grips für ihn mit.« Schleppend und bekümmert fügte Darcy hinzu: »Dann sehe ich Sie morgen abend, Sir, beim E und S?«

»Ich werde dasein«, bejahte Coffin. Es war eine der offiziellen Veranstaltungen, denen er beiwohnen mußte.

Coffin fuhr sie nach Hause nach London II und riet Stella, die Wagentür auf ihrer Seite zu verschließen. Als sie protestierte, legte er ihr nahe, es einfach zu tun, basta.

Er war gereizt und angespannt.

13

Es war ein kalter, trostloser Abend. Richard Lavender wurde fürs Bett fertig gemacht. Wie ein Postpaket, pflegte er es auszudrücken, wenn er schlechter Laune war.

Am Abend hatte Janet Neptune frei oder betrachtete sich jedenfalls als frei, obwohl ihr Großonkel (so er das denn war) trotzdem noch, wenn ihm danach zumute war, nach ihr rief, um sich ein heißes Getränk oder ein neues Buch bringen zu lassen. Aber Janet Neptune wurde jeden Abend von einer Krankenschwester abgelöst, die den GAM (die Schwester nannte ihn so: Na kommen Sie schon, Großer Alter Mann, das Bad ist fertig; ihn machte es jedesmal wütend, wenn er so genannt wurde) badete und zu Bett brachte.

Schwester Flint war eine große, füllige, hübsche Frau, deren Aussehen ihren Namen Lügen strafte, obwohl die Festigkeit ihres Wesens gut dazu paßte. Flint – Feuerstein.

»Kommen Sie schon, Schätzchen, Zeit für ein schnuckliges, kleines Bad.«

Dick Lavender zeigte die Zähne. »Hektisches Weibsbild, so hätten Sie nicht mit mir gesprochen, als ich noch Premierminister war.«

Flint half ihm zum Bett hinüber. Ihre Hände waren sanft, und er kannte und schätzte ihre Berührung. »Nein, das hätte ich bestimmt nicht getan. Aber ich war damals ja auch noch nicht auf der Welt.«

Dem Badewasser waren beruhigende Öle beigefügt worden, und anschließend rieb Schwester Flint Salben in die Gelenke, an denen die Haut so dünn war, daß sie wund werden konnte. Sie tat dies sehr behutsam, mochte ihre Zunge auch noch so scharf sein.

»Sie sollten nicht soviel auf Ihrem Hintern sitzen.«

»Wo soll ich denn sonst sitzen?«

»Ich meine, Sie sollten sich mehr bewegen. Das können Sie nämlich, aber Sie wollen es nicht zugeben. Wenn Sie müßten, könnten Sie durchaus laufen.«

»Blödsinn.«

»Ich wette, wenn es brennen würde, könnten Sie es.« Sie rieb eine Creme auf seine dünnen Hüften. »Mich täuschen Sie nicht, ich weiß, daß Sie rumlaufen können, wenn Sie wollen... Ich kann die Muskeln fühlen.« Sie schnaubte. »Sie haben mich gekniffen.«

»Ich dachte, es würde Ihnen vielleicht Spaß machen, meine Muskeln zu fühlen. Und Ihr Hintern schreit förmlich danach.«

Sie rollte ihn auf die Seite, achtete aber darauf, nicht zu grob zu sein. »Sie sind ein alter Teufel. Mit Ihnen möchte ich nicht in einem dunklen Zimmer eingesperrt sein.« Sie stieß ein leises, volltönendes Lachen aus. »Sie sollten mehr aus dem Haus gehen, wenn Sie meinen Rat hören wollen. Lassen Sie sich ein wenig von Janet herumkutschieren, oder fragen Sie diesen netten Dr. Bradshaw.«

»O ja, jeder mag Jack Bradshaw«, brummte Dick Lavender. Er konnte nämlich brummen. Es war ein leises

Knurren weit hinten in seiner Kehle wie bei einem in die Jahre gekommenen Löwen.

»Eifersüchtig, hm? Und das in Ihrem Alter. Betrachten Sie es als eine Sucht wie das Rauchen.« Sie bestäubte ihn mit einem süß duftenden Puder. Sie hatte es gern, wenn ihre Patienten gut rochen, mehr um ihretwillen als um der Patienten willen. »Geben Sie es auf. Heilen Sie sich selbst.« Dann fügte sie halb humorvoll, halb ironisch hinzu: »Werden Sie erwachsen.«

»Das Alter ist kein Heilmittel gegen alles.«

»Als ob ich das nicht wüßte!« Sie klopfte ihm mit einem Papiertaschentuch auf den Arm. »Bei mir hat's jedenfalls nie was genützt.« Wie alt war er? Neunzig? Sechsundneunzig kam der Sache wohl näher.

Kurze Zeit später hatte sie ihm den Morgenmantel angezogen und machte es ihm in einem Stapel Kissen bequem.

»Tee oder Kaffee, oder soll ich Ihnen einen Kakao machen?«

»Whisky, bitte.«

»Recht haben Sie. Ich trinke einen mit.«

»Hab ich Sie eingeladen?«

»Nein, aber ich brauche irgendeine Belohnung dafür, daß ich mich um Sie kümmere.«

Der Theorie nach machten diese Wortgefechte ihnen beiden Spaß, aber die Wahrheit sah anders aus: Dick Lavender war dieser Dinge müde geworden. Er wollte nicht länger witzig oder selbst die Zielscheibe von Witzen sein. Der Quell des Humors war schon vor langer Zeit in ihm versiegt, und er spürte, daß bittere Erinnerungen sein Wesen ausfüllten, Erinnerungen, die Gestank zu verströmen schienen. Tagsüber füllte ein abgestandener Geruch seine Nase, und in der Nacht roch er menschliche Körper, immer nur Körper, säuerlich und verschwitzt. Wahrscheinlich war sein eigener Körper voll von den Gerüchen des Alters, aber das machte ihm diesen Körper nicht teurer.

Sie tranken den Whisky pur und mit stillem Vergnügen.

»Lassen Sie mir die Flasche da.«

»Eigentlich dürfte ich das nicht. Was wird Janet sagen?«

»Um Janet kümmere ich mich.« Wieder war das Knurren zu hören. Janet hätte diesen Laut vielleicht gefürchtet, aber sie war nicht die Frau, die alles, was sie hörte, auch verstand.

Miss Flint kam seinem Wunsch nach, postierte die Flasche aber in ausreichender Entfernung, um ihn zu zwingen, aus dem Bett zu steigen, wenn er sie sich holen wollte, ein Umstand, der ihn hindern mochte zu trinken oder auch nicht. Wenn er wollte, konnte er sich durchaus bewegen.

»Hören Sie«, sagte sie an der Tür. »Ich weiß, daß Sie immer noch ein Löwe sind, aber gehen Sie keine Risiken ein. Brüllen Sie nicht zu oft.«

»Gott behüte uns«, zitierte er, mehr an sich selbst gewandt als an sie. »Ein Löwe unter den Damen ist etwas Furchtbares.« Er spürte, wie das Knurren seinen Anfang nahm, und der abgestandene Geruch stieg wieder in ihm auf. »Shakespeare ist nämlich mein Gott, ihm habe ich meine Ausbildung zu verdanken: Macbeth, König Lear und Zettel, der große Zettel mit dem Eselskopf.«

»Wie Sie wollen«, sagte Miss Flint und knöpfte sich den Mantel zu. »Verzetteln Sie sich ruhig.«

Er sah ihr nach. Es würde eine böse Nacht werden.

Miss Flint blieb im Flur stehen und lauschte: Sie haßte diese Laute, die er von sich gab, schnarrend und tief; man konnte es als ein Knurren bezeichnen, wenn man es denn unbedingt wollte. Ob sie noch einmal hineingehen sollte? Nein. Sie hatte alles getan, was man von ihr verlangen konnte.

Sie lief hastig zu ihrem Wagen hinüber; es regnete, und es war kalt. Es würde eine böse Nacht werden.

Dick Lavender las noch ein Weilchen – Lady Thatchers Memoiren. Sie hatte es leicht, dachte er, die hätte mal Premierministerin sein sollen, als ich es war. Ich hatte viel mehr Geier um mich herum als sie. Auch wenn ich sie alle überlebt habe.

Er nickte ein und wachte wieder auf. Er konnte Geräusche hören wie von brechenden Knochen und eine Frau, die schrie. Ein kleiner, gedämpfter Schrei, ein unterdrückter Schrei.

Er versuchte aufzustehen, aber er konnte seine Beine kaum bewegen. Er schaffte es trotzdem taumelnd bis zur Tür, die er nicht aufbekam, und dann spürte er, daß er schwebte, flog, versank, schwamm. Als er wieder im Bett lag, fühlten seine Hände sich klebrig an.

Keine Geräusche mehr. War er wach oder schlief er? Waren die Geräusche außerhalb von ihm oder in ihm?

War er ein Darsteller oder Teil des Publikums?

Als er aufwachte, war Blut auf seinen Händen, getrocknetes Blut.

Es war eine böse Nacht gewesen. Eine sehr böse Nacht.

14

Als Coffin in seine Turmwohnung in St. Luke zurückkehrte, erwartete ihn dort ein Fax. Er hatte sich im Erdgeschoß ein kleines Büro eingerichtet, und in diesem winzigen Raum fristeten das Faxgerät und ein geheimes, diensteifriges Telefon ihr Dasein. Stella nahm das Fax aus dem Gerät und reichte es ihm, während im gleichen Augenblick bereits das nächste durchkam. Wir sehen uns dann beim E und S, meldete Phoebe.

»Was ist dieses E und S, von dem sie redet?« fragte Stella, als ihr Blick auf diesen Ausdruck fiel. »Eine Art Geheimgesellschaft?« Die Bemerkung war nur halb scherzhaft gemeint, denn, bei Gott, sie wußte, wie viele Geheimgesellschaften es gab, einige davon mit Hunderten von Mitgliedern, während andere nur ein oder zwei hatten. Manchmal war man Mitglied einer solchen Gesellschaft, ohne zu wissen, daß man ihr beigetreten war. Männer hatten für gewöhnlich mehr Geheimgesellschaften als Frauen, aber Frauen hatten dafür sehr, sehr geheime Geheimgesellschaften, von denen die Männerwelt kaum etwas ahnte.

Coffin nahm ihr das Fax von Phoebe ab und schüttelte den Kopf. »Nein, bloß ein Abendessen… ein Eier-und-Schinken-Essen.«

Stella zog fragend die Augenbrauen hoch. »Und da eßt ihr alle Eier und Schinken?«

»Wenn wir wollen, können wir's wahrscheinlich«, antwortete Coffin vage, während er sich bereits dem langen Fax von Phoebe widmete. »Es kommen alle.«

»Alle?« Stella, die an die lässige Theaterwelt gewöhnt war, erinnerte sich an ihre Überraschung, als sie das rigide Klassensystem bei der Polizei kennenlernte, ein System, bei dem verschiedene Dienstränge in verschiedenen Räumen speisten und keinen gesellschaftlichen Umgang miteinander pflegten. Man mußte im Gedächtnis behalten, daß die Polizei eine viktorianische Erfindung war, noch dazu eine, bei deren Schaffung die Armee deutlich mitgemischt hatte. Die Unterscheidung zwischen Offizieren und anderen Rängen war dort ein tief verwurzeltes Muster. Sie wußte, daß ihr Mann versuchte, dieses System aufzubrechen, daß er in der Hauptkantine einen Tisch für die höheren Ränge eingerichtet hatte, an dem er gelegentlich selbst seine Mahlzeiten einnahm. Aber die höheren Ränge hatten noch immer ihren privaten Raum, in dem auch Stella einmal zu Gast gewesen war. Nur ein einziges Mal; Frauen, insbesondere Schauspielerinnen, brauchten nicht auch noch ermutigt zu werden.

»Eine Bar wird es wohl auch geben«, sagte sie und nannte damit die einzige Institution, auf die kein Club verzichten konnte. Sie ging als erste die schmale, gewundene Treppe hinauf, eines der Risiken, die das Leben in einem Turm mit sich brachte. Aber es hält einen schlank, pflegte Stella sich zu sagen, wenn sie die Stufen hinaufrannte; sie pflegte sie im Laufschritt zu nehmen, irgendwie schien es leichter zu sein, wenn man sich von seinem eigenen Schwung tragen ließ.

»Natürlich.« Er hatte den Blick noch immer auf das Fax von Phoebe geheftet, während er ihr die Treppe hinauf folgte. »Du kannst, wenn du möchtest, selbst mitkommen, als hoher Gast... Ich habe übrigens verriegelt und abgeschlossen, daher hoffe ich, daß der Hund nicht noch mal raus will.« Das Geräusch der großen, alten Schlösser und des schweren Riegels war sehr deutlich zu hören gewesen. Sie waren jedoch nur Dekoration, ein Vermächtnis aus der Vergangenheit. Ihre eigentlichen Sicherheitsvorrichtungen waren elektronischer Natur.

Stella hatte Augustus, der manchmal seine liebe Not mit der Treppe hatte, auf den Arm genommen. »Nein, er hat alles erledigt, während du den Wagen weggebracht hast.« Es gab da ein kleines Fleckchen mit Gras und Büschen diesseits der Straße gegenüber dem alten Friedhof, das Augustus zu benutzen gestattet war. Stella hatte bemerkt, daß auf der anderen Straßenseite noch immer eine Absperrung stand und daß nach wie vor ein einsamer, uniformierter Mann dort Wache hielt. Seit dem Fund der Skelette war noch nicht allzuviel Zeit vergangen.

Sie vermutete, daß das Fax von Phoebe Astley mit den Leichen auf dem alten Friedhof zu tun hatte. Sie hatte sich dazu erzogen, keine Fragen zu stellen, aber sie wußte einiges über die Dinge, die hinter diesen Ausgrabungen steckten. Stella hatte nicht besonders viel übrig für Phoebe, aber sie zwang sich, nicht eifersüchtig auf eine Frau zu sein, die so eng mit ihrem Mann zusammenarbeitete und an deren intellektuellen und beruflichen Fähigkeiten kein Zweifel bestehen konnte. Stella hielt sich nicht für besonders klug, aber sie besaß Einsichten und Intuitionen, die ebenso verläßlich funktionierten wie ein scharfer Verstand. Im Augenblick waren ihre Gedanken unzweifelhaft in Bewegung.

Als sie die Treppe fast bewältigt hatte, blieb sie stehen, um Atem zu schöpfen; sie setzte Augustus an der Küchentür ab, von wo er prompt zu seiner Wasserschale stapfte und lautstark zu schlürfen begann, wobei er es nicht vergaß, seinen Besitzern tadelnde Blicke zuzuwerfen, diesen Menschen, die gegessen und getrunken und darüber ihren Hund vergessen hatten.

»Ist dir schon mal der Gedanke gekommen«, sagte Stella zu ihrem Mann, als er neben ihr in die Küche trat, »daß der alte Lavender diese Geschichte über seinen Vater erfunden haben könnte, um dich von anderen Dingen abzulenken?«

»Der Gedanke ist mir in der Tat gekommen.« Coffin warf das Fax auf den Tisch. »Um genau zu sein, denke ich ständig darüber nach.« Er verharrte einen Augenblick schweigend neben ihr. »Aber das, was wir auf der anderen Straßenseite gefunden haben, untermauert seine Geschichte bisher.« Er runzelte die Stirn. »Nicht, daß die Sache so einfach wäre, keineswegs. Man könnte sagen, daß wir mehr gefunden haben, als wir erwartet hatten.«

Die skelettierten Überreste einer Frau mit den Knochen eines ungeborenen Kindes darin; und nicht weit davon entfernt das Skelett eines Mannes. Diese Leichen machten einen Teil seiner Verwirrung aus. Dick Lavender war noch nicht zu den Funden befragt worden, aber das würde noch kommen.

»Ich will mir nur eben durchlesen, was Phoebe zu sagen hat. Geh doch schon mal nach oben, Stella.«

Stella nahm den Hund und ging hinauf in ihr Schlafzimmer, wo die Katze es sich bereits auf dem Bett gemütlich gemacht hatte. Hund und Katze beäugten einander, taxierten das beste Schlafterritorium, kamen aber zu dem Schluß, daß es zu spät am Abend sei, um sich deshalb auf einen Kampf einzulassen.

Ich werde nicht eifersüchtig auf diese Frau sein, sagte Stella sich, während sie sich das Gesicht eincremte.

»Sie ist eine gute Polizistin, John braucht ihre Arbeit, und wahrscheinlich wäre niemand außer Phoebe dazu in der Lage. Ich bewundere sie.«

Stella betrachtete ihr Gesicht im Spiegel und richtete das Licht auf ihrer Schminkkommode direkt darauf aus. Einige Linien hier und da, nichts von wirklicher Bedeutung, die allgemeine Wirkung war immer noch in Ordnung. Phoebe war jünger als sie, viele Jahre jünger, nicht hübsch, aber attraktiv.

»Er braucht sie bei seiner Arbeit, nehme ich an. Sie unterstützt ihn, spielt die brave Schwester. Das kann ich nicht machen, ich kann ihm Rückendeckung geben, aber nicht an der Arbeitsfront. Da sind wir sehr oft verschiedener Meinung.«

So wie jetzt zum Beispiel. Er verdächtigte Martin, Jaimie ermordet zu haben, er glaubte wahrscheinlich, daß seine Schwester Clara ihm dabei geholfen hatte.

Etwas Reinigungsflüssigkeit rann ihr ins Auge, und es brannte. »Verdammt.«

Außerdem war da noch Jack Bradshaw als möglicher

Verdächtiger; Stella kam zu dem Schluß, daß er nicht in das Bild paßte. Er hatte das Mädchen geliebt, und Stella selbst hatte das Entsetzen in seinem Gesicht gesehen, als Jaimie in dieser schrecklichen Verkleidung gefunden worden war. Er konnte nicht derjenige gewesen sein, der Jaimie das angetan hatte.

Sich selbst gegenüber war sie bereit einzugestehen, daß Martin, der Schauspieler, etwas Derartiges getan haben könnte. Es wäre eine Inszenierung für ihn gewesen.

Unten saß Coffin und las Phoebes Fax. »Ich habe mir die Zeitungsartikel vorgenommen, die übrigens alle auf Mikrofilm vorhanden und deshalb leicht zu lesen sind. Da sind allerdings einige Lücken, die, wie ich vermute, auf die Wechselfälle des Lebens und auf Kriegsereignisse zurückzuführen sind. Die Zeitung von Spinnergate, die bis in die zwanziger Jahre hinein täglich erschien, und die Wochenzeitschrift von East Hythe haben die meisten Ergebnisse gebracht. Beide Zeitungen existieren immer noch, sind heutzutage aber beides Wochenzeitschriften, die mehr um der Anzeigeneinnahmen als der Verbreitung von Nachrichten willen erscheinen.«

Das war Coffin bekannt; vor ihm auf dem Küchentisch lag eine Ausgabe seiner Lokalzeitung voller Anzeigen über den Verkauf von Häusern und Büroräumen. Die Katze war aus seinem Bett gesprungen und in die Küche gekommen, um aus einer Untertasse auf dem Tisch ein wenig Milch zu trinken. Soweit er sehen konnte, verspritzte sie etwas von ihrer Milch auf eine taktvolle, aber entgegenkommende Annonce der einheimischen Puffmutter, die ihre Mädchen feilbot. Während aus dem Katzenteller erneut ein Milchtropfen überschwappte, registrierte Coffin, daß Madame Biddy LeSalles Treiben möglicherweise ein Riegel vorgeschoben werden mußte.

Er wandte sich wieder Phoebes Bericht zu. »Ich bin allen Artikeln nachgegangen, in denen die Namen der ermordeten Frauen vorkamen: Mildred Bailey, Mary Jane Armour und Eliza Jones, das Ladenmädchen. Die Leichen der ersten drei Frauen wurden in einer Zeitspanne von einigen Monaten aufgefunden. Nach den Zeitungsartikeln zu urteilen, starben alle drei unter ähnlichen Umständen: Sie waren vergewaltigt und erwürgt worden. In jedem Falle fehlte ein Teil ihrer Unterwäsche.«

Phoebe fügte hinzu: »Die Zeitungen in jenen Tagen waren zu sehr auf Anstand und Schicklichkeit bedacht, um besagtes Stück Unterwäsche beim Namen zu nennen, daher können wir wohl davon ausgehen, daß der Mörder seinen Opfern ihre Unterhosen heruntergerissen hat. Da keine der Unterhosen bei dem jeweiligen Opfer gefunden wurde, muß er sie wohl mitgenommen haben.«

Coffin hielt für einen Augenblick in seiner Lektüre inne, um die Katze daran zu hindern, über das ganze Fax zu spazieren, das ausgebreitet auf dem Tisch lag.

»Die Zeitungen waren ähnlich diskret, was die Lebensführung der Damen Bailey und Armour betrifft; sie werden als verheiratete Frauen bezeichnet, aber von Mildred Bailey hieß es, sie habe nicht bei ihrem Ehemann gelebt, und Mary Jane Armour wohnte angeblich in einer Pension. Ich denke, du kannst daraus deine eigenen Schlüsse ziehen.

In der Zeitung aus Spinnergate vom 23. September 1913

findet sich eine Andeutung, daß eine vierte Frau, Isobel Haved, möglicherweise dem Serienmörder zum Opfer gefallen sein könnte. Aber bisher kann ich keinen weiteren Hinweis auf diese Frau entdecken, obwohl ich dabei bin, die Zeitungen noch einmal sorgfältig durchzusehen – kein Datum, keinen Namen, keine Ortsangabe.

Wie viele Frauen, sagte Richard Lavender, habe sein Vater getötet?«

Coffin kritzelte eine diesbezügliche Notiz auf das Fax.

Phoebes Bericht ging weiter: »Die merkwürdige Ausnahme in dem Schema bildet Isobel Haved; sie wird als mögliches Opfer genannt, weil sie aus ihrer Wohnung verschwunden war, einem Haus unten an den alten Flamish Docks. Die Zeitung hat das Interview mit einer Nachbarin gebracht, einer Frau, die in einem Fischladen arbeitete und die sich angeblich Sorgen machte, aber auch sie wird sonst nirgends erwähnt.«

Coffin schrieb sich an den Rand: *Ist sie vielleicht die Frau, von der Lavender behauptet, er habe sie zusammen mit seiner Mutter begraben? Und wenn ja, läßt sie sich irgendwie mit dem bereits gefundenen Skelett in Verbindung bringen?*

»Es gibt gewisse Tatsachen, die in mir die Frage wecken, wieweit die Geschichte, die der alte Lavender uns erzählt hat, der Wahrheit entsprechen kann. Ich meine, es ist doch merkwürdig, daß seine Mutter ihren Sohn zu dieser Arbeit heranzieht, wo sie sich nichts sehnlicher wünschte, als das Verbrechen ihres Mannes geheimzuhalten. Konnte sie so sicher sein, daß der Junge nicht reden würde?

Und dann – wie kommt es, daß SIE DIE LEICHE HATTE? Wenn ich diese Worte in Großbuchstaben schreibe, dann deshalb, weil es für mich eine große Frage ist.

Eine kleinere Frage stellt sich mir bei der Überlegung, wie sie die Leiche durch die Straße bekommen und die Beerdigung bewerkstelligt haben.

Und wo war Dad?«

Coffin machte sich eine weitere Notiz: *Ich glaube, er sagte, sein Vater sei davongelaufen.*

Phoebe fuhr fort: »Ich kann mit nicht vorstellen, warum Lavender lügen sollte, das alles ist so weit weg und so lange her. Außerdem hat er uns auf die Geschichte angesetzt – ich hätte niemals im alten Friedhof gegraben ohne seine Behauptungen … Trotzdem, es paßt irgendwie nicht zusammen … vielleicht liegt es ja daran, daß das alles so lange her ist, und er ist alt. Das Gedächtnis, du weißt schon. Es spielt einem manchmal Streiche.«

Coffin schrieb: *Ich glaube, wir sollten alle beide Richard Lavender noch einmal verhören.*

Phoebe schrieb weiter: »Ich will nicht so tun, als wären mir seine Gedankengänge oder die Hintergründe seiner Geschichte vollkommen begreiflich, aber was auch dahintersteckt, es muß ihm wichtig sein.«

Phoebe fügte hinzu: »Ich habe wie gewöhnlich einen vollständigeren Bericht über den Gang der Ereignisse im Dienstbuch festgehalten.«

Irgendwie, dachte Coffin, ist es dem alten Mann gelungen, uns die Dringlichkeit seiner Geschichte zu vermitteln, denn ich habe ihm zugehört, und du arbeitest an der Sache, Phoebe. Er streichelte in Gedanken versunken die Katze, die wieder zurückgekommen war, und ging schließlich hinüber zum Telefon.

Es war schon spät, aber es machte ihm nichts aus, Phoebe aufzuwecken, falls sie zu Hause war; er hatte es schon früher getan, in der Vergangenheit, aber die Vergangenheit war ein Thema, bei dem er lieber nicht verweilen wollte.

Phoebe war nicht da, daher hinterließ er ihr eine Nachricht auf dem Anrufbeantworter und bat sie, ihm eine Kopie aus ihrem Dienstbuch am nächsten Morgen auf den Schreibtisch zu legen. Und ja, sie würden sich beim E-und-S-Essen treffen, wo sie sich dann auch über Richard Lavender unterhalten könnten. Mehr und mehr enthüllte sich ihm der seltsame Charakter dieser ganzen Angelegenheit. Der alte Mann hatte ihn hypnotisiert. Kein Wunder, daß er Premierminister geworden war, er verstand es, die Menschen in seinen Bann zu ziehen.

Er saß auf seinem Platz, dachte über Richard Lavender nach und streichelte weiter die Katze. »Dort lauert der Tod, Katze«, sagte er und blickte in die leuchtendgrünen Augen des Tieres. »Ich kann ihn riechen, den Tod.« Während all der Jahre, in denen er sich mit Mord beschäftigte, hatte er gelernt, ihn zu erkennen: Man bekam diesen Geruch nicht wie gewöhnliche Gerüche in die Nase, er ging vielmehr in die Kehle, legte sich einem auf die Brust, ein Pesthauch, der einem ins Gehirn hinaufkroch.

Mochte man es innere Gewißheit nennen, wenn man wollte, aber für ihn war es immer ein Gestank gewesen.

Die Katze sprang vom Tisch und verschwand. Dann ging Coffin zu Bett. Während er sich die Zähne putzte, was immer eine unabdingbare Vorbereitung entweder für den

Schlaf oder die Schlaflosigkeit zu sein schien – und es gab beides bei ihm –, gestattete er sich die Überlegung, wo Phoebe wohl die Nacht verbrachte.

Stella war, die Arme fest um sich geschlungen, eingeschlafen. Selbst im Schlaf war sie adrett und anmutig. Sie hatte eine der Nachttischlampen brennen lassen und trug daher eine schwarze Seidenmaske, um sich gegen das Licht zu schützen. Diese Maske verlieh ihr einen Hauch von Rätselhaftigkeit.

Noch in derselben Sekunde zerstreute sie diesen Eindruck mit der Bemerkung: »Ich schlafe nicht.« Sie nahm die Maske nicht vom Gesicht. »Mit Phoebe alles in Ordnung?«

»Ich denke schon.«

Stella lachte. »Ich denke, mit ihr ist immer alles in Ordnung. Aber erzähl mir, ich muß das einfach noch mal fragen, sonst werde ich nicht schlafen – hast du vor, Martin zu verhaften?«

»Das weiß Gott allein.«

»Vielleicht weiß er es«, sagte Stella, »aber das wird mir bei meiner neuen Produktion nicht helfen, oder?« Sie rollte sich auf die Seite und machte sich zum Schlafen bereit. »Oh, hm, wenn du mir nicht helfen willst, rede ich eben mal ein Wort mit Gott. Bitte schick mir einen hübschen, jungen Schauspieler, einen englischsprachigen, o ja, und dünn muß er sein, denn die Kostüme sind bereits fertig.«

Coffin berührte sie an der Schulter. »Nimm diese Maske ab und sieh mich an. Du glaubst nicht, daß Martin schuldig ist, oder? Sonst würdest du keine Witze darüber machen.«

»Ich weiß nicht, ob ich Witze gemacht habe, meine Produktionen sind eine ernste Sache für mich. Und nein, ich glaube nicht, daß er schuldig ist, er nicht und seine Schwester auch nicht. Aber das wird dich und deine Leute nicht davon abhalten, ihn zu verhaften.«

»Ich kann in dieser Angelegenheit nicht einfach auf deine Gefühle hin handeln«, sagte Coffin sanft. »Ich wünschte, ich könnte es. Aber ich werde es im Kopf behalten, denn ich denke, du hast ein ziemlich gutes Urteil, was den Charakter eines Menschen betrifft.«

Stella gestattete sich ein Lachen. »Das weiß ich nicht, aber ich habe wahrhaftig ein gutes Urteil, was einen Charakterschauspieler betrifft.«

»Meinst du, daß Martin schauspielert?«

»Nein, meine ich nicht. Als Mensch ist er das, was er zu sein scheint. Ich spreche von Phoebe Astley. Wenn du mein Urteil hören willst: Sie spielt eine Rolle, wann immer sie mit dir zusammen ist, und darüber solltest du mal nachdenken.«

Sie lagen Seite an Seite im Bett, und Phoebe Astley lag wie ein kalter Geist zwischen ihnen.

Am Morgen war es besser. Bei Kaffee und warmem Toast, den herzustellen Coffin gelernt hatte, redeten sie miteinander. Die Ermordung Jaimies blieb ebenso unerwähnt wie die Frage, ob Richard Lavenders Geschichte über seinen Vater irgendwie zum Tod der jungen Frau geführt haben konnte; aber sie gestanden sich stillschweigend ein, daß sie beide unruhig und nervös waren.

»Du hast deine Nerven besser im Griff als ich meine«, bekannte Coffin.

»Hattest du Alpträume?« erkundigte sich Stella mitleidig. »Du hast im Schlaf vor dich hin gemurmelt.«

»Ich brauche nachts keine Alpträume, davon habe ich tagsüber genug.«

»Ich muß heute morgen zu einer Besprechung in London«, sagte Stella. »Mein Agent, du weißt ja, wie das ist. Und dann will ich mir das Haar machen lassen. Das ist dringend nötig.« Sie legte ihm eine Hand auf den Kopf. »Du weißt, wer Jaimies Mörder ist, nicht wahr?«

»Ich glaube es. Allerdings habe ich keine Beweise.«

»Aber du wirst welche kriegen«, sagte sie und sah ihn eindringlich an.

»Ich glaube, ich habe den Mörder wissen lassen, daß ich etwas ahne... und das könnte gefährlich sein. Man kann nie vorhersehen, was ein labiler Mensch tun wird.«

»Dieser Mörder ist labil?«

»Meiner Vermutung nach ja.«

»Woher weißt du das?«

»Durch direkte Beobachtung. Außerdem ist da ein machtvolles Gefühl am Werk.«

Stella sah ihn an. »Du könntest es nicht vielleicht benennen?«

»Selbsthaß, denke ich«, sagte Coffin.

Stella fuhr zu ihrem Termin und dachte dabei, daß ihr Mann ihr manchmal angst machte. Es war nicht direkt eine Angst um sich selbst, sondern um die menschliche Rasse im allgemeinen: Er war so erschreckend hellsichtig.

Sie parkte den Wagen in der Nähe der U-Bahn-Station von Spinnergate, wo ihre alte Freundin Mimsie Marker ihren Kiosk hatte, mit einem Pelzhut auf dem Kopf gegen den Winter, unter dem sie ihre Ohren stets gespitzt hielt, um Gerüchte aufzuschnappen und weiterzugeben. Und manchmal vielleicht auch eins dazuzuerfinden.

Mimsie reichte ihr lächelnd die *Times* und die letzte Nummer der *Vogue,* die amerikanische Ausgabe, die Stella bevorzugte.

»Wunderschöner Morgen heute, finden Sie nicht auch? Kalt, aber klar.«

Stella nickte.

Mimsie war mit dem Leben zufrieden. »Wollen Sie runter in die Stadt? Ach wie schön, dann grüßen Sie doch den Piccadilly Circus von mir.« Mimsie tat so, als sitze sie in Spinnergate fest, aber man vermutete, daß sie in Wirklichkeit ziemlich reich war. »Was für ein Segen Ihr Mann für uns alle ist, seit er hierher kam.«

»Das freut mich.«

»Seit er hier ist, hatten wir ein paar tolle Morde. Sehr gut fürs Geschäft. Da gehen die Zeitungen weg wie warme Semmeln.« Mimsie blickte auf den Zeitungsständer, der mittlerweile fast leer war, und das trotz der frühen Stunde. »Der Puppenmord«, lautete eine der Schlagzeilen. »Aber das ist doch ekelhaft«, sagte Stella.

»Klar ist es das, die Leute lassen sich gern ekeln«, antwortete Mimsie unverblümt. »Natürlich nur aus zweiter Hand, nicht von Angesicht zu Angesicht, nur eben etwas, worüber man in der U-Bahn nachdenken kann, mehr nicht.«

Die tote Puppe, dachte Stella, ein Auflagenhit.

Phoebes Dienstbuch lag, als Coffin am Morgen in seinem Büro ankam, auf seinem Schreibtisch. Die äußere Erscheinung des Büchleins war ihm vertraut – kleinformatig, dunkelblau, schwer –, denn alle seine Beamten führten ein solches Buch.

»Eine Fotokopie hab ich nicht mehr rechtzeitig geschafft. Nimm das Original.«

Er schlug es auf; es verströmte ganz schwach Phoebes Geruch. Außerdem roch es nach Zigaretten – sie rauchte also wieder. Nachdem ihr kurz das Schreckgespenst Krebs erschienen war, hatte sie sich das Kraut abgewöhnt, aber entweder war ihre Nervenkrise überwunden, oder sie hatte es aufgegeben, sich Sorgen zu machen.

Er blätterte die Seiten um und suchte nach den Einträgen, die er brauchte – Phoebe war nicht nur mit dem Fall des Skeletts auf dem alten Friedhof, sondern auch mit anderen Ermittlungen beschäftigt.

Er nahm mit Dankbarkeit zur Kenntnis, daß der Brandstiftungs- und Betrugsfall (denn es handelte sich um beides), mit dem sie betraut gewesen war, nächstens ans Büro der Staatsanwaltschaft und damit, so hoffte er, vor Gericht gehen würde. Er hatte eine Abneigung gegen den knauserigen Unternehmer gefaßt, der sich auf Betrug verlegt hatte. Außerdem hatte sie – und an dieser Stelle waren seine Gefühle eher gemischt – beträchtliche Fortschritte in den Ermittlungen gegen einen Kollegen gemacht, bei dem sie Korruption vermuteten. Verdammt, dachte er, es sieht so aus, als wäre es wirklich wahr.

Eins der widerwärtigen Geschwüre des Lebens würde in Kürze aufgeschnitten werden, und es würde eine schmerzliche Operation sein. Möglich, daß er dem Mann nie in vollem Umfang vertraut hatte, aber er hatte ihn gemocht.

Kein Wunder, daß Phoebe manchmal so elend aussah. Sie hatte den Mann ebenfalls gemocht. Trotzdem, der Dreck mußte weggewaschen werden, und wenn nötig, konnten sie beide gnadenlos sein.

Zu den Dingen, die er an Stella liebte, die sie ihm wahrscheinlich so kostbar machten, gehörte die Tatsache, daß sie nicht gnadenlos war, sondern ein stilles Talent besaß, das Gnade für sie geradezu überflüssig machte. Sie ging um den Dreck herum, sie kam ihm nicht zu nahe; sie sah ihn von Ferne und hielt Abstand. Nicht viele Leute besitzen dieses Talent. Er dachte, daß man diese Eigenschaft wohl Integrität nannte, und wenn etwas davon auf ihn abfärbte, konnte das nur zu seinem Besten sein.

Die ganze Zeit, während diese Gedanken durch seinen Kopf gingen, las er, was Phoebe über die vor so langer Zeit ermordeten Frauen niedergeschrieben hatte.

Seltsam war, daß es sich nicht wie ein historischer Roman las.

Die Figuren, die Leichen von Mildred Bailey, Mary Jane Armour und Eliza Jones, waren lebendig und voller Bewegung. Sie waren keine Geister, auch wenn sie schon lange tot waren.

Mildred Bailey war Näherin bei einem Londoner Hofschneider gewesen, sie hatte einiges Geschick mit der Nadel besessen, aber die Löhne waren jämmerlich, und wenn die Saison vorbei war, wurden Arbeiterinnen wie Mildred häufig nach Hause geschickt. Es war eine unbarmherzige

Welt, so daß sie Geld verdienen mußte, wo sie nur konnte. Sie war sechsundzwanzig, als sie starb.

Sie lebte – Phoebe schrieb von ihr nicht in der Vergangenheitsform – mit einer verwitweten Mutter und einer kranken Schwester zusammen, die ebenfalls um ihr blankes Leben nähten. Das Haus befand sich in einer Deichgasse, die nicht mehr existierte, weil man sie 1922 abgerissen hatte, um eine neue Straße durch Spinnergate zu bauen.

Mildreds Leiche war nur ein paar Schritte von ihrer Wohnung entfernt gefunden worden. Man war der Sache erst am nächsten Morgen nachgegangen. Man hatte sie zwar gesehen, aber Passanten (in diesen ärmlichen Straßen lungerte immer jemand draußen rum) hatten sie für betrunken gehalten.

Diesem ersten Todesfall war zu Anfang nicht die Aufmerksamkeit zuteil geworden, die man später Mary Jane Armours Leiche widmete; auch Mary Jane war erwürgt und wie ein Stück Müll liegengelassen worden. Dann hatte sie der Mörder zwischen einer Pferdetränke und einem Abflußrohr deponiert.

Mary Jane war erst siebzehn gewesen, eine arme kleine Dirne, die in einem einheimischen Krankenhaus saubergemacht hatte; das Krankenhaus existierte schon lange nicht mehr – es war zwei Kriegen und dem nationalen Gesundheitsdienst zum Opfer gefallen –, aber damals hatte es vor allem kranken Matrosen gute Dienste geleistet. Auch Mary Jane hatte auf die einzige Weise, die ihr offenstand, ein klein wenig dazuverdient, um ihr Quartier bezahlen zu können.

Als ihre Leiche gefunden wurde und später die von Eliza

Jones, verbreitete sich der Gedanke an einen Massenmörder, einen neuen Ripper.

Vielleicht kam an dieser Stelle Edgar Wallace ins Spiel; es war die Art von Story, die ihn begeistert hätte.

Isobel Haved war anders als die anderen Mädchen. Sie war älter, zweiunddreißig in jenem Sommer, und sie war Grundschullehrerin der Gemeinde London.

Ihre Leiche wurde nie gefunden, aber man vermutete, daß sie das vierte Opfer des Mörders gewesen war; sie pflegte einen sehr regelmäßigen Tagesablauf, und ihre Vermieterin konnte sich keinen anderen Grund für das Verschwinden der jungen Frau vorstellen. »Sie war eine Perle von einem Mädchen«, hatte Mrs. O'Hanaran zu dem Reporter gesagt. »Ich fürchte, er hat sie sich geschnappt.«

Der Fall hatte eine weitere Merkwürdigkeit: Mrs. O'Hanaran wartete drei Tage, bevor sie ihre Mieterin als vermißt meldete. Es war nicht einmal ganz klar, ob sie es überhaupt je tat, da es die Direktorin der jungen Lehrerin war, die zur Polizei ging. Sie hatte Angst.

Ich fürchte, er hat sie sich geschnappt, um die Vermieterin zu zitieren. Wer war »er«? Phoebes Durchsicht der Zeitungen enthüllte, daß mehrere Männer verdächtigt worden waren.

Charles Heddon, Schiffszimmermann, aber zur Zeit der Morde ohne Anstellung, geriet als erster unter Verdacht, weil er in der Kneipe, dem Anchor, getrunken hatte, unweit der Stelle, an der die erste Leiche gefunden wurde. Er war als gewalttätig bekannt, und seine Frau hatte ihn verlassen; außerdem hatte man ihn am Abend von Mildred Baileys Tod im Gespräch mit dieser gesehen.

Aber er konnte beweisen, daß er die Nacht im Haus seiner Schwester verbracht hatte. Es gab keine Hinweise, die darauf schließen ließen, daß er der Mörder war.

Ralph Dream, ein Matrose ohne Schiff, war ein anderer Verdächtiger. Er hatte sowohl Mildred als auch Mary Jane gekannt, und zu diesem Zeitpunkt hatten sich die Gefühle der Öffentlichkeit derart erhitzt, daß er von einem Pöbel angegriffen wurde und die Polizei ihn retten mußte.

Auch ihm konnte man nichts nachweisen.

Phoebe fuhr fort: »Es kamen noch verschiedene andere Namen ins Gespräch.« Sie listete sie auf.

Peter Picker, möglicherweise Picquet – er war halb Franzose und Straßenmusikant.

Jerry Browning, Fleischer, er arbeitete in einem Laden in der Nähe und ging regelmäßig nach Smithfield.

Frederick Tramer – stellungsloser Hafenarbeiter.

All diese Männer brachte man zum Verhör aufs Revier und ließ sie wieder laufen. Keine Beweise. Phoebes Kommentar: schlechte Polizeiarbeit?

Das war die Stelle, an der Phoebe begann, Zweifel an Richard Lavenders Story zu äußern.

»Der Name Lavender wird nicht erwähnt. Na schön, er wurde nie verdächtigt, aber eine Erwähnung wäre doch immerhin ganz nett gewesen.

Außerdem lebten alle Opfer in einiger Entfernung vom Hause der Lavenders.

Na schön, in Ordnung, wenn man ein Killer ist, ist es natürlich klug, nicht auf eigenem Gelände zu operieren. Das sehe ich ein, aber ich frage mich doch …?«

Phoebe Astley hatte eine Notiz beigefügt:

»Ich weiß, wir haben die sterblichen Überreste einer Frau dort gefunden, wo Richard Lavender sie mit seiner Mutter begraben haben will.

Außerdem war noch eine weitere Leiche da. Die gerichtsmedizinischen Ergebnisse sind nicht sehr hilfreich, aber der Mann könnte Soldat gewesen sein.

Alles in allem finde ich Richard Lavenders Story unbefriedigend.«

Coffin saß an seinem Schreibtisch und dachte über Phoebes Ergebnisse nach; sie war immer noch an der Sache dran; ihrer Notiz fügte er einen eigenen Gedankengang hinzu: *Du hast recht, die Sache mit der Vermieterin ist interessant. Mach weiter und sieh zu, was du finden kannst.*

Dann schob er das Dienstbuch in einen versiegelten Umschlag (Phoebe hatte es offen geschickt, sie war häufig ein wenig nachlässig in Sicherheitsdingen) und ließ ihr das Dienstbuch zurückschicken; sie würden sich dann am Abend sprechen, beim E-und-S-Essen.

Während Coffin das Dienstbuch las und darüber nachdachte, was Phoebe herausgefunden hatte, lag Richard Lavender im Bett. Er war weder ganz wach, noch schlief er richtig. Draußen herrschte an diesem kalten Novembermorgen noch immer Dunkelheit, und da Janet noch nicht mit seinem Morgentee erschienen war, kam er zu dem Schluß, daß es noch früh sein müsse, und schlief wieder ein.

In der Nacht war er unruhig gewesen, weil er glaubte, Bewegungen in der Wohnung wahrgenommen zu haben, als sei jemand umhergegangen. Hatte er nicht nach Janet gerufen?

Oder er hatte es jedenfalls versucht. Wahrscheinlich war alles ein Traum gewesen, er träumte viel, so oder so. Er hatte eine rastlose, elende Nacht voller böser Visionen hinter sich. Seine Hände waren klebrig, und alle Knochen taten ihm weh, als hätte er keine Ruhe gefunden. Das Alter, dachte er halb im Scherz, während er versuchte, sich zu entspannen, war harte Arbeit.

Besser, er ignorierte die Alpträume, dann verblaßten sie mit dem Morgen, und er vergaß sie bis zur nächsten Nacht. Er hatte sein Leben lang solche Träume gehabt, noch vor dem Drama, von dem man nicht sprach, obwohl niemand außer seiner Mutter von ihnen wußte. Nun, ihr hatte er sie ja auch zu verdanken, oder etwa nicht? Er betrachtete sie als das Geschenk seiner Mutter. Er hatte seiner Frau gegenüber nie etwas davon erwähnt, aber vielleicht hatte sie es erraten, war jedoch zu taktvoll gewesen, um ihrerseits darauf zu sprechen zu kommen. Es gefiel ihr, die Frau eines berühmten Mannes zu sein, und sie hätte sich das Vergnügen um nichts in der Welt verderben lassen wollen. Ein Jammer, daß sie jung gestorben war, er vermißte sie jetzt, wo es zu spät war. Seine zweite Frau war natürlich reich gewesen und hatte den Rolls-Royce gekauft, den er immer noch besaß, aber selten benutzte.

Die Träume handelten immer von Tod, was nicht weiter unnatürlich war, wenn man seine Familiengeschichte kannte, und auch wenn diese Träume seiner Selbstachtung keinen Abbruch taten, so bewahrte er doch Stillschweigen über sie. Ein politischer Führer mußte ein starker, ja sogar gnadenloser Mann sein, und er hatte genug Elan für zwei, hatte seine Partei zu Reformen geführt, die für seine Mitstreiter teils unerwartet, teils bei ihnen sogar unerwünscht gewesen waren. Er hatte sich aus dem Nichts seinen Weg an die Spitze gebahnt, als eine Art Laufbursche für einen einheimischen Parlamentsabgeordneten gearbeitet, und er hatte, wie er fand, ein Recht sowohl auf seine Träume als auch auf seine Alpträume. Er war nur eine einzige Legislaturperiode lang Premierminister gewesen, aber ein großer, da stimmten alle überein. Bei der nächsten Wahl hatte seine Partei verloren und die Opposition mit großer Mehrheit Einzug in die Regierung gehalten, wahrscheinlich das Schicksal eines jeden großen Premierministers. Er war in den Ruhestand gegangen. Es war ihm nicht schwergefallen, im Gegenteil, er hatte erreicht, was er wollte, und es war eine gute Idee, auf dem Höhepunkt abzutreten; er war nicht mehr jung, er bezog eine Pension, und seine Frau war reich. Kinder gab es nicht, ein Sohn war als Baby gestorben. Auch keine engeren Verwandten. Er war, ebenso wie seine Frau, ein Einzelkind gewesen; Janet war die Enkelin eines Bruders seiner Mutter. Als Mädchen war Janet zu ihnen gekommen, um als Sekretärin für seine Frau zu arbeiten, und sie war geblieben – sie war nützlich, wenn auch ein wenig tyrannisch.

Er lehnte sich in seine Kissen zurück, müde nach einer unruhigen Nacht. Diese Geräusche... war er es vielleicht selbst gewesen, der durch die Wohnung ging? Es war schon vorgekommen, daß er schlafwandelte, auch so eine Sache, über die er Schweigen bewahrte. Manchmal hatte er im Schlaf das Gefühl, als preßten sich seine Hände fest in warmes Fleisch, und in diesen Träumen gab es immer auch Blut. Er wußte, daß er diese Träume hatte, der dreizehnjährige Dick Lavender in ihm wußte, woher sie kamen.

Bevor er selbst starb, wollte er ein bestimmtes Geheimnis aus der Vergangenheit ans Licht befördern. Wenn es erst einmal offen dalag, in Form harter Fakten, dann konnte jeder, der es wünschte, darüber schreiben. Das war es, was sich hinter seiner Bitte an John Coffin verbarg, an den Chief Commander von London II, einen Mann, von dem er sofort gewußt hatte, daß er ihm auf eine Weise trauen konnte, auf eine andere aber auch nicht.

John Coffin würde tun, was ihm richtig erschien, er würde sich nicht von einem alten Mann beherrschen lassen, auch wenn dieser einst die Schlüssel der Macht in Händen gehalten hatte. Von einem alten Mann, der in sich noch immer diesen Jungen hatte, Dick Lavender, dreizehn Jahre alt, der Dinge gesehen und getan hatte, die niemand tun sollte. Dieser Junge würde nicht sterben, sondern mußte hinaus ans Licht kommen.

Dick Lavender wälzte sich in seinem Bett hin und her. »Ich hätte ohnehin alles auf den Tisch gelegt, aber als dann dieses Mädchen herumzuschnüffeln begann, wußte ich, daß die Zeit gekommen war.« Ein Politiker wußte, wie wichtig der richtige Zeitpunkt war.

Er hatte sie als Marjorie Wardy gekannt, aber es schien, als sei ihr wirklicher Name Layard gewesen, ein viel hübscherer Name für eine hübsche junge Frau. Er hatte sich gefragt, wie sie einer Sache, die so sorgfältig verborgen worden war, auf die Spur kommen konnte.

Es würde wohl ein Rätsel bleiben, jetzt, da sie tot war.

Wieder öffnete er die Augen vor dem dunklen Novembertag. Er knipste das Licht an und griff nach der silbernen Thermosflasche mit Eiswasser. Als er das tat, sah er, daß er

Blut an den Händen hatte. Und es war auch Blut auf dem Laken vor ihm.

»Janet«, rief er. »Verdammt noch mal, Janet, wo bist du? Ich blute.«

Vielleicht war das der Tod, schlecht genug fühlte er sich wahrhaftig.

Janet antwortete nicht, daher stand er auf und zog seinen dicken Wintermorgenmantel an. Durch die Wohnung stolpernd, rief er nach ihr.

»Janet, Janet.«

Sie antwortete nicht.

Es war kalt und dunkel und nirgendwo ein Zeichen von Janet. In ihrem Schlafzimmer brannte Licht, und auf dem Boden lagen Kleidungsstücke, als sei sie eilig aufgestanden.

Das war der Augenblick, in dem ihm klar wurde, daß er nicht geblutet und auch nie geblutet hatte – das Blut gehörte einem anderen.

Langsam, mit großer Anstrengung und zitternden Händen, zog er sich an, einen dicken Tweedanzug, Schuhe und Socken. Er vergaß das Hemd und mußte noch einmal zurückgehen, um sich ins Hemd zu zwängen, aber die Krawatte ignorierte er. Er hatte auch die Unterwäsche vergessen, aber er beschloß, sich diese Mühe zu sparen.

Dann stahl er sich zur Tür hinaus und schlich die Treppe hinunter. Es war niemand zu Hause, daher mußte es schon später gewesen sein, als ihm bewußt gewesen war. Aber vielleicht war es auch früher, die Zeit hatte für ihn zu existieren aufgehört.

Er war sich nicht einmal sicher, warum er die Treppe

hinunterging oder was er zu finden hoffte. Er setzte sich auf eine der unteren Stufen und dachte darüber nach.

Er suchte nach Janet. Ja, genau, das war es.

Er schaute auf die Straße hinaus, wo ein sanfter, dunkler Regen niederging. Immer noch niemand zu sehen. Niemand ging über den Bürgersteig, keine Autos fuhren vorbei. Es war immer ein stilles Plätzchen, aber heute schien es tot zu sein.

Auf dem Vorhof standen mehrere Autos, unter anderem Janets kleiner, weißer Lieferwagen. Trotz seiner Verwirrung dachte er, der Wagen müsse bedeuten, daß sie zu Hause war.

Die Tür des Lieferwagens war nicht ganz geschlossen, daher blickte er hinein, aber auch da war nichts zu sehen. Abgesehen von einem Blutspritzer. Die Garage, in der sie den Wagen nachts abstellte, befand sich ganz in der Nähe. Er drückte gegen die Tür, die ihm ohne weiteres gehorchte. Das Licht brannte.

Im Wagen lag Janet. Sie lag auf der Seite; voller Blut.

Der alte Mann kniete sich neben sie hin und überlegte, was zu tun sei. Er wußte nicht, wie lange er dort neben ihr kauerte. Die Zeit schien sich zu etwas Langem, Dünnem auszudehnen.

Er saß da, bis ein junger Wachtmeister sich in die Garage zwängte.

»Na, Opa«, sagte er, »was haben wir denn da angestellt?«

15

Das E-und-S-Essen fand am Abend im Speisesaal der Beamten des gehobenen Dienstes statt. Dieser Raum war lang und schmal, ein wenig wie ein kurzer Tunnel; tatsächlich nannten seine Stammgäste ihn die U-Bahn. »Wir gehen runter in die U-Bahn«, sagten sie. »Oder rauf in die U-Bahn.« Der Raum war in einem hellen Gelb gestrichen und mit einem strapazierfähigen, graubraunen Teppich ausgelegt. An einer Wand hingen mehrere Bilder von London II, die von einem einheimischen Maler in leuchtenden Farben gemalt worden waren. Niemand würdigte sie je eines Blickes. An der Tür, wo das Licht vom Fenster direkt darauf fiel, hing ein Foto von einem Mann mit Brille und üppigem Schnurrbart. Die Beamten nannten ihn Jack the Ripper, aber es war in Wirklichkeit ein Chief Commander aus früheren Zeiten, noch vor der Gründung von London II, und sein Porträt befand sich dort, weil es den Blitzkrieg überlebt hatte und eins der wenigen Porträts war, die sie überhaupt besaßen. Coffin hoffte immer, daß sein Porträt die Wand dort nie zieren würde.

Er kam spät zu dem Essen, denn er hatte aus Erfahrung gelernt und konnte sich noch gut genug an ähnliche Anlässe erinnern, die er in jüngeren Tagen und damals natürlich noch nicht aus der Chefperspektive erlebt hatte: Es war einfach taktvoller, seinen Männern Gelegenheit zu ein paar Drinks zu geben, bevor er in Erscheinung trat. Außerdem wußte er, daß es klug war, früh zu gehen. Er konnte riechen, daß es Eier und Schinken zu essen gab, aber er wußte von früheren Gelegenheiten, daß es auch kalten Braten, Schweinefleischpasteten und Apfeltorte mit Eiscreme geben würde. Wahrscheinlich auch warme Hackfleischpasteten, da es auf Weihnachten zuging.

Als er sich umsah, entdeckte er George Darcy und Archie Young. Von Phoebe keine Spur; es stand zu hoffen, daß sie noch auftauchen würde, denn in den höheren Dienstrangen war ein deutlicher Frauenmangel zu verzeichnen. Er sah, daß ein Regierungsrepräsentant anwesend war. Er unterhielt sich mit einer Frau der uniformierten Abteilung, der eine Tapferkeitsmedaille verliehen worden war; sie hatte ein Kind und einen Hund aus einem brennenden Wagen gerettet, und das Kind hatte sie gebissen. So war das Leben bei der Polizei eben, hatte sie gesagt. Man wurde immer von demjenigen gebissen, von dem man es nicht erwartete.

Coffin war dankbar, daß der Regierungsmann mit ihr redete und daß die beiden zufrieden schienen. Der eigentliche Sinn des Essens war es, ranghöheren Beamten zu ermöglichen, sich auf freundliche, entspannte Weise unter die anderen zu mischen. Es war außerdem eine Gelegenheit, wichtige Besucher einzuladen wie den Attaché der deutschen Botschaft, der für den Geheimdienst seines Landes im Vereinten Königreich verantwortlich war; dann war da noch der Autor, der an einer Polizeigeschichte arbeitete, und ein Superintendent von der dänischen Polizei, der nach London II abkommandiert worden war. Coffin ließ seinen Blick über die Gäste wandern, wohl wissend, daß er seiner Pflicht nachkommen und mit einem jeden von ihnen reden mußte.

Stella hatte ihn noch angerufen, unmittelbar bevor er zu der Party ging. »Ich bin gerade zurückgekommen.« Sie klang gutgelaunt.

»Hast du deinen Agenten getroffen?«

»Hmhm.«

»Irgendwas Interessantes in Sichtweite?« Er kannte diesen lässigen Tonfall bei ihr. Er bedeutete, daß man ihr ein gutes Angebot gemacht hatte.

»Er bietet mir eine Serie an.«

»Das freut mich.«

»Sie wollen mich sehen. Ich muß natürlich nicht für die Rolle vorsprechen«, sagte sie erhaben.

»Natürlich nicht.« Er wußte, welche Frage sie von ihm hören wollte. »Was für eine Rolle?«

Mit neutraler Stimme antwortete sie: »Ein weiblicher Ermittler. Wie gehabt. Anscheinend mache ich mich gut in der Rolle.«

»Eine Privatdetektivin?«

»Nichts in der Art... bei einer Polizeitruppe in Südengland. Downsville oder irgendwas in der Gegend. Ganz ähnlich wie meine frühere Rolle, nur daß ich diesmal die wichtigste Figur bin.«

»Fast eine Charakterrolle«, versetzte Coffin.

»Lach nicht; ich habe mich noch nicht entschieden. Mal abwarten, welche Honorarvorstellungen sie haben. Aber du kennst ja das Risiko bei diesen Dingen, wenn die Sache ein Erfolg wird, bist du auf die Rolle festgelegt, und wenn's danebengeht, dann ist das nicht weniger deprimierend... Ich habe natürlich mein Theater und kann mich gegen eine derartige Festlegung zur Wehr setzen... Ich kann beim nächsten Mal die Hedda Gabler oder die Medea spielen.«

»Natürlich kannst du das.« Er konnte spüren, daß sie die Rolle annehmen wollte, daß sie wahrscheinlich schon ihr Einverständnis gegeben hatte; sie ahnte wohl bereits, daß die Gage stimmen würde. »Wer schreibt das Drehbuch? Pinter, Plater?«

»Nein, nein, natürlich nicht. Nein, es ist eine Frau – Geraldine Diss. Sie ist neu in der Szene, aber gut.«

»Dann solltest du es machen«, riet er ihr und sah auf seine Armbanduhr. Er mußte langsam los, zu dem E-und-S-Essen. Auf der anderen Leitung blitzte sein Anrufbeantworter auf, und eine Seite kam durch das Faxgerät, aber er beschloß, beides zu ignorieren.

»Martin war heute übrigens bei der Arbeit. Ich höre, daß er seine Sache gut gemacht hat, er ist ein echter Profi.«

Ein Profi, dachte Coffin, möglicherweise in mehr als einem Handwerk.

»Seine Schwester war auch da. Ich mag sie sehr. Es fällt mir schwer zu glauben, daß sie ihren Vater getötet hat.«

»Es ist aber so gewesen.«

»Sie waren so jung. Sie hat mir erzählt, daß Martin sich kaum noch an etwas erinnern kann. Sie hat ihm natürlich darüber berichtet, und dasselbe haben viele andere Leute getan. Der Psychologe meinte, man dürfe ihm nicht erlauben, das Erlebnis zu verdrängen. Eine böse Sache, die seine Sicht des Lebens verzerrt und ihm Alpträume beschert. Die wahrscheinlich sein Sexualleben zerstören wird.«

»Irgend etwas hat es jedenfalls getan«, bemerkte Coffin und dachte, daß sein eigenes Leben wahrscheinlich ebenfalls in einem frühen Stadium verzerrt worden war. Und war das nun besser für ihn oder schlechter? »Er und Jaimie haben sich gestritten und sind dabei handgreiflich geworden, und sie ist tot.« Vielleicht wäre es besser gewesen, wenn sie sich nicht kennengelernt hätten.

»Clara glaubt, daß Jaimie Martin geködert hat, damit sie Material für ein Buch über ihn und Clara und den Tod ihres Vaters zusammenbekommen konnte. Es sollte irgendwie ein zweigleisiges Ding werden. Martin und Clara auf der einen Seite und Richard Lavender und seine Mutter auf der anderen. Sie haßte diese Vorstellung, sie hat große Kämpfe ausfechten müssen, um Medizin studieren zu dürfen, brauchte sogar eine Sondergenehmigung dafür. Sie wollte nicht, daß das alles wieder ans Licht gezerrt wurde, und ich mache ihr keine Vorwürfe deswegen.«

»Wie hat Jaimie eigentlich das von Dick Lavender erfahren? Das galt doch als ein gut gehütetes Geheimnis.«

»Wir wissen, daß sie ihm auf die Spur gekommen ist... Das war der Grund, warum du hinzugezogen wurdest.«

Coffin dachte nach. »Wir wissen, daß sie an diesem Buch arbeitete, aber die maschinengeschriebenen Seiten, die wir in ihrem Büro gefunden haben, sind ziemlich spärlich und nicht sehr vielsagend.«

»Sie hat es wahrscheinlich auf Band gesprochen... und das könnte der Grund für diesen Streit gewesen sein«, antwortete Stella vorsichtig. »Ich meine, er könnte die Diktate an sich genommen haben.«

»Du meinst, du weißt, daß er es getan hat?«

Stella sorgte dafür, daß ihre Stimme einen gleichbleibenden Klang hatte. »Nur so eine Ahnung.«

»Und hat er sie zerstört?«

»Das kann ich nicht sagen, aber ich denke, daß er es nicht getan hat, meinst du nicht auch?«

Coffin schwieg einen Augenblick lang. »Ich danke dir, Stella.« Er zögerte. »Und wenn du Dr. Clara treffen solltest, könntest du ihr vielleicht nahelegen, die Diktate auszuhändigen... Das ist natürlich nur so eine Ahnung.«

Sie hatte förmlich danach verlangt, ermordet zu werden, diese Jaimie, dachte er, als er den Hörer auf die Gabel legte. Es könnte sich lohnen, ihre Vergangenheit zu durchleuchten. Sie kam aus einer großen, relativ gutsituierten Familie, aber selbst in solchen Familien konnte es Mißbrauch und Elend geben.

George Darcy sah ihn von der anderen Seite des Raumes aus an; Coffin nickte ihm zu. »Kommen Sie rüber.«

Coffin war daran gewöhnt, bei solchen Anlässen allein dazustehen, an dem starken Gebräu zu nippen, das allgemein bevorzugt wurde, und darauf zu warten, daß jemand ihn ansprach. Die Männer zogen sich zurück, niemand wollte den Anschein erwecken, daß er sich einzuschmeicheln versuche. Unterwürfigkeit war nicht gut angesehen. Wenn er wartete, kam kurz darauf einer der höheren, uniformierten Beamten seinen Verpflichtungen nach und gesellte sich zu einem Gespräch zu ihm. Die Männer der

Kriminalpolizei, von Natur aus freiheitsliebendere Geister, würden ihn wahrscheinlich komplett ignorieren.

Man machte sich keine Freunde, indem man sich die Leiter hinaufarbeitete. Er zählte sie an den Fingern ab: Archie Young, ja, der war eindeutig ein Freund, George Darcy konnte noch einer werden. Und Phoebe, Gott allein wußte, als was sie gelten mochte, aber sie war ohnehin noch nicht da.

Sie ließ jedoch nicht mehr lange auf sich warten. Noch während George Darcy auf ihn zukam, trat Phoebe durch die Tür. Sie lachte und unterhielt sich mit der Frau in ihrer Begleitung, die Coffin nicht kannte. Sie hob die Hand, um Coffin zu begrüßen, wandte sich aber ab, um für sich und die Besucherin etwas zu trinken zu holen.

Auch Darcy hatte Phoebe gesehen. »Ich habe eine Nachricht für die Astley; sie hat ein Stück Stoff an die Abteilung für Mode an der Universität geschickt, um festzustellen, ob man dort den gerichtsmedizinischen Befunden noch etwas hinzuzufügen hat. Als ich rüberging, um mich nach dem Gutachten über diese Jacke zu erkundigen, hat mir die wissenschaftliche Assistentin Dr. Mary Farr auch diesbezüglich Mitteilung gemacht. Übrigens ein interessantes Institut; sind Sie mal dort gewesen, Sir?«

»Ich war einmal da, als es eröffnet wurde.«

»Die hatten damals einen Tag der offenen Tür, nicht wahr? Ich bin mit meiner Tochter hingegangen. Sie hat sich für den Kurs interessiert, sich am Ende aber dann für Zahnmedizin entschieden, fragen Sie mich nicht, warum.« Nachdenklich setzte er hinzu: »Natürlich ging sie damals mit einem Studenten der Zahnmedizin, das könnte der Grund dafür gewesen sein.«

»Hat sie ihn geheiratet?« Dies war eine Party, man konnte nicht nur über die Arbeit reden. Eine gesellige Geste gehörte unbedingt dazu.

»Nein, sie ist überhaupt nicht verheiratet. Wir sind altmodisch, Sie und ich, Sir. Heutzutage heiratet man nicht mehr.«

Nachdem der Höflichkeit solchermaßen Genüge getan worden war, kamen sie zur Sache.

»Was haben Sie von Dr. Farr erfahren?«

»Anhand von Stil, Schnitt und Verarbeitungstechnik ordnet sie die Jacke in die beiden ersten Jahrzehnte des Jahrhunderts ein... Das wußten wir schon, aber Dr. Farr hat über eine Gruppe von Schneidergesellen geforscht, die in dieser Zeit in Spinnergate lebten – in der edwardianischen Ära und kurz darauf. Es handelte sich um jüdische Arbeiter, sehr häufig Immigranten. Sie glaubt, dies sei eine ihrer Jacken. Es sieht so aus, als hätten sie häufig ihre Namen hineingeschrieben, und sie hat im Saum des rechten Ärmels gleich an der Manschette ein Stück Band gefunden, auf dem man den Namen J. Silver lesen kann. Er hatte eine Werkstatt in der High Street von Spinnergate, und es finden sich bis 1922 Einträge über ihn in den lokalen Unterlagen. Danach ist er gestorben oder weggezogen.«

»Das bestätigt unsere Vermutung. Die Jacke ist echt und der Name des Besitzers ebenfalls.«

»Wir werden mit Richard Lavender sprechen müssen, Sir, und mit seiner Haushälterin. Einer von den beiden muß mehr wissen, als er sagt. Zufälle sind möglich, aber...« Bei diesen Worten zuckte er die Achseln. »Nicht akzeptabel, Sir.«

»Lavender ist sehr alt und gebrechlich«, sagte Coffin langsam. Das Wissen um Lavenders Vergangenheit im Verein mit Phoebes gegenwärtigen Zweifeln an dem alten Mann lastete schwer auf ihm.

»Er hat einiges zu erklären. Und er könnte beweglicher sein, als es den Anschein hat.«

»Er hatte allen Grund, die junge Frau nicht zu mögen«, gab Coffin zu. »Haben Sie in ihrem Büro etwas gefunden, das sie über ihn geschrieben hat?«

»Nicht viel, nur ein paar Notizen. Ich glaube nicht, daß sie sehr weit gekommen ist.«

»Sie könnte eine Menge auf CD gehabt haben.«

»Wir haben durchgesehen, was da war«, meinte Darcy. Er brauchte nicht lange, um zu verstehen, worauf der Chief Commander hinauswollte. »Sie denken, es gibt da noch ein Band, das wir nicht haben?«

»Ich denke, es gibt noch ein Band mit Material über Martin Marlowe und seine Schwester sowie auch über Richard Lavender.«

»Zwei zum Preis von einem«, sagte Darcy wohlgelaunt. Coffin, der Darcy trotzdem mochte, dachte, daß er wohl der Typ Mann sei, der mit guter Laune zu einer öffentlichen Hinrichtung gehen würde.

»Wo ist dieses Band, Sir?«

»Ich bin optimistisch«, begann der Chief Commander, als er Phoebe Astley mit ihrer Begleiterin näher kommen sah.

»Guten Abend miteinander.« Phoebe trug ein schickes, schwarzweiß kariertes Tweedkostüm und war in bester Stimmung. Sie wandte sich ihrer Begleiterin zu, einer stämmigen Dame in mittleren Jahren, die einen dicken Pullover trug und dazu eine Hose mit großen aufgesetzten Taschen, wie eine Arbeiterhose. »Das ist meine Freundin, Rosemary Earlie. Sie ist Expertin für lokale Geschichte, und sie hat mir bei meinen Nachforschungen bei der Zeitung geholfen. Ich glaube, ich gewinne da langsam ein konkretes Bild, aber es ist möglicherweise nicht das, was wir erwartet haben. Ich muß noch einiges erledigen, dann komme ich damit zu dir. Wenn ich recht habe, wird das Rätsel um den alten Lavender noch rätselhafter.«

»Als wäre es nicht schon rätselhaft genug«, murmelte Darcy in sein Bier. »Ich hole euch beiden einen Drink.«

Phoebe bedachte Darcy mit einem scharfen Blick, nahm sein Angebot jedoch dankend an. Jawohl, sie hätten beide gern ein Bier. Dann wandte sie sich wieder Coffin zu.

»Rosemary war mir eine große Hilfe.«

»Oh, vielen Dank, Miss Earlie.«

»Sie ist Archäologin und arbeitet bei der Gesellschaft für Denkmalschutz in Spinnergate.«

Coffin streckte die Hand aus, die Miss Earlie sogleich mit kräftigem Griff umfaßte. »Da gibt es nicht viel zu schützen, oder?«

»Mehr als Sie vielleicht denken.« Miss Earlie hatte eine tiefe, entschiedene Stimme.

»Römischer Herkunft?« Coffin fragte sich, warum Rosemary Earlie hier war. Er warf Phoebe einen Erklärung heischenden Blick zu.

»Wir haben auch Funde römischer Herkunft, aber mich persönlich interessieren mehr die späteren Perioden.«

Phoebe unterbrach sie: »Ich erzähle es ihm, Rosie, der

Bursche ist wirklich ziemlich intelligent. John, eine Häuserreihe, nur wenige Schritte entfernt von dem Haus, in dem Richard Lavender als Kind lebte, wurde bei einem Zeppelinangriff im Ersten Weltkrieg von einer Bombe getroffen... Das Gelände wurde dann mehr oder weniger eingeebnet und darauf ein kleines Lagerhaus errichtet. Jetzt ist auch dieses abgerissen worden...«

»Mehr oder weniger eingeebnet?« fragte Coffin.

»Er kapiert schnell, was, Rosie? Ja, ein paar interessante Dinge sind liegengeblieben... Und zwar die Überreste der Küche im Keller eines der Häuser.«

»Scheint alles sehr gut erhalten zu sein«, sagte die Archäologin. »Man hat es einfach zugedeckt und dem Staub überlassen. Fast wie in Pompeji.«

»Die Familie, die dort lebte, hat die Lavenders vermutlich gekannt.«

Wohin führt das alles? dachte Coffin. Ich bin nicht auf der Suche nach archäologischen Funden.

Auf der anderen Seite des Raums konnte er sehen, wie George Darcy sich durch seine Kollegen zwängte. Er wirkte nervös und geistesabwesend und ließ die Grußworte, die man ihm zurief, unbeachtet.

Als er Coffin schließlich erreichte, murmelte er dicht an seinem Ohr: »Könnte ich eben ein Wort mit Ihnen reden, Sir? Draußen, meine ich.«

Phoebe trat einen Schritt zurück. »Komm, holen wir uns was zu trinken, Rosie.« Aber ihre Miene war wachsam. Sie wollte wissen, was vorging, und sie war der Meinung, daß sie ein Recht darauf hatte.

»Worum geht es?« fragte Rosemary Earlie, die die Sitten

und Gepflogenheiten der Polizei recht interessant fand. Sie beobachtete gern, wie die Menschen lebten, seien sie lebendig oder tot.

»Tod und Zerstörung«, sagte Phoebe obenhin. »Das muß es wohl sein.« Sie meinte es ernst. »George Darcy neigt dazu, die Dinge ein wenig schwerzunehmen.«

Draußen vor der Tür kam George Darcy gleich zur Sache: »Ich habe gerade eine Nachricht bekommen: Es sieht nach einem weiteren Mord aus.«

Mit wenigen kurzen Sätzen erklärte Darcy die Situation: Der alte Lavender, Janet Neptune... in einer Garage gefunden. Gegenwärtig im Krankenhaus von Spinnergate.

Ja, man hätte es dem Chief Commander früher mitteilen sollen. Sofort, sofort.

»Da hat jemand ziemlichen Mist gebaut, Sir. Man hätte Sie früher unterrichten sollen... Aber es sieht so aus, als hätte der alte Mann einfach bei ihr gesessen und die Hände in den Schoß gelegt. Und dann mußte er natürlich zuerst ins Krankenhaus geschafft werden. Sie auch.«

»Was das betrifft, ist alles unter Kontrolle?« hakte Coffin nach. »Wer hat mit Lavender gesprochen?« Die beiden Männer waren auf dem Weg zu Lavenders Wohnung.

»Sergeant Bishop von Spinnergate-West. Er ist im Augenblick der verantwortliche Kriminalbeamte dort. Untersteht mir... aber es hatte nicht viel Sinn, da der alte Mann buchstäblich sprachlos war – er stand unter Schock. Die Ärzte meinen, er kommt wieder auf die Beine.«

Coffin schwieg. Dann sagte er: »Ich mache mir Vorwürfe.«

Darcy wußte nicht, was er darauf erwidern sollte, da er die Bemerkung nicht verstand. »Der alte Mann war blutverschmiert«, sagte er.

»Wieviel Blut?«

»Nicht sehr viel, aber genug. Außerdem nicht sein Blut, er war nicht verletzt.«

»Und er kann natürlich nicht sagen, woher das Blut gekommen ist.«

»Im Augenblick nicht, Sir, nein. Er wird später wieder reden können, aber ob das etwas Zusammenhängendes sein wird...« Darcy zuckte die Achseln.

»Er ist nicht senil«, bemerkte Coffin scharf. »Oder war es jedenfalls vor ein paar Tagen noch nicht.«

»Ich glaube, er weiß selbst nicht recht, was er getan hat. Anscheinend hat er Selbstgespräche geführt.«

»Welchen Inhalts?« fragte Coffin mit unverminderter Schärfe, während der Aufzug sie in das oberste Stockwerk hinaufbrachte, wo Lavender wohnte. Eine Polizeibeamtin ließ sie hinein. Sie kannte sie beide vom Sehen.

»Er schien sich die Schuld zu geben... Er glaubt, er habe es getan.«

»Sie scheinen bei Ihrem Telefongespräch aber eine ganze Menge erfahren zu haben.« Coffins Stimme klang noch immer scharf, noch schärfer, um genau zu sein.

»Bishop dachte, es könne wichtig für mich sein... und für Sie, Sir, so bald wie möglich Bescheid zu wissen.«

Coffin quittierte diese Antwort mit einem kurzen Nicken und der Bitte, Lavenders Schlafzimmer sehen zu dürfen.

Darcy, der sich noch immer nicht die Laune hatte verderben lassen, kam der Aufforderung nach und versuchte, Ruhe auszustrahlen.

»Hier entlang, Sir.«

»Das Sonderkommando ist schon drin gewesen«, sagte die Polizeibeamtin, wohl wissend, daß sie sich in aufgewühltes Wasser begab und besser zusah, daß sie festen Boden unter die Füße bekam.

Coffin nahm diese Feststellung ohne ein Wort zur Kenntnis. »Fotos?«

»Jawohl, Sir. Auch die Garage unten.«

Coffin schob das gelbe Band, das vor der Schlafzimmertür angebracht worden war, beiseite. Er konnte das Bett mit der zurückgeschlagenen Decke sehen; das obere Laken war darübergefallen, blutverschmiert.

Ein langgezogener Streifen.

»Nicht viel Blut.«

Darcy nickte. »So hatte ich es auch gehört. Anscheinend war noch etwas auf seiner Pyjamajacke und auf seinen Händen. Alles getrocknet.«

»Und er hat keine Verletzung?« Coffin sprach den Gedanken laut aus, erwartete jedoch keine Antwort. »Schaffen Sie die blutbefleckten Laken so schnell wie möglich in die Gerichtsmedizin. Und seinen Pyjama ebenfalls.«

Er sah sich im Raum um, dann machte er auf dem Absatz kehrt, um einmal durch die ganze Wohnung zu gehen.

Es herrschte überall ein gewisses Maß an Unordnung, als sei der alte Mann in der Dunkelheit von einem Zimmer ins andere gestolpert. In der Dunkelheit oder im Schlaf. Aber das schlimmste Durcheinander herrschte in Janet

Neptunes Zimmer, wo die Decken und Laken in einem Haufen auf dem Boden lagen. Der Spiegel auf der Ankleidekommode hatte einen Sprung, und eine Schale mit Blumen war umgeworfen worden.

»Sie stieg aus dem Bett oder wurde herausgezerrt, und dann kam es zum Kampf«, sagte Darcy.

»Könnte sein.« Sein Tonfall war neutral und distanziert. Coffin ging durch das Zimmer und versuchte, alles in sich aufzunehmen. Ein Tumult, aber was für eine Art von Tumult?

»Für mich sieht es so aus.«

»Ist das hier alles fotografiert worden?« fragte der Chief Commander die Beamtin.

»Ja, Sir. Es gibt noch viel zu tun. Sie kommen noch mal zurück, um eine eingehende Untersuchung durchzuführen.«

Den entsprechenden Jargon hatte sie jedenfalls drauf, dachte Coffin. »Wie heißen Sie?«

»Bailey, Avril Bailey, Sir.«

Coffin lächelte sie an. »Sind Sie die ganze Zeit hiergewesen? Dachte ich mir. Halten Sie noch ein Weilchen aus, ich sorge dafür, daß Sie abgelöst werden.«

»Ich komme schon klar, Sir.« Sie hatte wieder Mut gefaßt. Die See war stürmisch gewesen, aber sie war auf dem Wasser gegangen, sie hatte das Richtige getan. Es hieß, der Chief Commander sei ein netter Kerl, und auch wenn er sie zunächst grimmig angesehen hatte, stimmte es: Er war nett. »Mir geht es gut.«

Coffin drehte sich zu Darcy um: »Wir fahren ins Krankenhaus, George.«

Auch Darcy war erleichtert; er hatte seine Füße, wie es schien, ebenfalls an die richtigen Stellen gesetzt. Er war jetzt George, man nannte sich beim Vornamen. Aber er würde nach wie vor aufpassen, wo er hintrat.

»Haben Sie alles gesehen, was Sie sehen wollen, Sir?«

»Ich habe gesehen, was ich sehen will, ja.« Er lief bereits die Treppe hinunter. »Ist die Treppe untersucht worden?«

Darcy mußte zugeben, daß er das nicht wußte. Er hatte auch keine Ahnung, ob jemand sich um den Aufzug gekümmert hatte.

»Das hätte passieren müssen.«

Da war sie wieder, diese Schärfe, und Darcy bewahrte hellsichtigerweise Schweigen; er hatte das ungute Gefühl, daß er nicht dasselbe sah, was John Coffin gesehen hatte.

»Glauben Sie, daß es in dem Zimmer dort einen echten Kampf gegeben hat?« fragte der Chief Commander, als er in den Wagen stieg.

»Glauben Sie es denn nicht?« fragte Darcy zurück.

»Nein und nein und nochmals nein.« Coffin schwieg, dann fügte er hinzu: »Als Dick Lavender neben Janet Neptune gefunden wurde, hielt er sie für tot. Seither murmelt er etwas über einen Mord vor sich hin. Das ist doch richtig, oder?«

»So hat man es mir erzählt.«

»Aber sie ist nicht tot, oder? Verletzt, aber nicht tot.« Coffin wandte sich an den Chauffeur. »Wir können jetzt fahren. Zum Universitätskrankenhaus.« Das war die gängige Bezeichnung für das alte Krankenhaus, das jetzt ein Teil der neuen Universität war.

»Ich nehme an, er glaubte, sie getötet zu haben.«

»Ich bin überzeugt, daß er das glaubte.« Coffin wartete, bis der Wagen sich in Bewegung setzte, bevor er nach dem Autotelefon griff. »Entschuldigen Sie mich eine Minute, George ... Stella?« Stella, die ausnahmsweise einmal dort war, wo er sie haben wollte, nämlich zu Hause, nahm seinen Anruf entgegen. »Stella, kannst du mir sagen, wo Martin Marlowe gestern abend war?«

»Er hat bei dem Stück mitgespielt, das weißt du doch. Ich hab es dir erzählt.«

»Und danach?«

»Ich spioniere meinen Schauspielern nicht nach«, sagte Stella spitz. »Aber wie der Zufall es will, weiß ich, daß er auf der Geburtstagsparty von einem unserer Leute war. Sie scheinen die ganze Nacht durchgemacht zu haben, so verkatert, wie die meisten von ihnen sich heute aufgeführt haben. Aber Martin hat seither eine Matinee gemacht und eine volle Abendveranstaltung.«

»Ich danke dir, Stella. Behalt ihn für mich im Auge.«

Darcy ließ ein paar Sekunden verstreichen, bevor er fragte: »Was haben Sie vor, Sir?«

»Uns freie Bahn schaffen, sonst nichts.«

Sie schaffen sich freie Bahn und verbauen mir meine, dachte Darcy. Ich habe keine Ahnung, was ich von der Sache halten soll. Oder was ich von Ihnen halten soll, Sir. Das müssen die Leute wohl meinen, wenn sie sagen, Sie können durch Wände sehen, aber diese Wand haben Sie selbst aufgebaut.

Das Universitätskrankenhaus war ein altes Krankenhaus mit einem neuen Namen; es war früher ein Armenhospital gewesen, in dem die Bedürftigen und die Kranken unterkamen, aber verschiedene Sozialreformen hatten ihm zu einem neuen Gewand verholfen, zusätzliche Mittel bereitgestellt und einige Anbauten ermöglicht einschließlich eines Operationssaals und einer Pädiatrieabteilung. Es verfügte außerdem über eine gutbesuchte Ambulanz für Haut- und Geschlechtskrankheiten. »Ein sehr zukunftsträchtiges Gebiet«, hatte der zynische, weltkluge Pathologe Dennis Garden gesagt. Als Teil der neuen Universität mit ihrer medizinischen Fakultät war das Krankenhaus zu neuem Ansehen gelangt und hatte seinen Personalbestand erheblich vergrößert. Es war in der Nachbarschaft immer sehr beliebt gewesen, wo man es beinahe für ein Glück erachtete, im alten Pickle-Road-Krankenhaus, wie es früher hieß, zu sterben – ein Glücksfall, der in alten Zeiten vielen Menschen zuteil wurde. Die Überlebenschancen eines Krankenhausaufenthaltes waren seither definitiv gestiegen.

Richard Lavender und Janet Neptune lagen beide in Privatzimmern auf demselben Flur, dem vierten und zugleich obersten.

»Der alte Mann zuerst«, sagte Coffin. Die Tür wurde von einem uniformierten Wachtmeister bewacht, der auf einem harten Stuhl saß; er unterhielt sich mit einer Krankenschwester. Als er aufblickte und die beiden Männer erkannte, erhob er sich und salutierte. Er folgte der Devise, daß man sich den hohen Tieren gegenüber immer höflich zeigen sollte; sein Vater war ein erfolgreicher Soldat gewesen.

»Die Schwester hier sagt, Mr. Lavender sei aufgewacht. In diesem Falle sollte ich Sergeant Bishop unverzüglich Meldung machen. Er muß mit ihm reden.«

Die Krankenschwester schützte ihren Patienten. »Ich bin mir nicht sicher, ob er im Augenblick einer Befragung gewachsen ist. Sie werden diesen Punkt mit dem Arzt klären müssen.«

»Mir würde nicht im Traum einfallen, etwas anderes zu tun«, sagte Coffin und öffnete die Tür zu Richard Lavenders Zimmer. Sofort erklang eine überraschend kräftige Stimme, die ihn hereinrief.

»Wie fühlen Sie sich?«

»Besser. Aber ich bin froh, Sie zu sehen. Danke, daß Sie gekommen sind, ich wußte, daß ich Ihnen trauen kann. Sie wissen, was passiert ist?«

»Ich weiß, daß es einen Unfall gegeben hat.«

»Nett, daß Sie es so ausdrücken, aber ich hoffe doch, daß ich in der Lage bin, den Tatsachen in die Augen zu sehen.« In Dick Lavenders Stimme schwang eine verzweifelte Traurigkeit mit. »Ich habe sie getötet. Ich war voller Blut. Ich habe sie aus ihrem Bett gezerrt und sie getötet.«

»Angenommen, ich würde Ihnen sagen, daß Janet nicht tot ist.«

»Dann würde ich Gott dafür danken, daß ich sie nicht ermordet habe.«

Die Krankenschwester machte sich an der Tür bemerkbar. »Der Arzt ist unterwegs«, rief sie.

Dick Lavender sprach weiter, beinahe, als rede er mit sich selbst, aber sein Blick war fest auf John Coffin geheftet. »Ich habe in der Nacht Geräusche gehört, ein Knallen, Rufe… Ich dachte, es sei ein Alptraum. Als ich dann aufwachte und das Blut sah, wußte ich, daß es Wirklichkeit gewesen war. Aber es war nicht mein Blut. Ich war aufgestanden, hatte Janet angegriffen.« Er hielt inne, als sei er selbst verwirrt. »Sie war jedoch nicht in der Wohnung...« Er fuhr sich mit der Hand übers Gesicht. »Ich konnte sie nicht finden.«

»Am Ende haben Sie sie dann aber doch gefunden.«

»Sie war voller Blut, es war ihr Blut. Ihre Wunde... ihr Blut an meinen Händen. Ich selbst war nicht verletzt, ich habe nicht geblutet.«

»Sie bluten jetzt«, sagte Coffin. »Sie bluten innerlich.« Er trat dicht an das Bett heran und legte eine Hand auf Dick Lavenders dünne, kalte Finger, die sich bewegten, um die seinen mit festem Griff zu umfassen.

»Sie sagen mir, daß ich sie nicht getötet habe?«

»Sie haben sie nicht getötet«, bestätigte Coffin. Er zog die Hand weg und entfernte sich vom Bett, als ein ernster junger Arzt an der Tür erschien.

Draußen im Korridor sagte Darcy: »Mir ist aufgefallen, daß Sie sagten, er habe sie nicht getötet, nicht, daß er es nicht versucht habe.«

Mit nüchterner Stimme erklärte Coffin: »An dem, was ihr zugestoßen ist, gebe ich mir selbst die Schuld. Dieses dumme, dumme Mädchen.« Er marschierte durch den Korridor davon, und ein verstörter Darcy folgte ihm.

Ich glaube, ich könnte ein Buch über diesen Mann schreiben, dachte George Darcy bei sich, während er hinter ihm her ging. Was würde ich über ihn sagen: ein scharfer Verstand, ein freundliches Auftreten, solange man ihm nicht in die Quere kommt, kann sich beherrschen, tut es aber nicht immer. Eine kryptische Art, sich auszudrücken, stellt Fragen, kennt aber wahrscheinlich die Antworten schon, bevor man selbst auch nur etwas ahnt. Blickt tiefer in den Nebel hinein als die anderen, läßt sie aber manchmal einfach hineinblicken, ohne ihnen zu helfen.

Wie jetzt zum Beispiel, fügte er hinzu, während er Coffins entschwindender Gestalt nacheilte – er schien zu wissen, wohin er ging.

Mag ich ihn? Ja, das tue ich.

Ein Stück weiter den Korridor hinunter verriet die Anwesenheit einer Polizistin vor einer der Türen, in welchem Raum Janet Neptune untergebracht war. Die Beamtin saß auf einem Hocker, die Beine weit von sich gestreckt, und machte ein gelangweiltes Gesicht. Sie gähnte und gähnte noch einmal. Auf einem Tablett auf dem Boden standen eine leere Tasse mitsamt Untertasse. Sobald sie die beiden Männer erkannte, sprang sie auf und versetzte dem Tablett einen Tritt, so daß es mit einem lauten Klirren den Flur hinunterglitt.

Eine Sekunde später wurde die Tür zu Janets Zimmer geöffnet, und ein zorniges Gesicht mit einer roten Haarmähne, auf der ein weißes Häubchen thronte, verlangte Schweigen.

Coffin trotzte dem Sturm. Er wies sich aus und bat darum, mit Miss Neptune sprechen zu dürfen.

»Ich weiß, wer Sie sind«, sagte die rothaarige Krankenschwester gereizt. »Sie haben mir ungefähr vor zwei Jahren eine Medaille gegeben, als Sie in der Schwesternschule Preise verteilten. Schwester Bardy, aber Sie können sich sicher nicht daran erinnern.«

»Doch, ich erinnere mich.« Coffin hatte sich ihr Gesicht angesehen. »Sie haben die Medaille bekommen, weil Sie in ein eingestürztes Haus gegangen sind. Ein Flugzeug war ganz in der Nähe abgestürzt, und Sie sind hineingegangen und haben einem zehnjährigen Jungen schmerzstillende Injektionen gegeben, während er darauf wartete, daß man ihn rausschnitt. Sie haben diese Medaille verdient und mehr.«

»Sie machen mich sprachlos«, sagte Schwester Bardy, die indes keine Anzeichen erkennen ließ, wirklich verstummen zu wollen. »Sie können mit Worten umgehen, das ist mir damals schon aufgefallen.«

»Vielen Dank.«

»Danken Sie mir nicht. War bloß eine Geste der Höflichkeit.« Das Wortgefecht machte beiden Parteien Spaß. »Ich nehme an, Sie sind hier, um mit meiner Patientin zu sprechen. Ich bin mir nicht sicher, ob ich Sie reinlassen darf.« Sie brachte es fertig, George Darcy zu registrieren, und schenkte ihm ein breites Lächeln, das er ein wenig töricht erwiderte.

»Aber Sie werden es tun?«

»Ich muß den Arzt anrufen, um ihn zu fragen.«

»Wie geht es ihr?«

»Nicht schlecht, überhaupt nicht schlecht. Der Schlag auf den Kopf war nichts Besonderes. Hat sie sich wahrscheinlich selbst zugefügt, als sie gegen die Wand prallte. Die Wunde an ihrem Körper ist nicht tief, aber sie hat dennoch eine Menge Blut verloren... Wenn man sie früher gefunden hätte, wäre überhaupt nicht viel passiert.«

»Ich glaube, es war beabsichtigt, daß man sie früher fand«, sagte Coffin.

»Oh, hm, wenn Sie meinen. Sie müssen es ja wissen.«

»Ist sie bei Bewußtsein?«

»O mein Gott, ja, sie kann reden und sich beschweren.«

Während sie sprach, hatte Schwester Bardy leise die Tür hinter sich geöffnet. »Fünf Minuten und keine Sekunde mehr.«

Janet Neptune saß mit mehreren Kissen im Rücken im Bett, über ihre linke Schläfe zog sich ein längliches Pflaster, und rings um dieses Pflaster war ihr das Haar weggeschnitten worden. Das linke Auge war angeschwollen und die Wange darunter ebenfalls. Sie trug ein weißes Krankenhausnachthemd, und man konnte darunter den Verband um ihre Hüften ahnen.

Sie starrte die beiden Männer mit unfreundlicher Miene an. »Jetzt sehen Sie, was man mir angetan hat. Ich wurde überfallen.«

Sie sah John Coffin an, und er antwortete ihr: »Können Sie sich erinnern, was passiert ist?«

»Ich habe diesem Sergeant bereits alles gesagt, was ich weiß.«

»Ich fürchte, Sie werden diese Prozedur noch mehrere Male über sich ergehen lassen müssen. Erinnern Sie sich?«

»Mehr oder weniger.« Sie griff sich an den Kopf. »Man erinnert sich nicht an alle Einzelheiten, wenn man so einen Schlag verpaßt bekommen hat...« Sie runzelte die Stirn, so sehr strengte es sie an, sich zu konzentrieren. »Es fing damit an, daß ich diese Geräusche hörte... als taumelte jemand durch die Wohnung... Ich bin dann raus in den Flur. Es war alles dunkel, und ich hörte ein Geräusch wie von einem knurrenden Tier.«

Sie hielt inne.

»Sie brauchen nicht weiterzusprechen, wenn Sie Schmerzen haben.«

»Ich glaube, ich bin zur Tür gerannt, um wegzulaufen, weil ich Angst hatte. Ich wollte nicht in derselben Wohnung sein mit diesem... was auch immer es war. Dann bekam ich einen Schlag auf den Kopf... An viel mehr erinnere ich mich nicht, nur noch an einen scharfen Schmerz unterhalb meiner Rippen... Das war, als mich das Messer erwischt hat. Kurz darauf muß ich das Bewußtsein verloren haben.«

»Sie wurden in der Garage gefunden.«

»Ich muß wohl die Treppe hinuntergegangen sein... oder jemand hat mich hinuntergezogen. Vielleicht bin ich auch gefallen. Was die Garage betrifft, kann ich Ihnen nichts sagen, irgend jemand muß mich hineingezogen oder -getragen haben.«

»Der Zustand Ihrer Kleidung wird uns einige Aufschlüsse geben«, sagte Coffin.

Sie sah sich mit unbestimmter Miene um. »Ich weiß nicht, wo sie sind. Ich erinnere mich nicht, was ich anhatte.«

»Wir werden es schon herausfinden«, sagte Coffin beschwichtigend.

»Möglich, daß ich ihnen gesagt habe, sie sollen sie wegwerfen.«

»Ich glaube nicht, daß sie das gemacht haben; die Leute hier kennen die Regeln für Fälle von gewaltsamen Angriffen.«

»Ich hätte früher gefunden werden sollen, ich habe

stundenlang da gelegen«, sagte Janet wütend. »Ich wäre fast gestorben. Ich sollte sterben. Er hat es getan, Sie wissen schon, der alte Mann. Er ist verrückt.«

Coffin schwieg. Dann sagte er: »Ich habe Sie gewarnt.«

Janet antwortete nicht; statt dessen schloß sie die Augen.

Schwester Bardy schob den Kopf durch die Tür. »Die fünf Minuten sind rum, und der Doktor wird jeden Augenblick hier sein.«

Mit geschlossenen Lidern sagte Janet: »Nehmen Sie Ihren Schatten mit.«

Coffin faßte den schweigenden Darcy am Arm. »Wir gehen.« An der Tür blieb er noch einmal stehen und drehte sich um. »Janet, was ist aus dem rosa Chiffon geworden?«

Noch immer mit geschlossenen Augen sagte sie: »Ich werde ihn schwarz einfärben lassen.«

Auf dem Weg zum Wagen fragte Darcy, was es mit dem rosa Chiffon auf sich habe.

»Ich wollte nur danach fragen«, antwortete Coffin. »Mal sehen, was sie zu sagen hatte.«

Im Auto bemerkte George Darcy dann: »War es ein Mordversuch?«

»In gewisser Weise ja. Ich denke schon, Sie nicht auch?«

»Ich weiß nicht, was ich denken soll.«

»Ich denke, die gerichtsmedizinischen Untersuchungen der Kleidung und des Blutes werden sich als nützlich erweisen.«

»Ja, klar. Und hat derjenige, der sie angegriffen hat, auch Jaimie Layard ermordet?«

»O ja«, sagte Coffin. »Können Sie das nicht sehen?«

Nein. Kann ich nicht, du orakelhafter Bastard, dachte Darcy. Es schien viel Zeit seit diesem Eier-und-Schinken-Essen vergangen zu sein, bei dem er jetzt, da er darüber nachdachte, nichts gegessen und sehr wenig getrunken hatte.

16

Im Wagen verfiel Coffin sofort in Schweigen, aber der Chief Inspector ließ nicht locker.

»Ich weiß nicht, ob ich das richtig verstanden habe oder nicht«, sagte George Darcy, der mittlerweile einen irrationalen Ärger verspürte und das Gefühl hatte, daß es in dieser Angelegenheit Geheimnisse gab, von denen man ihm nichts erzählt hatte. »Aber Janet Neptune beschuldigt den alten Mann, sie angegriffen zu haben, und zwar mit dem Ziel, sie zu töten.«

Coffin nickte. »Das ist richtig, das tut sie gewiß.« Unter anderem.

»Und Richard Lavender, Träger des Verdienstordens und ehemaliger Premierminister, beschuldigt sich selbst.«

»Das tut er in der Tat.«

»Was für ein elendes Durcheinander. Ich nehme an…« – er konnte nicht verhindern, daß sein Zorn sich in seiner Stimme widerspiegelte – »ich nehme an, es besteht da irgendeine Verbindung zu der Angelegenheit, mit der Phoebe Astley so beschäftigt ist?«

»Die Verbindung besteht, aber so direkt ist sie nun auch wieder nicht, Darcy.«

»Ich wußte, daß diese Jaimie in Richard Lavenders Vergangenheit herumstöberte, ich wußte, daß Phoebe etwas ausgrub, das mit seiner Vergangenheit zu tun hatte. Wir reden nämlich manchmal miteinander. Es hat sich herumgesprochen, und Phoebe ist in letzter Zeit auch nicht mehr so zugeknöpft.«

»Nein.«

»Aber die Tote arbeitete auch an der Story über Martin Marlowes Mord an seinem Vater. Es schien mir, und ich hatte den Eindruck, daß Sie derselben Meinung waren, Sir, daß Miss Layard ihn nur deswegen hatte kennenlernen wollen. Er fand es heraus, sie haben sich gestritten, er schlug sie zusammen, und später ermordete er sie. Diese Story paßte zu den Fakten bis zu dieser Jacke bei der Toten, diese Transvestitennummer, diese Ich-bin-ein-Guy-Inszenierung. Man sollte die Jacke bei der Leiche finden und aufdecken, daß sie Richard Lavenders Vater gehörte.«

Coffin sagte entschuldigend, daß er mit dem alten Lavender stillschweigend übereingekommen sei, sich mit dem zufriedenzugeben, was er unbedingt erfahren mußte; der alte Mann war immerhin ein ehemaliger Premierminister, er hatte noch immer schwere Geschütze hinter sich, wenn er sie denn ins Spiel bringen wollte, und er hatte Stillschweigen verfügt. »Das Schweigen konnte natürlich nicht bis in alle Ewigkeit dauern. Ich vermute, daß er das wußte.«

»Die Buschtrommeln funktionieren immer noch, Sir.« Sie näherten sich der Polizeizentrale, die Nachtluft war schwer vom Regen, und man konnte gleichzeitig schon den Nebel ahnen. Das Eier-und-Schinken-Essen mußte lange vorbei sein. Was Darcy jetzt wollte, war nur eins: Er wollte nach Hause zu seiner Frau, wollte eine Mahlzeit zu sich nehmen und einen Drink, aber als erstes würde er dem Chief Commander vielleicht ein Loch in den Kopf schießen.

Verbal natürlich.

»Wir wußten eine ganze Menge, Sir. Die Sache hat sich in den Kantinen und dem Speiseraum für die ranghöheren Beamten herumgesprochen, aber sie hatte auch ein Loch, ein Loch in der Mitte: Das, was wir nicht wußten. Daß der alte Lavender mittlerweile ein gefährlicher, seniler Mörder sein könnte. Ich vermute, Sie wußten das, Sir.« So, da hatte er dem Chief Commander seine Kugel in den Kopf gejagt und lebte immer noch, so daß er davon erzählen konnte.

»Nicht ganz so gradlinig, George, aber ja, ich mache mir in der Tat Gedanken über Lavenders Geisteszustand. Er ist schuldig, er will seine Schuld vorzeigen, und ich denke, das ist der Grund, warum ich hinzugezogen wurde.«

Darcy knirschte mit den Zähnen. Er redet immer noch in Rätseln, dachte er.

Der Wagen fuhr vorne vor dem Hauptblock vor, in dem Coffin sein Büro hatte. Es war so spät, daß in den Gebäuden Ruhe eingekehrt war.

»Kommen Sie doch mit nach oben in mein Büro, da ist jetzt bestimmt niemand mehr, und wir können etwas trinken, und ich werde reden.«

Paul Masters kam heraus, als sie hineingingen. Er sah den Chief Commander mit hochgezogenen Augenbrauen an. »Ich wollte gerade Schluß machen, Sir.«

»Klar. Das Eier-und-Schinken-Essen zur Zufriedenheit verlaufen?«

»Den Jungs schien es gefallen zu haben, Sir. Sie haben

die Hauptattraktion verpaßt, Lennie Chickenfeed.« Lennie war ein Komödiant, der in der Nähe wohnte und viel bei Wohltätigkeitsorganisationen auftrat.

»Das tut mir leid, aber ich wurde weggerufen.«

»Er hat es verstanden. Möglicherweise werden Sie sich als Hauptfigur in seinem nächsten Witz wiederfinden, Sir. Ich konnte sehen, wie er daran arbeitete.«

»Das muß ich dann wohl ertragen«, sagte Coffin mit gutem Humor. Paul Masters begrüßte den Chief Inspector und sagte noch im selben Satz auf Wiedersehen, bevor er mit seiner Aktentasche durch die Tür verschwand.

»Ein guter Mann«, sagte Coffin geistesabwesend. »Clever, ohne zu clever zu sein – er wird es bis ganz an die Spitze bringen.« Was immer dann als Spitze betrachtet werden würde. »Whisky?« Er schenkte bereits zwei großzügig bemessene Portionen ein.

»Vielen Dank.« Darcy war sich unbehaglich der Tatsache bewußt, daß sein Magen eine Mahlzeit als Unterlage benötigt hätte, bevor er ihn mit Whisky füllte.

»Ich bin für diese Sache rekrutiert worden«, begann Coffin, »ja, ich benutze dieses Wort ganz bewußt. Der alte Mann, der seine Schliche keineswegs verlernt hat, hat mich rekrutiert. Er ist durch und durch Politiker, und ich wußte im Grunde gar nicht, wofür ich da eingespannt wurde. Das geht mir jetzt erst so nach und nach auf.«

Darcy spürte, wie die Hitze des Whiskys sein Gehirn erfaßte. Es war unzweifelhaft, er fühlte sich schon munterer.

»Der alte Lavender schickte Jack Bradshaw zu mir, der seine offizielle Biographie verfaßt. Er wollte mir ein Geheimnis anvertrauen: Sein Vater war in den Jahren vor dem Ersten Weltkrieg ein Frauenmörder, ein Serienmörder gewesen.«

Darcy nickte. »Ein Gerücht in dieser Richtung hat bereits die Runde gemacht. Klingt ziemlich phantastisch.«

»Er sagte, daß er, ein Junge damals noch, und seine Mutter das letzte Opfer begraben hätten. Sie begruben die Frau an einem Ort, wo sie geweihter Erde so nahe wie möglich war: in dem Streifen Ödland am Rand des alten Friedhofs von St. Luke. Mit anderen Worten: gegenüber dem Haus, in dem ich wohne. Das ist vielleicht auch der Grund, warum ich den Job bekommen habe. Er wollte, daß ich ihre Leiche finde, und wahrscheinlich sollte ich dann für ein anständiges Begräbnis sorgen. Ich weiß nicht, ob er glaubte, daß ich mir die Ärmel hochkremple und das alles höchstpersönlich erledige. Vielleicht war das tatsächlich seine Vorstellung.«

»Sie haben Phoebe Astley damit beauftragt.«

»Ja, denn es steckte mehr dahinter als die Suche nach einer Leiche. Ihn plagte das schlechte Gewissen; er wollte herausfinden, wen sein Vater getötet hatte. Er wollte, daß es ans Licht käme. Bradshaw sollte dann unter seiner Aufsicht darüber schreiben, aber er wollte nicht, daß der Bericht darüber aus der Feder der jungen Journalistin käme, die sich Marjorie Wardy nannte und die ihn interviewt hatte. Sie schien dieser tödlichen Saga irgendwie auf die Spur gekommen zu sein.«

»Wie hat sie das geschafft?«

»Ich habe so eine Ahnung, wer ihr davon erzählt hat, und dieses Wissen war schließlich ihr Tod...« Coffin trank einen Schluck Whisky und schenkte sich nach. »Stella sieht es nicht gern, wenn ich dieses Zeug trinke... Also tue ich es nicht, jedenfalls nicht oft, aber ich habe immer eine Flasche da, weil es Zeiten gibt, in denen nichts anderes in Frage kommt...« Er hätte beinahe gesagt: es keinen anderen Ausweg gibt.

»Die Sache hatte, wie man so schön sagt, noch einen Haken. Lavender hat mir nicht erzählt, daß er von diesem Alptraum geplagt wurde, er könne ein Mörder sein.«

»Mord kann man nicht erben«, sagte Darcy, bei dem der Whisky Wirkung zeigte.

»Ich nehme an, man kann die Gene erben, den Charakter. Er war ein gnadenloser Politiker, erzählt man sich, aber ich habe nie gehört, daß er irgend jemanden getötet hätte. Damit kommen wir also zum heutigen Tag: dem Tag, an dem Janet Neptune ihn bezichtigt, sie angegriffen zu haben, und an dem er selbst das gleiche behauptet. Und dann wäre da natürlich noch der Mord an Jaimie Layard.«

Coffin leerte sein Glas, und ihm dämmerte plötzlich, daß es wahrscheinlich an der Zeit war, nach Hause zu Stella zu fahren.

Darcy runzelte die Stirn und setzte sein Glas ab. »Sie glaubt, daß der Mörder von Jaimie Layard auch sie angegriffen hat.«

»Ich denke, so war es auch«, sagte Coffin.

»Und sie hat den alten Lavender beschuldigt.«

»Hat sie.«

»Also, was raten Sie mir, Sir?« fragte Darcy, wohl wissend, daß er für die Ermittlungsarbeiten im Falle Jaimie Layard verantwortlich war. »Heißt das, daß Bradshaw und

Marlowe aus dem Schneider sind? Für mich sieht es so aus, als bestünde immer noch Veranlassung, beide Männer zu verdächtigen, und dieser Zwischenfall ändert gar nichts daran.«

Coffin stand auf. »Mein Rat ist folgender: Stellen Sie sowohl Richard Lavender als auch Janet Neptune unter Bewachung, selbst im Krankenhaus. Und bauen Sie darauf, daß eine gründliche gerichtsmedizinische Untersuchung Ihnen einige Hinweise geben wird.« Er räumte die Whiskyflasche weg und stellte die Gläser auf einen Tisch neben der Tür. »Wenn Sie wollen, können Sie auch Bradshaw und Marlowe im Auge behalten. Und jetzt fahren wir nach Hause, wir beide.«

Darcy folgte Coffin nach draußen, wobei er registrierte, daß der Chief Commander, bevor er ging, alle Lichter ausknipste und sämtliche Türen abschloß.

»Sie wissen, wer die Layard ermordet und die Neptune überfallen hat, nicht wahr, Sir?«

Coffin sagte nichts, bis er seinen Wagen erreicht hatte. »Soll ich Sie mitnehmen?«

»Nein danke, Sir, ich habe meinen eigenen Wagen hier.« Gott sei Dank hatte er nicht mehr von dem Whisky getrunken.

»Und die Antwort auf Ihre Frage ist: Ja, ich glaube tatsächlich, es zu wissen, und ich glaube, Sie wissen es mittlerweile ebenfalls. Es ist Ihr Fall, Ihr Team, das die ganze mühsame Kleinarbeit erledigen muß, um die Schuld des Mörders nachzuweisen. Möglich, daß wir hier einen von diesen Fällen haben, bei denen man den Schuldigen nie überführen kann, aber wenn ich Ihnen raten darf, dann behalten Sie immer Mutters Rat an ihre Kleinen im Kopf: Hören Sie auf den Onkel Doktor.«

Darcy warf ihm einen langen, durchdringenden Blick zu. »Ich verstehe, was Sie meinen.«

»Dachte ich mir. Machen Sie ihnen Dampf, und lassen Sie mich wissen, was dabei rauskommt.«

Als er nach Hause kam, war Stella wach und saß in der Küche, wo sie in Gesellschaft der Katze und des Hundes Tee trank, wobei beide Tiere sich ihren eigenen Freßnäpfen widmeten.

Stella schenkte sich noch eine Tasse Tee ein. »Du siehst ein klein wenig beschwipst aus«, sagte sie zu ihrem Mann.

»Nur von Kummer und Sorge«, antwortete er.

»Du kannst Augustus zu seinem letzten Abendspaziergang ausführen, das beruhigt dich bestimmt.«

»Kann ich zuerst einen Tee bekommen?«

Stella schenkte ihm eine Tasse von dem guten, kräftigen indischen Gebräu ein, das sie beide bevorzugten. »Die Sorgen will ich dir zugestehen, aber worauf bezieht sich der Kummer?«

»Ich glaube, ich werde einen Mörder auf freiem Fuß lassen müssen.«

Stella stand auf. »Ich mache dir ein Sandwich, ich nehme an, du hast außer Kummer auch noch Hunger. Hast du was gegessen?«

»Wenn ich so drüber nachdenke, nein.«

»Ein Sandwich, eine Tasse Tee und ein Spaziergang mit Augustus werden dich wieder nüchtern machen; dich hat ein kleiner Whisky-Blues erwischt.«

Das Sandwich kam auf einem Teller mit einer blauen Serviette; er stellte fest, daß er tatsächlich hungrig war. »Was ist da drin?« fragte er beim zweiten Bissen.

»Geräucherter Lachs und Rahmkäse.«

Er aß schnell, trank zwei Tassen Tee und warf dann einen Blick auf Augustus. »Will er wirklich noch mal raus? Es ist ein scheußlicher Abend.«

Statt einer Antwort klinkte Stella die Leine am Halsband des Hundes ein. »Mach ihm Beine.«

Coffin ging um den Turm herum, in dem er wohnte, und ließ die drei Theater hinter sich: das St. Luke's Theatre, die viel kleinere Experimentalbühne und die Theaterwerkstatt gegenüber. Das mußte man Stella lassen, sie hatte wirklich jeden Zoll der alten Kirche gewinnträchtig genutzt.

Es hatte aufgehört zu regnen, und der Nebel hob sich langsam, so daß es alles in allem doch kein so schlechter Abend war. Augustus stürmte eifrig voraus; die Gerüche der Nacht waren üppig und interessant.

Sie gingen an dem schmalen Streifen entlang, der an den Gehsteig grenzte; auf der anderen Straßenseite lag der alte Friedhof. Es stand kein Wachposten mehr davor, aber die Stelle, an der man das Skelett gefunden hatte, war abgesperrt worden.

Er konnte jedoch erkennen, daß jemand dort war, jemand, der sich zwischen den Bäumen auf dem alten Friedhof bewegte. »Komm mit, Augustus, sehen wir uns das mal an.«

Eine hochgewachsene, dunkle Gestalt in einem Regenmantel fuhr bei seinem Näherkommen herum. Augustus sprang mit einer Salve fröhlichen Kläffens auf sie zu.

»Phoebe, was machst du denn hier?«

»Rumlaufen und nachdenken.« Er konnte im Licht einer Straßenlaterne ihr besorgtes Gesicht erkennen. »Nachdem du gegangen bist, bin ich auch nicht mehr lange beim E und S geblieben... Ich weiß, warum du wegmußtest, die Sache hat sich rumgesprochen, und ich wollte natürlich Näheres erfahren. Es ist nicht mein Fall, aber er hängt doch mit dem zusammen, was ich tue, was ich getan habe. Also habe ich mich wieder an die Arbeit gemacht. Ich habe dir ja erzählt, daß ich da an einer Sache dran bin... In einer der Lokalzeitungen vom Dezember 1914 war die Rede von einem Mann, der wegen der Morde verhaftet worden war. Ich wollte mal sehen, ob ich mehr herausfinden kann.«

Coffin ließ Augustus von der Leine. »Ja?«

Phoebe holte tief Atem. »Im Dezember 1914 wurde ein Mann namens Henry Phillips für drei Morde verhaftet: die Morde an Armour, Bailey und Jones. Er leugnete, irgend etwas über die Haved zu wissen, aber die anderen drei gestand er. Man brachte ihn vor Gericht nach Old Bailey. Man hat damals nicht lange gefackelt – sein Fall kam kurze Zeit später zur Verhandlung, er wurde schuldig gesprochen und gehängt. Er war nicht Richard Lavenders Vater.«

Sie sah Coffin an, und ihr Gesicht spiegelte ihren Zorn wider. »Wohin führt uns das? Hat er es jemals selbst geglaubt? Hat er die ganze Zeit über gelogen? Was ist er?« Ihre Stimme verriet ihre Erregung. »Die Arbeit an dem

Fall hat mir Spaß gemacht. Ich habe daran geglaubt... aber jetzt... was ist der Mann, eine Art Monster?«

»Ja, vielleicht. Vielleicht ist er das«, sagte Coffin bekümmert.

Schon früh am nächsten Morgen bekam er einen Anruf von Chief Inspector Darcy. »Der medizinische Bericht«, sagte er forsch. »Dick Lavender erholt sich gut. Die Ärzte sagen, er habe einen guten Muskeltonus... Das bedeutet, daß er sich bewegen und so ziemlich alles tun kann, was er will, er ist keineswegs gebrechlich für sein Alter. In der Nacht des Überfalls auf seine Nichte hat er wahrscheinlich ein Beruhigungsmittel genommen, das ihn schläfrig gemacht hat.«

»Dann finden Sie besser raus, woher dieses Mittel gekommen ist.«

»Das werden wir«, sagte Darcy mit Überzeugung. »Er nahm ein Schmerzmittel gegen die Arthritis in seinem Knie... das könnte es gewesen sein. Janet Neptune erholt sich übrigens auch recht gut, der Blutverlust ist wieder wettgemacht. Die Wunde selbst ist nicht gefährlich, sie hatte nur das Pech, nicht früher gefunden zu werden... hätte eigentlich nicht passieren dürfen; wir hatten, wie Sie sicher wissen, einige Männer zur Patrouille in diesem Gebiet abgestellt, aber es hat eine Schlägerei auf der High Street gegeben... hat den Wachtmeister aufgehalten. Hätte nicht passieren dürfen.« Darcy fügte schroff hinzu: »Darum habe ich mich bereits gekümmert.«

»Richtig«, sagte Coffin nachdenklich. »Die Beweise reichen noch nicht ganz, um etwas zu unternehmen.«

»Nein, ich warte auf die Ergebnisse der Spurensicherung. Ich habe die Kollegen dort gebeten, sich besonders zu beeilen.«

»Sorgen Sie dafür, daß die beiden nicht zusammenkommen.«

»Sie hatten beide Besuch von Dr. Bradshaw... das heißt, er hat es versucht, wurde aber nicht vorgelassen. Er sagt, er wolle wieder hingehen.« Bevor er etwas hinzufügen konnte, wurde er unterbrochen und kam kurz darauf zu Coffin zurück: »Tut mir wirklich leid, aber ich hatte gerade eine Nachricht auf der anderen Leitung: Es ist zu spät, sie sind sich schon begegnet. Sie haben sich auf dem Korridor getroffen; der alte Mann saß in einem Rollstuhl, weil er ein Bad nehmen sollte... Er sprang auf und hat sich auf sie gestürzt. Ich fahre jetzt ins Krankenhaus.«

»Dann sehen wir uns dort«, sagte Coffin.

Während er selbst ins Krankenhaus fuhr, dachte er: Wie Macht den Charakter verdirbt... auch nach all diesen Jahren hat der alte Mann noch ein Gefühl dafür.

George Darcy kam ihm entgegen. »So stark wie ein Pferd«, sagte er düster. »Die Ärzte meinen, er hätte sie töten können, wenn sie nicht eingegriffen hätten.« Er schüttelte den Kopf. »Keine Ahnung, warum er's nicht getan hat.«

»Ich weiß es«, sagte Coffin, »und Sie auch. Es war nicht das, worauf er aus war.«

»Der Arzt sagte, er hätte einen Herzinfarkt oder einen Schlaganfall bekommen können... Sie haben ihn weggebracht und ihm etwas gegeben. Wir können nicht mit ihm reden.«

»Und Janet?« Coffin ging den Flur hinunter auf den Aufzug zu.

»Oh, mit ihr dürfen wir reden.«

Janet Neptune saß in einem Sessel am Fenster. Ihr Gesicht war noch immer angeschwollen, aber ihre Augen waren leuchtend und voller Grimm. »Also? Werden Sie ihn jetzt endlich verhaften…? Sie wissen, wer der Mörder ist.« Sie sah Coffin an.

»Ja, ich weiß, wer der Mörder ist.«

»Das will ich meinen. Also, werden Sie ihn verhaften?«

Coffin zog sich einen Stuhl heran und setzte sich ihr gegenüber. Darcy blieb an der Tür stehen. »Nein, ich werde ihn nicht verhaften. Und Sie wissen auch, warum.«

Janet wandte den Kopf zur Seite, um Darcy anzustarren. »Was macht der denn hier?«

»Es ist Chief Inspector Darcys Fall. Er trägt die Verantwortung, und er hat einige wichtige medizinische Beweise.«

Janet schnaubte. »Ärzte!«

»Ich werde Richard Lavender nicht wegen des Mordes an Jessamond Layard verhaften…«

»Jaimie«, fiel Janet ihm ins Wort. »Reden Sie nicht so geschwollen daher, wir haben sie Jaimie genannt. Oder Marjorie.«

»Ich werde Richard Lavender nicht verhaften, weil er sie nicht getötet hat. Das waren Sie.«

Alle Farbe wich aus Janets Gesicht, so daß die Schwellungen auf der Wange und unter dem Auge leuchtend hervortraten. Sie sagte nichts.

»Ich habe Sie von Anfang an verdächtigt…«

Er sah, wie sie schluckte.

»Sie hatten Mühe, sich zusammenzunehmen, und ich konnte die Erregung bei Ihnen spüren. Sie waren diejenige, die wußte, wo diese alte Jacke war, und Sie haben sie benutzt, um den Verdacht auf Lavender zu lenken. Sie haben Jaimie getötet und als Guy verkleidet, weil Sie sie haßten... Ihr Wagen wird zur Zeit gründlich untersucht, Janet, und ich bin überzeugt, daß wir winzige Teile von Kleidung dort finden werden, Fetzchen von diesem und jenem, die beweisen, daß die Leiche in diesem Wagen zu dem Parkplatz transportiert wurde. Ich glaube, Sie haben sie in der Garage ermordet. Unsere Leute sehen sich gerade in diesem Augenblick dort um.«

»Das ist doch wirklich zum Lachen«, sagte Janet. »Ich kannte sie kaum.«

»Doch, Sie kannten sie; ich habe Jaimies Telefonnummer auf dem Block an der Wand Ihres Schlafzimmers gesehen. Nachdem mir diese Nummer aufgefallen war, habe ich Sie gewarnt, vorsichtig zu sein, aber Sie lassen sich keine Ratschläge geben, nicht wahr? Also haben Sie folgendes getan: Sie haben versucht, in Jaimies Büro einzubrechen, weil Sie wußten, daß sie eine Diskette mit vertraulichen Notizen darauf besaß. Sie wußten, daß sie Sie darauf erwähnt haben würde. Und als Sie nicht reinkommen konnten, haben Sie diesen Überfall auf sich vorgetäuscht und den Verdacht auf den alten Mann gelenkt.«

»Ich wurde überfallen.«

»Nein, die Ärzte sagen, daß Sie sich Ihre Verletzungen durchaus selbst hätten zufügen können und es wahrscheinlich auch getan haben. Sie haben dem alten Mann eine Schlaftablette gegeben, um ihn aus dem Verkehr zu ziehen, und dann haben Sie sich selbst verletzt.«

»Ich wäre beinahe gestorben.« Sie zitterte. Ihr ganzer Körper vibrierte, so daß auch der Tisch neben ihr bebte.

»Nur weil der Polizist, der in dem Viertel nach dem Rechten sehen sollte, sich verspätet hatte.«

George Darcy versuchte ihn zu unterbrechen. »Genug Fragen, Sir?«

Coffin schüttelte den Kopf. »Warum haben Sie es getan, Janet? Ich denke, es war Eifersucht... Sie waren in Jack Bradshaw verliebt. Was ist mit dem rosa Chiffon, Janet?«

Darcy versuchte es noch einmal. »Sie gehen das ziemlich hart an, Sir.«

»Ich will reinen Tisch machen«, sagte Coffin. »Na, kommen Sie schon, Janet, das war das Motiv, der Grund für diesen brutalen Mord. Sie liebten Jack Bradshaw, und er hat Sie Jaimies wegen fallengelassen.«

Er hatte den Hebel gefunden. Janet begann zu weinen. »Nein, er war es nicht, aus ihm hab ich mir nichts gemacht. Es war Jaimie – Sie werden meine Gefühle nicht verstehen, aber ich habe sie geliebt. Ich habe sie geliebt, wie ein Mensch nur einen anderen lieben kann.«

Coffin lehnte sich auf seinem Stuhl zurück. »Ach ja? Ist sie auf diesem Wege an die Informationen über die Vergangenheit des alten Mannes gekommen? Sie gehörten zur Familie, Familien wissen immer mehr, als sie durchblicken lassen. Sie kannten diese Mordgeschichte.«

»Das alte Schwein, ich konnte ihn nie leiden, er hat mich behandelt wie seine Sklavin... aber ich habe ihm ganz schön zugesetzt, ich habe ihm Briefe und schreckliche Blumen geschickt … ich wollte ihn bestrafen.«

Sie ist nicht ganz normal, dachte Coffin. »Warum haben Sie Jaimie getötet?«

»Ich dachte, sie liebt mich«, sagte Janet mit einem heiseren Flüstern. »Sie können es ruhig wissen. Ich hatte geplant – ich werde Ihnen nicht sagen, was ich plante … ich habe ihr den rosa Chiffon gezeigt … ›für uns‹, sagte ich, ›Ich werde dir darin gefallen. Oder du kannst ihn tragen, und ich werde dich darin töten.‹«

Darcy gab einen unverständlichen Laut von sich, aber Coffin schwieg.

»Und dann hat sie mich ausgelacht.« Ein Unterton von wütender Bösartigkeit schwang in ihrer Stimme mit. »Sie hat mich ausgelacht. ›Rosa Chiffon‹, sagte sie, ›glaubst du, ich stehe auf Sex in rosa Chiffon?‹ Dann lachte sie wieder, und sie sagte zu mir, wenn ich überhaupt etwas von Sex verstünde, wüßte ich, daß rosa Chiffon einem bloß im Weg wäre und daß nur nackte Haut das Wahre sei. ›Du alte Jungfer‹, sagte sie, ›rosa Chiffon! Nackte Beine sind im Bett immer noch das beste.‹«

»Es war nicht schön, so etwas zu sagen.«

»In dem Augenblick habe ich sie gehaßt, aber ich ließ mir nichts anmerken. Ich habe gewartet, dieses Vergnügen habe ich mir gegönnt. Ich bin in ihr Büro eingedrungen, habe ein paar Sachen kaputtgemacht und ein ziemliches Durcheinander hinterlassen. Sie glaubte, es sei Martin gewesen. Als ich sie getötet hatte, habe ich ihm deswegen ein Büschel von ihrem blutbefleckten Haar geschickt, damit er auch etwas davon hatte, sozusagen. Sie war übrigens schwanger, das konnte ich an ihrem Gesicht sehen. Es ist ein bestimmter Ausdruck in den Augen.«

»Ist das so?«

»Ja.« Ein Nicken. »Und dann brauchte sie noch einmal meine Hilfe; sie wußte von der Jacke, die ich in einer Kleidertruhe gefunden hatte, und sie wollte einen Blick darauf werfen. ›Komm her und sieh sie dir an‹, sagte ich. Sie sagte: ›Ich werde einen Streit mit meinem jugendlichen Liebhaber vom Zaun brechen und dann zu dir runterkommen.‹ Er war nur ein Spielzeug für sie, verstehen Sie? Mit mir wäre es eine wirkliche Beziehung gewesen. Es war Nacht, eine dunkle Novembernacht, niemand hat sie gesehen. ›Wir treffen uns unten‹, sagte ich, ›da steht die Truhe.‹ Als sie kam, war ich bereit, und ich habe sie getötet.« Die Tränen strömten jetzt. »Töten ist nicht leicht, wissen Sie, glauben Sie nur ja nicht, es wäre einfach; ich hatte es schon mal versucht... Als sie eines Nachts unterwegs war, hab ich mich auf der Straße hinter sie geschoben... Ich hab ihr die Hände um den Hals gelegt... Aber damals hab ich es nicht fertiggebracht. Sie wußte nicht, daß ich es war, hat ihn dafür verantwortlich gemacht. Und als ich es dann geschafft hatte, ich meine, sie zu töten, hm... Ich habe gelitten. Ich bin nachher Nacht um Nacht durch die Straßen gelaufen, habe mir den Parkplatz angesehen... Ich war auch da, wo Ihre Leute die anderen Leichen ausgegraben haben... Überall um mich herum war Tod, nur Tod.«

»Und die Verkleidung der Leiche?« fragte Coffin. »Und der Parkplatz? Warum der Parkplatz?«

»Nun, es ging auf den Guy-Fawkes-Abend zu«, sagte

Janet achselzuckend. Sie trocknete sich die Tränen. »Und ich konnte sie nicht einfach liegenlassen.«

»Sie haben sie ziemlich hart angefaßt, Sir«, sagte George Darcy, als sie später wieder gingen. Janet war in ihrem Zimmer in der Obhut des medizinischen Personals und eines uniformierten Wachtmeisters zurückgeblieben. Ein weiterer stand vor der Tür. »Mir war auch hart zumute. Ich war wütend wegen des Namens, den man der ermordeten Frau aufgedrückt hatte: Meine tote Puppe. Ich nehme an, ihre Mörderin hat ein wenig von meinem Zorn zu spüren bekommen.«

»Die tote Puppe? Sie haben davon gehört?«

»Natürlich habe ich das. Irgend jemand findet sich immer, der mir solche Dinge erzählt.«

»Was ist mit Richard Lavender, Sir?«

»Da gibt es auch noch etwas auszugraben. Seine Nichte war nicht die einzige, die uns etwas zu erklären hatte.«

Coffin wußte, daß Stella am Abend eine Aufführung im Werkstatttheater besuchte, daher räumte er schnell seinen Schreibtisch auf, hörte eine Nachricht von Phoebe Astley ab, daß morgen der Tag der archäologischen Ausgrabungen sei. Dann zwängte er sich auf den Sitz neben Stella.

Sie blickte zu ihm auf. »Da bist du ja«, sagte sie mit einem Lächeln.

»Wie ist das Stück?«

Statt einer Antwort drückte sie ihm ein Programm in die Hand. »Du wirst wohl weder den Namen noch den Autor kennen, aber ich denke, es ist gut.«

Coffin fragte: »Spielt Martin Marlowe mit?«

»Nein, er ist bei dem Stück nicht dabei. Willst du etwas von ihm?« Ihre Stimme klang erschrocken.

»Es ist alles in Ordnung, mach dir keine Sorgen, Martin ist aus dem Schneider. Wir haben ein Geständnis von Jaimie Layards Mörder… aber ich möchte Martin etwas fragen.«

»Das kannst du gleich in der Pause erledigen, er ist da drüben.« Sie zeigte mit dem Kopf über die Schulter. »Eine Reihe hinter uns.«

Coffin versuchte sich auf das Stück zu konzentrieren, das eine Übersetzung aus dem Tschechischen war, eine Komödie, aber er stellte fest, daß er im Geiste noch immer Janets Gesicht vor sich sah und es einfach nicht fertigbrachte zu lachen.

In der Pause ging er mit Stella an die Bar, wo er ihr einen Drink besorgte, dann schlenderte er zu Martin hinüber, der mit seiner Schwester Clara da war. Als er den Chief Commander sah, zuckte er merklich zusammen.

»Es ist alles in Ordnung«, beruhigte Coffin ihn, »ich bin nicht Ihretwegen hier; Sie sind aus dem Schneider. Wir haben Jaimies Mörder und ein Geständnis.«

»Jemand, den ich kenne?« fragte Martin nervös.

Coffin nickte.

»Jack Bradshaw? Nein? Dann war es Janet Neptune.«

»Warum sagen Sie das?«

»Habe ich recht? Sie ist die einzige weitere Person, die eine echte Beziehung zu Jaimie hatte… Ich wußte es immer, das war ein Grund für unsere Streitereien.«

»Ich wünschte, Sie hätten mir früher davon erzählt«,

sagte Coffin heftig. »Aber ich möchte Ihnen eine andere Frage stellen: Haben Sie eine Diskette von Jaimies PC mit ihren Notizen darauf? Vielleicht sogar mit einer Zusammenfassung?«

Martin schüttelte den Kopf, blickte aber zu seiner Schwester hinüber.

»Dann hat Clara sie also?«

»Ja, sie hat sie sich an dem Abend geholt, an dem ich mich mit Jaimie gestritten hatte… Wir haben uns oft gestritten, aber das war der schlimmste Streit… Jaimie hatte Sachen über mich und Clara im Computer. Clara hatte einen Schlüssel; ich glaube, sie hat ihn selbst gemacht… Sie war da, bevor Jaimie die Diskette an sich nehmen konnte.«

»Aber Jaimie war bereits tot«, sagte Coffin. Du hast nicht allzu lange um sie getrauert, dachte er mit einigem Kummer für das Mädchen. Aber andererseits warst du auch nur ihr Spielzeug. Wußtest du das? »Sie und Ihre Schwester bringen mir die Diskette in mein Büro. Morgen.«

Später dachte er bei sich: Dorthin also bin ich an jenem Novembertag gegangen, zurück ins Jahr 1917. Es muß das Jahr 1917 gewesen sein, denn das war das Jahr, in dem die deutsche Bombe auf die Häuserzeile gefallen ist; die oberirdischen Stockwerke wurden zerstört, aber die Küche im Keller eines der Häuser blieb unversehrt.

Ich war dankbar für diese Wanderung in die Vergangenheit.

Eine staubige Wanderung überdies. Man hatte über dem Keller ein Lagerhaus gebaut, das in aller Eile und auf schludrige Weise zusammengeschustert worden war. So war das wahrscheinlich zu Kriegszeiten. Das Lagerhaus selbst überstand einen weiteren Krieg mit Bombardierungen, bevor es abgerissen wurde, um einer Reihe von Wohnhäusern Platz zu machen. Der Kreis schloß sich wieder.

»So geht es häufig«, sagte Coffin zu Phoebe, als sie seinen Wagen unweit des Flemish Dock an der Flanders Street parkten. »Das habe ich in meinem eigenen Leben auch schon gemerkt... Manchmal hat man das Gefühl, wieder dort zu stehen, wo man angefangen hat.«

»Ausnahmsweise einmal hat die Vergangenheit der Gegenwart ein paar Antworten geliefert«, sagte Phoebe. »Was ich entdeckt habe, ist überaus nützlich.« Dann fügte sie hinzu: »Ich bin froh, daß du ein Geständnis von Janet Neptune bekommen hast.«

»Wir brauchen die kriminaltechnischen Befunde zu ihren Kleidern, dem Wagen und dem Messer... Sie benutzte dasselbe Messer, um sich selbst zu verletzen, mit dem sie auch Jaimie Layard angegriffen hat, und ich denke, die Beweise werden vor Gericht standhalten. Ich glaube nicht, daß sie irgend etwas abstreiten wird.«

»Sie hätte den alten Lavender beinahe erledigt«, meinte Phoebe. »Was für eine Familie. Wo wir gerade von Geschichte reden, wir sind nicht über alle historischen Fakten hier im Bild, aber wir werden wohl noch einiges in Erfahrung bringen.«

Die hier tätigen Bauunternehmer, deren Tafel eine Reihe von Geschäftshäusern ankündigte mit Zugang zu den Docks, mit Ankerplätzen für Yachten, hatten sich bereit gefunden, die Arbeiten auszusetzen, während die Abteilung für Archäologie von der Universität eine schnelle Inspektion vornahm.

Rosemary Earlie erwartete sie. »Es ist ziemlich staubig da unten«, sagte sie entschuldigend. Sie trug ein dickes, an einen Kittel erinnerndes Kleidungsstück über ihrer Jeans und einem Pullover und hatte sich einen Schal um die Haare gebunden.

»Ich werde es aushalten«, sagte Coffin. »Wie kommen wir nach unten?«

»Wir klettern.« Sie zeigte auf eine Leiter, die in ein Loch hinunterführte. An der Leiter war ein Elektrokabel befestigt, an dem unten eine Lampe hing. »Phoebe war schon mal unten.« Sie grinste den Chief Commander an. »Ich hätte nie gedacht, daß ich mal mit einem Bullen da runtergehe, erst recht nicht mit einem von den hohen Tieren.«

Coffin stieg als erster hinunter, wobei er sich vorsichtig seinen Weg ertastete. Schließlich stand er unten, dort, wo früher einmal der Küchenfußboden gewesen war; er war mit quadratischen Steinen gepflastert. Die Wände waren einst weiß getüncht gewesen, aber der Schmutz der Jahrzehnte hatte sie dunkelbraun gefärbt.

»Es muß Ratten gegeben haben«, sagte er mit Blick auf die Exkremente auf dem Fußboden.

»O ja«, sagte Rosemary wohlgelaunt. »Ganze Generationen davon. Wahrscheinlich sind die länger hier gewesen als irgend jemand sonst. Das war ganz normal in jener Zeit und so nahe beim Hafen... die Schiffe, Sie verstehen schon. Die Ratten sind mit den Mannschaften an Land gekommen.«

Phoebe stand neben Coffin. »Sieh dich um.«

An einer Wand fand sich ein großer Holzschrank, dessen Türen aus den Angeln gefallen waren, so daß man die Büchsen und einige Porzellanteile darin sehen konnte. Die Bombe hatte hier und da etwas beschädigt, aber es waren keineswegs alle zerbrechlichen Gegenstände zerstört worden. Coffin entdeckte einen großen Porzellanbecher mit der Aufschrift ›Zur Erinnerung an Margate‹, er nahm den Becher in die Hand, und dabei brach der Griff ab. Rosemary fing beide Teile geschickt auf, als er sie fallen ließ. »Fundstücke«, sagte sie. »Sie müssen erhalten werden.«

»Tut mir leid.«

»Es ist alles fotografiert worden, und ich fertige Karten an und gebe jedem Gegenstand einen Namen und eine Nummer. Wir würden es gern so authentisch wie möglich belassen. Im Moment verhandeln wir noch mit den Bauunternehmern; bisher sind sie uns sehr entgegengekommen.«

In einer Ecke fand sich ein steinernes Spülbecken, über dem ein einziger Messinghahn angebracht war. »Wahrscheinlich der einzige Wasseranschluß im Haus«, sagte Rosemary.

Mitten im Raum stand ein hölzerner Küchentisch. Er sah so aus, als hätten sich, seit die Bomben gefallen waren, immer mal wieder Ratten häuslich darauf eingerichtet.

»Keine Fenster«, bemerkte Coffin.

Rosemary schüttelte den Kopf. »Nein, ein richtiger Keller, wie er ziemlich weit verbreitet war, als dieses Haus gebaut wurde, so um 1820 herum. Zuerst Wachsstöcke und Kerzen, dann Öllampen und später Gas.« Sie deutete mit dem Kopf auf den Spülstein. »Ein ›Fischschwanzbrenner‹.« Auf dem Regal daneben lag sogar eine Schachtel mit Streichhölzern der Marke British Bulldog.

An der dritten Wand stand ein staubiger, schwarzer Herd mit einem offenen Kamin daneben. Auf dem Herd stand noch ein Kessel.

»Sie wollten sich wahrscheinlich gerade eine Tasse Tee machen, als die Bombe fiel«, sagte Phoebe.

»Wurden die Hausbewohner getötet?« fragte Coffin.

Rosemary zuckte die Achseln. Sie wußte es nicht, interessierte sich vielleicht auch nicht besonders dafür. Es waren die Fundstücke, die ihr am Herzen lagen. »Dann lass' ich Sie jetzt mal allein«, meinte sie. »Kommen Sie rauf, wenn Sie fertig sind.«

Coffin stand mitten im Raum und spürte, wie die Vergangenheit nach ihm griff. Es hatte Armut gegeben in diesem Haus, aber er spürte, daß es hier auch Glück und Liebe gegeben hatte. Dies war das Heim einer ordentlichen Arbeiterfamilie gewesen, und er wollte ihm nichts von seiner Würde nehmen.

Phoebe zog eine Schublade im Küchentisch auf. Darin lagen etliche staubige Papiere.

»Briefe«, erklärte Phoebe. »Das ist der Grund, warum wir hier sind. Zuerst die Postkarte.«

Die Karte war abgestempelt in Blackpool im Juni 1917. Adressiert war sie an Mrs. Pershore, Flanders Street 5 in Spinnergate.

Verleben wunderschöne Ferien und reiten auf den Eseln. Das auf der Achterbahn bin übrigens nicht ich. Alice.

Auf der Rückseite war ein Bild des Strandes in Blackpool mit einem Ausblick auf das Riesenrad im Vergnügungspark dahinter.

Coffin las die Karte und legte sie vorsichtig auf den Tisch.

»Alice hat noch einmal geschrieben; ich vermute, sie hat diese Ferienreise mit einem Soldaten zusammen unternommen.«

Sie hielt ihm eine andere Karte hin, eine schlichte Postkarte, datiert im August 1917; sie war in Woolwich, S.E. London abgestempelt worden.

Ich brauche Hilfe, Edie, Du weißt schon, was ich meine. Wie lautet die Adresse, die Du kennst, von dieser Frau? Bitte schreib mir.

Coffin las und zog eine Augenbraue in die Höhe. »Meint sie das, wovon ich denke, daß sie es meint?«

»Ich bin davon überzeugt.« Phoebe reichte ihm einen Bogen Papier, auf dem mit Bleistift und in säuberlicher Handschrift ein Brief begonnen worden war.

Du sitzt ziemlich in der Patsche, Alice. Wie kannst Du Dich nur in solche Schwierigkeiten bringen mit dem nächstbesten Soldaten. Ich weiß nichts über diese Adresse; Mrs. L. ist in jüngster Zeit nicht mehr hier in der Nähe gesehen worden. Ich glaube nicht, daß ihr die Zeppeline gefallen haben. Ich werde versuchen herauszufinden, wo sie hingezogen ist, und dann werde ich es Dich wissen lassen… Aber Alice, es hat bei ihr auch Un-

fälle gegeben. Ich weiß von einer Frau, die nachher ganz schlimm dran war, und Mrs. O'Hanaran sagte, daß sie ihre nette Mieterin nie wiedergesehen habe, nachdem sie sich wegen ihrer Schwierigkeiten an Mrs. L. gewandt hatte. Sie glaubt, daß Miss H. tot ist...

An dieser Stelle brach der Brief ab. Die Bombe war gefallen, bevor er beendet und abgeschickt werden konnte.

»Ich nehme an, Alice konnte sich glücklich schätzen, daß sie nicht bei Mrs. L. gelandet ist«, sagte Phoebe und legte den Briefbogen beiseite. »Sonst wäre sie womöglich neben Miss H. auf dem Friedhof von St. Luke beerdigt worden.«

»Wir dürfen keine voreiligen Schlußfolgerungen ziehen«, sagte Coffin.

»Na komm schon.«

Coffin nahm den Brief noch einmal zur Hand. »Ich wünschte, wir könnten mit Edie reden.«

»Sie klingt nett, nicht wahr? Eine freundliche, gütige Frau. Aber sie wußte, wovon sie sprach, und sie sagt es auch deutlich.«

»Mrs. Lavender war also eine Engelmacherin. Und sie hatte ihre Mißerfolge.«

»Die hatten sie damals alle«, sagte Phoebe. »Harte Zeiten. Entweder die Stricknadel oder eine Spülung mit Lysol. Man konnte von Glück sagen, wenn man auf seinen eigenen zwei Beinen da wieder rauskam. Und die Frauen, die es taten, bekamen das Baby wahrscheinlich trotzdem. Nicht alle Abtreibungen haben funktioniert, aber eine Menge geschädigter Babys haben das Licht der Welt erblickt.«

Coffin hatte das Gefühl, als könne er hier unten nicht länger atmen. »Laß uns wieder raufgehen.« Sobald er draußen in der kalten Winterluft stand, bedankte er sich bei Rosemary, fragte, ob er Kopien von der Postkarte und den Briefen haben könne, und ging dann zu seinem Wagen.

»Dir ist klar, was Mrs. Lavender getan hat? Sie wollte ihren Sohn lieber in dem Glauben lassen, daß sein Vater ein Serienmörder war, als zuzugeben, daß sie selbst als Engelmacherin arbeitete.«

»Wirst du es ihm sagen?« fragte Phoebe.

»Natürlich. Er hat mich gebeten, es herauszufinden, und, unter uns gesagt, wir haben es geschafft«, erwiderte Coffin grimmig. »Außerdem darfst du eins nicht vergessen: Wir haben in diesem Teil des Friedhofs eine weitere Leiche gefunden. Da war auch noch ein Soldat.«

Zu guter Letzt bat er Phoebe noch, einen kurzen Bericht zu tippen und ihm anschließend sofort zu schicken. Noch am selben Tag.

Als er wieder in sein Büro kam, fand er dort Paul Masters vor, der mit Clara Henley sprach.

Bei Coffins Eintritt stand Masters auf. »Dr. Henley brauche ich Ihnen natürlich nicht vorzustellen. Sie sagt, Sie hätten sie hergebeten.«

Coffin verdrängte die Lavenders mit Gewalt aus seinen Gedanken. »Das ist richtig. Bitte kommen Sie doch herein.« Er führte sie in sein eigenes Büro und registrierte dabei, daß Paul Masters enttäuscht zu sein schien, ihm die gutaussehende Ärztin überlassen zu müssen.

Clara begann mit einigem Zögern, als bereite das Gespräch mit Fremden ihr noch immer Probleme, aber als sie erst einen Anfang gefunden hatte, kamen die Worte immer flüssiger.

»Ich habe Ihnen die Diskette mitgebracht, die ich mir aus Jaimies Büro geholt habe. Wenn Sie sich fragen, wie ich da reingekommen bin – ich habe mir Martins Schlüssel nachgemacht, als er noch einen hatte. Ich hatte immer die Absicht, ihre Wohnung zu durchsuchen. Ich dachte, daß sie Martin einerseits benutzt, während sie ihn andererseits zu Gewalt anstachelte … Sie hat ihm den Arm zerkratzt, müssen Sie wissen; man konnte die Abdrücke der Fingernägel sehen, sie war wie eine Katze. Nein, ich mag Katzen, und Jaimie mochte ich nicht. Ich dachte, sie forderte die Gewalt heraus, um eine gute Story zu haben, wenn sie sich erst ans Schreiben machte … Ich habe mitgenommen, was ich konnte. Die Polizei hat später das Schloß ausgewechselt … Ich wußte zu dem Zeitpunkt natürlich nicht, daß sie tot war.« Clara legte die Diskette vor Coffin auf den Tisch. »Alles, was sie auf der Festplatte hatte, habe ich gelöscht. Einen Vorteil hat eine naturwissenschaftliche Ausbildung: Man lernt, gründlich vorzugehen.«

»Ich danke Ihnen.« Coffin nahm die Diskette. »Aber das hier haben Sie nicht gelöscht.«

Clara schüttelte den Kopf. »Noch ein Punkt für die Wissenschaft … Ich konnte mich nicht recht dazu überwinden, es zu tun. Ich hab die Diskette durchlaufen lassen. Ein paar Geschichten über Richard Lavender, nicht viel und ein wenig kryptisch, sie arbeitete noch an der Sache. Aber eine Menge über uns, Martin und mich und unsere

Mutter.« Sie hielt inne, dann sagte sie mit ihrer weichen Stimme: »Sie hatte da etwas in die Finger bekommen, wovon ich dachte, Martin wüßte es nicht oder hätte es vergessen, weil er damals noch so jung war. Ich wollte nicht, daß es herauskam. Es war alles so entsetzlich, aber es war vorbei, Vergangenheit. Ich wollte es begraben.«

»Die Vergangenheit bleibt nicht immer begraben«, sagte Coffin.

»Da war noch etwas auf der Diskette. Sie hat vermerkt, daß sie schwanger war. Von Martin. Oder jedenfalls vermutete sie es. Aber sie wollte eine Abtreibung machen lassen. Sie wollte im Augenblick kein Kind und gewiß nicht das Kind eines Mörders. Dafür habe ich sie gehaßt. Wußten Sie Bescheid über die Schwangerschaft?«

»O ja, das ist bei der Autopsie herausgekommen. Wir haben Stillschweigen darüber bewahrt.«

»Ich danke Ihnen dafür. Ich habe Martin nichts davon gesagt. Ich bin mir nicht sicher, wie er es aufnehmen würde. Ich habe gestanden, meinen Vater getötet zu haben, und ich wurde dafür bestraft. Aber ich habe es nicht getan. Meine Mutter hat es getan, und ich wußte, ich würde die Strafe aushalten und überleben, während sie das nicht konnte.« Clara blickte zu Coffin auf und lächelte. »Ich war jung, und man brachte mir und Martin viel Mitleid entgegen. Ich wußte, ich würde durchkommen und er auch… Außerdem hatten auch wir etwas Furchtbares getan.«

»Was war das?« Eine mutige Frau, dachte Coffin, und schön obendrein, genau wie Martin.

Claras Stimme, die immer sehr weich war, wurde noch leiser, so daß ihre nächsten Worte beinahe geflüstert waren. »Meine Mutter hat meinen Vater erstochen, sie hat dreimal zugestochen, und dann ließ sie erst mich und danach Martin das Messer in die Hand nehmen und befahl uns, es in jede Wunde zu stoßen. ›Bohrt es richtig rein‹, sagte sie. ›Bohrt es richtig rein.‹ Ich dachte, Martin wüßte es nicht mehr, aber er hat es nicht vergessen oder sich jedenfalls nach einer Weile wieder daran erinnert. Wie Sie vorhin sagten: Die Vergangenheit bleibt nicht immer begraben.«

»Es hätte Ihnen einen Freispruch eingetragen.«

»Aber zu welchem Preis?« Sie schüttelte den Kopf. »Ich konnte es nicht ertragen. Ich habe mir ein neues Leben aufgebaut und Martin ebenfalls. Wir kennen die Wahrheit, und die zu ertragen ist schwer genug.« Sie stand auf. »Ich hätte die Diskette gern zurück.«

»Ich weiß nicht, ob das möglich ist, ich bin mir nicht sicher, wie die Rechtslage aussieht, möglicherweise werden Sie mit Jaimies Nachlaßverwalter sprechen müssen. Falls sie ein Testament gemacht hat. Vielleicht können Sie eine Kopie bekommen.«

Clara bedankte sich bei ihm, erzählte ihm noch, wie glücklich Martin jetzt sei, da er für Stella arbeiten könne, dann ging sie. Coffin hörte noch, wie Paul draußen etwas von einem Drink oder einem Essen murmelte.

Coffin arbeitete den ganzen Tag. Er ließ das Mittagessen ausfallen, öffnete auch die Schublade mit der Whiskyflasche nicht, erledigte alle aktuellen Briefe, die er auf dem Schreibtisch hatte, leitete eine Ausschußsitzung zum Thema Besoldung und rief schließlich am frühen Abend im Krankenhaus an, um nachzufragen, ob er mit Richard Lavender reden dürfe.

Man erlaubte es. Der alte Herr war wieder mehr er selbst, er hatte sich gefaßt und brauchte keine Beruhigungsmittel mehr. Der Arzt machte Andeutungen, daß der Gewaltausbruch möglicherweise eine Reaktion auf einige der Beruhigungsmittel gewesen sein könne, die man ihm zuvor verabreicht hatte. »Wir sind nicht ganz sicher, welches Medikament ihm am Abend des sogenannten Angriffs auf Miss Neptune verabreicht wurde... aber es könnte Mr. Lavender aus dem Gleichgewicht gebracht haben. Das Alter spielt durchaus eine Rolle bei der Frage, wie weit man Medikamente vertragen kann.«

Und ich bin im Begriff, sein Gleichgewicht noch weiter zu erschüttern, dachte Coffin, während er seinen dicken Mantel anzog und schließlich in den Novemberabend hinausging. Es war die schlimmste Art von Novemberabend, die man sich nur vorstellen konnte, mit Regen, der in Graupel überging, begleitet von einem leichten Nebel. Themsewetter der übelsten Sorte.

Als Coffin eintrat, stand Richard Lavender auf; er war angezogen, auf seinem Nachttisch lag ein Buch, und er hatte die Abendzeitung in der Hand. Auf dem Tisch stand ein kleiner Fernsehapparat.

»Jack hat mir den Fernseher gebracht«, sagte er, als er Coffins Blick bemerkte. »Mir war gar nicht klar, wie sehr ich den Apparat vermißt habe. Der beste Freund eines alten Mannes.« Richard Lavender war in die Welt zurückgekehrt.

»Man hat mir zu verstehen gegeben, daß ich mich

schlecht benommen habe… Bei mir ist alles verschwommen. Ein kleiner Anfall von Wahnsinn, nehme ich an. Ich kann nur hoffen, daß es nicht wieder passieren wird.«

»Das steht nicht zu befürchten.«

»Nein… Die Sache mit Janet ist schlimm. Ich habe das Gefühl, daß ich die Schuld daran trage.«

»Das tun Sie nicht. Sie war im unreinen mit ihrer eigenen Sexualität; das war die Wurzel des Ganzen.«

»Das würde ich nur allzugern glauben.« Er seufzte. »Sie ist gut zu mir gewesen, jetzt ist es an mir, ihr zu helfen. Ich darf nicht so reden, als sei sie tot.« Er richtete sich auf. »Also, Sie bringen mir Neuigkeiten?«

»Ja.« Coffin klopfte auf seinen Aktenkoffer. »Ich habe einen sehr kurzen Bericht über die Arbeit anfertigen lassen, die Chief Inspector Astley in meinem Auftrag geleistet hat. Ich werde Ihnen den Bericht dalassen.«

»Sie klingen so formell.« Lavender runzelte die Stirn.

Coffin holte den Bericht, der säuberlich abgeheftet war, aus der Tasche. »Es wurde ein Skelett gefunden, und zwar an der Stelle, von der Sie glaubten, daß Sie und Ihre Mutter eine Leiche dort beerdigt hätten. Bei diesem Skelett befanden sich die Überreste eines Fötus. Ihr Vater hat keine Frau getötet, der sogenannte Spinnergate-Ripper wurde 1914 gefunden und hat ein Geständnis abgelegt. Er wurde gehängt.«

»Ich war damals krank und lag im Krankenhaus. Ich hatte Diphtherie und war in das Old Brook Fever Hospital eingeliefert worden«, murmelte Lavender.

»Sie haben also nichts davon erfahren, und wenn Ihre Mutter es wußte, dann hat sie Ihnen nicht erzählt, warum sie Sie belogen hatte. Denn sie hat gelogen. Andere Beweise, die alle sehr dürftig, aber doch vielsagend sind, veranlassen uns zu der Vermutung, daß Ihre Mutter als Engelmacherin fungiert hat. Die Frau auf dem Friedhof, vermutlich eine Frau namens Isobel Haved, starb infolge einer ungesetzlichen Operation. Wahrscheinlich in Ihrem Haus.«

Richard Lavender lehnte sich zurück und schloß die Augen. »Ich muß Ihnen wohl glauben«, sagte er. »Aber ich muß mich an diesen Gedanken erst gewöhnen. Es wird einige Zeit dauern.« Er schlug die Augen wieder auf, und Coffin sah den Schmerz darin.

»Das ist noch nicht alles. In der Nähe wurde eine weitere Leiche entdeckt. Die Überreste eines Mannes, wahrscheinlich eines Soldaten. Er hatte ein lahmes Bein.« Coffin sah Richard Lavender an. »Wissen Sie irgend etwas über diese Leiche?«

Richard Lavender zog sich langsam von seinem Stuhl hoch, um zum Fenster zu schlurfen. Einen Augenblick blieb er schweigend dort stehen, dann drehte er sich um.

»Wer mit dem Teufel zu Abend ißt, braucht einen langen Löffel. Sie sind kein Teufel, Mr. Coffin, aber Sie haben einen verdammt langen Löffel.«

Coffin antwortete nicht; das war etwas, womit der alte Mann allein fertig werden mußte.

»Sie dürfen nicht vergessen, daß ich meine Mutter liebte und daß ich glaubte, was sie mir erzählte. Mein Vater hatte uns beide verlassen. Im Winter 1914 hatte der Krieg gerade erst begonnen, aber die Schlachtfelder von Flandern forderten die ersten Toten, mein Vater kam nach Spinnergate zurück... Er war in Uniform und humpelte. Er war ein

Deserteur, hatte sich seine Verletzung selbst beigebracht und suchte einen Unterschlupf. Vergessen Sie nicht, ich wußte nur, was meine Mutter mir erzählt hatte... Er schien mir verabscheuungswürdig zu sein, sowohl als Mörder als auch als Deserteur. Meine Mutter war nicht zu Hause, also trat ich hinter ihn und erwürgte ihn. Ich war ein großer, kräftiger Junge, und er war ein ziemlich kleiner Mann, lahm und verängstigt.«

»Und Sie haben ihn auf dem alten Friedhof begraben?«

Lavender senkte den Kopf. »Ich habe ihn in den Kinderwagen gelegt, den wir schon einmal benutzt hatten, und ihn in eine seiner eigenen alten Jacken gewickelt... Es war eine dunkle Nacht, und ich habe ihn auf dem alten Friedhof vergraben... Ich habe auch die Jacke vergraben, bis mir wieder einfiel, daß da sein Name drinstand, also habe ich sie wieder rausgezerrt und mit nach Hause genommen... Es ist erstaunlich, was man tun kann, wenn man es tun muß, und ich war immer schon stark und entschlossen... Später, sehr viel später, habe ich meiner Mutter davon erzählt, und sie hat alles zusammengepackt und ist mit mir weggegangen.«

Coffin stand auf. »Das habe ich mir gedacht. Wenn Sie es mir nicht erzählt hätten, hätte ich es Ihnen erzählt.«

»Was jetzt?«

»Ich weiß es nicht, ich glaube nicht, daß man Sie vor Gericht bringen könnte, also lege ich es in Ihre Hände, zu tun, was Ihr Gewissen Ihnen befiehlt.«

Er ging hinaus und überließ Richard Lavender, der einst Premierminister gewesen war und ihm jetzt mit leerem Blick nachstarrte, sich selbst.

Stella war zu Hause und trug eine hellrosa Seidenhose und ein cremefarbenes Seidenhemd dazu; sie tat so, als koche sie das Abendessen. Was in ihrem Falle bedeutete, daß sie es bei Max bestellte und in den Ofen schob. Oder in den Kühlschrank, falls es kalt gegessen werden sollte. Heute abend war es wegen des ungemütlichen Wetters draußen der Ofen. Sie hatte sich bereits einen Finger verbrannt und machte ein nachdenkliches Gesicht.

Sie freute sich, ihren Mann zu sehen, und begrüßte ihn mit einem Kuß. »Du kannst den Wein aufmachen.«

Er erwiderte den Kuß und fügte noch eine Umarmung hinzu; er war froh, wieder in die Welt liebevoller Beziehungen zurückgekehrt zu sein. Er nahm sich ein Stück Sellerie und begann zu kauen. »Ich bin im Moment ziemlich kuriert vom Familienleben. Es ist tödlich.« Er schluckte den Sellerie herunter, der bitter schmeckte. »Was sagst du zu einem Mann, der seinen Vater tötet, einer Mutter, die ihre Kinder zwingt, mit einem Messer auf ihren Vater loszugehen, und zu einer Frau, die eine andere Frau tötet und einem alten Mann Briefe mit ausgeschnittenen Zeitungsbuchstaben schickt und einem jungen Mann ein Päckchen mit blutbefleckten Haaren zukommen läßt?«

»Das hat sie getan?«

»Ja, wir haben ihre Fingerabdrücke. Diese Abdrücke und die Ergebnisse der Spurensicherung von den Kleidern und dem Blut auf einem dunklen Cape, das sie getragen hat, werden sie überführen. Sie hat übrigens auch erzählt, daß sie auf dem alten Friedhof rumgelaufen ist, bevor wir die Skelette dort fanden; ich wußte, daß jemand mit großen Füßen dort gewesen war, ich habe die Spuren gesehen. Sie ist später noch einmal da gewesen, nur um zu gaffen, eine richtige Nachtwandlerin. Sie wußte während der ganzen Zeit sehr viel über den alten Lavender; ich nehme an, seine Familie hat mehr geredet, als ihm je bewußt war. Seine Mutter hat vielleicht mit ihrer Schwester darüber gesprochen, und so ging es dann von einem zum anderen in der Familie. Janet wußte, was die alte Tweedjacke zu bedeuten hatte, als sie sie in der Kleidertruhe fand, soviel steht fest.« Er holte tief Atem; er war froh, daß er Stella alles erzählt hatte. Damit war diese ganze schreckliche Angelegenheit abgeschlossen und der Vergangenheit wiedergegeben. »Ich nehme an, du möchtest, daß ich noch mal mit dem Hund rausgehe?«

»Nein, Martin und Eden haben ihn zu einem schönen Spaziergang unten am Fluß ausgeführt, bevor sie zum Essen gefahren sind.«

Sie zuckte mit keiner Miene, als Coffin zu ihr herumfuhr, um sie anzusehen. »Erinnerst du dich noch an das kleine Tier, das aus dem Unterholz kriechen wollte, um sich Martin zu schnappen? Ich glaube, es hat sich inzwischen auf den Weg gemacht.«

Sie brachen in Gelächter aus; das Leben ging weiter. Eden war also doch noch zum Zuge gekommen.

Coffin wurde plötzlich wieder ernst. »Wir haben nicht herausfinden können, woher der leere Sarg gekommen ist, und dabei war Phoebe sich so sicher, daß sie eine Antwort finden würde... Verdammt, es gibt immer etwas, das unklar bleibt. Der fehlende Mosaikstein.«

Gwendoline Butler im Diogenes Verlag

Gwendoline Butler wurde in einer Gegend im Süden von London geboren, für die sie nach wie vor eine besondere Vorliebe hegt. Nach ihrer Ausbildung unterrichtete sie Geschichte an einem College in Oxford, bevor sie zu schreiben begann und mit ihren Kriminalfällen um den Londoner Inspektor Coffin großen Erfolg hatte. Neben vielen anderen Auszeichnungen wurde ihr auch der *Silver Dagger* der *Criminal Writer's Association* verliehen.

»Gwendoline Butler schreibt Detektivromane, die sich durch ihre Form und Atmosphäre deutlich absetzen, nicht nur von anderen Krimis, sondern von der Masse belletristischer Titel. Butler erzeugt die wirkliche Whodunit-Spannung, die einen hineinzieht.«
The Times, London

»Inspektor Coffin ist eine hervorragende und ungewöhnliche Figur.«
Twentieth Century Crime and Mystery Writers

Heißes Geld
Roman
Aus dem Englischen von Inge Leipold

Dunkle Stunde
Roman
Deutsch von Jobst-Christian Rojahn

Falsches Spiel
Roman
Deutsch von Inge Leipold

Unter Druck
Roman
Deutsch von Jobst-Christian Rojahn

Doppelter Boden
Roman
Deutsch von Michaela Link

Magdalen Nabb im Diogenes Verlag

Tod im Frühling

Roman. Aus dem Englischen von Matthias Müller. Mit einem Vorwort von Georges Simenon

Schnee im März – in Florenz etwas so Ungewöhnliches, daß niemand bemerkt, wie zwei ausländische Mädchen mit vorgehaltener Pistole aus der Stadt entführt werden. Eine davon wird fast sofort wieder freigelassen. Die andere, eine reiche Amerikanerin, bleibt spurlos verschwunden. Die Suche geht in die toskanischen Hügel, zu den sardischen Schafhirten – schon unter normalen Umständen eine sehr verschlossene Gemeinschaft. Aber es war keine gewöhnliche Entführung. Die Lösung ist so unerwartet wie Schnee im März – oder *Tod im Frühling*.

»Nie eine falsche Note. Es ist das erste Mal, daß ich das Thema Entführung so einfach und verständlich behandelt sehe. Bravissimo!« *Georges Simenon*

Terror

mit Paolo Vagheggi

Roman. Deutsch von Bernd Samland

Italien 1988 – Zehn Jahre sind vergangen, seit die Entführung und Ermordung des christdemokratischen Politikers Carlo Rota die Weltöffentlichkeit erschütterte. Die Hintergründe des Verbrechens sind ungeklärt geblieben, die Führer der Roten Brigaden ungestraft. Viele in Italien zögen es vor, die Ereignisse in Vergessenheit geraten zu lassen. Doch der Kampf gegen den Terrorismus geht weiter – Lapo Bardi, stellvertretender Staatsanwalt in Florenz, führt ihn unerbittlich.
Der Fall Aldo Moro, mit großer Könner- und Kennerschaft in einen glänzenden politischen Krimi umgesetzt.

Tod im Herbst

Roman. Deutsch von Matthias Fienbork

Die Tote, die an einem nebligen Herbstmorgen aus dem Arno gefischt wurde, war vielleicht nur eine Selbstmörderin. Aber wer schon würde, nur mit Pelzmantel und Perlenkette bekleidet, ins trübe Wasser des Flusses springen? Überall hieß es, die Frau habe sehr zurückgezogen gelebt. Was für eine Rolle spielten dann die ›Freunde‹, die plötzlich auftauchten? Wachtmeister Guarnaccia in seinem Büro an der Piazza Pitti in Florenz ahnte, daß der Fall schwierig und schmutzig war – Drogen, Erpressung, Sexgeschäfte –, aber daß nur weitere Tote das Dickicht der roten Fäden entwirren sollten, konnte er nicht wissen...

»Simenon hat Magdalen Nabb gepriesen, und mit *Tod im Herbst* kommt sie einem Florentiner Maigret ohne Zweifel am nächsten.« *The Sunday Times, London*

Tod eines Engländers

Roman. Deutsch von Matthias Fienbork

Florenz, kurz vor Weihnachten: Wachtmeister Guarnaccia brennt darauf, nach Sizilien zu seiner Familie zu kommen, doch da wird er krank, und es geschieht ein Mord. Carabiniere Bacci wittert seine Chance: Was ihm an Erfahrung fehlt, macht er durch Strebsamkeit wett! Betrug und gestohlene Kunstschätze kommen ans Licht, aber sie sind nur der Hintergrund zu einer privaten Tragödie. Zuletzt ist es doch der Wachtmeister, der (wenn auch eher unwillig) dem Mörder auf die Spur kommt – und an Heiligabend gerade noch den letzten Zug nach Syrakus erwischt.

»Unheimlich spannend und gleichzeitig von goldener, etwas morbider Florentiner Atmosphäre.«
The Financial Times, London

Tod eines Holländers

Roman. Deutsch von Matthias Fienbork

Es gab genug Ärger, um die Polizei monatelang in Atem zu halten. Überall in Florenz wurden Touristen beraubt, Autos gestohlen, und irgendwo in der Innenstadt gingen Terroristen klammheimlich ans Werk. Dagegen sah der Selbstmord eines holländischen Juweliers wie ein harmlos klarer Fall aus. Es gab zwar ein paar Unstimmigkeiten. Aber die einzigen Zeugen waren ein Blinder und eine alte Frau, die bösartigen Klatsch verbreitete. Trotzdem war dem Kommissar nicht wohl in seiner Haut – es war alles ein bißchen zu einfach...

»Eine gut ausgefeilte Mystery-Story, bestens eingefangen.« *The Guardian, London*

Tod in Florenz

Roman. Deutsch von Monika Elwenspoek

Sie ist auf dem Revier, um ihre Freundin vermißt zu melden. Beide sind Lehrerinnen und ursprünglich zum Italienischlernen aus der Schweiz nach Florenz gekommen und dann geblieben, um illegal zu arbeiten – die eine in einem Büro, die andere bei einem Töpfer in einer nahen Kleinstadt. Seit drei Tagen ist die bildhübsche Monika Heer spurlos verschwunden...

»Magdalen Nabb muß als die ganz große Entdeckung im Genre des anspruchsvollen Kriminalromans bezeichnet werden. Eine Autorin von herausragender internationaler Klasse.« *mid Nachrichten, Frankfurt*

Tod einer Queen

Roman. Deutsch von Matthias Fienbork

Alle haßten die lebende Lulu, und die tote Lulu war erst recht keine sympathische Erscheinung. Niemand wollte mit diesem unmöglichen Fall zu tun haben, schon gar nicht Carabiniere Guarnaccia. Es hatte andere Fälle dieser Art gegeben, doch als schon wenige Tage später die erste Festnahme erfolgte, waren alle Beteiligten verblüfft und beeindruckt. Nur Guarnaccia konnte sich, trotz aller Beweise, nicht vorstellen, daß die launenhafte Peppina einen so kaltblütigen und komplizierten Mord verübt haben sollte.

Tod im Palazzo

Roman. Deutsch von Matthias Fienbork

Mord, Selbstmord oder Unfall? Wenn es in einer der ältesten Adelsfamilien von Florenz einen Toten zu beklagen gibt, kann es nichts anderes als ein Unfall gewesen sein. Ein Selbstmord würde den Ruf der Familie ruinieren und den Verlust der dringend gebrauchten Versicherungssumme zur Folge haben. Wachtmeister Guarnaccia glaubt aber nicht, daß das, was im Palazzo Ulderighi geschehen ist, ein Unfall war. Doch darf er nichts von seinem Verdacht verlauten lassen, will er seine Stelle nicht riskieren.

»Dieser gutherzige sizilianische Wachtmeister Guarnaccia wurde von der *Times* mit Maigret verglichen. Er gleicht der Simenonschen Figur in seiner Weisheit, seiner kräftigen Körperlichkeit und in seinem gesunden Menschenverstand. Simenon gratulierte Magdalen Nabb zu ihrem lebendigen Florenz, mit seinem leichten Morgennebel, seinen Gerüchen und Geschmäcken.« *Il Messaggero, Rom*

Tod einer Verrückten

Roman. Deutsch von Irene Rumler

Warum sollte jemand Clementina ermorden wollen, jene liebenswerte Verrückte, die jeder kennt im Florentiner Stadtviertel San Frediano? Wie sie in ihrem abgetragenen Kleid vor sich hin schimpfend immer vor der Bar mit dem Besen herumfuhrwerkte – das war ein allen vertrautes Bild. Erst als Clementina tot ist, wird klar, wie wenig man eigentlich von ihr weiß. Guarnaccia steht ohne einen Hinweis auf ein Tatmotiv da. Bis er beginnt, Clementinas Vergangenheit zu erkunden und zu den traumatischen Ereignissen vordringt, die das Leben der alten Frau so nachhaltig beeinflußten …

Das Ungeheuer von Florenz

Roman. Deutsch von Silvia Morawetz

Endlich scheint das Ungeheuer von Florenz, der Mörder von acht Liebespaaren, gefaßt zu sein – nach über 20 Jahren Ermittlungsarbeit eine Sensation. Das Ergebnis des Indizienprozesses vermag Maresciallo Guarnaccia jedoch nicht zu überzeugen. Er sieht hinter die Kulissen einer korrupten Justiz, setzt dort an, wo diese schludrig gearbeitet hat, und stößt dabei auf schauerlichste Familienverhältnisse. Ein Roman, der behutsam mit einem brisanten Thema umgeht: dem Prozeß von 1994 gegen den mutmaßlichen Serienmörder von Florenz.

»Ein unheimlicher Thriller, in dem Vergangenheit und Gegenwart aufeinanderprallen in einem Florenz, das in Sachen Grausamkeit dem der Medici in nichts nachsteht und wo Lügen oft glaubwürdiger sind als die Wahrheit.« *Manchester Evening News*

Geburtstag in Florenz

Roman. Deutsch von Christa Seibicke

Oben auf den Hügeln vor Florenz liegt in der Villa Torrini eine bekannte Schriftstellerin tot in ihrer Badewanne. Unten in der Stadt kämpft Guarnaccia vergeblich gegen neue Launen der Bürokratie und gegen die Hungerattacken, die ihm seine Diät beschert. Als er

Freundeskreis und Ehemann der toten Schriftstellerin befragen muß, befürchtet Guarnaccia schon, daß dieser Fall seine Möglichkeiten übersteigt. Doch da kommt Hilfe in Gestalt einer lang verdrängten Erinnerung aus seiner Schulzeit in Sizilien.

»Carabiniere Guarnaccia ist der Typ Inspektor Columbo: etwas langsam, fast trottelig, aber nachdenklich und beständig, einer, der den Nebenaspekten eines Falles nachgeht und sich auch nicht scheut, eine Untersuchung noch einmal von vorne zu beginnen, weil er Zweifel an deren Ergebnissen hat.«
Deutsche Welle, Köln

Alta moda

Roman. Deutsch von Christa Seibicke

Olivia Birkett, ein amerikanisches Ex-Modell und Modedesignerin, ehemalsverheiratete Contessa Brunamonti, die es mit viel Elan und unerbittlicher Arbeitsdisziplin geschafft hat, nicht nur die Schulden ihres hochstaplerischen Ex-Mannes abzuzahlen, sondern sich in der italienischen *Alta moda* mit einer eigenen Kollektion zu behaupten, wird entführt. Natürlich pickt sich Guarnaccias Chef die Rosinen aus dem medienwirksamen Fall, und Maresciallo Guarnaccia wird dazu abgestellt, im Palazzo Brunamonti die Tochter und den völlig verzweifelten Sohn der schon seit zehn Tagen Vermißten zu beruhigen.
Doch auch auf dem Dienstbotenweg läßt sich einiges erfahren: nämlich daß die Contessa überhaupt nicht so reich ist, wie die Entführer glauben, da alles Geld in der Firma steckt, und daß die Tochter ausgesprochen schnell versucht, den Platz der Mutter einzunehmen, obwohl die Angestellten sie für völlig unfähig halten, eine Firma zu leiten.

»Magdalen Nabb ist eine hervorragende Schriftstellerin, eine Meisterin.« *Österreichischer Rundfunk, Wien*

Valerie Wilson Wesley im Diogenes Verlag

»Die aufregendste Entdeckung auf dem Krimi-Gebiet: Valerie Wilson Wesley. Endlich wieder einmal eine Crime-Lady, die ihre gewaltversessenen männlichen Kollegen nicht einfach durch noch mehr Hartgesottenes zu übertrumpfen sucht. Mit Tamara Hayle hat Valerie Wilson Wesley eine echte, überzeugende Frauenfigur als Privatdetektivin geschaffen, die das Zerbrechen elementarer mitmenschlicher Ordnungen miterlebend erhellt.«
Gerhard Beckmann/Die Welt, Berlin

»Man könnte sich sicher schnell an die sympathische Farbige gewöhnen, so wie man ganz schnell Brunetti-süchtig wurde.«
Dieter Schneider/Antenne Brandenburg

Ein Engel über deinem Grab
Roman. Aus dem Amerikanischen
von Gertraude Krueger

In Teufels Küche
Roman. Deutsch von
Gertraude Krueger

Todesblues
Roman. Deutsch von
Gertraude Krueger

Donna Leon im Diogenes Verlag

»Es gibt einen neuen liebenswerten Polizisten in der Welt der literarischen Detektive zu entdecken. Sein Name lautet Guido Brunetti. Er lebt und arbeitet in einer der schönsten Städte Italiens, in Venedig. Ein Mann, der in glücklicher Ehe lebt, gerne ißt und guten Wein schätzt, sich gelegentlich über seine heranwachsenden Kinder ärgert und auch manches Mal cholerisch reagiert. Eine Eigenschaft aber bleibt dem Commissario auch in den schwierigsten Situationen: Sein Anstand, gepaart mit einem wunderbaren Sinn für Humor und Menschlichkeit.«
Margarete v. Schwarzkopf / NDR, Hannover

»Aus dem Commissario Brunetti könnte mit der Zeit ein Nachfolger für Simenons Maigret werden.«
Jochen Schmidt / Radio Bremen

Venezianisches Finale
Roman. Aus dem Amerikanischen von Monika Elwenspoek

Endstation Venedig
Roman. Deutsch von Monika Elwenspoek

Venezianische Scharade
Roman. Deutsch von Monika Elwenspoek

Vendetta
Roman. Deutsch von Monika Elwenspoek

Acqua alta
Roman. Deutsch von Monika Elwenspoek

Sanft entschlafen
Roman. Deutsch von Monika Elwenspoek

Nobiltà
Roman. Deutsch von Monika Elwenspoek

Latin Lover
Von Männern und Frauen. Deutsch von Monika Elwenspoek

Eine Amerikanerin in Venedig
Geschichten aus dem Alltag. Deutsch von Monika Elwenspoek

Liaty Pisani im Diogenes Verlag

Mit Ogden hat Liaty Pisani einen Spion geschaffen, der eine fatale Schwäche hat: Er hat ein Gewissen. Dennoch wird er mit seiner Intelligenz und Schnelligkeit bei den heikelsten Missionen eingesetzt. Für Ogden ist der Dienst seine Familie: als Ziehsohn eines Geheimdienstbosses ist er mit den Umgangsformen in der Welt der Top-Secret-Informationen vertraut. Was ihm nicht jede böse Überraschung erspart.

»Wenn es sich nicht noch herausstellt, daß es sich bei Liaty Pisani um John le Carrés Sekretärin handelt, die ihm die Manuskripte maust, dann haben wir endlich eine weibliche Spionage-Autorin. Noch dazu eine mit literarischem Schreibgefühl.«
Martina I. Kischke/Frankfurter Rundschau

»Ein bemerkenswertes literarisches Talent, das außerhalb der italienischen Tradition, nämlich zwischen Chandler und le Carré, eingereiht werden muß und durch seine versteckten Zitate an Nabokov erinnert.«
La Stampa, Turin

Der Spion und der Analytiker
Roman. Aus dem Italienischen von Linde Birk

Der Spion und der Dichter
Roman. Deutsch von Ulrich Hartmann

Der Spion und der Bankier
Roman. Deutsch von Ulrich Hartmann